C0-GHP-153

LA PRINCESSE DE CLÈVES

De Madame de Lafayette
dans la même collection

LA COMTESSE DE TENDE. – LA PRINCESSE DE MONTPENSIER, *dans* NOUVELLES GALANTES DU XVIIe SIÈCLE.
LA PRINCESSE DE MONTPENSIER (édition avec dossier).
ZAYDE.

MADAME DE LAFAYETTE

LA PRINCESSE DE CLÈVES

Présentation, appendices, glossaire,
table des personnages, chronologie et bibliographie
de
Jean MESNARD

Dossier et complément bibliographique
de
Jérôme LECOMPTE

GF Flammarion

© Imprimerie nationale, Paris, 1980.
© Flammarion, Paris, 2009, pour cette édition,
mise à jour en 2019 ; rééd. 2024.
ISBN : 978-2-0812-1623-5

Présentation

Le charme de *La Princesse de Clèves* peut-il être enserré dans les filets du raisonnement critique ? Le risque est grand, même pour qui s'y trouve profondément sensible, soit de le laisser échapper, soit de le détruire par manque de tact. Une œuvre tout en finesses et en demi-teintes ne souffre pas aisément le poids du commentaire [1].

Pourtant *La Princesse de Clèves* sollicite l'analyse et provoque à la rigueur. L'un de ses premiers et plus brillants lecteurs, Fontenelle, lui trouvait « des charmes assez forts pour se faire sentir à des mathématiciens mêmes [2] ». Un « esprit tout rempli de mesures et de proportions » n'est pas mal préparé à en dégager l'architecture subtile, à suivre l'entrelacement des idées et des thèmes, à chercher le secret d'une maîtrise qui est d'abord technique.

Mais, par une curieuse ironie, cette rigueur nécessaire semble bien inaccessible. La divergence des interprétations, au cours des âges et encore aujourd'hui, est saisissante. L'œuvre que les uns caractérisent par sa perfection passe, aux yeux des autres, pour abonder en négligences. Dans la conduite de la princesse, les uns voient le triomphe de l'héroïsme, les autres celui de l'égoïsme. L'univers du

1. Nous avons évité d'alourdir un tel texte par des notes historiques et critiques de détail, auxquelles nous substituons des appendices, un glossaire et une table des personnages.

2. Voir le texte ci-après, *Appendices*, p. 264.

roman, pour les uns, implique l'absence de Dieu ; pour les autres, il s'achève dans la transcendance. Est-il possible de trancher ? Non sans doute, s'il s'agit de supprimer totalement un mystère sans lequel l'œuvre perdrait beaucoup de sa profondeur. Oui, tant que les instruments d'analyse se révèlent efficaces, tant que les données du texte appellent une interprétation univoque [1], tant que le rapport entre les parties et le tout se dessine en pleine cohérence. Mais l'important est peut-être d'abord d'appliquer à l'œuvre l'éclairage, ou la série d'éclairages, qui lui convienne le mieux. Essayons rapidement de procéder à cette mise en place.

Le genre de l'œuvre

Chercher à définir le genre de *La Princesse de Clèves* n'est pas répondre à une question préalable extérieure au texte, et qui prêterait vite à la querelle de mots ; c'est s'obliger à saisir, selon la perspective la plus exacte, quelques-uns des secrets de l'œuvre, touchant à sa conception, à sa construction, à son style. La question se traite aussi bien à partir des catégories très formelles du XVIIe siècle que de celles, infiniment variées, qui ont vu le jour à l'époque moderne. Mme de Lafayette invite elle-même à la poser. Nulle part elle ne désigne son chef-d'œuvre par le terme *roman*. Le bref avis du libraire au lecteur, qui apparaît dès l'édition originale, emploie exclusivement, à deux reprises, le mot *histoire* [2]. Un passage de la fameuse lettre à Lescheraine du 13 avril

1. Exemple de commentaire irrecevable : « Elle [la princesse de Clèves] n'a pas d'âge ni le roman de durée précise », André Lebois, « Blonde et folle princesse de Clèves », *XVIIe siècle, Recherches et Portraits*, Paris, 1966, p. 292.
2. Voir ci-après, p. 73.

1678 manifeste autrement le même refus : « Il n'y a rien de romanesque et de grimpé ; aussi n'est-ce pas un roman, c'est proprement des mémoires ; et c'était, à ce que l'on m'a dit, le titre du livre, mais on l'a changé [1]. »

Quant à la critique du temps, elle en use spontanément de la même manière. Fontenelle se contente le plus souvent de dire *ouvrage* ; mais, lorsqu'il veut préciser, il parle de *nouvelle galante* [2]. Valincour emploie presque toujours le mot *histoire*, ce qui le conduit à appeler le narrateur *historien* ; s'il recourt à celui de *roman*, c'est soit dans un sens très général qui s'applique à toute fiction narrative, soit pour le restreindre aux « grands romans » de La Calprenède et de Mlle de Scudéry, dont *La Princesse de Clèves* lui apparaît manifestement différente [3]. L'abbé de Charnes, à cet égard, se distingue peu de celui qu'il combat [4]. Enfin, si Bussy-Rabutin n'emploie aucun terme positif, il reproche plusieurs fois à l'œuvre de « sentir le roman [5] » et, par là même, de trahir son genre véritable.

Il ne faut pas s'exagérer la précision de la terminologie dans la critique du temps. Reste qu'une distinction très nette s'y opère, à l'intérieur de la fiction narrative, entre le *roman* à la manière de *L'Astrée*, du *Grand Cyrus* et de la *Clélie*, et la *nouvelle*, plus souvent appelée *histoire*, illustrée par Mme de Lafayette dès 1662 avec *La Princesse de Montpensier*. Au départ, *La Princesse de Clèves* relève aussi de ce dernier genre.

---

1. Voir aux *Appendices*, p. 258.

2. *Appendices*, p. 264.

3. *Lettres à Madame la Marquise* ***. Voir le précieux *Index du vocabulaire critique* à la fin de l'édition fac-similé procurée par Jacques Chupeau et ses collègues de l'université de Tours, 1972.

4. *Conversations sur la Critique de « La Princesse de Clèves »*. Même remarque que dans la note précédente au sujet de l'édition François Weil, 1973.

5. *Appendices*, p. 268.

La terminologie ne prend toute sa signification que dans son rapport avec une évolution du genre narratif dont *La Princesse de Clèves* est la conséquence et l'un des aboutissements. Après une période de triomphe dont le temps fort coïncide avec la publication des œuvres majeures de Mlle de Scudéry, *Le Grand Cyrus* et la *Clélie* (1649-1660), et avec la vogue corrélative de la préciosité, il est un genre qui connaît un brusque déclin, celui que Charles Sorel appelle le *roman héroïque* [1]. L'expression est d'autant plus juste qu'elle se calque sur celle de *poème héroïque*. Selon cette conception, le roman est une épopée en prose, exigeant la même ampleur, offrant les mêmes ressources, d'essence largement poétique, soumis aux mêmes lois, avec cette seule différence que, si l'une met l'accent sur la valeur guerrière, l'autre trouve son vrai sujet dans la peinture de l'amour. De part et d'autre, les héros sont des personnages illustres, empruntés à une histoire lointaine ; ils appartiennent à une humanité exemplaire et prennent valeur de modèles ; l'action est simple, chargée de peu de matière, mais ornée d'*épisodes*, de récits intercalés [2], d'autant plus nécessaires qu'elle jette le lecteur *in medias res* et exige, pour être comprise, le rappel sous forme de récits des événements antérieurs ; elle conduit à un dénouement heureux ; l'œuvre est soumise aux unités, particulièrement à celle de temps : non pas un jour, comme dans la tragédie, mais une année – autre manière de se régler sur les révolutions du soleil ; le style requiert évidemment une grandeur digne du sujet [3].

1. *Bibliothèque française*, Paris, 1664, p. 163-169.

2. L'usage actuel de la critique tend à exclure le mot *épisode*, à cause du sens plus général qu'il a pris et qui permet de l'appliquer à toute unité narrative. Il vaut la peine, à notre avis, de lui conserver ici son sens primitif et strict de récit secondaire enté sur le récit principal, et de l'employer en ce sens.

3. La théorie du roman héroïque est exposée par René Bray, *La Formation de la doctrine classique*, Paris, 1927, p. 347-349 ; voir aussi p. 285-288 et 336-347.

Tous caractères que les contemporains de Mme de Lafayette associaient à l'idée de roman, au sens le plus précis du terme.

À ce roman héroïque s'était opposé depuis longtemps le roman de type *comique*, défini en particulier, comme la comédie, par le choix de personnages de condition modeste ou moyenne et par celui d'un style tempéré, genre prêtant à des intentions parodiques parfois assez marquées pour conduire à ce que Charles Sorel, guide toujours excellent, appelle *antiroman* [1]. Mais il était une autre manière de réagir, qui consistait à opposer au roman la *nouvelle*. À l'ampleur et à la complexité se substitue alors un récit bref, à la démarche sobre et linéaire, excluant les retours en arrière, ne faisant qu'une part réduite aux discours et aux conversations ; le souci de la vraisemblance y règne, chassant les héros trop parfaits, les aventures merveilleuses, le climat aristocratique, les subtilités de la galanterie ; place est faite à une histoire récente, et même contemporaine. Définition idéale, sans doute, sous laquelle il serait difficile de ranger la totalité de productions en fait assez diverses, mais exprimant une tendance incontestable.

La renaissance de la nouvelle qui se dessine un peu avant 1660 a pour théâtre les cercles mêmes qui ont fait le succès du roman héroïque et précieux. La technique du genre bref y était d'ailleurs connue, puisque les épisodes coupant les grands romans étaient en fait des nouvelles. Le tournant est pris lorsque paraît, sous la date de 1657, l'œuvre d'un jeune écrivain, Jean Regnault de Segrais, *Les Nouvelles françaises ou les Divertissements de la princesse Aurélie.* Cette princesse n'était autre, comme l'indique un pseudonyme transparent, que la fille du duc

1. *Op. cit.*, p. 177. Le titre *Anti-Roman* fut donné en 1633 par Charles Sorel à la réédition de son *Berger extravagant* (1627).

d'Orléans[1], la Grande Mademoiselle, animatrice, avec Segrais, qui était secrétaire de ses commandements, d'un cercle littéraire bien connu de Mme de Lafayette. L'œuvre est d'une portée décisive, non seulement par les nouvelles qui s'y donnent en exemples, mais par les conversations dont elles s'encadrent et où s'élabore la théorie du genre. Segrais caractérise d'une manière pénétrante l'opposition entre le roman et la nouvelle : il relie le premier à la poésie, qui crée un univers idéal, régi par les lois d'une certaine « bienséance » ; et la seconde à l'histoire, parce qu'elle récuse l'imaginaire et s'attache « à donner des images des choses comme d'ordinaire nous les voyons arriver[2] ». La renaissance de la nouvelle correspond donc à une transformation du goût, dans le sens d'un attachement plus grand à la réalité moyenne ; elle traduit aussi un changement dans la représentation de l'homme, le discrédit de la tension héroïque, la quête d'une humanité plus proche, plus complexe et plus trouble.

Mme de Lafayette était l'amie de Mlle de Scudéry, chez laquelle son premier maître en l'art d'écrire, Ménage, était fort bien introduit. Elle collabora, en 1659, au recueil *Divers Portraits* publié sous l'égide de la Grande Mademoiselle en y apportant un portrait de son amie Mme de Sévigné. Elle comptait alors parmi ses familiers Segrais, aux côtés duquel elle avait lié connaissance avec un autre Normand, le très savant Pierre Daniel Huet. Elle s'était délectée de la *Clélie* et ne cessera de goûter infiniment *L'Astrée.* Mais elle tint immédiatement pour acquise la substitution de la nouvelle au roman. Elle y était d'ailleurs encouragée par l'exemple

1. Oncle de celui qui épousera Henriette d'Angleterre ; il meurt en 1660.

2. Sur cette question, voir principalement, A. Pizzorusso, *La Poetica del romanzo in Francia, 1660-1685*, Rome, 1962, p. 75.

même de Mlle de Scudéry, qui, en 1661, publiait à son tour une nouvelle, *Célinte* [1].

Mais, en changeant de genre, Mlle de Scudéry n'avait guère changé d'esprit : sa nouvelle est toute romanesque. Au contraire, en 1662, *La Princesse de Montpensier* faisait éclater les ressources de la forme que ce petit ouvrage consacrait : extrême sobriété du récit, analyse intérieure en étroite correspondance avec le déroulement de l'action, réalisme sans complaisance associé à une vision pessimiste de l'homme. Triomphe d'une sorte de sécheresse expressive, qui pouvait toutefois laisser désirer une mise en œuvre plus ample et plus substantielle d'un sujet riche de possibilités.

En même temps que les vertus, Mme de Lafayette percevait certainement les limites de cette forme. Elle n'a pas été tentée de revenir à l'usage ancien qui consistait à grouper les nouvelles en recueils et à les unir par des conversations : l'exemple de l'*Heptaméron* avait été suivi, comme on l'a vu, par Segrais. Mme de Villedieu procédera un peu autrement, réunissant volontiers plusieurs nouvelles comme autant de variations sur un thème ou d'illustrations d'une thèse : ainsi, en 1675, avec les trois nouvelles qui composent *Les Désordres de l'amour* [2]. Plutôt que de créer une grande œuvre par juxtaposition de petites, Mme de Lafayette se souciera, pour sa part, de ne pas tout laisser perdre des valeurs du roman héroïque. Dans cet esprit, elle écrira *Zayde*, avec la collaboration d'un Segrais qui partageait apparemment les mêmes vues. Elle laissera paraître, en tête du premier volume de cet ouvrage (1670), le *Traité de l'origine des romans* de Huet, histoire et théorie de ce genre qui semblait dépassé. Combats d'arrière-garde ? On tiendra plutôt pour l'exploration de champs nouveaux.

---

1. Rééditée par Alain Niderst, Paris, Nizet, 1979.
2. Voir l'édition critique de Micheline Cuénin, Genève-Paris, 1970.

Conservant la structure et le climat général du roman héroïque, *Zayde* reste marquée par l'esprit de la nouvelle, au moins dans l'une de ses parties, l'*Histoire d'Alphonse et de Bélasire*, peinture sombre d'une jalousie dévoratrice. Mais l'union des deux genres ne se réalise pas d'une manière harmonieuse. Pour préserver à la fois les valeurs de la nouvelle et celles du roman, la vraie solution consistait à partir de la nouvelle et à l'enrichir par des techniques empruntées au roman.

Tel est le principe de la construction de *La Princesse de Clèves*, qui participe indissolublement des deux genres.

La Princesse de Clèves appartient à la nouvelle par l'extrême concentration du sujet central : le schéma, très proche de celui de *La Princesse de Montpensier*, ne met en jeu que trois ou quatre personnages. Plus caractéristique encore, la démarche linéaire et continue d'un récit mené strictement selon la chronologie et instituant un ordre rigoureux dans l'enchaînement des faits. L'œuvre témoigne d'un grand souci de vraisemblance psychologique : elle met l'accent sur la violence des passions plutôt que sur la force de la volonté. Elle est imprégnée de ce pessimisme, et particulièrement de ce manque de foi en l'amour, qui ont peut-être été inculqués à Mme de Lafayette par son ami La Rochefoucauld, mais que reflètent aussi d'autres romans de l'époque, notamment ceux de Mme de Villedieu. Au-delà des exigences de la nouvelle, *La Princesse de Clèves* se veut, à sa façon, délibérément antiromanesque. À propos de la scène de l'aveu, Bussy-Rabutin se demande finement si l'auteur n'a pas surtout « songé à ne pas ressembler aux autres romans [1] ». La peinture d'amours adultères, ou impliquant le risque de l'adultère, s'adapte mal au climat du roman héroïque. Quant au dénouement de *La Princesse de Clèves*, à ce refus du mariage au moment où tous les

1. *Appendices*, p. 268.

obstacles extérieurs sont levés, on ne peut imaginer contraste plus complet avec ce qui constitue le dénouement romanesque par excellence.

Pourtant, en écrivant *La Princesse de Clèves*, Mme de Lafayette a transformé la nouvelle jusqu'à la faire devenir roman. L'action centrale, pour simple qu'elle soit, s'enrichit de circonstances multiples et finit par engager toute une société. L'insertion de quatre épisodes pourvus d'une forte autonomie constitue le signe le plus tangible du changement de genre : la structure linéaire du récit se trouve brisée ; des rapports s'instaurent qui ne sont plus de strict enchaînement, mais de complémentarité et de correspondance : ils confèrent à l'œuvre un caractère polyphonique difficilement adaptable à la pure nouvelle. La répartition entre narration et discours s'opère toujours au profit de la première, mais les passages qui ressortissent au second se font relativement nombreux, qu'il s'agisse de descriptions, de portraits, de conversations, de monologues. Enfin, Mme de Lafayette s'est soumise à des préceptes esthétiques attestant de sa part le désir de traiter l'œuvre en grand genre. Elle a manifestement tenu à respecter les unités, telles qu'elles s'appliquent au poème et au roman héroïques. L'unité d'action n'est guère significative, puisque la nouvelle ne la requérait pas moins. On remarquera surtout une recherche souple de l'unité de lieu, l'action se déroulant presque constamment à la cour, avec quelques allées et venues du côté des lieux de la solitude. Quant à l'unité de temps, elle est strictement respectée : de l'arrivée à la cour de Mlle de Chartres jusqu'au refus du mariage avec M. de Nemours, il s'écoule à peu près exactement une année, l'extrême début et l'extrême fin ne constituant qu'un prologue et un épilogue. Ce n'est pas là soumission vaine à des conventions, mais désir de préserver et d'exploiter les ressources poétiques du roman.

Mais l'union d'une nouvelle chargée de valeurs anti-romanesques avec un roman informé par les techniques subtiles de la musique et de la poésie n'allait pas sans graves difficultés. Les solutions que leur apportera Mme de Lafayette donneront naissance à un roman nouveau.

Comment d'abord concilier les exigences de la narration, qui l'emportent dans la nouvelle, avec celles d'une psychologie fine, dont le roman héroïque faisait le plus grand cas ? Mlle de Scudéry traitait de manière distincte chacune de ces deux composantes du roman. Elle racontait, d'une part, et, d'autre part, réservait à des conversations entre les personnages le commentaire psychologique des situations et des actes. Situations et actes étaient d'ailleurs considérés hors des circonstances particulières qui les avaient appelés ; ils étaient pourvus de la plus grande généralité et donnaient lieu à des discussions abstraites sur des « questions galantes » telles qu'il s'en posait alors dans les salons. La narration se trouvait ainsi constamment interrompue et le discours se développait à son détriment sans véritablement l'éclairer. Avec Mme de Lafayette, ces deux composantes n'en font plus qu'une ; au profit de la narration, mais aussi au profit de l'analyse psychologique. La romancière y parvient par la technique du « récit intérieur [1] » : ce qu'elle raconte, c'est essentiellement ce qui se passe dans l'esprit et dans le cœur des personnages. Ou bien elle s'établit au plus profond de leur conscience, préservant savamment ce qu'elle peut avoir parfois d'indistinct ; ou bien, plus rarement, elle pénètre au-delà de la conscience, soit en vertu des pouvoirs de la romancière, soit en plaçant un personnage sous le regard d'un autre : ainsi de Mme de Clèves vue

1. L'expression est de Jean Fabre, dont nous utilisons dans tout ce passage l'excellente étude, *L'Art de l'analyse dans « La Princesse de Clèves »* : voir la plaquette publiée en 1970, p. 34-62.

par Mme de Chartres. Dans cette perspective, les événements ne sont plus que la conséquence ou l'occasion des pensées et des sentiments : leur réalité concrète s'efface devant leur signification affective ; ils sont incorporés au récit intérieur ; l'unité du langage romanesque est intimement assurée.

Mais, pour s'appliquer à l'intériorité, le récit ne glisse nullement vers le discours ; il est au contraire tout action. L'action pénètre chacune des formes du discours. Les conversations se situent dans le prolongement de l'analyse intérieure ; elles correspondent le plus souvent à des moments de tension. Le monologue épouse les mouvements de la conscience et exprime les agitations du cœur. Il arrive à Mme de Lafayette de faire traiter par un personnage une question galante analogue à celles des romans de Mlle de Scudéry ; c'est la brillante tirade du duc de Nemours sur le plaisir ou l'ennui qu'un amant peut éprouver lorsque sa maîtresse va au bal. Mais, sous les dehors de la généralité, le propos a la signification la plus particulière qui soit ; il s'insère étroitement dans la marche du récit ; la généralité n'est qu'un voile couvrant un langage très précis, dont la destinataire, si elle l'entend – car il est émis en son absence –, ne pourra manquer de comprendre qu'il est à la fois déclaration et invitation à se déclarer. Ces propos impersonnels sont à la fois émouvants et périlleux ; ils ont une valeur éminemment dramatique.

Peut-être sommes-nous maintenant en mesure de donner son sens au mot *mémoires*, par lequel Mme de Lafayette voulait qu'on désignât son roman. La situation de l'auteur est en effet celle du témoin qui prétend non seulement rapporter les événements, mais en fournir l'explication à partir des caractères et des intentions des personnages. La technique du roman nouveau qui se constituait doit quelque chose à celle de l'histoire telle qu'elle était conçue à l'époque, une histoire qui s'achevait dans la psychologie et visait surtout à « étudier les motifs, les opinions et les passions des hommes [1] », la considération des causes intérieures l'emportant sur celle des effets. Le meilleur commentaire de la lettre à Lescheraine est d'ailleurs fourni par l'abbé de Charnes lorsqu'il compare l'auteur de *La Princesse de Clèves* à un historien qui aurait travaillé sur des mémoires laissés par M. de Nemours et par Mme de Clèves [2]. La relation du roman à l'histoire ne tient donc pas seulement aux données extérieures de l'intrigue, elle apparaît dans la technique même.

Toutefois, c'est avec un autre genre que la comparaison de *La Princesse de Clèves* nous semble le plus instructive, un genre qui, d'ailleurs, a aussi partie liée avec l'histoire. On sait que Corneille a fondé la tragédie classique sur la prééminence de l'action, qu'il subordonne étroitement aux caractères ; en quoi Racine n'a fait que renchérir sur lui tout en substituant la force des passions à celle de la volonté. À une tragédie qui faisait grande part au lyrisme, c'est-à-dire à un certain type de discours se substituant à l'action ou la ralentissant, a ainsi succédé la peinture d'une action continue, se déroulant dans le cœur des personnages et marchant inéluctablement vers le dénouement. Sans méconnaître les différences profondes qui séparent le genre narratif du genre dramatique, on peut estimer que Mme de Lafayette a fait subir au roman une transformation toute semblable.

De l'union de la nouvelle et du roman, et par la technique rigoureuse du récit intérieur, s'est créé le genre

1. Saint-Réal, *De l'Usage de l'Histoire*, Paris, 1671, p. 4, cité par Claudette Delhez-Sarlet, « *La Princesse de Clèves* roman ou nouvelle », *Romanische Forschungen*, 1968, p. 73, étude dont le présent passage est inspiré.

2. *Op. cit.*, p. 153-154.

nouveau qui, depuis Paul Bourget, a reçu le nom de *roman d'analyse.*

Passer de la nouvelle au roman soulevait d'autres difficultés. Comment la première, tendant au récit pur, pouvait-elle s'élever jusqu'à une haute signification morale et répondre à cette exigence fermement posée par Huet : « La fin principale des romans… est l'instruction des lecteurs [1] » ? Sans doute existe-t-il une manière superficielle de remplir cette obligation, lourdement indiquée par Huet, et qui consiste à « toujours faire voir la vertu couronnée et le vice puni [2] ». On ne saurait dire que *La Princesse de Clèves* ne respecte pas cette règle. Mais ce n'est pas là garantie d'art. En revanche, il importe à la qualité de l'œuvre que l'action particulière s'y insère dans une vision générale de l'homme et du monde, que le roman, selon un terme souvent employé par Huet, ait quelque peu valeur de « fable », et comporte sa moralité.

Entre les contemporains de Mme de Lafayette, nul peut-être n'a mieux ressenti cette exigence, sans toutefois l'exprimer avec beaucoup d'art, que Mme de Villedieu. Chacune des nouvelles des *Désordres de l'amour* est précédée d'un titre affectant la forme d'une maxime. Ainsi : « Que l'amour est le ressort de toutes les autres passions de l'âme [3] », ou « Qu'on ne peut donner si peu de puissance à l'amour qu'il n'en abuse [4] ». Un art plus fin évitera ces formules trop voyantes et laissera au lecteur le soin de découvrir une moralité qui peut être multiple et tenir quelque peu de l'énigme.

Pour Mme de Lafayette, il importait surtout de faire entrer cette part d'enseignement, ou plutôt de réflexion

---

1. *Traité de l'origine des romans*, éd. A. Kok, Amsterdam, 1942, p. 115.
2. *Ibid.*
3. Éd. citée, p. 3.
4. *Ibid.*, p. 67.

morale, dans la trame d'un récit continu. Les quelques maximes qui s'y glissent sont traitées comme les sentences dans la tragédie classique. Ce ne sont pas des pièces d'anthologie, des ornements autonomes ; elles entrent étroitement dans l'analyse : le général n'est invoqué que pour rendre compte du particulier. Mais surtout, c'est l'histoire même de l'héroïne qui est traitée comme une leçon. *La Princesse de Clèves* appartient dans une large mesure à ce genre à la fois ancien et moderne qu'est le *roman d'apprentissage.*

Valincour a fait quelque peu scandale en comparant Mlle de Chartres à l'Agnès de *L'École des femmes* [1]. Sans doute ne faut-il pas abuser du rapprochement. Mais il ne faut pas non plus le tenir pour sans valeur. Les deux héroïnes, l'une et l'autre d'une très grande jeunesse, passent de l'ignorance à la connaissance, de l'ingénuité à l'autorité, du silence à la parole. Toutes les deux sont à l'école, et à l'école de l'amour. Mais l'expérience de l'amour ne leur a pas livré le même enseignement. La plus romanesque des deux n'est pas l'héroïne du roman.

Du moins la forme du roman permettait-elle de varier et d'étendre les étapes d'un apprentissage qui, pour s'accomplir en une année, n'en apparaît pas moins comme l'acquis d'une vie entière. Dans cette perspective, l'unité de l'œuvre se révèle particulièrement rigoureuse. Les deux faces qu'elle offre, peinture de la cour, peinture de l'amour, définissent les deux champs d'une expérience qui a souvent les allures d'une épreuve. Dans ce double cheminement, Mme de Clèves est d'abord guidée par sa mère ; elle semble attendre de son mari qu'il soit aussi un maître ; mais en définitive, c'est par sa propre réflexion sur sa vie, aidée par une sincérité qui devient tout à fait essentielle à son personnage, qu'elle conquiert sa vérité de l'homme et du monde. Il n'est pas jusqu'aux

1. *Op. cit.*, p. 126-127 et 212.

épisodes qui n'apparaissent alors exigés par une nécessité profonde. L'histoire de Mme de Valentinois n'est-elle pas racontée à titre d'instruction et écoutée avidement comme telle ? Celle de Mme de Tournon n'est-elle pas un cas dont la considération entraîne un progrès décisif de la conscience ? On en dirait autant des autres [1]. Mais cette perspective oblige surtout à prêter une signification essentielle au dénouement et, quelque interprétation qu'on en propose, à en faire le terme nécessaire du chemin parcouru par une conscience qui accède alors à la pleine lucidité et à l'absolue maîtrise. Dans le dialogue final entre Mme de Clèves et M. de Nemours est incluse toute la moralité de l'œuvre.

En opérant la fusion de la nouvelle et du roman, Mme de Lafayette se heurtait encore à une difficulté : comment concilier le pessimisme, qui invite à mettre en relief les petits côtés de l'homme, sa faiblesse, sa bassesse, avec l'expression de la grandeur, caractéristique d'un genre qui a voulu se modeler sur l'épopée ? Assurément, la grandeur du roman nouveau ne sera pas celle du roman héroïque, inséparable d'une vision optimiste de l'homme, de la foi en son pouvoir de se surpasser lui-même. Mais il est une autre grandeur que celle de l'épopée, et qui naît précisément du spectacle de la misère de l'homme : celle de la tragédie.

Appellerons-nous *La Princesse de Clèves* roman tragique ? L'expression manquerait de nuances. Elle inviterait à un rapprochement contestable avec le genre de l'*histoire tragique*, cette variété de nouvelle illustrée à la fin du XVIe siècle et au début du XVIIe, où le tragique était fort cru, où se déployait un goût étrange du macabre et de l'horreur. Or le tragique de *La Princesse de Clèves* est plus discret même que celui de la tragédie classique,

1. Nous ne faisons là qu'effleurer le problème de la justification des épisodes, qui oblige à se placer aussi à d'autres points de vue.

à l'exception peut-être de *Bérénice*. Il n'en est pas moins réel, mais tout en demi-teintes ; il est diffus à travers l'œuvre, et surtout il est essentiellement intérieur. Différences qui tiennent à ce que les effets, au théâtre, sont nécessairement plus gros, et aussi à ce que la grandeur convenable au roman est plus modérée, plus variée, plus intime. On prêtera donc simplement à *La Princesse de Clèves* une *tonalité tragique*, principe de son charme poétique.

Ce tragique diffus résulte d'abord de la présence constante de la mort. Que de personnages dont le destin a été tragique, soit qu'ils aient péri de mort violente, soit qu'ils aient été fauchés prématurément ! Il en est dont la fin est évoquée comme dans le prolongement du roman, celle de la reine dauphine Marie Stuart, par exemple, celle du chevalier de Guise, celle du vidame de Chartres. En plein roman, au contraire, celle du roi Henri II : pour bien la situer dans le registre tragique, Mme de Lafayette a recours à un procédé de tragédie en faisant prédire cette mort par un astrologue, concurremment d'ailleurs avec d'autres morts non moins absurdes [1].

Ces exemples sont pris dans le monde de la cour. Les héros de l'intrigue d'amour sont aussi frappés, et leurs morts ont toujours rapport à leurs passions. Mme de Chartres aurait sans doute vécu plus longtemps si elle n'avait éprouvé de terribles inquiétudes sur la fermeté de sa fille. M. de Clèves meurt d'avoir trop souffert de cette absurdité qui fait que l'on peut aimer sans être aimé. Au-delà du roman meurt Mme de Clèves, aussi d'une mort d'amour. Seul survit le duc de Nemours : signe qu'il demeure en marge du tragique.

Ces morts vers lesquelles précipite un déchirement intérieur ont un lien nécessaire avec des situations qui accusent les tensions et les contradictions de la vie. On l'a vu dans

1. Voir le texte ci-après, p. 139-140.

le cas de M. de Clèves. La situation de Mme de Clèves associe l'héroïsme et le tragique. La violence de sa passion est l'effet d'une destinée contre laquelle elle ne peut lutter qu'avec de faibles forces ; le renoncement final auquel elle se résout garde une couleur tragique en ce qu'il implique le refus de la vie. L'histoire d'amour se double d'une peinture de la condition humaine.

La signification esthétique de *La Princesse de Clèves* ne saurait donc être épuisée par le terme de nouvelle – ou un terme équivalent – que lui appliquaient les contemporains. L'œuvre tire largement parti des ressources du roman le plus exigeant. De même, il ne suffit pas, selon la perspective d'aujourd'hui, d'y voir le premier, et peut-être le plus parfait des romans d'analyse. Sa richesse tient à ce qu'elle embrasse à la fois plusieurs genres, dont elle exploite également les possibilités.

UNE ANNÉE D'HISTOIRE DE FRANCE

Comme l'épopée, comme la tragédie reposent sur l'histoire, le roman du XVIIe siècle, dans la mesure où il se veut grand genre, se doit d'y recourir. Mais il le fait à sa façon. Mme de Lafayette ne s'est nulle part expliquée sur la manière dont elle avait conçu cet aspect de sa tâche. Il est toutefois deux moyens d'en juger. On peut d'abord interroger ce porte-parole de la romancière que semble bien avoir été l'abbé de Charnes. Aux critiques vétilleuses de Valincour, qui, relevant pesamment inexactitudes et invraisemblances, reprochait presque à *La Princesse de Clèves* de n'être pas une œuvre d'histoire, l'auteur des *Conversations* oppose une esthétique originale du roman historique, conçu d'abord comme un roman, c'est-à-dire comme une œuvre dont l'objet n'est pas de reconstituer le passé, mais de l'exploiter à des fins propres. L'essentiel demeure cependant de considérer l'œuvre elle-même. L'examen des sources historiques montre que la romancière s'est documentée avec le plus grand soin et même avec une curieuse minutie [1]. C'est dans la distance qui s'établit entre l'apport de cette documentation et la construction du roman que se saisit cet aspect de l'art de *La Princesse de Clèves.*

Selon les préceptes dont Mme de Lafayette entendait s'inspirer, le roman doit s'étendre sur une année. Une année à découper dans l'histoire. La période choisie le fut dans l'histoire de France. Elle couvre les derniers mois du règne d'Henri II et les premiers du règne de François II. Après une sorte de prologue occupé par l'ouverture des négociations de paix de Cercamp (octobre 1558), la mort de Marie Tudor (17 novembre) et l'avènement de la reine Élisabeth sur le trône d'Angleterre, le roman s'ouvre véritablement avec la suspension des pourparlers (fin novembre), qui coïncide avec l'arrivée à la cour de Mlle de Chartres. Sont ensuite évoqués : le mariage de Claude de France avec le duc de Lorraine (février 1559), la reprise des négociations de Cercamp (fin février selon Mme de Lafayette), la signature de la paix du Cateau-Cambrésis (3 avril), le tournoi donné en l'honneur du mariage de Mme Élisabeth avec le roi d'Espagne, au cours duquel le roi est grièvement blessé (30 juin) ; la mort du roi (10 juillet), le sacre de François II (21 septembre). Pour clore le roman, un événement annoncé longtemps à l'avance et à plusieurs reprises : le départ de Mme Élisabeth devenue reine d'Espagne pour sa nouvelle patrie et le voyage de la cour jusqu'en Poitou pour

1. On consultera les remarquables articles de Chamard et Rudler, « Les Sources historiques de *La Princesse de Clèves* », *Revue du seizième siècle*, 1914, p. 92-131 et 289-321 ; « La Couleur historique dans *La Princesse de Clèves* », *ibid.*, 1917, p. 1-20 ; « L'Histoire et la fiction dans *La Princesse de Clèves* », *ibid.*, p. 231-243.

l'accompagner (novembre). C'est à la veille de ce départ que se situe la grande conversation entre Mme de Clèves et M. de Nemours. Le reste n'est qu'épilogue.

Pourquoi le choix de cette période ?

On en trouvera une première raison dans l'existence d'une documentation importante et, pour une bonne part, récente. Mme de Lafayette a recouru aux grandes histoires générales publiées en son siècle, la monumentale *Histoire de France depuis Faramond jusqu'à maintenant* de Mézeray (1643-1651), ainsi que l'*Abrégé chronologique* donné par le même auteur (1668) ; enfin, plus directement adaptée au siècle choisi, l'*Histoire de France de François I*er *à Louis XIII* de Pierre Matthieu (1631). Ces ouvrages fournissent surtout la trame générale des événements. Pour reconstituer le climat de la cour et pour dépeindre les personnages, elle a consulté les généalogistes et les historiens du cérémonial, mais surtout elle disposait d'un guide savoureux en la personne de Brantôme, dont les *Mémoires*, publiés à Leyde par les Elzevier en 1665-1666, avaient commencé à être révélés un peu antérieurement : en 1659, l'érudit Le Laboureur en avait donné de larges extraits sous forme d'additions aux *Mémoires* de Castelnau. À l'époque où régnait le goût des portraits, voilà qui fit beaucoup pour intéresser les contemporains de Louis XIV au siècle précédent. Grâce à ces ouvrages, et à d'autres, une ample matière s'offrait pour associer l'histoire à la création romanesque.

Sans doute ne s'agissait-il pas là d'une histoire aussi ancienne et aussi vénérable que celle du *Grand Cyrus* et de la *Clélie.* Mais sa proximité et son caractère français lui permettaient de servir le dessein de vraisemblance que se proposait le roman nouveau issu de la nouvelle. Pour donner une existence romanesque aux héros de l'Antiquité, Mlle de Scudéry leur prêtait des mœurs françaises et leur superposait même des personnages contemporains, identifiables par des clés : fâcheuses invraisemblances. De la cour d'Henri II à celle de Louis XIV, la distance était assez réduite pour que la seconde pût se reconnaître, au prix de transpositions minimes, dans la première. Madame de Lafayette ne se livre nullement au jeu des clés. Ce sur quoi elle joue, en revanche, pour donner l'illusion d'une réalité proche, c'est sur les noms de familles qui, illustres sous Henri II, étaient encore illustres sous Louis XIV. Le titre de *La Princesse de Montpensier* en avait témoigné le premier : un avis « au lecteur » s'y présentait d'ailleurs comme une sorte d'excuse à l'égard de celle qui portait alors ce nom et que Mme de Lafayette connaissait bien : la Grande Mademoiselle. À l'époque où fut publiée *La Princesse de Clèves*, il existait encore une famille de Gonzague de Clèves ; et, quoique bien déchue, une famille de Guise ; la branche de Nemours de la maison de Savoie venait à peine de s'éteindre. Le temps n'était guère éloigné où la cour se déplaçait encore vers les mêmes châteaux, comme ceux de Chambord et de Blois. Le château de Coulommiers gardait le prestige d'une grande demeure : il était seulement passé par héritage de la famille des ducs de Nevers à celle des ducs de Longueville. Devant tant de continuités, la transposition éventuelle des mœurs contemporaines, la pratique des questions galantes par exemple, au siècle précédent, ne pouvait paraître anachronique. L'union s'opérait sans heurts entre le présent et le passé.

Le recours à l'Antiquité offrait d'ailleurs un autre inconvénient. Il n'était guère conforme aux « bienséances » de traiter en amoureux des héros dont la place dans l'histoire avait été surtout assurée par leurs exploits guerriers. Au contraire, l'époque dépeinte dans les *Vies des dames galantes* convenait remarquablement pour servir de cadre à une intrigue d'amour : il n'était que d'en atténuer la brutalité et d'en accuser les délicatesses.

Quoique considérablement restreint, l'éloignement dans le temps n'en gardait pas moins sa principale vertu, celle de conserver dignité, grandeur, à un sujet traité dans une perspective poétique. La distance requise par le roman n'était pas la même que celle de la tragédie. La cour des Valois fournissait un cadre romanesque idéal. Elle était demeurée exemplaire pour les milieux mondains du siècle suivant, par son raffinement, par le goût qui s'y manifestait pour les lettres et les arts : n'était-ce pas pour donner asile à ceux qui fuyaient la barbarie de la nouvelle cour, celle d'Henri IV, que la marquise de Rambouillet avait ouvert son salon ? C'est sans aucun doute en mesurant bien ses propos que Mme de Lafayette commence : « La magnificence et la galanterie n'ont jamais paru en France avec tant d'éclat que dans les dernières années du règne de Henri second [1]. » L'effet de grandeur est d'ailleurs produit par la localisation de l'histoire non seulement dans le passé, mais à la cour. Des rois et des reines figurent parmi les personnages, encore qu'ils n'y jouent pas les tout premiers rôles. Les protagonistes sont exactement de rang princier. Le titre du prince de Clèves le montre assez. Le duc de Nemours est prince comme membre de la maison régnante de Savoie ; le duc de Guise et son frère le chevalier comme membres de la maison régnante de Lorraine. Le vidame de Chartres, souligne Mme de Lafayette, appartient à la maison de Vendôme, dont le nom a été ensuite porté par des princes du sang [2]. Il reçoit ainsi une qualité princière, qui se communique à ses proches parents, Mme et

1. P. 75.

2. Voir p. 77. Un des titres du vidame était d'ailleurs « prince de Chabanais ».

Mlle de Chartres : les désigner par le nom d'une grande ville était d'ailleurs leur conférer une grande qualité [1]. Entre les prétendants possibles à la main de Mlle de Chartres figure significativement le prince de Montpensier, prince du sang [2]. Le milieu social dans lequel se déroule l'action est donc celui de la plus haute noblesse, immédiatement au-dessous du rang royal. Dans la mesure où la hiérarchie des genres se définit d'après le rang des personnages dépeints, Mme de Lafayette entend placer son roman à un niveau sinon tout à fait égal, du moins presque égal à celui des plus grands genres.

Les fins que se proposait la romancière en transportant l'action à la cour des Valois pouvaient être satisfaites quelque période précise qui fût retenue. Or c'est l'année 1558-1559 qui a été choisie. D'où lui est venue cette préférence ?

Peut-être faut-il prendre à la lettre l'affirmation : « Jamais Cour n'a eu tant de belles personnes et d'hommes admirablement bien faits [3]. » Peut-être les écrits des historiens et les *Mémoires* de Brantôme permettaient-ils, en cette année, de regrouper à la cour le plus grand nombre de princes et de princesses jeunes et séduisants. On peut croire aussi que tous les mariages, accompagnés de fêtes, qui furent célébrés en conséquence de la paix, fournissaient matière à brillante peinture de la vie de cour. Plus décisive sans doute la possibilité de mettre en scène le personnage attachant et émouvant de Marie Stuart, qui venait à peine d'épouser le dauphin, et

1. En créant ces personnages et en leur prêtant ce nom, Mme de Lafayette accepte délibérément une invraisemblance criante : un vidame étant le seigneur temporel d'un évêché, son titre ne peut appartenir qu'à sa personne et non à sa famille Que cette invraisemblance n'ait, semble-t-il, jamais été relevée prouve la qualité de la fusion opérée entre histoire et fiction

2. Voir p. 90-91.

3. P. 76.

dont le rôle à la cour pouvait se concevoir sur le modèle de celui d'Henriette d'Angleterre, autre princesse attachée à la Grande-Bretagne et chère à Mme de Lafayette. Mais la raison principale du choix est certainement à chercher dans le désir de mettre en œuvre l'événement exemplaire qu'était la mort d'Henri II, événement traité avec un grand luxe de préparations : il est, comme on l'a vu, prédit par un astrologue ; le tournoi qui en sera l'occasion est annoncé avec une étrange solennité [1]. Cette mort dans la fête contribue d'une manière essentielle à donner au roman sa tonalité tragique. Elle met pratiquement fin à l'intrigue de cour, dont le prolongement se réduit à peu de chose. À l'avance, elle fait écho à la mort du prince de Clèves, à laquelle elle est reliée par tout un jeu de ressemblances et de contrastes. Brisure dans la vie de cour ; brisure dans le développement de l'intrigue amoureuse.

Le recours à l'histoire a donc essentiellement une fonction esthétique, comme le choix particulier d'une certaine histoire. Mais l'histoire n'en est pas pour autant asservie aux desseins du roman ; elle doit simplement les servir.

Mme de Lafayette se garde bien de procéder comme nombre de ses contemporains, en particulier Mme de Villedieu, qui cherchent à rendre compte par une intrigue d'amour des grands bouleversements politiques : c'est rabaisser l'histoire au niveau du roman. Ce qu'elle souhaite au contraire, c'est demander à la première d'ennoblir le second. Aussi bien traite-t-elle la matière historique avec un curieux mélange de rigueur et de liberté.

Ce mélange apparaît d'abord au principe de la création de l'œuvre. Si le cadre appartient à l'histoire, l'intrigue centrale est du domaine de la fiction.

Il n'y a jamais eu de Mme ni de Mlle de Chartres, et le prince de Clèves dont les généalogistes ont enregistré

1. Voir p. 147-148.

le nom a été traité très librement. Conception vicieuse, selon Valincour[1], pour lequel le choix du romancier n'existe qu'entre deux sortes de fictions. Ou bien celles qui sont entièrement tributaires de l'imagination : la liberté d'invention est alors totale, du moins dans les limites de la vraisemblance ; les comédies, les contes, qui mettent en scène des personnages obscurs et qui, partant, ont échappé à l'histoire, entrent dans cette catégorie. Ou bien la fiction, illustre, et par là même empruntée à l'histoire, est mêlée de vérité, comme dans la tragédie, l'épopée et le roman héroïque. L'auteur n'a plus alors la pleine liberté d'inventer ; il ne doit rien retoucher de ce qui est bien connu ; il ne peut, par exemple, faire d'Henri II, non l'amant, mais l'époux de Mme de Valentinois. En outre, sa liberté se limite aux circonstances accessoires ; elle ne peut porter sur l'essentiel. Or tout ce qui est essentiel, dans *La Princesse de Clèves*, est fictif.

La réponse de Mme de Lafayette est donnée, ou à peu près, par l'abbé de Charnes[2]. Il existe une troisième sorte de fiction, qui tient à la fois de la première et de la deuxième. Elle consiste à traiter un sujet inventé, mais d'une nature telle qu'il n'ait pas eu lieu d'être enregistré par l'histoire et, pour en appuyer la vraisemblance, à l'orner de traits historiques, étant bien entendu qu'en ce domaine rien ne doit être modifié aux données connues de tous.

Reste, dans la pratique, à combler l'intervalle entre fiction pure et histoire pure. C'est là que se déploie le talent de Mme de Lafayette, parfois sa virtuosité, même si le travail de marqueterie auquel elle a dû se livrer ne va pas sans quelques irrégularités et laisse subsister quelques défauts à la jointure des deux éléments.

1. *Op. cit.*, p. 93-100.
2. *Op. cit.*, p. 130.

Le principe de Mme de Lafayette a été de pénétrer le plus possible la fiction d'histoire, en interprétant les données historiques dans le sens le plus favorable aux exigences de la fiction.

Elle s'est appliquée notamment à tirer de l'histoire la mesure du temps. De l'année pendant laquelle se déroule le roman, elle marque les moments successifs, soit par la simple mention d'événements qui sont autant de jalons, soit en leur associant des dates. Celles-ci sont toujours d'une relative imprécision, limitées au mois par exemple, pour éviter toute lourdeur, mais aussi parce qu'un certain vague donne au temps une précieuse élasticité. Ce n'est sûrement pas un hasard si les trois premières dates indiquées dans le roman sont toutes contestables : c'est peut-être pour cette raison qu'elles ont été précisées. La première est celle de la remise des négociations de Cercamp, fixée par Mme de Lafayette à la fin de novembre [1] : elle a pour elle l'autorité de Pierre Matthieu, mais elle ne pouvait ignorer que Mézeray rapportait l'événement au 5 décembre. En fait, elle a besoin de gagner du temps pour faire arriver le plus tôt possible Mlle de Chartres à la cour et laisser la place à tout ce qui s'ensuivra. Vient en second lieu la date du mariage de Claude de France avec le duc de Lorraine : Matthieu et Mézeray dictent à la romancière celle de février [2], mais elle pouvait trouver ailleurs la véritable : 22 janvier. Un mois de plus était bien nécessaire pour permettre que Mlle de Chartres ait pu, depuis son arrivée à la cour, être engagée dans plusieurs projets de mariage et finalement se trouver mariée au prince de Clèves, lequel n'a pu réaliser ce dessein qu'après la mort de son père le duc de Nevers, avancée, pour les besoins de la cause, de quelques

1. P. 82.
2. P. 97.

années. Troisième date : celle de la reprise des négociations de paix, fixée à la fin de février [1], alors que celle de janvier est seule attestée par les historiens : recul permettant de maintenir à Paris l'un des plénipotentiaires, le maréchal de Saint-André, et de lui faire donner un bal qui marque une étape importante au début des amours de M. de Nemours et de Mme de Clèves [2]. Il va sans dire que ces hardiesses n'apparaissent qu'à l'analyse et qu'à la confrontation avec les historiens, d'autant qu'elles ne portent pas sur des événements de grande importance. La romancière réussit à imposer sa loi à l'histoire, sans cesser de lui demander de cautionner la vérité.

La date la plus précise qui nous soit fournie est celle de l'ouverture, le 15 juin [3], des réjouissances au cours desquelles prit place, le 30 juin, le tournoi où Henri II devait être mortellement blessé. L'exactitude souligne qu'il s'agit de marquer un événement majeur ; et la précision contribue à mettre tout à fait à part ce qui est l'un des sommets du roman.

L'absence de dates par la suite ne doit pas être interprétée comme le signe d'une gêne de la romancière, qui continue à user des événements historiques comme d'autant de repères chronologiques. Le recours à l'histoire permettait un découpage rigoureux du temps sans précision trop appuyée.

De ce temps fourni par l'histoire, Mme de Lafayette va jusqu'à exploiter les ressources les plus concrètes. Comme le poète tragique note volontiers les moments de la révolution du soleil dans laquelle s'encadre l'action, la romancière exploite la succession des saisons. Au début du printemps, elle signale la chaleur qui règne dans

---

1. P. 112.
2. Nous suivons ici Chamard et Rudler, 3e art. cité, p. 232-234.
3. P. 148.

l'appartement de la reine dauphine [1]. La chaleur est encore plus forte lorsque se déroule la scène du pavillon de Coulommiers : c'est le plein été. Mais la réalité des saisons n'est pas évoquée d'une façon gratuite ou purement pittoresque. Elle prend une signification symbolique. La chaleur s'associe naturellement à la montée et au paroxysme de la passion. En revanche, le roman s'encadre entre deux hivers : celui de l'ignorance et celui du renoncement. La convenance devient alors tout à fait intime entre le temps historique et le temps du roman.

Cet investissement de la fiction par l'histoire s'analyse d'une manière plus simple dans l'agencement de l'intrigue centrale. Sans doute Mme et Mlle de Chartres n'ont-elles pas d'existence historique. Mais leur implantation dans l'histoire est assurée par la parenté qui leur est prêtée avec le vidame de Chartres, personnage relativement bien connu, notamment par Brantôme. Le prince de Clèves, tel que le livrent les généalogistes, n'est guère qu'un nom, mais il a existé et il possède toute la consistance d'un membre d'une famille illustre. Quant au duc de Nemours, Brantôme en a tracé amplement le portrait ; ses prétentions d'un moment à la main d'Élisabeth d'Angleterre sont un fait, encore que légèrement postérieur ; la galanterie est bien le trait principal du personnage. Sans doute le caractère de séducteur peu scrupuleux que lui prête Brantôme est-il atténué, mais il ne disparaît pas complètement, même si le personnage est pourvu des raffinements de l'« honnête homme ». La donnée fictive du roman peut ainsi apparaître, sinon comme une réalité, du moins comme une possibilité de l'histoire.

Dans la conduite du récit, les moments successifs de l'intrigue sentimentale sont mis en rapport avec les événements de l'histoire, qui chaque fois viennent leur donner le sceau du vrai et le prestige de la grandeur. On peut

1. P. 135.

noter à cet égard tout le parti qui est tiré de la préparation du voyage de Mme Élisabeth en Espagne et du choix du prince qui sera chargé de la conduire[1]. Le départ même de cette princesse mariée sans amour pour le pays d'outre-Pyrénées où l'attend un destin cruel, terme de l'action historique, s'établit en subtile correspondance avec la retraite de Mme de Clèves dans « de grandes terres qu'elle avait vers les Pyrénées[2] », où se consommera son renoncement et où la mort ne tardera pas à venir la prendre, terme de l'action romanesque.

Si la donnée romanesque reçoit une couleur historique, on peut dire qu'en revanche la donnée historique reçoit une couleur romanesque. Peu d'allusions à la politique : le sujet serait trop grave pour le ton du roman ; il engagerait d'autres aspects de l'homme. Aussi bien la période envisagée est-elle de calme ; c'est celle de la conclusion d'une paix, une paix qui entraîne, directement ou non, trois mariages. On a reproché à Mme de Lafayette de ne s'intéresser, dans la cour d'Henri II, qu'à l'aspect mondain, aux fêtes, aux cérémonies, aux conversations des cercles féminins. Ce n'est pas à dire qu'elle ne s'intéressât qu'à la petite histoire. Mais elle ne retient du passé que ce qui convient à son roman, non pas seulement l'histoire galante, mais l'histoire des personnes, tout ce qui prête à étude morale. D'où l'unité de ton d'une œuvre où entrent des éléments si divers.

C'est donc peut-être poser un faux problème que de se demander si Mme de Lafayette a exactement restitué la couleur du siècle qu'elle dépeint. Elle n'avait pas à faire revivre le passé, à le caractériser dans un tableau complet ; elle n'est tentée ni par l'évocation de la couleur locale ni par la philosophie de l'histoire. Mais elle a

---

1. Voir aux p. 187-190, 212, 238, 250.
2. Voir p. 250.

besoin, pour l'orchestration de son roman, de l'atmosphère du passé, d'une couleur morale, faite d'un charme un peu désuet et de la séduction d'une époque brillante. L'éloignement sert le dessein poétique comme l'illusion de la vérité.

L'IMAGE DE LA COUR

Il ne faut pas confondre, comme y est souvent portée la critique, l'utilisation de l'histoire et la peinture de la cour. La première remplit une fonction esthétique ; la seconde est du ressort du moraliste.

On connaît le jugement célèbre de la lettre à Lescheraine : « et surtout ce que j'y trouve, c'est une parfaite imitation du monde de la cour et de la manière dont on y vit [1] ». La cour dont il est question n'est pas particulièrement celle d'Henri II. Quelque couleur du passé que la romancière lui conserve, elle ne lui prête aucun caractère qui puisse la différencier profondément de la cour de Louis XIV. L'évocation des lieux demeure vague et fugitive. Il faut aller fort avant dans le roman pour trouver nommé le Louvre, ou cette autre résidence royale qu'était le château des Tournelles. La cour est en définitive un lieu plus consistant en lui-même que les palais où elle se rassemble. Ou plutôt, sa réalité est essentiellement morale : c'est une certaine manière de vivre.

Quelques aspects de la peinture ont sans doute été directement suggérés par le spectacle de la cour de Louis XIV. Le cercle de la reine dauphine, où Mme de Clèves brille comme favorite, a beaucoup de ressemblances avec celui d'Henriette d'Angleterre, dont Mme de Lafayette fut l'amie intime et dont elle écrivit l'histoire

1. *Appendices*, p. 258.

peu avant de composer *La Princesse de Clèves.* Entre les deux princesses, un lien était d'ailleurs établi par leur commune fin tragique. Il n'est pas impossible que Mme de Clèves ait aussi reçu quelques traits de la princesse d'Angleterre : l'une et l'autre courtisées par des amants très hardis, l'une et l'autre en butte à la jalousie d'un mari soupçonneux, auquel elles étaient pourtant en droit de dire toutes les deux : « Je ne vous ai jamais manqué [1] ». Corollaire tout à fait plausible : Mme de Chartres aurait été dessinée sur le modèle d'Henriette de France. Hypothèses fragiles sans doute, et d'intérêt limité, sinon en ce sens qu'elles se présentent à propos de personnages sans répondants historiques : l'imagination de Mme de Lafayette n'a-t-elle pas besoin de prendre appui sur le réel ?

La peinture de la vie de cour, qui fait selon Mme de Lafayette l'un des grands mérites de *La Princesse de Clèves*, se saisit d'abord d'une manière, sinon pittoresque, du moins concrète. Mais les traits les plus concrets prennent une valeur morale, et tous les détails sont en fait commandés par deux concepts premiers : la magnificence et la galanterie.

De l'ordre de la magnificence, tout ce qui témoigne du luxe de la vie de cour. L'extrême recherche dans le vêtement en est peut-être le signe le plus souvent rappelé. Que l'on songe au récit des fiançailles de Madame, au duc d'Albe avec son « habit de drap d'or mêlé de couleur de feu, de jaune et de noir, tout couvert de pierreries », au duc de Guise « vêtu d'une robe de drap d'orfrisé » ; aux reines et aux princesses qui « avaient toutes leurs filles magnifiquement habillées des mêmes couleurs qu'elles étaient vêtues [2] ». Comme on l'a vu, une profusion de pierreries complète le luxe de l'habillement : aussi

1. *Vie de la princesse d'Angleterre*, éd. Marie-Th. Hipp, p. 101.
2. Respectivement p. 205, 206 et 205.

bien, Mlle de Chartres va-t-elle en « assortir » chez un marchand et s'en fait-elle donner par la reine dauphine [1]. Intérêt de Mme de Lafayette pour la toilette, ont cru certains critiques. Réalité, dirons-nous, en attendant des explications plus profondes : que de fortunes englouties chez les grands par cette obligation de paraître, déjà sans doute sous Henri II, et assurément sous Louis XIV ! C'est un véritable prolongement de la cour que décrit la romancière en plaçant en parallèle, au début et à la fin de l'ouvrage, une scène chez un marchand de pierreries et une autre chez un fabricant d'ouvrages de soie : les abords du Louvre étaient le quartier d'élection des commerces de luxe. Autre prolongement du thème : l'évocation du camp du Drap d'or et les cadeaux d'habits somptueux que s'y font les rois de France et d'Angleterre [2].

La magnificence se déploie aussi dans la fête. Le cérémonial est à plusieurs reprises très attentivement décrit ; l'ordonnance du défilé pour les fiançailles de Mme Élisabeth est savamment indiquée [3] ; la publication du tournoi se fait en une sorte de langage rituel [4]. Est-ce simple attention à l'étiquette, de la part d'une femme de cour consommée ? On invoquera surtout le souci de restituer une atmosphère. La fête, c'est aussi le divertissement sous toutes ses formes et, en premier lieu, le mieux approprié à une intrigue galante, le bal. Deux bals de cour, celui qui se donne pour les noces de Claude de France avec le duc de Lorraine, celui qu'offre peu de temps après le maréchal de Saint-André, traités de façon fort différente, nouent l'intrigue entre Mme de Clèves et M. de Nemours. Le tournoi est aussi fête de cour et fête

1. P. 83, 108 et 110.
2. P. 143.
3. P. 205.
4. P. 148.

galante, puisque chacun des champions y porte les couleurs de sa dame.

Toute cette magnificence de caractère artificiel est en quelque sorte authentifiée par un trait qui la prolonge dans l'ordre de la nature : « Jamais cour n'a eu tant de belles personnes et d'hommes admirablement bien faits ; et il semblait que la nature eût pris plaisir à placer ce qu'elle donne de plus beau dans les plus grandes princesses et dans les plus grands princes [1]. » La beauté des courtisans achève de rattacher leur milieu à une sorte d'humanité supérieure, à signification exemplaire.

On a déjà vu la galanterie s'associer à la magnificence. Elle est à concevoir selon toute la richesse de sens qu'offrait le terme au XVIIe siècle. Sans doute s'applique-t-il au commerce amoureux, qui, sous toutes ses formes, est l'une des grandes occupations de la cour. Mais, puisque le roi Henri II était « galant, bien fait et amoureux [2] », il est indubitable que le premier terme ne redouble pas le troisième. Le mot désigne tout ce qui fait l'agrément de la vie en société, l'élégance, l'esprit, la politesse, l'« honnêteté ». La galanterie se déploie dans ces cercles raffinés que tenaient reines et princesses. Tous les jours, le roi se rendait à celui de la reine et y rencontrait l'élite de la cour. Dans le sien, la reine dauphine faisait valoir son esprit, sa politesse, son goût des lettres et des arts. Madame sœur du roi « avait beaucoup d'esprit et un grand discernement pour les belles choses, elle attirait tous les honnêtes gens, et il y avait de certaines heures où toute la Cour était chez elle [3] ». Les princes reçoivent aussi dans leurs appartements : c'est chez le roi dauphin que le duc de Nemours répond à une question galante.

1. P. 76.
2. P. 75.
3. P. 84.

Mais cette façade brillante a son envers. La galanterie a sa séduction, mais aussi sa misère et ses dangers. Elle a partie liée avec l'ambition, qui est avec elle « l'âme de cette cour [1] ». Il est significatif que le mot *galanterie* prenne deux couleurs successives, la première séduisante, la seconde inquiétante, selon qu'il est associé soit avec *magnificence*, soit avec *ambition*. Mme de Lafayette excelle d'ailleurs, au détour d'une phrase, à faire apparaître une vérité crue sous des dehors flatteurs. La duchesse de Valentinois exerce un pouvoir absolu, à la faveur de l'amour du roi, « quoiqu'elle n'eût plus de jeunesse ni de beauté [2] ». Et l'on notera, dans cette énumération, le trait final : « on songeait à s'élever, à plaire, à servir, ou à nuire [3]. »

Sous la politesse des manières se cachent d'âpres rivalités. La peinture historique se transpose aisément dans l'ordre général. La cour d'Henri II apparaît divisée en une série de clans. Dans la possession ou la conquête du pouvoir, le connétable de Montmorency, appuyé par les princes du sang, se heurtait aux Guise, dont la puissance s'était accrue par le mariage de leur nièce, devenue la reine dauphine. Chacun des deux partis avait cherché à s'assurer l'appui de Mme de Valentinois, qui avait fini par marquer son hostilité aux Guise : puissance analogue à celle dont disposait, autour de 1678, Mme de Montespan. Chacun des cercles féminins attirait un public différent : « Celles qui avaient passé la première jeunesse, et qui faisaient profession d'une vertu plus austère, étaient attachées à la Reine. Celles qui étaient plus jeunes, et qui cherchaient la joie et la galanterie, faisaient leur cour à la Reine dauphine [4]. » D'autres entouraient la reine de

1. P. 87.
2. P. 79.
3. P. 87.
4. *Ibid.*

Navarre, Madame sœur du roi et Mme de Valentinois. Cette dernière, est-il précisé, ne « recevait chez elle que les jours où elle prenait plaisir à avoir une cour comme celle de la Reine [1] ». Trait final qui suggère les rivalités et les dissensions cachées sous cette distribution harmonieuse. Les quatre épisodes mettent en valeur, plus crûment que l'intrigue principale, cet envers de la vie de cour. Témoin par excellence de ce monde où chacun lutte pour la meilleure place, où règnent la suspicion et la haine : le vidame de Chartres, confident des rancœurs et des amertumes de la reine, puis, lorsque sa légèreté aura éclaté, victime d'une vengeance impitoyable de la part de sa protectrice lors de la conjuration d'Amboise [2]. Manifestation parmi d'autres, sous les dehors du raffinement des manières, de la rudesse implacable des instincts.

Ce contraste est parfaitement souligné, et présenté comme une sorte de moralité partielle du roman dans une conversation entre Mme de Chartres et sa fille.

« [...] je croyais, il y a peu de jours, déclare celle-ci, que Monsieur le Connétable était fort bien avec la Reine.

« – Vous aviez une opinion bien opposée à la vérité, répondit Madame de Chartres. La Reine hait Monsieur le Connétable, et si elle a jamais quelque pouvoir, il ne s'en apercevra que trop. Elle sait qu'il a dit plusieurs fois au Roi que, de tous ses enfants, il n'y avait que les naturels qui lui ressemblassent.

« – Je n'eusse jamais soupçonné cette haine, interrompit Madame de Clèves, après avoir vu le soin que la Reine avait d'écrire à Monsieur le Connétable pendant sa prison, la joie qu'elle a témoignée à son retour, et comme elle l'appelle toujours mon compère, aussi bien que le Roi.

1. P. 88.
2. Voir p. 177.

« – Si vous jugez sur les apparences en ce lieu-ci, répondit Madame de Chartres, vous serez souvent trompée : ce qui paraît n'est presque jamais la vérité [1]. »

Mme de Lafayette résume ainsi en une sorte de théorème tout un aspect du monde qu'elle dépeint. La cour est le lieu où la vérité se cache sous l'apparence. Parfois d'une manière anodine : la maladie feinte est toujours une excellente excuse. Mais ce propos de Mme de Chartres dénonce surtout le mensonge des belles manières, la réalité brutale de l'ambition, de la volonté de puissance, derrière la façade du raffinement et de l'élégance. Mme de Lafayette n'emploie jamais le terme « amour-propre ». Sans doute tient-elle à se démarquer de son ami La Rochefoucauld, dont les maximes lui ont souvent paru trop dures. Mais, si le vocabulaire est un peu différent, la vision du monde a beaucoup de points communs : c'est bien la volonté de s'affirmer, fût-ce aux dépens d'autrui, qui gouverne le monde de la cour. Cette peinture ne peut manquer de rappeler la critique de l'honnêteté à laquelle se livre Pascal. Celui qui veut plaire et qui, à ce titre, renonce à s'imposer, affecte soumission à autrui, ne cherche en définitive qu'à assurer, par d'autres moyens, le triomphe de son moi [2].

Cette analyse de la vie de cour peut s'étendre à tous ses aspects. Non seulement à ce qui, en elle, est régi par l'« ambition », mais aussi à ce qui en exprime la « magnificence », la « galanterie » pouvant s'associer avec l'une et l'autre. Pourquoi ces descriptions de riches costumes, ces allusions à la longueur du temps passé à s'habiller, pourquoi ces récits de fêtes, aussi brillantes que coûteuses, sinon pour montrer, d'une autre manière, plus séduisante, mais non moins radicale, le triomphe de l'apparence ? La cour est une sorte de théâtre, où chacun

1. P. 101-102.
2. Pascal, *Pensées*, éd. Lafuma, n° 597 ; éd. Brunschvicg, n° 455.

joue un personnage, où nul n'apparaît tel qu'il est. Elle suscite le mensonge ; elle empêche la manifestation de la vérité. Que de détresses cachées sous cette impitoyable « magnificence », à commencer par celle de la princesse de Clèves !

En dénonçant le triomphe de l'apparence, Mme de Lafayette a elle-même indiqué un principe d'unification recouvrant la diversité des aspects de la vie de cour. Il en est un autre, auquel sa peinture invite à recourir. Il faut l'emprunter à une œuvre contemporaine qu'elle admirait beaucoup et dont elle était certainement nourrie, aux *Pensées* de Pascal. C'est la notion de « divertissement ». Certains traits de la peinture l'appellent d'une manière quasi nécessaire : « on ne connaissait ni l'ennui, ni l'oisiveté, et on était toujours occupé des plaisirs ou des intrigues [1] ». Qu'est-ce qui, selon Pascal, entraîne l'homme vers le divertissement, sinon la menace redoutable de l'ennui ? L'oisiveté, en livrant l'homme à lui-même, le laisse en face de son vide intérieur, de sa misère essentielle, et le rend nécessairement malheureux. Il lui faut se détourner de lui-même, se *divertir*. Il y parvient par toutes les formes de l'action, que ce soient celles du divertissement au sens courant du terme, du jeu, par exemple, ou de « la conversation des femmes [2] », que ce soient les entreprises destinées à satisfaire l'ambition, que ce soit, en général, tout ce qui donne du tracas. C'est bien ce qu'entend Mme de Lafayette : « Il y avait tant d'intérêts et tant de cabales différentes, et les dames y avaient tant de part que l'amour était toujours mêlé aux affaires et les affaires à l'amour. Personne n'était tranquille, ni indifférent... [3]. » Entre les « plaisirs » et les « intrigues »,

1. P. 87.
2. Pascal, *Pensées*, Laf., n° 136 ; Br., n° 139.
3. P. 87.

la vie de cour se partageait exactement entre les deux grandes formes du divertissement.

Pascal lui-même montrait déjà dans la cour le lieu privilégié du divertissement. Pour donner un exemple décisif de la nécessité de se divertir, il avait choisi le roi, c'est-à-dire l'homme dont la condition est naturellement la plus heureuse, et qui pourtant se trouve condamné à l'ennui s'il n'est entouré de gens qui cherchent à le divertir.

Tout ce qui, dans *La Princesse de Clèves*, caractérise la vie de cour, s'ordonne donc à cette lumière. Les fêtes et les jeux mais aussi les factions et les intrigues. D'une manière plus délicate, les réunions mondaines, les conversations des cercles féminins. Au cours de ces réunions, s'opère une incessante circulation de nouvelles, de propos rapportés, exacts ou inexacts, qui attirent l'attention, occupent l'esprit, et jouent donc leur rôle de dérivatif à l'ennui.

Pas plus que Mme de Lafayette, Pascal n'ignore ni n'omet les charmes du divertissement ; il sait quelle sorte de parure en reçoit la vie humaine. Mais il y dénonce une illusion fondamentale, l'oubli par l'homme de son être profond. La racine de l'ennui tient à une condition mortelle que le divertissement tend à dissimuler : il existe un rapport nécessaire entre la dénonciation des apparences et la reconnaissance du fait du divertissement. Ce qui ramène l'homme à la réalité, c'est la présence de la mort, qu'il est si tentant d'oublier. Aussi bien joue-t-elle le rôle de *leitmotiv* tout au long du roman. Plusieurs sont racontées ; beaucoup sont évoquées. Celle d'Henri II occupe tragiquement l'un des temps forts de l'œuvre. Mort éminemment significative. Elle intervient lors d'une des manifestations les plus brillantes de la vie de cour. C'est une mort en plein divertissement, et pour une raison futile, puisque tout le monde déconseillait au roi de poursuivre la joute. L'événement malheureux semble le signe d'un destin révélateur de la véritable condition de l'homme. Que le roi en soit la victime revêt la même signification exemplaire que, dans les *Pensées* de Pascal, la peinture du roi sans divertissement.

On sait que l'avènement de François II provoqua un renversement complet des rapports de force et de faveur au-dedans de la cour. À peine le roi est-il mort que ces reclassements s'opèrent. Au moment de quitter le château des Tournelles pour le Louvre, celle qui n'est plus que la reine mère, après avoir pris la tête du cortège, « se recula de quelques pas et dit à la Reine sa belle-fille que c'était à elle à passer la première ; mais il fut aisé de voir qu'il y avait plus d'aigreur que de bienséance dans ce compliment [1] ». Le connétable de Montmorency et tous ses partisans furent écartés du pouvoir et remplacés par les Guise. Exemple de la fragilité des choses humaines, de l'instabilité des jeux de l'ambition et du divertissement. Mais ces jeux se poursuivent, de même que persiste l'« aigreur » sous la « bienséance ». La leçon de la mort n'a pas été perçue : sous les changements apparents, la cour demeure foncièrement la même.

Peintre de la vie de cour, Mme de Lafayette en fait ressortir la séduction chatoyante, mais aussi tout ce qui s'y déploie de passions égoïstes. Surtout, elle y dénonce l'artifice, l'inconsistance, l'oubli des réalités profondes de la condition humaine. La morale qui se dégage de cette peinture ne saurait sans doute être mieux exprimée que par l'épigraphe de l'*Oraison funèbre d'Henriette d'Angleterre*, ce verset de l'Ecclésiaste : « Vanité des vanités, et tout est vanité. »

Les rapprochements qui s'imposent avec Pascal, avec Bossuet, les références qu'ils entraînent à la condition humaine en général au-delà du cas particulier de la vie des grands invitent à tenir la cour, non seulement comme une réalité autonome, comme une province du monde, mais comme une expression condensée, simplifiée, et par

1. P. 209.

là plus significative, de toute la société humaine. Saisie dans sa réalité concrète, la cour a été en même temps traitée comme une entité morale.

L'AMOUR ET L'ÉCHEC

La galanterie, en un sens qui dépasse, mais inclut celui qu'offre actuellement le terme, entre d'une manière essentielle dans la définition de la cour, comme dans le détail de sa peinture. La conclusion de la paix donne lieu à trois grands mariages. Il n'est guère de personnage rattaché à ce monde qui ne soit amoureux ou courtisé. L'exemple est donné par Henri II, qui entretient son ancienne liaison avec la duchesse de Valentinois. Catherine de Médicis aspire à trouver un chevalier servant en la personne du vidame de Chartres. La reine dauphine est passionnément aimée du duc d'Anville. On ne compte plus les succès que le duc de Nemours remporte auprès des dames. L'exception du maréchal de Saint-André demeure toute passagère puisqu'il sera l'un des soupirants de Mme de Clèves.

La galanterie, mêlée aux affaires, pénètre aussi les épisodes. On n'en fausserait aucunement le sens en les intitulant : les amours de Mme de Valentinois, les amours de Mme de Tournon, les amours d'Anne de Boulen – ou d'Henri VIII –, les amours du vidame de Chartres.

Quant à l'intrigue centrale encadrée par l'intrigue de cour, elle-même débordée par les épisodes, elle trouve, plus exclusivement encore, son ressort dans l'amour.

Mais ces amours sont infiniment diverses. Mme de Lafayette s'est plu à en accuser les différentes tonalités. Le drame d'amour qui se déroule entre les protagonistes se compose avec une multitude d'autres situations traitées en harmoniques, ou plutôt en dissonances. Mme de

Lafayette ne nous offre pas un simple récit d'aventure amoureuse, mais une véritable symphonie de l'amour.

Il est pourtant un trait commun entre toutes ces intrigues ; aucune n'est heureuse. Il semble que l'amour soit inéluctablement marqué par l'échec. Mais il ne l'est pas toujours de la même manière.

Les moralistes contemporains de Mme de Lafayette nous invitent à séparer l'amour de ses contrefaçons. Comme le dit La Rochefoucauld : « Il n'y a que d'une sorte d'amour, mais il y en a mille différentes copies [1]. » Nous distinguerons plutôt entre amour pur et amour impur [2]. Quoique ces termes ne soient pas employés dans le roman, la distinction y est implicitement pratiquée. Elle rend compte, au moins au départ, de la différence entre les amours de l'intrigue centrale et les autres.

Est impur tout amour auquel se mêle une passion étrangère, laquelle n'est jamais qu'une variété de l'ambition, depuis la recherche de la grandeur jusqu'à la satisfaction de l'intérêt. L'échec de l'amour est très souvent patent dans le mariage, qui se réduit à une affaire d'État, ou à une affaire de famille. Entre les trois mariages princiers dont le récit ponctue le roman, l'un semble avoir été conclu dans l'indifférence des intéressés, un autre, celui de Madame sœur du roi avec le duc de Savoie, plaît à la princesse, mais il est bien précisé qu'elle ne voulait épouser qu'un souverain : indice de la présence de l'ambition. En revanche, celui de Mme Élisabeth avec le roi d'Espagne, qui va se trouver dépeint avec les couleurs les plus brillantes, est en fait un crèvecœur pour celle qui s'attendait d'abord à épouser l'infant : nouveau contraste

1. *Maximes*, éd. J. Truchet, Paris, Garnier, 1967, n° 74, p. 24.

2. Distinction suggérée notamment par La Rochefoucauld : « S'il y a un amour pur et exempt du mélange de nos autres passions, c'est celui qui est caché au fond du cœur, et que nous ignorons nous-mêmes », *ibid.*, n° 69, p. 22.

entre l'apparence et la réalité. Le vide de l'amour en cette occasion est d'ailleurs symbolisé par l'absence de l'époux, représenté par le duc d'Albe. Mais les relations hors mariage ne donnent pas plus beau jeu à l'amour. Le cas de la duchesse de Valentinois est à cet égard exemplaire : elle incarne la galanterie au sens le plus péjoratif du terme. Significativement, sa façon d'aimer est définie en termes négatifs : on ne peut, en particulier, dire qu'elle ait aimé le roi « par rapport à sa seule personne, sans intérêt de grandeur ni de fortune, et sans se servir de son pouvoir que pour des choses honnêtes ou agréables au Roi même [1] ». Impossible de détourner plus complètement l'amour de son véritable domaine. Dès sa jeunesse, la future duchesse n'a vu dans le sentiment qu'elle faisait naître qu'un moyen, encore que ce fût parfois en vue de fins nobles. Mme de Lafayette prend discrètement à son compte l'anecdote, probablement légendaire, selon laquelle, tout enfant, elle aurait obtenu de François Ier la grâce de son père condamné à mort au prix de son honneur. Le caractère déplaisant du geste est souligné, avec une ironie impalpable, par son résultat dérisoire : le condamné fut gracié, mais il mourut quand même – de peur [2]. À l'époque où se situe le roman, le fruit pour elle le plus tangible de l'amour, c'est qu'elle était « maîtresse absolue de toutes choses [3] ». De même, un mot donne la clef de l'histoire d'Anne de Boulen : elle « avait de l'ambition [4] ». Dans un autre registre, les amours platoniques de Catherine de Médicis et du vidame de Chartres sont inspirées, du côté de la reine, par le besoin qu'elle a d'un confident ; du côté du vidame, par sa vanité, qui

1. P. 101.
2. Voir p. 102.
3. P. 105.
4. P. 143.

« n'était pas peu flattée [1] ». Le roi seul, semble-t-il, pourrait échapper à cette corruption de l'amour par l'ambition ; mais en fait la vanité le mène aussi : celui qui dispose de tout sauf des sentiments se laisse aisément séduire à la pensée qu'il inspire de l'amour.

L'amour est un échec lorsque l'ambition l'investit ; il ne l'est pas moins lorsqu'il est supplanté par un autre amour : car le nouveau tue l'ancien. L'infidélité est contraire à son essence ; elle en signale elle aussi l'impureté. La duchesse de Valentinois fournit encore à cet égard un exemple limite. Elle est l'infidélité même. Elle avait déjà été engagée dans beaucoup de galanteries avant de s'attacher au roi, et, depuis, elle l'a souvent trompé ; en quoi d'ailleurs le roi l'imitait : tranquillité incompatible avec l'amour véritable. L'infidélité appelle le mensonge. Les deux notions s'associent étroitement dans deux histoires dont l'intrigue compliquée traduit l'esprit tortueux des personnages. Mme de Tournon est infidèle au souvenir de son mari, tout en jouant le rôle de la veuve inconsolable, et elle est infidèle à son amant Sancerre, auquel elle finit par préférer secrètement Estouteville. Il faut attendre sa mort pour découvrir sa profonde dissimulation. Le vidame de Chartres est aussi un virtuose de l'infidélité, qui réussit à mener parallèlement trois intrigues ; chez lui, c'est la légèreté qui l'emporte et qui, quand la vérité sera découverte, finira par le perdre.

À ces amours impures, Mme de Lafayette prête volontiers un caractère dégradant. À plusieurs reprises, elle insiste sur le peu de jeunesse et de beauté de la maîtresse d'Henri II [2]. Elle tend à montrer dans la passion du roi comme une mauvaise habitude dont il lui est devenu impossible de se défaire. Mais la laideur physique n'est

1. P. 161.
2. Voir p. 75 et 100.

nulle part plus impitoyablement associée aux impuretés de l'amour que dans le cas d'Henri VIII, qui « mourut, étant devenu d'une grosseur prodigieuse [1] ». Il semble que les sentiments purs exigent la jeunesse et la beauté : l'amour vieillit mal.

Tel est le cadre aux couleurs sombres dans lequel va s'inscrire l'histoire d'amours que l'on peut qualifier de pures.

Pures assurément en ce que l'ambition n'y a nulle part. Toutes précisions sont données sur ce point. M. de Clèves tombe amoureux de Mlle de Chartres sans savoir qui elle est ; lorsqu'il l'apprend, il se réjouit parce qu'elle est « d'une qualité proportionnée à sa beauté [2] », et que leur rang comparable rend leur mariage possible ; il doit cependant résister à sa famille qui voudrait pour lui un plus beau parti, et seule la mort de son père lui permet de se poser en prétendant, évidemment mû purement par l'amour. Quant à Mlle de Chartres, si elle l'épouse, ce n'est évidemment pas par ambition, ni de sa part, ni de celle de sa mère ; elle n'accepte d'ailleurs sa main qu'après la rupture d'un projet plus glorieux, qui tendait à lui faire épouser le duc de Montpensier. Le mariage de M. de Clèves et de Mlle de Chartres n'a été un mariage d'amour que d'un côté, mais il n'a nullement été traité comme une affaire : Mme de Lafayette ne donne nullement dans les lieux communs de la critique du mariage. Le sentiment que Mme de Clèves éprouve pour le duc de Nemours n'a encore rien à voir avec un désir de grandeur sociale : les rangs, de nouveau, sont comparables. Quant au duc de Nemours lui-même, non seulement il n'y a aucune ambition dans son amour pour Mme de Clèves, mais il a renoncé, par amour pour elle, au plus glorieux de tous les mariages : celui qui devait faire de lui l'époux

---

1. P. 144.
2. P. 85.

de la reine d'Angleterre. La situation des autres soupirants de Mlle de Chartres, le chevalier de Guise et le maréchal de Saint-André, est tout à fait comparable.

Un tel amour éclot naturellement entre personnes pourvues de tous les avantages du corps et de l'esprit : aussi la cour d'Henri II convient-elle à sa manifestation. Les héros de l'intrigue centrale sont jeunes, certains même très jeunes, à commencer par Mlle de Chartres, dont l'âge est précisé : elle était « dans sa seizième année [1] » lors de son arrivée à la cour. Autrement dit : elle avait quinze ans ; elle en aura donc seize lors de sa rupture avec le duc de Nemours. Sa fragilité est celle de son âge. Au long du roman, elle sera passée de l'enfance à l'âge adulte. La beauté est aussi l'apanage commun de tous ces personnages. Celle de Mlle de Chartres est éblouissante. Si le duc de Nemours est « l'homme du monde le mieux fait et le plus beau [2] », le prince de Clèves n'en est pas moins « parfaitement bien fait [3] ». Le chevalier de Guise est « bien fait [4] » ; le maréchal de Saint-André se distingue « par l'agrément de sa personne [5] ». À la beauté sont toujours jointes des qualités d'esprit et de cœur. Chaque personne apparaît en définitive pourvue d'un charme semblable, encore qu'il se compose différemment de l'une à l'autre.

L'amour naît de la considération de tous ces « mérites ». La raison échoue pourtant à en rendre compte. Entre le prince de Clèves et le duc de Nemours, la différence n'est pas telle que l'un dût laisser Mlle de Chartres insensible et l'autre susciter en elle une violente passion. Les affinités de caractère devraient même la porter plutôt

1. P. 83.
2. P. 78.
3. P. 77.
4. *Ibid.*
5. P. 80.

vers le premier. Mais l'amour ne se commande pas ; il est de l'ordre de la fatalité ; il se manifeste avec la violence et l'imprévu du coup de foudre. Son premier signe est une vive « surprise », qui s'achève en « admiration [1] ». L'« estime » et la « reconnaissance » peuvent y avoir part, mais il réside avant tout dans l'« inclination ». Une inclination tout irrationnelle et parfois fiévreuse : elle ne ressemble pas à une sorte de « bonté » ; elle comporte « impatience… inquiétude… chagrin [2] ». Elle se mêle volontiers de plaisir et de douleur. Il s'agit d'une expérience humaine tout à fait spéciale.

L'amour est sentiment. La possession physique ne lui appartient pas de façon essentielle. Les « privilèges [3] » qu'acquiert M. de Clèves par son mariage le laissent malheureux parce qu'il ne réussit pas à toucher le cœur de sa femme. Paradoxalement, le désir, en lui, demeure insatisfait. M. de Nemours, qui se sait aimé, mais d'une femme qui se refuse à lui, se trouve dans une situation comparable, quoique exactement inverse. Si extérieure à l'amour qu'elle présente la possession, Mme de Lafayette n'est nullement portée à défendre l'amour platonique : elle s'écarte, sur ce point comme sur beaucoup d'autres, de la préciosité. L'amour appelle l'union des corps. Avec sa discrétion habituelle, la romancière fait sa place à la sensualité. Celle-ci est très accusée dans la scène du pavillon de Coulommiers : la nuit, la chaleur, une toilette négligée, les regards passionnés que Mme de Clèves jette sur le portrait du duc de Nemours, l'application avec laquelle elle orne de rubans la « canne des Indes [4] » du duc, objet probablement symbolique [5], et d'ailleurs venu

1. P. 83, 85 et 98.
2. P. 94.
3. P. 96.
4. P. 221.
5. Nous ne reviendrons pas longuement sur ce détail qui a fait couler beaucoup d'encre, voir Michel Butor, *Répertoire*, Paris, 1961, p. 76 ;

entre ses mains au prix d'une indélicatesse, tous les détails confèrent à cette évocation un caractère profondément trouble. Autre élément qui entre en jeu dans cette peinture totale de l'amour.

Si parfait soit-il, l'amour n'en a pas moins partie liée avec l'échec. Deux menaces pèsent sur lui, dont Mme de Clèves fait simultanément l'expérience, allant ainsi jusqu'au bout de son éducation sentimentale.

La première est celle de l'amour non partagé. Le sentiment met en jeu deux personnes. Le romanesque traditionnel admet volontiers comme postulat que chacun des amants est payé de retour : la fierté de l'héroïne précieuse qui tient son soupirant à distance finit par disparaître au dénouement. Une vision pessimiste s'attachera davantage à la situation de celui qui aime sans être aimé. Situation tragique, en ce qu'elle témoigne d'une sorte de fatalité

Maurice Laugaa, *Lectures de Mme de Lafayette*, Paris, 1971, p. 296-306. Reste peut-être à se demander ce qu'était concrètement cet objet. Le *Dictionnaire* de Furetière (art. « Canne ») est très éclairant. On y lit en particulier : « [...] Les Indes sont pleines de bois de bambou, qui sont des *cannes* pleines de nœuds qu'on apporte ici... » La canne est d'abord un certain type de bois, dont la meilleure qualité est le bambou. Voilà pour la matière. La forme n'est pas nécessairement celle de l'objet appelé aujourd'hui canne. En ce cas, on aurait peine à imaginer Mme de Clèves s'en emparant subrepticement. Que l'on se reporte à la suite de l'article de Furetière : « *Canne* signifie aussi un bâton qu'on porte à la main, fait de ces sortes de bois. Il sert ou à se soutenir en marchant et quelquefois pour marquer le commandement. On les enrichit par les bouts [noter le pluriel] d'argent, d'ivoire, d'agate, de cristal, etc. Ce vieillard est réduit à porter la *canne.* Cet officier a donné cent coups de canne à ce soldat insolent. » On songe, non pas au bâton du vieillard, mais à une sorte d'équivalent du bâton de maréchal ou, plus naturellement encore, au *stick* de l'officier. C'est d'abord un symbole de puissance. Un article tout récent rattache très ingénieusement ce motif, par l'intermédiaire de *Cléonice ou le Roman galant* de Mme de Villedieu (1669), au fameux *Lai du chèvrefeuille* de Marie de France : Armine Kotin, « La canne des Indes : Mme de Lafayette lectrice de Mme de Villedieu », *XVIIe siècle*, 1979, n° 125, p. 409-411.

malheureuse, de l'impuissance, chez l'amant, à maîtriser une réalité contraire à ses désirs : l'amour appartient à une essence des choses sur laquelle l'homme n'a aucun pouvoir. Il est naturel que cette situation débouche sur la mort. Le prince de Clèves meurt de n'être pas aimé. De même, le chevalier de Guise, amoureux sans espoir, est voué à une fin prématurée.

Le cas du prince de Clèves appelle une analyse plus détaillée. Toute son histoire est celle d'une inquiétude qui ne cesse de s'accroître au point de devenir mortelle. L'absence d'amour qu'il éprouve chez sa femme lui apparaît sous plusieurs formes successives. Il croit d'abord à une sorte d'insensibilité, dont tout autre serait également victime : la jalousie n'entre alors aucunement dans son attitude ; son malheur est causé par le sentiment d'un vide. Il est si peu soupçonneux et se comporte en si « honnête homme » qu'il favorise lui-même ce qu'il devrait éviter : il ira jusqu'à conduire le duc de Nemours dans la chambre de sa femme. Inconscience qui n'est pas sans tenir quelque peu de la fatalité. La scène de l'aveu, véritable nœud du roman, où tous les fils s'entrecroisent, le détrompe sur cette insensibilité qu'il imaginait : le sentiment qu'il n'a pu causer s'est éveillé, malgré tous les efforts pour le combattre, en faveur d'un autre. Il fallait que la révélation lui fût apportée par cet aveu pour que le personnage conservât toute sa dignité. La jalousie la ternit ensuite un peu ; mais c'est surtout le progrès de l'inquiétude qu'il faut marquer. Ce rival aimé n'a d'abord aucun nom. Mme de Clèves n'a pas eu la force d'aller jusqu'à cette précision, ou plutôt elle s'en est tenue à ce qui lui semblait suffisant pour que son mari lui prêtât son secours contre elle-même. Mieux encore : dans la perspective de la construction du roman, Mme de Lafayette a ménagé une nouvelle étape dans la connaissance que le prince de Clèves, prenant désormais l'initiative, acquiert de sa situation : il va découvrir le nom de son rival. L'ultime étape est celle qui lui donnera lieu de croire qu'il est trompé, atteignant ainsi le fond du malheur. Erreur comparable, quoique de sens inverse, à celle de son inconscience initiale, erreur dont Mme de Lafayette, avec beaucoup de nuances, le fait à la fois innocent et coupable : innocent, parce que l'indiscrétion du duc de Nemours a joué un rôle décisif, et à cause de la maladresse du gentilhomme envoyé en reconnaissance ; coupable, par la jalousie qui lui a fait interpréter en fonction de ses craintes de simples apparences. En définitive, sa mort a été causée par une sorte de fatalité complexe.

La situation du duc de Nemours est, on l'a vu, symétrique de celle du prince de Clèves. L'un a l'amour, l'autre la possession. À chacun d'eux il reste quelque chose à désirer ; l'insatisfaction leur est commune. Mais, s'il est impossible de faire naître l'amour par aucun moyen humain, une femme qui aime, si soucieuse qu'elle soit de son honneur, devient très vulnérable aux entreprises de celui qu'elle aime. Il était du rôle du prince de Clèves de rester essentiellement passif ; il est de celui du duc de Nemours de déployer une incessante activité.

La signification du personnage au regard de l'amour consiste précisément en ce qu'il est toujours en lutte pour gagner Mme de Clèves. Il y manifeste une remarquable constance et une extrême virtuosité. La constance est tout à son honneur en ce que l'inconstance lui a été auparavant habituelle : l'amour qu'il éprouve pour Mme de Clèves est d'une sincérité, d'une profondeur qu'il n'avait pas encore connues. Il témoigne même en faveur de ce propos de l'auteur du *Discours sur les passions de l'amour* : « Le premier effet de l'amour, c'est d'inspirer un grand respect [1]. » Il sait faire preuve de discrétion ; il se garde de publier des sentiments dont il sait qu'ils déplaisent. Mais ce n'est là qu'une face du personnage.

1. Voir Pascal, *Pensées et Opuscules*, éd. Brunschvicg, p. 132.

La discrétion même est un élément de sa stratégie : en manquer serait pour lui perdre toute chance de succès. Il n'en livre pas moins un siège en règle. Il ressemble au chasseur guettant sa proie. N'est-ce pas ainsi qu'il apparaît lors des deux scènes de Coulommiers ? Cette situation convient si parfaitement à son personnage que sa présence cachée, lors de ces deux scènes, en acquiert quelque vraisemblance, au moins poétique. Son élégance ne peut donc dissimuler qu'il reste foncièrement un séducteur et qu'aucun scrupule ne l'embarrasse. S'il triomphait, l'amour pourrait-il chez lui garder sa dignité ?

La question nous invite à considérer la seconde menace qui pèse sur l'amour. Elle lui semble apparemment extérieure. Elle tient aux exigences qui le contredisent : celles du devoir, celles de l'honneur. La situation est alors celle, toute classique, de l'amour impossible ou interdit, situation saisie sous sa forme la plus haute : la question posée n'est pas celle de la mésalliance, à peine celle de l'obéissance aux parents ; c'est celle de la fidélité. C'est dans cette situation qu'est engagée, au premier chef, la princesse de Clèves, amoureuse du duc de Nemours, aimée de lui, mais sans espoir puisque, par une ironie du destin, cet amour partagé s'est éveillé au lendemain d'un mariage sans amour.

Est-ce alors la société qui fait échec à l'amour, par les contraintes qu'elle impose au sentiment ? Poser la question en ces termes est peut-être un peu léger. C'est faire bon marché de la souffrance de celui qui serait la victime parfaitement estimable du succès de cette aventure, souffrance qu'il a d'ailleurs provoquée, en épousant Mlle de Chartres, chez son rival le chevalier de Guise : comme si tout amour déclenchait, d'une façon ou d'une autre, le malheur. C'est surtout adopter, sur les rapports entre l'individu et la société, une perspective romantique bien étrangère à Mme de Lafayette.

La société est présente dans le roman : la cour en est un raccourci exemplaire. Or la cour est étrangement indulgente à toutes les variétés du faux amour. L'adultère y fleurit, magnifié par la liaison d'Henri II avec la duchesse de Valentinois, dont Catherine de Médicis est à peine jalouse. La reine dauphine, encore que parfaitement honnête, parle avec beaucoup de liberté des sentiments dont elle serait l'objet de la part du duc de Nemours. Celui-ci, réputé plus que tout autre pour ses succès féminins, est l'idole de la cour, dont il représente comme l'abrégé. Il n'est pas surprenant que Mme de Lafayette qualifie la cour de « dangereuse [1] ». Le murmure d'admiration qui s'en élève lorsque Mme de Clèves danse avec M. de Nemours [2] marque sa complicité. Elle semble faire obstacle à la communication entre les deux amants, en les empêchant de se trouver seul à seule. Mais elle leur procure surtout mille occasions de rencontres. Elle exaspère des sentiments que la séparation pourrait calmer. Pour résister à son amour, Mme de Clèves ne peut compter que sur la retraite et la solitude.

Il est vrai que la société peut agir autrement. L'éducation austère que Mme de Chartres a donnée à sa fille n'en est-elle pas l'expression ? Sans doute, mais alors éclate l'ambiguïté de la société, qui est aussi celle de la cour. Indulgente aux faiblesses communes, la cour n'en admire pas moins une vertu d'exception. Mlle de Chartres a été formée à ne pas ressembler aux « autres femmes [3] », à prendre le plus grand soin de sa « réputation ». Une réputation qui est moins de l'ordre de la morale que de celui de l'honneur et de l'héroïsme. Elle tient à la difficulté vaincue : La Rochefoucauld ne compare-t-il pas la

1. P. 88 ; cf. p. 87.
2. Voir p. 98.
3. P. 117.

« vertu des femmes » à la « valeur des hommes[1] » ? Toutefois il reste quelque chose d'impur dans l'honneur lorsqu'il est tributaire de l'opinion. Comme chez Corneille, il s'achève, chez Mme de Lafayette, dans le sentiment intérieur de la gloire personnelle. Comme le dit Mme de Chartres à sa fille : « Songez ce que vous vous devez à vous-même[2]. »

L'évolution de Mme de Clèves s'effectue d'ailleurs de telle façon qu'à partir de l'acquis de son éducation et à travers sa douloureuse expérience, elle élabore peu à peu sa propre vérité, qui ne doit plus rien qu'à elle-même. Autant que le souci de sa gloire, ce qui la guide est sa conscience, conscience psychologique plus que conscience morale, qui s'achève en sincérité. Tout ce qui lui arrive est réfléchi par cette conscience et se compose en son esprit de manière à lui procurer à la fois la maîtrise de ses actes et la conquête d'une amère vérité de l'amour.

Ce qui s'impose d'abord à elle est la force irrépressible de la passion. Elle a cru pouvoir réagir contre le sentiment qu'elle sentait naître en elle : peine perdue. Elle s'est au moins promis de ne jamais le laisser paraître : elle se trahit elle-même. Elle invoque le secours de son mari par un aveu à la fois héroïque et humiliant ; mais elle n'en obtient pas ce qu'elle en attendait, le consentement à une retraite qui seule peut la défendre contre sa fragilité ; elle a, en revanche, éveillé des soupçons qui rendent plus pesante la vie conjugale. Parallèlement, elle ne peut manquer de surprendre en elle toutes sortes de menues complaisances, plus ou moins nettement consenties. Lors de la scène du pavillon, elle est allée jusqu'à la dernière limite possible avant la chute, trompant son mari par la pensée. Mais c'était en présence de la seule image de

1. Éd. citée, n° 220, p. 56.
2. P. 116.

Nemours ; l'apparition de la personne même rompt ce dangereux enchantement.

La réflexion sur l'expérience vécue impose l'idée des « désordres de l'amour ». Désordre, que cette impuissance à le maîtriser. Il surgit au fond de l'être comme un corps étranger, appelant des actes où la conscience ne se reconnaît pas, obstacle à l'expression d'une liberté qui se veut lucide. En découvrant sa passion pour M. de Nemours, Mme de Clèves a eu la révélation de l'« injustice [1] » de l'amour : car enfin, ce sentiment qu'elle éprouve pour un autre, c'est celui que son mari attendait d'elle et qu'il mérite parfaitement. Mais l'expérience la plus cruelle a été celle de la jalousie, de ses angoisses et de ses tortures. Elle en a ressenti les atteintes à plusieurs reprises, mais surtout lors de l'affaire de la lettre perdue. Jalousie vaine, puisque la lettre dénonciatrice de l'infidélité émanait, non pas du duc de Nemours, mais du vidame de Chartres. Pourtant, derrière l'erreur se cachait une vérité profonde : celle de l'inéluctable infidélité.

Une si douloureuse expérience, pensera-t-on, aurait été évitée si la fatalité n'avait voulu que Mlle de Chartres rencontrât M. de Clèves avant M. de Nemours. Si l'inverse s'était produit, le roman n'aurait pas eu lieu. L'amour aurait-il pour autant échappé à l'échec ?

La réponse est fournie par le dénouement. On sait qu'à la mort de son mari, Mme de Clèves, devenue libre et toujours amoureuse du duc de Nemours, refuse cependant de l'épouser, et qu'il s'ensuit une séparation définitive. Deux considérations ont inspiré cette attitude : celle du *devoir* et celle du *repos*. Ces termes sont beaucoup moins limpides qu'il ne semble.

Du mot *devoir* est exclue toute idée d'obligation sociale. La cour approuverait pleinement la conclusion du mariage qui est devenu possible. Mme de Clèves ne

1. L'idée, sinon le mot, apparaît p. 114. Voir aussi p. 94.

songe nullement à jouer, même très sincèrement, le rôle de la veuve inconsolable que se prêtait faussement Mme de Tournon. Mais elle accuse, non sans raison, le duc de Nemours d'avoir causé la mort de son mari par son imprudence, par sa légèreté, par toutes les raisons qu'il a données à M. de Clèves de mettre en doute la fidélité de sa femme. L'honneur ne permet pas d'épouser le meurtrier de son mari. Mais la situation doit être analysée d'une manière encore plus précise. Ce n'est pas seulement le devoir qui combat l'amour ; c'est l'amour qui est vicié de l'intérieur par le désordre dont il a été indirectement la cause. Impossible dès lors à l'amour de garder sa fraîcheur et sa pureté. Son passé l'a terni pour toujours. Pour sauver ce qu'il a de meilleur, il faut y renoncer.

La considération du *repos* s'interprète encore plus nettement en ce sens. La critique met parfois sous ce terme un contenu très pauvre, comme s'il s'agissait pour Mme de Clèves de s'assurer une frileuse tranquillité. Il faut aller bien au-delà. Ce qui troublerait son repos, ce sont d'abord les affres de la jalousie dont elle a déjà si durement souffert. La menace est inévitable : « [...] les hommes conservent-ils de la passion dans ces engagements éternels [1] ? » Né pour la galanterie, ayant toutes les qualités pour plaire, comment le duc de Nemours ne poursuivrait-il pas sa carrière conquérante ? Plus profondément, l'amour vit de l'obstacle. Ce sont les obstacles qui ont entretenu la constance chez le duc de Nemours, comme M. de Clèves était resté amoureux de sa femme « parce qu'il avait toujours quelque chose à souhaiter au-delà de sa possession [2] ». L'inconstance, l'agitation sont inséparables de l'amour tel qu'il est vécu par les hommes. Il semble que, pour Mme de Lafayette, les femmes

1. P. 244.
2. P. 96.

aspirent beaucoup plus à la permanence et à la fidélité. Pourtant, chez Mme de Clèves, l'obstacle n'a-t-il pas aussi joué son rôle pour entretenir l'amour ? Il est vrai que c'est celui qu'elle s'est elle-même glorieusement imposé. En somme, il existe dans l'amour une contradiction : il aspire à la durée, à la permanence, et il vit d'agitation, de mobilité. L'idée de repos traduit cette aspiration à la permanence. L'amour de Mme de Clèves pour M. de Nemours demeurait tellement fort qu'après son refus « les autres choses du monde lui avaient paru si indifférentes qu'elle y avait renoncé pour jamais [1] ». Mais cet amour était trop haut pour pouvoir être vécu ; le vivre, c'était risquer de le rabaisser au niveau des galanteries de cour. Il fallait y renoncer pour en garantir la pureté.

Comme celle de la cour, la peinture de l'amour s'éclaire merveilleusement par la théorie pascalienne du divertissement. « Nous ne cherchons jamais les choses, mais la recherche des choses [2]. » L'objet aimé n'est désiré que tant qu'il est inaccessible. Pourtant l'homme s'imagine qu'il n'aspire qu'à sa possession. C'est qu'il éprouve deux besoins contradictoires, celui de l'agitation et celui du repos. Ce dernier est le seul authentique, mais il est incompatible avec la vie.

On peut aussi considérer cette conception de l'amour comme un prolongement pessimiste de la théorie platonicienne. L'être aimé n'est plus tenu pour un reflet de la Beauté suprême, vers laquelle il permettrait de s'élever, dans une continuité harmonieuse ; mais l'expérience de l'amour et de son échec révèle une inadéquation tragique entre sa réalité quotidienne et les aspirations qu'il implique, elle fait prendre conscience d'un vide que seul un autre amour peut combler.

1. P. 252.
2. Pascal, *Pensées*, Laf., n° 773 ; Br., n° 135.

Au terme où se trouve parvenue Mme de Clèves, quelles conclusions se dégagent ?

Condamnation de la galanterie, sous les formes superficielles ou dégradées qu'elle prend à la cour, image du monde ? Sans aucun doute. La galanterie n'a de l'amour que les apparences.

Condamnation du mariage ? Oui, si l'on tient que le mariage peut donner lieu à l'épanouissement de l'amour. Or, en l'établissant dans la durée, il conspire à le faire disparaître. Le dénouement infirme-t-il donc les paroles de Mme de Chartres inculquant à sa fille l'idée que « ce qui seul peut faire le bonheur d'une femme [...] est d'aimer son mari et d'en être aimée [1] » ? La situation idéale ainsi évoquée est rigoureusement inconcevable selon l'analyse présentée au dénouement. Mais à côté de l'amour-passion, admirable par sa profondeur, mais redoutable par ses ravages, et malaisé à accommoder avec le mariage, Mme de Lafayette ne réserve-t-elle pas une place à l'amour-tendresse, qui se nourrit d'estime et de reconnaissance, et se plie aux nécessités du quotidien ? Entre M. et Mme de Clèves, un tel amour eût été viable. Il le serait beaucoup moins entre Mme de Clèves et M. de Nemours.

Aussi la décision prise par Mme de Clèves est-elle beaucoup plus radicale. Elle consiste à prendre acte d'un tragique irrémédiable et à refuser tout compromis. Le refus de l'amour est la seule manière de rester fidèle à l'amour.

Attitude purement héroïque ; soumission à un ordre des choses que l'on pourrait qualifier d'absurde ? Oui, si l'on tient que Dieu est absent de l'univers du roman. Mais une note discrètement religieuse s'entend dans les dernières pages, qui ne peut être simple ornement, ou concession à l'anecdote. Que Mme de Clèves passât une

---

1. P. 83.

partie de l'année dans une « maison religieuse et l'autre chez elle [1] » est hautement symbolique du partage déchirant impliqué par la condition humaine entre les réalités terrestres et les désirs d'absolu. La distance qu'elle prend par rapport au monde, la leçon qu'elle tire de la proximité de la mort, le temps qu'elle consacre à « des occupations plus saintes que celles des couvents les plus austères [2] » semblent préparer une autre vie, où l'harmonie serait restaurée. Mais ce n'est qu'une suggestion de l'œuvre, qui demeure jusqu'au bout tragique.

Du roman au poème

Les écrits des théoriciens fournissent abondamment la preuve que le XVIIe siècle se représente le roman, quoique appartenant à la prose, comme un genre semi-poétique. Sans doute l'abandon de la forme du roman héroïque au profit de la nouvelle allait-il à l'opposé de cette conception. Mais *La Princesse de Clèves* n'appartient que partiellement à la nouvelle et aucun roman du siècle ne fait entrer aussi complètement dans l'univers de la poésie.

Il est douteux que chez les contemporains de Mme de Lafayette ce mot ait éveillé les mêmes résonances que dans les générations venues après le romantisme. Leur art poétique dénote l'attachement à des conventions qui nulle part n'ont été plus fâcheusement contraignantes que pour l'épopée, modèle du roman. Mais ils n'ignoraient pas que la vraie poésie était ailleurs. Ils admiraient Virgile ; ils ont goûté Racine. Ils n'avaient pas conçu l'idée de prose poétique, mais ils commençaient à percevoir les ressources poétiques de la prose. Un Pascal, un Bossuet en témoignent amplement.

1. P. 253.
2. *Ibid.*

C'est cette voie sans doute qui conduit au plus secret de *La Princesse de Clèves.* Comme le dit Albert Béguin dans une étude éblouissante : « Le profond, dans *La Princesse de Clèves,* c'est la forme [1]. » Mais le domaine est malaisé à explorer. On doit s'avancer avec prudence et se contenter de quelques suggestions.

Le climat poétique peut d'abord être rattaché à l'architecture du roman. Le recours aux épisodes ne fait qu'accuser à l'extrême le souci de briser la continuité d'une narration qui tend par trop à obéir aux lois du discours. À la succession des faits se superposent, entre les diverses parties du roman, des rapports de type analogique ou musical. L'histoire de Mme de Valentinois, celle de Mme de Tournon font assister à la dégradation d'un amour que Mme de Clèves veut absolument garder pur : en ces exemples, elle lit ce qu'elle peut devenir en son âge mûr. Entre la vie de cour et l'histoire d'amour, qui semblent se juxtaposer logiquement, comme le cadre à son contenu, se révèlent des affinités profondes, comme entre deux formes d'une agitation perpétuellement insatisfaite, entre deux mondes également révélateurs de la condition humaine. Des contrastes, des effets de contrepoint s'y ajoutent dans la mesure où la pureté de certaines amours se détache sur le fond trouble de l'ambition et de la galanterie. Innombrables sont les situations qui se font écho, chacune avec sa nuance particulière : mort de Mme de Chartres ; mort de M. de Clèves ; douleur du prince de Clèves, époux non aimé, douleur du chevalier de Guise, ni aimé, ni époux ; scènes successives à Coulommiers ; construction en parallèle de personnages tels que le duc de Nemours et le vidame de Chartres. De tous ces effets d'analogie et de contraste, Mme de Lafayette joue savamment avec un art qui tient à la fois de la poésie et de la musique.

---

1. Préface au texte publié à Lausanne, éd. Rencontre, 1967, p. 9.

Poétique aussi la tonalité générale de l'œuvre. La présence de la mort, l'échec des aspirations humaines et l'impossibilité du bonheur, le sentiment de la vanité du monde créent ce que nous avons appelé un tragique diffus. L'œuvre baigne dans un climat d'intense mélancolie. La souffrance et la plainte s'y exhalent parfois sur un mode quasi lyrique : ainsi dans la dernière scène du pavillon de Coulommiers, lorsque le duc de Nemours, heureux d'être aimé, mais désespéré de se voir repoussé, s'en va « sous les saules, le long d'un petit ruisseau », et se trouve pénétré d'émotion au point d'être « contraint de laisser couler quelques larmes [1] ». Ailleurs, c'est le silence qui se charge de la plus forte émotion : plusieurs jours avant de mourir, Mme de Chartres et M. de Clèves ont renoncé à la parole. La violence de la passion apparaît constamment comme l'effet d'un destin funeste, que la conscience éprouve dans le malheur. Le cadre princier confère grandeur et dignité à cette peinture émouvante, à cette grave méditation. Comme *Bérénice*, *La Princesse de Clèves* est bien faite pour susciter « cette tristesse majestueuse qui fait tout le plaisir de la tragédie [2] ».

C'est surtout dans le langage qu'il convient de chercher la source de la poésie.

Paradoxalement, c'est d'abord un langage de l'idée. L'abstraction et la généralité, qui en définissent un premier caractère, semblent tout opposées aux nécessités de l'expression poétique. Caractériser la cour par « la magnificence et la galanterie », faire reposer l'ultime évolution de la princesse de Clèves sur la considération du « devoir » et du « repos », présenter Mme de Clèves à son arrivée au bal où elle va rencontrer M. de Nemours par la remarque : « l'on admira sa beauté et sa parure [3] »,

1. Voir p. 223.
2. Préface de *Bérénice*.
3. P. 98.

et le duc de Nemours par celle-ci : « le soin qu'il avait pris de se parer augmentait encore l'air brillant qui était dans sa personne [1] », c'est refuser l'image au profit de l'idée. Mme de Lafayette proscrit le pittoresque et la métaphore. Elle n'en fait pas moins sa place au concret : que l'on songe aux descriptions d'habits de fête, aux scènes chez le marchand de pierreries et chez le marchand de soie, à l'évocation du paysage aux abords du pavillon de Coulommiers. Mais les réalités concrètes ont sous sa plume une couleur morale. Elles aident à pénétrer à l'intérieur des âmes. Les saules de Coulommiers ont une fonction symbolique. C'est aux sentiments que s'attache la poésie. L'abstraction et la généralité ôtent au récit une sorte d'épaisseur qui empêcherait d'atteindre ce domaine de l'impalpable auquel appartiennent le fond des cœurs et une sorte d'essence des choses, cachée par l'apparence. La poésie naît de cette quête de l'invisible, dans laquelle l'imagination est sollicitée, mais pour aller au-delà de l'image.

Ont aussi une fonction poétique les deux figures faussement opposées les plus familières à Mme de Lafayette, l'hyperbole et la litote. C'est par l'hyperbole que s'ouvre le roman : le tableau de la cour nous transporte dans un monde de l'idéalité. Les portraits, en premier lieu ceux de M. de Nemours et de Mlle de Chartres, se composent d'hyperboles. L'individualité de chacun n'en est pas moins préservée : elle se définit par le choix des traits hyperboliques. Mais chaque personnage se pare du charme qui fait naître l'amour. Ces multiples expressions de la beauté sont comme autant de figures de rêve. De plus, à ces êtres d'élite s'attache une extrême sensibilité. La violence des sentiments s'exprime aussi naturellement par l'hyperbole : « Madame de Clèves demeura dans une affliction si violente qu'elle perdit quasi l'usage

1. P. 98.

de la raison[1]. » Et, au sujet de M. de Nemours : « La passion n'a jamais été si tendre et si violente qu'elle l'était alors en ce prince[2]. » C'est l'intensité du sentiment qui s'exprime dans les monologues. La poésie des passions tient justement à la conjonction de leur force avec la faiblesse humaine ; l'hyperbole donne aux amours et aux souffrances vécues une portée exemplaire. La litote, sous l'apparence de l'atténuation, est très souvent proche de l'hyperbole. Lors du vol de son portrait, « Madame de Clèves n'était pas peu embarrassée[3] ». Elle aboutit dans tous les cas à un effet d'imprécision qui enrichit le sens. Grâce à des expressions telles que : « Il se passa un assez grand combat en elle-même[4] » ; « sa vie [...] fut assez courte[5] », la fin du roman s'estompe dans une sorte de vague dont Mme de Lafayette ne tire pas des effets moins puissants que du silence. Un climat de demi-irréalité porte à la méditation. Hyperbole et litote entrent d'ailleurs très souvent dans des phrases négatives : le lecteur est tenu à distance de l'objet du récit et se trouve transporté dans un univers immatériel, dans un monde d'essences, où la réalité est à la fois dépassée et éclairée.

Si la poésie de *La Princesse de Clèves* tient pour beaucoup à la quête de l'idéalité, elle est due plus concrètement à une musique de la phrase presque insaisissable et souvent rebelle à l'analyse. Ce qui frappe dès l'abord, c'est le refus de l'éloquence. Mme de Lafayette évite soigneusement la période avec ses symétries et ses cadences. Lorsque la phrase s'allonge, c'est par une succession de consécutives qui laisse à chaque proposition une grande indépendance : ni balancement, ni effet de suspension.

1. P. 232.
2. P. 223.
3. P. 146.
4. P. 251.
5. P. 253.

Toute fin de phrase trop brillante, tout éclat dans les clausules sont bannis. Négligence, a souvent dit la critique, à commencer par celle des contemporains. Il faut y regarder à deux fois. Mme de Lafayette a systématiquement écarté le haut style ; elle ne veut rien de « grimpé [1] ». Mais elle n'en a pas moins fait choix d'un style, qui est le style tempéré ; et elle joue de ses valeurs propres. Ni fausse fenêtre pour la symétrie, ni terme impropre pour éviter une répétition ; on devine encore la leçon de Pascal. Ni ampleur ni apprêt. La principale vertu de son langage est la densité, obtenue parfois par des hardiesses qui ne sont pas sans rapport avec les raccourcis du langage poétique.

Mais cette phrase volontairement discrète n'en est pas moins soumise aux lois d'une rythmique savante et à celles d'une musique tout intérieure. L'abbé de Charnes a beau jeu de faire remarquer que les corrections proposées par Valincour ont le plus souvent pour effet de détruire cette ordonnance musicale, de rendre la phrase de *La Princesse de Clèves* moins « nombreuse [2] ». Sans être jamais frappants, certains effets se laissent percevoir plus aisément. On sait sur quelle évocation nous quittons le duc de Nemours : « Enfin, des années entières s'étant passées, le temps et l'absence ralentirent sa douleur et éteignirent sa passion [3]. » La musique tient au rythme d'ensemble, mais aussi au jeu des nasales, opposées aux sonorités vives et en écho de « ralentirent » et « éteignirent. » La disposition n'est pas sans rappeler le célèbre vers de Racine :

Vous mourûtes aux bords où vous fûtes laissée [4].

---

1. Le terme, sans doute synonyme de « guindé », est employé dans la lettre à Lescheraine, voir *Appendices*, p. 258.
2. *Op. cit.*, p. 274-275.
3. P. 253.
4. *Phèdre*, I, III, v. 254.

Mais il est évident que Mme de Lafayette n'évite pas moins le rythme de l'alexandrin que celui de la phrase oratoire.

La recherche musicale dont témoigne cette phrase d'adieu au duc de Nemours éclate si on la met en rapport avec une phrase très proche pour le sens, et même pour l'expression, que l'on peut relever dans l'*Histoire de Madame*, à propos des amours de Louis XIV et de Marie Mancini : « Le temps, l'absence et la raison le firent manquer enfin à ses promesses… [1]. » Voilà la prose de l'histoire clairement opposée à la poésie du roman.

Musique plus impalpable, celle d'une phrase telle que : « Elle ne se flatta plus de l'espérance de ne le pas aimer ; elle songea seulement à ne lui en donner jamais aucune marque [2]. » Le climat mélancolique, le sentiment de la fragilité, le paradoxe émouvant d'une situation intenable sont orchestrés par le jeu des consonnes liquides et des voyelles douces, sur lesquelles tranche le son « a » du mot qui exprime la résolution finale.

C'est sans doute parce qu'elle réussit à s'élever, d'une manière inimitable, au rang d'un véritable poème que *La Princesse de Clèves* demeure une œuvre isolée en son époque, isolée même par rapport à la postérité d'un genre dont elle a pourtant fourni le modèle.

Nous risquerons-nous pour conclure à essayer d'analyser le charme de *La Princesse de Clèves* ? Il est infiniment complexe et réside peut-être dans un subtil mélange et dans une non moins subtile unité. La narration et l'analyse conjuguent leurs ressources pour conduire à la découverte passionnante de l'intériorité. L'univers de l'œuvre s'impose par sa présence, présence historique et

---

1. Éd. citée, p. 19.
2. P. 137.

présence psychologique, mais sa fonction est en même temps de signifier, de produire sa moralité : la peinture s'y achève au bord de la métaphysique. Essentiellement, Mme de Lafayette nous rend profondément sensibles à la séduction du monde, le monde chatoyant de la cour, le monde émouvant de l'amour ; mais elle en dénonce en même temps les fausses apparences, en fait percevoir la vanité : contraste qui suscite un climat de mélancolie et fait naître le tragique. La véhémence des passions, la puissance irrésistible et fatale de l'amour sont traitées avec une mesure, une absence voulue d'images et de couleurs qui empêchent l'imagination de s'attarder et provoquent à la méditation. L'extrême sobriété s'allie à une recherche de grandeur et de majesté dans une tonalité poétique. Succès de la technique, et triomphe du goût.

Jean MESNARD

LA PRINCESSE DE CLÈVES

LE LIBRAIRE AU LECTEUR

Quelque approbation qu'ait eue cette histoire dans les lectures qu'on en a faites, l'auteur n'a pu se résoudre à se déclarer ; il a craint que son nom ne diminuât le succès de son livre. Il sait par expérience que l'on condamne quelquefois les ouvrages sur la médiocre opinion qu'on a de l'auteur et il sait aussi que la réputation de l'auteur donne souvent du prix aux ouvrages. Il demeure donc dans l'obscurité où il est, pour laisser les jugements plus libres et plus équitables, et il se montrera néanmoins si cette histoire est aussi agréable au public que je l'espère.

[PREMIÈRE PARTIE]

La magnificence et la galanterie n'ont jamais paru en France avec tant d'éclat que dans les dernières années du règne de Henri second. Ce prince était galant, bien fait et amoureux ; quoique sa passion pour Diane de Poitiers, Duchesse de Valentinois, eût commencé il y avait plus de vingt ans, elle n'en était pas moins violente, et il n'en donnait pas des témoignages moins éclatants.

Comme il réussissait admirablement dans tous les exercices du corps, il en faisait une de ses plus grandes occupations. C'était tous les jours des parties de chasse et de paume, des ballets, des courses de bagues, ou de semblables divertissements ; les couleurs et les chiffres de Madame de Valentinois paraissaient partout, et elle paraissait elle-même avec tous les ajustements que pouvait avoir Mademoiselle de La Marck, sa petite-fille, qui était alors à marier.

La présence de la Reine autorisait la sienne. Cette princesse était belle, quoiqu'elle eût passé la première jeunesse ; elle aimait la grandeur, la magnificence et les plaisirs. Le Roi l'avait épousée lorsqu'il était encore Duc d'Orléans, et qu'il avait pour aîné le Dauphin, qui mourut à Tournon, prince que sa naissance et ses grandes qualités destinaient à remplir dignement la place du Roi François premier, son père.

L'humeur ambitieuse de la Reine lui faisait trouver une grande douceur à régner ; il semblait qu'elle souffrît sans peine l'attachement du Roi pour la Duchesse de Valentinois, et elle n'en témoignait aucune jalousie ; mais elle avait une si profonde dissimulation qu'il était difficile de juger de ses sentiments, et la politique l'obligeait d'approcher cette duchesse de sa personne, afin d'en approcher aussi le Roi. Ce prince aimait le commerce des femmes, même de celles dont il n'était pas amoureux : il demeurait tous les jours chez la Reine à l'heure du cercle, où tout ce qu'il y avait de plus beau et de mieux fait de l'un et de l'autre sexe ne manquait pas de se trouver.

Jamais Cour n'a eu tant de belles personnes et d'hommes admirablement bien faits ; et il semblait que la nature eût pris plaisir à placer ce qu'elle donne de plus beau dans les plus grandes princesses et dans les plus grands princes. Madame Élisabeth de France, qui fut depuis Reine d'Espagne, commençait à faire paraître un esprit surprenant et cette incomparable beauté qui lui a été si funeste. Marie Stuart, Reine d'Écosse, qui venait d'épouser Monsieur le Dauphin, et qu'on appelait la Reine Dauphine, était une personne parfaite pour l'esprit et pour le corps ; elle avait été élevée à la Cour de France, elle en avait pris toute la politesse, et elle était née avec tant de disposition pour toutes les belles choses que, malgré sa grande jeunesse, elle les aimait et s'y connaissait mieux que personne. La Reine sa belle-mère, et Madame sœur du Roi, aimaient aussi les vers, la comédie et la musique. Le goût que le Roi François premier avait eu pour la poésie et pour les lettres régnait encore en France ; et le Roi son fils aimant les exercices du corps, tous les plaisirs étaient à la Cour. Mais ce qui rendait cette Cour belle et majestueuse était le nombre infini de princes et de grands seigneurs d'un mérite extraordinaire. Ceux que je vais nommer étaient, en des manières différentes, l'ornement et l'admiration de leur siècle.

Le Roi de Navarre attirait le respect de tout le monde par la grandeur de son rang et par celle qui paraissait en sa personne. Il excellait dans la guerre, et le Duc de Guise lui donnait une émulation qui l'avait porté plusieurs fois à quitter sa place de général, pour aller combattre auprès de lui comme un simple soldat, dans les lieux les plus périlleux. Il est vrai aussi que ce duc avait donné des marques d'une valeur si admirable et avait eu de si heureux succès qu'il n'y avait point de grand capitaine qui ne dût le regarder avec envie. Sa valeur était soutenue de toutes les autres grandes qualités : il avait un esprit vaste et profond, une âme noble et élevée, et une égale capacité pour la guerre et pour les affaires. Le Cardinal de Lorraine, son frère, était né avec une ambition démesurée, avec un esprit vif et une éloquence admirable ; et il avait acquis une science profonde, dont il se servait pour se rendre considérable en défendant la religion catholique, qui commençait d'être attaquée. Le Chevalier de Guise, que l'on appela depuis le Grand Prieur, était un prince aimé de tout le monde, bien fait, plein d'esprit, plein d'adresse, et d'une valeur célèbre par toute l'Europe. Le Prince de Condé, dans un petit corps peu favorisé de la nature, avait une âme grande et hautaine, et un esprit qui le rendait aimable aux yeux même des plus belles femmes. Le Duc de Nevers, dont la vie était glorieuse par la guerre et par les grands emplois qu'il avait eus, quoique dans un âge un peu avancé, faisait les délices de la Cour. Il avait trois fils parfaitement bien faits : le second, qu'on appelait le Prince de Clèves, était digne de soutenir la gloire de son nom ; il était brave et magnifique, et il avait une prudence qui ne se trouve guère avec la jeunesse. Le Vidame de Chartres, descendu de cette ancienne maison de Vendôme, dont les princes du sang n'ont point dédaigné de porter le nom, était également distingué dans la guerre et dans la galanterie. Il était beau, de bonne mine, vaillant, hardi, libéral ; toutes ces bonnes qualités étaient vives et éclatantes ; enfin, il était seul digne d'être comparé au Duc de Nemours, si quelqu'un lui eût pu être comparable. Mais ce prince était un chef-d'œuvre de la nature ; ce qu'il avait de moins admirable, c'était d'être l'homme du monde le mieux fait et le plus beau. Ce qui le mettait au-dessus des autres était une valeur incomparable, et un agrément dans son esprit, dans son visage et dans ses actions, que l'on n'a jamais vu qu'à lui seul ; il avait un enjouement qui plaisait également aux hommes et aux femmes, une adresse extraordinaire dans tous ses exercices, une manière de s'habiller qui était toujours suivie de tout le monde, sans pouvoir être imitée, et enfin un air dans toute sa personne qui faisait qu'on ne pouvait regarder que lui dans tous les lieux où il paraissait. Il n'y avait aucune dame dans la Cour dont la gloire n'eût été flattée de le voir attaché à elle ; peu de celles à qui il s'était attaché se pouvaient vanter de lui avoir résisté, et même plusieurs à qui il n'avait point témoigné de passion n'avaient pas laissé d'en avoir pour lui. Il avait tant de douceur et tant de disposition à la galanterie qu'il ne pouvait refuser quelques soins à celles qui tâchaient de lui plaire : ainsi il avait plusieurs maîtresses, mais il était difficile de deviner celle qu'il aimait véritablement. Il allait souvent chez la Reine Dauphine ; la beauté de cette princesse, sa douceur, le soin qu'elle avait de plaire à tout le monde et l'estime particulière qu'elle témoignait à ce prince, avait souvent donné lieu de croire qu'il levait les yeux jusqu'à elle. Messieurs de Guise, dont elle était nièce, avaient beaucoup augmenté leur crédit et leur considération par son mariage ; leur ambition les faisait aspirer à s'égaler aux princes du sang et à partager le pouvoir du Connétable de Montmorency. Le Roi se reposait sur lui de la plus grande partie du gouvernement des affaires et traitait le Duc de Guise et le Maréchal de Saint-André comme ses favoris. Mais ceux que la faveur ou les affaires approchaient de sa personne ne s'y pouvaient maintenir qu'en se soumettant à la Duchesse de

Valentinois, et, quoiqu'elle n'eût plus de jeunesse ni de beauté, elle le gouvernait avec un empire si absolu que l'on peut dire qu'elle était maîtresse de sa personne et de l'État.

Le Roi avait toujours aimé le Connétable, et sitôt qu'il avait commencé à régner, il l'avait rappelé de l'exil où le Roi François premier l'avait envoyé. La Cour était partagée entre Messieurs de Guise et le Connétable, qui était soutenu des princes du sang. L'un et l'autre parti avait toujours songé à gagner la Duchesse de Valentinois. Le Duc d'Aumale, frère du Duc de Guise, avait épousé une de ses filles ; le Connétable aspirait à la même alliance. Il ne se contentait pas d'avoir marié son fils aîné avec Madame Diane, fille du Roi et d'une dame de Piémont, qui se fit religieuse aussitôt qu'elle fut accouchée. Ce mariage avait eu beaucoup d'obstacles, par les promesses que Monsieur de Montmorency avait faites à Mademoiselle de Piennes, une des filles d'honneur de la Reine ; et, bien que le Roi les eût surmontés avec une patience et une bonté extrêmes, ce connétable ne se trouvait pas encore assez appuyé s'il ne s'assurait de Madame de Valentinois, et s'il ne la séparait de Messieurs de Guise, dont la grandeur commençait à donner de l'inquiétude à cette duchesse. Elle avait retardé autant qu'elle avait pu le mariage du Dauphin avec la Reine d'Écosse : la beauté et l'esprit capable et avancé de cette jeune reine, et l'élévation que ce mariage donnait à Messieurs de Guise, lui étaient insupportables. Elle haïssait particulièrement le Cardinal de Lorraine ; il lui avait parlé avec aigreur, et même avec mépris ; elle voyait qu'il prenait des liaisons avec la Reine ; de sorte que le Connétable la trouva disposée à s'unir avec lui, et à entrer dans son alliance par le mariage de Mademoiselle de La Marck, sa petite-fille, avec Monsieur d'Anville, son second fils, qui succéda depuis à sa charge sous le règne de Charles IX. Le Connétable ne crut pas trouver d'obstacles dans l'esprit de Monsieur d'Anville pour un mariage, comme il en avait trouvé dans l'esprit de Monsieur de Montmorency ; mais, quoique les raisons lui en fussent cachées, les difficultés n'en furent guère moindres. Monsieur d'Anville était éperdument amoureux de la Reine Dauphine et, quelque peu d'espérance qu'il eût dans cette passion, il ne pouvait se résoudre à prendre un engagement qui partagerait ses soins. Le Maréchal de Saint-André était le seul dans la Cour qui n'eût point pris de parti. Il était un des favoris, et sa faveur ne tenait qu'à sa personne : le Roi l'avait aimé dès le temps qu'il était Dauphin ; et depuis, il l'avait fait Maréchal de France dans un âge où l'on n'a pas encore accoutumé de prétendre aux moindres dignités. Sa faveur lui donnait un éclat qu'il soutenait par son mérite et par l'agrément de sa personne, par une grande délicatesse pour sa table et pour ses meubles et par la plus grande magnificence qu'on eût jamais vue en un particulier. La libéralité du Roi fournissait à cette dépense ; ce prince allait jusqu'à la prodigalité pour ceux qu'il aimait ; il n'avait pas toutes les grandes qualités, mais il en avait plusieurs, et surtout celle d'aimer la guerre et de l'entendre ; aussi avait-il eu d'heureux succès, et, si on en excepte la bataille de Saint-Quentin, son règne n'avait été qu'une suite de victoires. Il avait gagné en personne la bataille de Renty ; le Piémont avait été conquis ; les Anglais avaient été chassés de France, et l'Empereur Charles Quint avait vu finir sa bonne fortune devant la ville de Metz, qu'il avait assiégée inutilement avec toutes les forces de l'Empire et de l'Espagne. Néanmoins, comme le malheur de Saint-Quentin avait diminué l'espérance de nos conquêtes, et que, depuis, la fortune avait semblé se partager entre les deux rois, ils se trouvèrent insensiblement disposés à la paix.

La Duchesse douairière de Lorraine avait commencé à en faire des propositions dans le temps du mariage de Monsieur le Dauphin ; il y avait toujours eu depuis quelque négociation secrète. Enfin, Cercamp, dans le pays d'Artois, fut choisi pour le lieu où l'on devait s'assembler. Le Cardinal de Lorraine, le Connétable de Montmorency et le Maréchal de Saint-André s'y trouvèrent pour le Roi ; le Duc d'Albe et le Prince d'Orange, pour Philippe II ; et le Duc et la Duchesse de Lorraine furent les médiateurs. Les principaux articles étaient le mariage de Madame Élisabeth de France avec Don Carlos, Infant d'Espagne, et celui de Madame sœur du Roi avec Monsieur de Savoie.

Le Roi demeura cependant sur la frontière et il y reçut la nouvelle de la mort de Marie, Reine d'Angleterre. Il envoya le Comte de Randan à Élisabeth, pour la complimenter sur son avènement à la Couronne ; elle le reçut avec joie. Ses droits étaient si mal établis qu'il lui était avantageux de se voir reconnue par le Roi. Ce comte la trouva instruite des intérêts de la Cour de France et du mérite de ceux qui la composaient ; mais surtout il la trouva si remplie de la réputation du Duc de Nemours, elle lui parla tant de fois de ce prince, et avec tant d'empressement que, quand Monsieur de Randan fut revenu, et qu'il rendit compte au Roi de son voyage, il lui dit qu'il n'y avait rien que Monsieur de Nemours ne pût prétendre auprès de cette princesse, et qu'il ne doutait point qu'elle ne fût capable de l'épouser. Le Roi en parla à ce prince dès le soir même ; il lui fit conter par Monsieur de Randan toutes ses conversations avec Élisabeth et lui conseilla de tenter cette grande fortune. Monsieur de Nemours crut d'abord que le Roi ne lui parlait pas sérieusement, mais comme il vit le contraire :

« Au moins, Sire, lui dit-il, si je m'embarque dans une entreprise chimérique par le conseil et pour le service de Votre Majesté, je la supplie de me garder le secret jusqu'à ce que le succès me justifie vers le public, et de vouloir bien ne me pas faire paraître rempli d'une assez grande vanité pour prétendre qu'une reine qui ne m'a jamais vu me veuille épouser par amour. »

Le Roi lui promit de ne parler qu'au Connétable de ce dessein, et il jugea même le secret nécessaire pour le succès. Monsieur de Randan conseillait à Monsieur de Nemours d'aller en Angleterre sur le simple prétexte de voyager, mais ce prince ne put s'y résoudre. Il envoya Lignerolles, qui était un jeune homme d'esprit, son favori, pour voir les sentiments de la Reine, et pour tâcher de commencer quelque liaison. En attendant l'événement de ce voyage, il alla voir le Duc de Savoie, qui était alors à Bruxelles avec le Roi d'Espagne. La mort de Marie d'Angleterre apporta de grands obstacles à la paix ; l'assemblée se rompit à la fin de novembre, et le Roi revint à Paris.

Il parut alors une beauté à la Cour, qui attira les yeux de tout le monde, et l'on doit croire que c'était une beauté parfaite, puisqu'elle donna de l'admiration dans un lieu où l'on était si accoutumé à voir de belles personnes. Elle était de la même maison que le Vidame de Chartres et une des plus grandes héritières de France. Son père était mort jeune, et l'avait laissée sous la conduite de Madame de Chartres, sa femme, dont le bien, la vertu et le mérite étaient extraordinaires. Après avoir perdu son mari, elle avait passé plusieurs années sans revenir à la Cour. Pendant cette absence, elle avait donné ses soins à l'éducation de sa fille ; mais elle ne travailla pas seulement à cultiver son esprit et sa beauté, elle songea aussi à lui donner de la vertu et à la lui rendre aimable. La plupart des mères s'imaginent qu'il suffit de ne parler jamais de galanterie devant les jeunes personnes pour les en éloigner. Madame de Chartres avait une opinion opposée ; elle faisait souvent à sa fille des peintures de l'amour ; elle lui montrait ce qu'il a d'agréable pour la persuader plus aisément sur ce qu'elle lui en apprenait de dangereux ; elle lui contait le peu de sincérité des hommes, leurs tromperies et leur infidélité, les malheurs domestiques où plongent les engagements ; et elle lui faisait voir, d'un autre côté, quelle tranquillité suivait la vie d'une honnête femme, et combien la vertu donnait d'éclat et d'élévation à une personne qui avait de la beauté et de la naissance. Mais elle lui faisait voir aussi combien il était difficile de conserver cette vertu, que par une extrême défiance de soi-même et par un grand soin de s'attacher à ce qui seul peut faire le bonheur d'une femme, qui est d'aimer son mari et d'en être aimée.

Cette héritière était alors un des grands partis qu'il y eût en France ; et quoiqu'elle fût dans une extrême jeunesse, l'on avait déjà proposé plusieurs mariages. Madame de Chartres, qui était extrêmement glorieuse, ne trouvait presque rien digne de sa fille ; la voyant dans sa seizième année, elle voulut la mener à la Cour. Lorsqu'elle arriva, le Vidame alla au-devant d'elle. Il fut surpris de la grande beauté de Mademoiselle de Chartres, et il en fut surpris avec raison. La blancheur de son teint et ses cheveux blonds lui donnaient un éclat que l'on n'a jamais vu qu'à elle ; tous ses traits étaient réguliers, et son visage et sa personne étaient pleins de grâce et de charmes.

Le lendemain qu'elle fut arrivée, elle alla pour assortir des pierreries chez un Italien qui en trafiquait par tout le monde. Cet homme était venu de Florence avec la Reine, et s'était tellement enrichi dans son trafic que sa maison paraissait plutôt celle d'un grand seigneur que d'un marchand. Comme elle y était, le Prince de Clèves y arriva. Il fut tellement surpris de sa beauté qu'il ne put cacher sa surprise ; et Mademoiselle de Chartres ne put s'empêcher de rougir en voyant l'étonnement qu'elle lui avait donné. Elle se remit néanmoins, sans témoigner d'autre attention aux actions de ce prince que celle que la civilité lui devait donner pour un homme tel qu'il paraissait. Monsieur de Clèves la regardait avec admiration, et il ne pouvait comprendre qui était cette belle personne qu'il ne connaissait point. Il voyait bien par son air, et par tout ce qui était à sa suite, qu'elle devait être d'une grande qualité. Sa jeunesse lui faisait croire que c'était une fille, mais, ne lui voyant point de mère, et l'Italien, qui ne la connaissait point, l'appelant Madame, il ne savait que penser, et il la regardait toujours avec étonnement. Il s'aperçut que ses regards l'embarrassaient, contre l'ordinaire des jeunes personnes, qui voient toujours avec plaisir l'effet de leur beauté. Il lui parut même qu'il était cause qu'elle avait de l'impatience de s'en aller, et en effet elle sortit assez promptement. Monsieur de Clèves se consola de la perdre de vue dans l'espérance de savoir qui elle était ; mais il fut bien surpris quand il sut qu'on ne la connaissait point. Il demeura si touché de sa beauté et de l'air modeste qu'il avait remarqué dans ses actions qu'on peut dire qu'il conçut pour elle dès ce moment une passion et une estime extraordinaires. Il alla le soir chez Madame sœur du Roi.

Cette princesse était dans une grande considération par le crédit qu'elle avait sur le Roi son frère ; et ce crédit était si grand que le Roi, en faisant la paix, consentait à rendre le Piémont pour lui faire épouser le Duc de Savoie. Quoiqu'elle eût désiré toute sa vie de se marier, elle n'avait jamais voulu épouser qu'un souverain, et elle avait refusé pour cette raison le Roi de Navarre lorsqu'il était Duc de Vendôme, et avait toujours souhaité Monsieur de Savoie ; elle avait conservé de l'inclination pour lui depuis qu'elle l'avait vu à Nice à l'entrevue du Roi François premier et du Pape Paul troisième. Comme elle avait beaucoup d'esprit et un grand discernement pour les belles choses, elle attirait tous les honnêtes gens, et il y avait de certaines heures où toute la Cour était chez elle.

Monsieur de Clèves y vint comme à l'ordinaire ; il était si rempli de l'esprit et de la beauté de Mademoiselle de

Chartres qu'il ne pouvait parler d'autre chose. Il conta tout haut son aventure, et ne pouvait se lasser de donner des louanges à cette personne qu'il avait vue, qu'il ne connaissait point. Madame lui dit qu'il n'y avait point de personnes comme celle qu'il dépeignait et que, s'il y en avait quelqu'une, elle serait connue de tout le monde. Madame de Dampierre, qui était sa dame d'honneur, et amie de Madame de Chartres, entendant cette conversation, s'approcha de cette princesse et lui dit tout bas que c'était sans doute Mademoiselle de Chartres que Monsieur de Clèves avait vue. Madame se retourna vers lui et lui dit que, s'il voulait revenir chez elle le lendemain, elle lui ferait voir cette beauté dont il était si touché. Mademoiselle de Chartres parut en effet le jour suivant ; elle fut reçue des Reines avec tous les agréments qu'on peut s'imaginer, et avec une telle admiration de tout le monde qu'elle n'entendait autour d'elle que des louanges. Elle les recevait avec une modestie si noble qu'il ne semblait pas qu'elle les entendît, ou du moins qu'elle en fût touchée. Elle alla ensuite chez Madame sœur du Roi. Cette princesse, après avoir loué sa beauté, lui conta l'étonnement qu'elle avait donné à Monsieur de Clèves. Ce prince entra un moment après.

« Venez, lui dit-elle, voyez si je ne vous tiens pas ma parole et si, en vous montrant Mademoiselle de Chartres, je ne vous fais pas voir cette beauté que vous cherchiez ; remerciez-moi au moins de lui avoir appris l'admiration que vous aviez déjà pour elle. »

Monsieur de Clèves sentit de la joie de voir que cette personne, qu'il avait trouvée si aimable, était d'une qualité proportionnée à sa beauté. Il s'approcha d'elle et il la supplia de se souvenir qu'il avait été le premier à l'admirer et que, sans la connaître, il avait eu pour elle tous les sentiments de respect et d'estime qui lui étaient dus.

Le Chevalier de Guise et lui, qui étaient amis, sortirent ensemble de chez Madame. Ils louèrent d'abord Mademoiselle de Chartres sans se contraindre. Ils trouvèrent enfin qu'ils la louaient trop, et ils cessèrent l'un et l'autre de dire ce qu'ils en pensaient ; mais ils furent contraints d'en parler les jours suivants partout où ils se rencontrèrent. Cette nouvelle beauté fut longtemps le sujet de toutes les conversations. La Reine lui donna de grandes louanges et eut pour elle une considération extraordinaire. La Reine Dauphine en fit une de ses favorites et pria Madame de Chartres de la mener souvent chez elle. Mesdames filles du Roi l'envoyaient chercher pour être de tous leurs divertissements. Enfin, elle était aimée et admirée de toute la Cour, excepté de Madame de Valentinois. Ce n'est pas que cette beauté lui donnât de l'ombrage : une trop longue expérience lui avait appris qu'elle n'avait rien à craindre auprès du Roi ; mais elle avait tant de haine pour le Vidame de Chartres, qu'elle avait souhaité d'attacher à elle par le mariage d'une de ses filles, et qui s'était attaché à la Reine, qu'elle ne pouvait regarder favorablement une personne qui portait son nom et pour qui il faisait paraître une grande amitié.

Le Prince de Clèves devint passionnément amoureux de Mademoiselle de Chartres et souhaitait ardemment l'épouser ; mais il craignait que l'orgueil de Madame de Chartres ne fût blessé de donner sa fille à un homme qui n'était pas l'aîné de sa maison. Cependant cette maison était si grande, et le Comte d'Eu, qui en était l'aîné, venait d'épouser une personne si proche de la maison royale que c'était plutôt la timidité que donne l'amour que de véritables raisons qui causaient les craintes de Monsieur de Clèves. Il avait un grand nombre de rivaux ; le Chevalier de Guise lui paraissait le plus redoutable par sa naissance, par son mérite et par l'éclat que la faveur donnait à sa maison. Ce prince était devenu amoureux de Mademoiselle de Chartres le premier jour qu'il l'avait vue. Il s'était aperçu de la passion de Monsieur de Clèves, comme Monsieur de Clèves s'était aperçu de la sienne. Quoiqu'ils fussent amis, l'éloignement que donnent les mêmes prétentions ne leur avait pas permis de s'expliquer ensemble ; et leur amitié s'était refroidie sans qu'ils eussent eu la force de s'éclaircir. L'aventure qui était arrivée à Monsieur de Clèves, d'avoir vu le premier Mademoiselle de Chartres, lui paraissait un heureux présage et semblait lui donner quelque avantage sur ses rivaux ; mais il prévoyait de grands obstacles par le Duc de Nevers, son père. Ce duc avait d'étroites liaisons avec la Duchesse de Valentinois : elle était ennemie du Vidame, et cette raison était suffisante pour empêcher le Duc de Nevers de consentir que son fils pensât à sa nièce.

Madame de Chartres, qui avait eu tant d'application pour inspirer la vertu à sa fille, ne discontinua pas de prendre les mêmes soins dans un lieu où ils étaient si nécessaires et où il y avait tant d'exemples si dangereux. L'ambition et la galanterie étaient l'âme de cette cour, et occupaient également les hommes et les femmes. Il y avait tant d'intérêts et tant de cabales différentes, et les dames y avaient tant de part que l'amour était toujours mêlé aux affaires et les affaires à l'amour. Personne n'était tranquille, ni indifférent ; on songeait à s'élever, à plaire, à servir, ou à nuire ; on ne connaissait ni l'ennui, ni l'oisiveté, et on était toujours occupé des plaisirs ou des intrigues. Les dames avaient des attachements particuliers pour la Reine, pour la Reine Dauphine, pour la Reine de Navarre, pour Madame sœur du Roi, ou pour la Duchesse de Valentinois. Les inclinations, les raisons de bienséance ou le rapport d'humeur faisaient ces différents attachements. Celles qui avaient passé la première jeunesse, et qui faisaient profession d'une vertu plus austère, étaient attachées à la Reine. Celles qui étaient plus jeunes, et qui cherchaient la joie et la galanterie, faisaient leur cour à la Reine Dauphine. La Reine de Navarre avait ses favorites ; elle était jeune et elle avait du pouvoir sur le Roi son mari. Il était joint au Connétable, et avait par là beaucoup de crédit. Madame sœur du Roi conservait encore de la beauté et attirait plusieurs dames auprès d'elle. La Duchesse de Valentinois avait toutes celles qu'elle daignait regarder ; mais peu de femmes lui étaient agréables ; et excepté quelques-unes qui avaient sa familiarité et sa confiance, et dont l'humeur avait du rapport avec la sienne, elle n'en recevait chez elle que les jours où elle prenait plaisir à avoir une cour comme celle de la Reine.

Toutes ces différentes cabales avaient de l'émulation et de l'envie les unes contre les autres. Les dames qui les composaient avaient aussi de la jalousie entre elles, ou pour la faveur, ou pour les amants ; les intérêts de grandeur et d'élévation se trouvaient souvent joints à ces autres intérêts moins importants, mais qui n'étaient pas moins sensibles. Ainsi il y avait une sorte d'agitation sans désordre dans cette cour, qui la rendait très agréable, mais aussi très dangereuse pour une jeune personne. Madame de Chartres voyait ce péril et ne songeait qu'aux moyens d'en garantir sa fille. Elle la pria, non pas comme sa mère, mais comme son amie, de lui faire confidence de toutes les galanteries qu'on lui dirait, et elle lui promit de lui aider à se conduire dans des choses où l'on était souvent embarrassée quand on était jeune.

Le Chevalier de Guise fit tellement paraître les sentiments et les desseins qu'il avait pour Mademoiselle de Chartres qu'ils ne furent ignorés de personne. Il ne voyait néanmoins que de l'impossibilité dans ce qu'il désirait ; il savait bien qu'il n'était point un parti qui convînt à Mademoiselle de Chartres, par le peu de bien qu'il avait pour soutenir son rang ; et il savait bien aussi que ses frères n'approuveraient pas qu'il se mariât, par la crainte de l'abaissement que les mariages des cadets apportent d'ordinaire dans les grandes maisons. Le Cardinal de

Lorraine lui fit bientôt voir qu'il ne se trompait pas ; il condamna l'attachement qu'il témoignait pour Mademoiselle de Chartres avec une chaleur extraordinaire ; mais il ne lui en dit pas les véritables raisons. Ce cardinal avait une haine pour le Vidame, qui était secrète alors, et qui éclata depuis. Il eût plutôt consenti à voir son frère entrer dans toute autre alliance que dans celle de ce vidame ; et il déclara si publiquement combien il en était éloigné que Madame de Chartres en fut sensiblement offensée. Elle prit de grands soins de faire voir que le Cardinal de Lorraine n'avait rien à craindre, et qu'elle ne songeait pas à ce mariage. Le Vidame prit la même conduite et sentit, encore plus que Madame de Chartres, celle du Cardinal de Lorraine, parce qu'il en savait mieux la cause.

Le Prince de Clèves n'avait pas donné des marques moins publiques de sa passion qu'avait fait le Chevalier de Guise. Le Duc de Nevers apprit cet attachement avec chagrin. Il crut néanmoins qu'il n'avait qu'à parler à son fils pour le faire changer de conduite ; mais il fut bien surpris de trouver en lui le dessein formé d'épouser Mademoiselle de Chartres. Il blâma ce dessein, il s'emporta et cacha si peu son emportement que le sujet s'en répandit bientôt à la Cour et alla jusqu'à Madame de Chartres. Elle n'avait pas mis en doute que Monsieur de Nevers ne regardât le mariage de sa fille comme un avantage pour son fils ; elle fut bien étonnée que la maison de Clèves et celle de Guise craignissent son alliance, au lieu de la souhaiter. Le dépit qu'elle eut lui fit penser à trouver un parti pour sa fille qui la mît au-dessus de ceux qui se croyaient au-dessus d'elle. Après avoir tout examiné, elle s'arrêta au Prince Dauphin, fils du Duc de Montpensier. Il était lors à marier, et c'était ce qu'il y avait de plus grand à la Cour. Comme Madame de Chartres avait beaucoup d'esprit, qu'elle était aidée du Vidame qui était dans une grande considération, et qu'en effet sa fille était un parti considérable, elle agit avec tant d'adresse et tant de succès que Monsieur de Montpensier parut souhaiter ce mariage, et il semblait qu'il ne s'y pouvait trouver de difficultés.

Le Vidame, qui savait l'attachement de Monsieur d'Anville pour la Reine Dauphine, crut néanmoins qu'il fallait employer le pouvoir que cette princesse avait sur lui pour l'engager à servir Mademoiselle de Chartres auprès du Roi et auprès du Prince de Montpensier, dont il était ami intime. Il en parla à cette reine, et elle entra avec joie dans une affaire où il s'agissait de l'élévation d'une personne qu'elle aimait beaucoup ; elle le témoigna au Vidame, et l'assura que, quoiqu'elle sût bien qu'elle ferait une chose désagréable au Cardinal de Lorraine son oncle, elle passerait avec joie par-dessus cette considération, parce qu'elle avait sujet de se plaindre de lui et qu'il prenait tous les jours les intérêts de la Reine contre les siens propres.

Les personnes galantes sont toujours bien aises qu'un prétexte leur donne lieu de parler à ceux qui les aiment. Sitôt que le Vidame eut quitté Madame la Dauphine, elle ordonna à Chastelart, qui était favori de Monsieur d'Anville, et qui savait la passion qu'il avait pour elle, de lui aller dire de sa part de se trouver le soir chez la Reine. Chastelart reçut cette commission avec beaucoup de joie et de respect. Ce gentilhomme était d'une bonne maison de Dauphiné ; mais son mérite et son esprit le mettaient au-dessus de sa naissance. Il était reçu et bien traité de tout ce qu'il y avait de grands seigneurs à la Cour, et la faveur de la maison de Montmorency l'avait particulièrement attaché à Monsieur d'Anville ; il était bien fait de sa personne, adroit à toutes sortes d'exercices ; il chantait agréablement, il faisait des vers, et avait un esprit galant et passionné qui plut si fort à Monsieur d'Anville qu'il le fit confident de l'amour qu'il avait pour la Reine

Dauphine. Cette confidence l'approchait de cette princesse, et ce fut en la voyant souvent qu'il prit le commencement de cette malheureuse passion qui lui ôta la raison et qui lui coûta enfin la vie.

Monsieur d'Anville ne manqua pas d'être le soir chez la Reine ; il se trouva heureux que Madame la Dauphine l'eût choisi pour travailler à une chose qu'elle désirait, et il lui promit d'obéir exactement à ses ordres ; mais Madame de Valentinois, ayant été avertie du dessein de ce mariage, l'avait traversé avec tant de soin, et avait tellement prévenu le Roi, que, lorsque Monsieur d'Anville lui en parla, il lui fit paraître qu'il ne l'approuvait pas, et lui ordonna même de le dire au Prince de Montpensier. L'on peut juger ce que sentit Madame de Chartres par la rupture d'une chose qu'elle avait tant désirée, dont le mauvais succès donnait un si grand avantage à ses ennemis et faisait un si grand tort à sa fille.

La Reine Dauphine témoigna à Mademoiselle de Chartres, avec beaucoup d'amitié, le déplaisir qu'elle avait de lui avoir été inutile :

« Vous voyez, lui dit-elle, que j'ai un médiocre pouvoir. Je suis si haïe de la Reine et de la Duchesse de Valentinois qu'il est difficile que, par elles ou par ceux qui sont dans leur dépendance, elles ne traversent toujours toutes les choses que je désire. Cependant, ajouta-t-elle, je n'ai jamais pensé qu'à leur plaire ; aussi elles ne me haïssent qu'à cause de la Reine ma mère, qui leur a donné autrefois de l'inquiétude et de la jalousie. Le Roi en avait été amoureux avant qu'il le fût de Madame de Valentinois ; et dans les premières années de son mariage, qu'il n'avait point encore d'enfants, quoiqu'il aimât cette duchesse, il parut quasi résolu de se démarier pour épouser la Reine ma mère. Madame de Valentinois, qui craignait une femme qu'il avait déjà aimée, et dont la beauté et l'esprit pouvaient diminuer sa faveur, s'unit au Connétable, qui ne souhaitait pas aussi que le Roi épousât une sœur de

Messieurs de Guise. Ils mirent le feu Roi dans leurs sentiments, et quoiqu'il haït mortellement la Duchesse de Valentinois, comme il aimait la Reine, il travailla avec eux pour empêcher le Roi de se démarier ; mais, pour lui ôter absolument la pensée d'épouser la Reine ma mère, ils firent son mariage avec le Roi d'Écosse, qui était veuf de Madame Magdeleine, sœur du Roi, et ils le firent parce qu'il était le plus prêt à conclure, et manquèrent aux engagements qu'on avait avec le Roi d'Angleterre, qui la souhaitait ardemment. Il s'en fallait peu même que ce manquement ne fît une rupture entre les deux rois. Henri VIII ne pouvait se consoler de n'avoir pas épousé la Reine ma mère ; et, quelque autre princesse française qu'on lui proposât, il disait toujours qu'elle ne remplacerait jamais celle qu'on lui avait ôtée. Il est vrai aussi que la Reine ma mère était une parfaite beauté, et que c'est une chose remarquable que, veuve d'un duc de Longueville, trois rois aient souhaité de l'épouser ; son malheur l'a donnée au moindre et l'a mise dans un royaume où elle ne trouve que des peines. On dit que je lui ressemble ; je crains de lui ressembler aussi par sa malheureuse destinée ; et, quelque bonheur qui semble se préparer pour moi, je ne saurais croire que j'en jouisse. »

Mademoiselle de Chartres dit à la Reine que ces tristes pressentiments étaient si mal fondés qu'elle ne les conserverait pas longtemps, et qu'elle ne devait point douter que son bonheur ne répondît aux apparences.

Personne n'osait plus penser à Mademoiselle de Chartres, par la crainte de déplaire au Roi ou par la pensée de ne pas réussir auprès d'une personne qui avait espéré un prince du sang. Monsieur de Clèves ne fut retenu par aucune de ces considérations. La mort du Duc de Nevers son père, qui arriva alors, le mit dans une entière liberté de suivre son inclination et, sitôt que le temps de la bienséance du deuil fut passé, il ne songea plus qu'aux moyens d'épouser Mademoiselle de

Chartres. Il se trouvait heureux d'en faire la proposition dans un temps où ce qui s'était passé avait éloigné les autres partis et où il était quasi assuré qu'on ne la lui refuserait pas. Ce qui troublait sa joie était la crainte de ne lui être pas agréable, et il eût préféré le bonheur de lui plaire à la certitude de l'épouser sans en être aimé.

Le Chevalier de Guise lui avait donné quelque sorte de jalousie ; mais comme elle était plutôt fondée sur le mérite de ce prince que sur aucune des actions de Mademoiselle de Chartres, il songea seulement à tâcher de découvrir s'il était assez heureux pour qu'elle approuvât la pensée qu'il avait pour elle. Il ne la voyait que chez les Reines ou aux assemblées ; il était difficile d'avoir une conversation particulière. Il en trouva pourtant les moyens ; et il lui parla de son dessein et de sa passion avec tout le respect imaginable ; il la pressa de lui faire connaître quels étaient les sentiments qu'elle avait pour lui, et il lui dit que ceux qu'il avait pour elle étaient d'une nature qui le rendrait éternellement malheureux si elle n'obéissait que par devoir aux volontés de Madame sa mère.

Comme Mademoiselle de Chartres avait le cœur très noble et très bien fait, elle fut véritablement touchée de reconnaissance du procédé du Prince de Clèves. Cette reconnaissance donna à ses réponses et à ses paroles un certain air de douceur qui suffisait pour donner de l'espérance à un homme aussi éperdument amoureux que l'était ce prince ; de sorte qu'il se flatta d'une partie de ce qu'il souhaitait.

Elle rendit compte à sa mère de cette conversation, et Madame de Chartres lui dit qu'il y avait tant de grandeur et de bonnes qualités dans Monsieur de Clèves et qu'il faisait paraître tant de sagesse pour son âge que, si elle sentait son inclination portée à l'épouser, elle y consentirait avec joie. Mademoiselle de Chartres répondit qu'elle lui remarquait les mêmes bonnes qualités ; qu'elle l'épouserait même avec moins de répugnance qu'un autre, mais qu'elle n'avait aucune inclination particulière pour sa personne.

Dès le lendemain, ce prince fit parler à Madame de Chartres ; elle reçut la proposition qu'on lui faisait et elle ne craignit point de donner à sa fille un mari qu'elle ne pût aimer en lui donnant le Prince de Clèves. Les articles furent conclus ; on parla au Roi, et ce mariage fut su de tout le monde.

Monsieur de Clèves se trouvait heureux, sans être néanmoins entièrement content. Il voyait avec beaucoup de peine que les sentiments de Mademoiselle de Chartres ne passaient pas ceux de l'estime et de la reconnaissance, et il ne pouvait se flatter qu'elle en cachât de plus obligeants, puisque l'état où ils étaient lui permettait de les faire paraître sans choquer son extrême modestie. Il ne se passait guère de jours qu'il ne lui en fît ses plaintes.

« Est-il possible, lui disait-il, que je puisse n'être pas heureux en vous épousant ! Cependant il est vrai que je ne le suis pas ; vous n'avez pour moi qu'une sorte de bonté qui ne me peut satisfaire ; vous n'avez ni impatience, ni inquiétude, ni chagrin ; vous n'êtes pas plus touchée de ma passion que vous le seriez d'un attachement qui ne serait fondé que sur les avantages de votre fortune et non pas sur les charmes de votre personne.

– Il y a de l'injustice à vous plaindre, lui répondit-elle ; je ne sais ce que vous pouvez souhaiter au-delà de ce que je fais, et il me semble que la bienséance ne permet pas que j'en fasse davantage.

– Il est vrai, lui répliqua-t-il, que vous me donnez de certaines apparences dont je serais content s'il y avait quelque chose au-delà ; mais, au lieu que la bienséance vous retienne, c'est elle seule qui vous fait faire ce que vous faites. Je ne touche ni votre inclination, ni votre cœur, et ma présence ne vous donne ni de plaisir, ni de trouble.

– Vous ne sauriez douter, reprit-elle, que je n'aie de la joie de vous voir, et je rougis si souvent en vous voyant que vous ne sauriez douter aussi que votre vue ne me donne du trouble.

– Je ne me trompe pas à votre rougeur, répondit-il ; c'est un sentiment de modestie, et non pas un mouvement de votre cœur, et je n'en tire que l'avantage que j'en dois tirer. »

Mademoiselle de Chartres ne savait que répondre, et ces distinctions étaient au-dessus de ses connaissances. Monsieur de Clèves ne voyait que trop combien elle était éloignée d'avoir pour lui des sentiments qui le pouvaient satisfaire, puisqu'il lui paraissait même qu'elle ne les entendait pas.

Le Chevalier de Guise revint d'un voyage peu de jours avant les noces. Il avait vu tant d'obstacles insurmontables au dessein qu'il avait eu d'épouser Mademoiselle de Chartres qu'il n'avait pu se flatter d'y réussir ; et néanmoins il fut sensiblement affligé de la voir devenir la femme d'un autre. Cette douleur n'éteignit pas sa passion et il ne demeura pas moins amoureux. Mademoiselle de Chartres n'avait pas ignoré les sentiments que ce prince avait eus pour elle. Il lui fit connaître à son retour qu'elle était cause de l'extrême tristesse qui paraissait sur son visage ; et il avait tant de mérite et tant d'agréments qu'il était difficile de le rendre malheureux sans en avoir quelque pitié. Aussi ne se pouvait-elle défendre d'en avoir ; mais cette pitié ne la conduisait pas à d'autres sentiments : elle contait à sa mère la peine que lui donnait l'affliction de ce prince.

Madame de Chartres admirait la sincérité de sa fille, et elle l'admirait avec raison, car jamais personne n'en a eu une si grande et si naturelle ; mais elle n'admirait pas moins que son cœur ne fût point touché, et d'autant plus qu'elle voyait bien que le Prince de Clèves ne l'avait pas touchée, non plus que les autres. Cela fut cause qu'elle prit de grands soins de l'attacher à son mari et de lui faire comprendre ce qu'elle devait à l'inclination qu'il avait eue pour elle avant que de la connaître, et à la passion qu'il lui avait témoignée en la préférant à tous les autres partis dans un temps où personne n'osait plus penser à elle.

Ce mariage s'acheva, la cérémonie s'en fit au Louvre ; et le soir, le Roi et les Reines vinrent souper chez Madame de Chartres avec toute la Cour, où ils furent reçus avec une magnificence admirable. Le Chevalier de Guise n'osa se distinguer des autres et ne pas assister à cette cérémonie ; mais il y fut si peu maître de sa tristesse qu'il était aisé de la remarquer.

Monsieur de Clèves ne trouva pas que Mademoiselle de Chartres eût changé de sentiment en changeant de nom. La qualité de mari lui donna de plus grands privilèges ; mais elle ne lui donna pas une autre place dans le cœur de sa femme. Cela fit aussi que, pour être son mari, il ne laissa pas d'être son amant, parce qu'il avait toujours quelque chose à souhaiter au-delà de sa possession ; et, quoiqu'elle vécût parfaitement bien avec lui, il n'était pas entièrement heureux. Il conservait pour elle une passion violente et inquiète qui troublait sa joie. La jalousie n'avait point de part à ce trouble : jamais mari n'a été si loin d'en prendre et jamais femme n'a été si loin d'en donner. Elle était néanmoins exposée au milieu de la Cour ; elle allait tous les jours chez les Reines et chez Madame. Tout ce qu'il y avait d'hommes jeunes et galants la voyaient chez elle et chez le Duc de Nevers, son beau-frère, dont la maison était ouverte à tout le monde ; mais elle avait un air qui inspirait un si grand respect, et qui paraissait si éloigné de la galanterie, que le Maréchal de Saint-André, quoique audacieux et soutenu de la faveur du Roi, était touché de sa beauté sans oser le lui faire paraître que par des soins et des devoirs.

Plusieurs autres étaient dans le même état ; et M[illegible] de Chartres joignait à la sagesse de sa fille une conduite si exacte pour toutes les bienséances qu'elle achevait de la faire paraître une personne où l'on ne pouvait atteindre.

La Duchesse de Lorraine, en travaillant à la paix, avait aussi travaillé pour le mariage du Duc de Lorraine son fils. Il avait été conclu avec Madame Claude de France, seconde fille du Roi. Les noces en furent résolues pour le mois de février.

Cependant le Duc de Nemours était demeuré à Bruxelles, entièrement rempli et occupé de ses desseins pour l'Angleterre. Il en recevait ou y renvoyait continuellement des courriers : ses espérances augmentaient tous les jours, et enfin Lignerolles lui manda qu'il était temps que sa présence vînt achever ce qui était si bien commencé. Il reçut cette nouvelle avec toute la joie que peut avoir un jeune homme ambitieux qui se voit porté au trône par sa seule réputation. Son esprit s'était insensiblement accoutumé à la grandeur de cette fortune et, au lieu qu'il l'avait rejetée d'abord comme une chose où il ne pouvait parvenir, les difficultés s'étaient effacées de son imagination, et il ne voyait plus d'obstacles.

Il envoya en diligence à Paris donner tous les ordres nécessaires pour faire un équipage magnifique, afin de paraître en Angleterre avec un éclat proportionné au dessein qui l'y conduisait, et il se hâta lui-même de venir à la Cour pour assister au mariage de Monsieur de Lorraine.

Il arriva la veille des fiançailles ; et, dès le même soir qu'il fut arrivé, il alla rendre compte au Roi de l'état de son dessein, et recevoir ses ordres et ses conseils pour ce qui lui restait à faire. Il alla ensuite chez les Reines. Madame de Clèves n'y était pas, de sorte qu'elle ne le vit point et ne sut pas même qu'il fût arrivé. Elle avait ouï parler de ce prince à tout le monde comme de ce qu'il y avait de mieux fait et de plus agréable à la Cour ; et surtout Madame la Dauphine le lui avait dépeint d'une sorte, et lui en avait parlé tant de fois, qu'elle lui avait donné de la curiosité, et même de l'impatience de le voir.

Elle passa tout le jour des fiançailles chez elle à se parer, pour se trouver le soir au bal et au festin royal qui se faisait au Louvre. Lorsqu'elle arriva, l'on admira sa beauté et sa parure ; le bal commença et, comme elle dansait avec Monsieur de Guise, il se fit un assez grand bruit vers la porte de la salle, comme de quelqu'un qui entrait, et à qui on faisait place. Madame de Clèves acheva de danser et, pendant qu'elle cherchait des yeux quelqu'un qu'elle avait dessein de prendre, le Roi lui cria de prendre celui qui arrivait. Elle se tourna et vit un homme qu'elle crut d'abord ne pouvoir être que Monsieur de Nemours, qui passait par-dessus quelque siège pour arriver où l'on dansait. Ce prince était fait d'une sorte qu'il était difficile de n'être pas surprise de le voir quand on ne l'avait jamais vu, surtout ce soir-là, où le soin qu'il avait pris de se parer augmentait encore l'air brillant qui était dans sa personne ; mais il était difficile aussi de voir Madame de Clèves pour la première fois sans avoir un grand étonnement.

Monsieur de Nemours fut tellement surpris de sa beauté que, lorsqu'il fut proche d'elle, et qu'elle lui fit la révérence, il ne put s'empêcher de donner des marques de son admiration. Quand ils commencèrent à danser, il s'éleva dans la salle un murmure de louanges. Le Roi et les Reines se souvinrent qu'ils ne s'étaient jamais vus, et trouvèrent quelque chose de singulier de les voir danser ensemble sans se connaître. Ils les appelèrent quand ils eurent fini, sans leur donner le loisir de parler à personne, et leur demandèrent s'ils n'avaient pas bien envie de savoir qui ils étaient, et s'ils ne s'en doutaient point.

« Pour moi, Madame, dit Monsieur de Nemours, je n'ai pas d'incertitude ; mais comme Madame de Clèves n'a pas les mêmes raisons pour deviner qui je suis que celles que j'ai pour la reconnaître, je voudrais bien que Votre Majesté eût la bonté de lui apprendre mon nom.

– Je crois, dit Madame la Dauphine, qu'elle le sait aussi bien que vous savez le sien.

– Je vous assure, Madame, reprit Madame de Clèves, qui paraissait un peu embarrassée, que je ne devine pas si bien que vous pensez.

– Vous devinez fort bien, répondit Madame la Dauphine ; et il y a même quelque chose d'obligeant pour Monsieur de Nemours à ne vouloir pas avouer que vous le connaissez sans l'avoir jamais vu. »

La Reine les interrompit pour faire continuer le bal ; Monsieur de Nemours prit la Reine Dauphine. Cette princesse était d'une parfaite beauté et avait paru telle aux yeux de Monsieur de Nemours avant qu'il allât en Flandres ; mais, de tout le soir, il ne put admirer que Madame de Clèves.

Le Chevalier de Guise, qui l'adorait toujours, était à ses pieds, et ce qui se venait de passer lui avait donné une douleur sensible. Il le prit comme un présage que la fortune destinait Monsieur de Nemours à être amoureux de Madame de Clèves ; et, soit qu'en effet il eût paru quelque trouble sur son visage, ou que la jalousie fît voir au Chevalier de Guise au-delà de la vérité, il crut qu'elle avait été touchée de la vue de ce prince, et il ne put s'empêcher de lui dire que Monsieur de Nemours était bien heureux de commencer à être connu d'elle par une aventure qui avait quelque chose de galant et d'extraordinaire.

Madame de Clèves revint chez elle l'esprit si rempli de ce qui s'était passé au bal que, quoiqu'il fût fort tard, elle alla dans la chambre de sa mère pour lui en rendre compte ; et elle lui loua Monsieur de Nemours avec un certain air qui donna à Madame de Chartres la même pensée qu'avait eue le Chevalier de Guise.

Le lendemain, la cérémonie des noces se fit. Madame de Clèves y vit le Duc de Nemours avec une mine et une grâce si admirables qu'elle en fut encore plus surprise.

Les jours suivants, elle le vit chez la Reine Dauphine, elle le vit jouer à la paume avec le Roi, elle le vit courre la bague, elle l'entendit parler ; mais elle le vit toujours surpasser de si loin tous les autres, et se rendre tellement maître de la conversation dans tous les lieux où il était, par l'air de sa personne et par l'agrément de son esprit, qu'il fit en peu de temps une grande impression dans son cœur.

Il est vrai aussi que, comme Monsieur de Nemours sentait pour elle une inclination violente, qui lui donnait cette douceur et cet enjouement qu'inspirent les premiers désirs de plaire, il était encore plus aimable qu'il n'avait accoutumé de l'être. De sorte que, se voyant souvent, et se voyant l'un et l'autre ce qu'il y avait de plus parfait à la Cour, il était difficile qu'ils ne se plussent infiniment.

La Duchesse de Valentinois était de toutes les parties de plaisir, et le Roi avait pour elle la même vivacité et les mêmes soins que dans les commencements de sa passion. Madame de Clèves, qui était dans cet âge où l'on ne croit pas qu'une femme puisse être aimée quand elle a passé vingt-cinq ans, regardait avec un extrême étonnement l'attachement que le Roi avait pour cette duchesse, qui était grand-mère, et qui venait de marier sa petite-fille. Elle en parlait souvent à Madame de Chartres :

« Est-il possible, Madame, lui disait-elle, qu'il y ait si longtemps que le Roi en soit amoureux ? Comment s'est-il pu attacher à une personne qui était beaucoup plus âgée que lui, qui avait été maîtresse de son père, et qui l'est encore de beaucoup d'autres, à ce que j'ai ouï dire ?

– Il est vrai, répondit-elle, que ce n'est ni le mérite, ni la fidélité de Madame de Valentinois qui a fait naître la passion du Roi, ni qui l'a conservée, et c'est aussi en quoi il n'est pas excusable ; car si cette femme avait eu de la jeunesse et de la beauté jointe à sa naissance, qu'elle eût eu le mérite de n'avoir jamais rien aimé, qu'elle eût aimé le Roi avec une fidélité exacte, qu'elle l'eût aimé par rapport à sa seule personne, sans intérêt de grandeur ni de fortune, et sans se servir de son pouvoir que pour des choses honnêtes ou agréables au Roi même, il faut avouer qu'on aurait eu de la peine à s'empêcher de louer ce prince du grand attachement qu'il a pour elle. Si je ne craignais, continua Madame de Chartres, que vous dissiez de moi ce que l'on dit de toutes les femmes de mon âge, qu'elles aiment à conter les histoires de leur temps, je vous apprendrais le commencement de la passion du Roi pour cette duchesse, et plusieurs choses de la Cour du feu Roi qui ont même beaucoup de rapport avec celles qui se passent encore présentement.

– Bien loin de vous accuser, reprit Madame de Clèves, de redire les histoires passées, je me plains, Madame, que vous ne m'ayez pas instruite des présentes, et que vous ne m'ayez point appris les divers intérêts et les diverses liaisons de la Cour. Je les ignore si entièrement que je croyais, il y a peu de jours, que Monsieur le Connétable était fort bien avec la Reine.

– Vous aviez une opinion bien opposée à la vérité, répondit Madame de Chartres. La Reine hait Monsieur le Connétable, et si elle a jamais quelque pouvoir, il ne s'en apercevra que trop. Elle sait qu'il a dit plusieurs fois au Roi que, de tous ses enfants, il n'y avait que les naturels qui lui ressemblassent.

– Je n'eusse jamais soupçonné cette haine, interrompit Madame de Clèves, après avoir vu le soin que la Reine avait d'écrire à Monsieur le Connétable pendant sa prison, la joie qu'elle a témoignée à son retour, et comme elle l'appelle toujours mon compère, aussi bien que le Roi.

– Si vous jugez sur les apparences en ce lieu-ci, répondit Madame de Chartres, vous serez souvent trompée : ce qui paraît n'est presque jamais la vérité.

« Mais, pour revenir à Madame de Valentinois, vous savez qu'elle s'appelle Diane de Poitiers ; sa maison est très illustre, elle vient des anciens ducs d'Aquitaine, son aïeule était fille naturelle de Louis XI, et enfin il n'y a rien que de grand dans sa naissance. Saint-Vallier, son père, se trouva embarrassé dans l'affaire du Connétable de Bourbon, dont vous avez ouï parler. Il fut condamné à avoir la tête tranchée et conduit sur l'échafaud. Sa fille, dont la beauté était admirable, et qui avait déjà plu au feu Roi, fit si bien (je ne sais par quels moyens) qu'elle obtint la vie de son père. On lui porta sa grâce comme il n'attendait que le coup de la mort ; mais la peur l'avait tellement saisi qu'il n'avait plus de connaissance, et il mourut peu de jours après. Sa fille parut à la Cour comme la maîtresse du Roi. Le voyage d'Italie et la prison de ce prince interrompirent cette passion. Lorsqu'il revint d'Espagne et que Madame la Régente alla au-devant de lui à Bayonne, elle mena toutes ses filles, parmi lesquelles était Mademoiselle de Pisseleu, qui a été depuis la Duchesse d'Étampes. Le Roi en devint amoureux. Elle était inférieure en naissance, en esprit et en beauté à Madame de Valentinois, et elle n'avait au-dessus d'elle que l'avantage de la grande jeunesse. Je lui ai ouï dire plusieurs fois qu'elle était née le jour que Diane de Poitiers avait été mariée ; la haine le lui faisait dire, et non pas la vérité : car je suis bien trompée si la Duchesse de Valentinois n'épousa Monsieur de Brézé, grand Sénéchal de Normandie, dans le même temps que le Roi devint amoureux de Madame d'Étampes. Jamais il n'y a eu une si grande haine que l'a été celle de ces deux femmes. La Duchesse de Valentinois ne pouvait pardonner à Madame d'Étampes de lui avoir ôté le titre de maîtresse du Roi. Madame d'Étampes avait une jalousie violente contre Madame de Valentinois parce que le Roi conservait un commerce avec elle. Ce prince n'avait pas une fidélité exacte pour ses maîtresses ; il y en avait toujours une qui avait le titre et les honneurs, mais les dames que l'on appelait de la petite bande le partageaient tour à tour. La perte du Dauphin son fils, qui mourut à Tournon, et que l'on crut empoisonné, lui donna une sensible affliction. Il n'avait pas la même tendresse, ni le même goût pour son second fils, qui règne présentement ; il ne lui trouvait pas assez de hardiesse, ni assez de vivacité. Il s'en plaignit un jour à Madame de Valentinois, et elle lui dit qu'elle voulait le faire devenir amoureux d'elle, pour le rendre plus vif et plus agréable. Elle y réussit comme vous le voyez ; il y a plus de vingt ans que cette passion dure, sans qu'elle ait été altérée ni par le temps, ni par les obstacles.

« Le feu Roi s'y opposa d'abord, et, soit qu'il eût encore assez d'amour pour Madame de Valentinois pour avoir de la jalousie, ou qu'il fût poussé par la Duchesse d'Étampes, qui était au désespoir que Monsieur le Dauphin fût attaché à son ennemie, il est certain qu'il vit cette passion avec une colère et un chagrin dont il donnait tous les jours des marques. Son fils ne craignit ni sa colère, ni sa haine, et rien ne put l'obliger à diminuer son attachement, ni à le cacher ; il fallut que le Roi s'accoutumât à le souffrir. Aussi cette opposition à ses volontés l'éloigna encore de lui et l'attacha davantage au Duc d'Orléans, son troisième fils. C'était un prince bien fait, beau, plein de feu et d'ambition, d'une jeunesse fougueuse, qui avait besoin d'être modéré, mais qui eût fait aussi un prince d'une grande élévation si l'âge eût mûri son esprit.

« Le rang d'aîné qu'avait le Dauphin, et la faveur du Roi qu'avait le Duc d'Orléans faisaient entre eux une sorte d'émulation qui allait jusqu'à la haine. Cette émulation avait commencé dès leur enfance et s'était toujours conservée. Lorsque l'Empereur passa en France, il donna une préférence entière au Duc d'Orléans sur Monsieur le Dauphin, qui la ressentit si vivement que, comme cet empereur était à Chantilly, il voulut obliger Monsieur le Connétable à l'arrêter, sans attendre le commandement du Roi. Monsieur le Connétable ne le voulut pas ; le Roi le blâma dans la suite de n'avoir pas suivi le conseil de son fils ; et lorsqu'il l'éloigna de la Cour, cette raison y eut beaucoup de part.

« La division des deux frères donna la pensée à la Duchesse d'Étampes de s'appuyer de Monsieur le Duc d'Orléans pour la soutenir auprès du Roi contre Madame de Valentinois. Elle y réussit : ce prince, sans être amoureux d'elle, n'entra guère moins dans ses intérêts que le Dauphin était dans ceux de Madame de Valentinois. Cela fit deux cabales dans la Cour, telles que vous pouvez vous les imaginer ; mais ces intrigues ne se bornèrent pas seulement à des démêlés de femmes.

« L'Empereur, qui avait conservé de l'amitié pour le Duc d'Orléans, avait offert plusieurs fois de lui remettre le duché de Milan. Dans les propositions qui se firent depuis pour la paix, il faisait espérer de lui donner les dix-sept provinces et de lui faire épouser sa fille. Monsieur le Dauphin ne souhaitait ni la paix, ni ce mariage. Il se servit de Monsieur le Connétable, qu'il a toujours aimé, pour faire voir au Roi de quelle importance il était de ne pas donner à son successeur un frère aussi puissant que le serait un duc d'Orléans avec l'alliance de l'Empereur et les dix-sept provinces. Monsieur le Connétable entra d'autant mieux dans les sentiments de Monsieur le Dauphin qu'il s'opposait par là à ceux de Madame d'Étampes, qui était son ennemie déclarée, et qui souhaitait ardemment l'élévation de Monsieur le Duc d'Orléans.

« Monsieur le Dauphin commandait alors l'armée du Roi en Champagne et avait réduit celle de l'Empereur en une telle extrémité qu'elle eût péri entièrement si la Duchesse d'Étampes, craignant que de trop grands avantages ne nous fissent refuser la paix et l'alliance de l'Empereur pour Monsieur le Duc d'Orléans, n'eût fait secrètement avertir les ennemis de surprendre Épernay et Château-Thierry, qui étaient pleins de vivres. Ils le firent, et sauvèrent par ce moyen toute leur armée.

« Cette duchesse ne jouit pas longtemps du succès de sa trahison. Peu après, Monsieur le Duc d'Orléans mourut à Farmoutiers, d'une espèce de maladie contagieuse. Il aimait une des plus belles femmes de la Cour et en était aimé. Je ne vous la nommerai pas, parce qu'elle a vécu depuis avec tant de sagesse et qu'elle a même caché avec tant de soin la passion qu'elle avait pour ce prince qu'elle a mérité que l'on conserve sa réputation. Le hasard fit qu'elle reçut la nouvelle de la mort de son mari le même jour qu'elle apprit celle de Monsieur d'Orléans ; de sorte qu'elle eut ce prétexte pour cacher sa véritable affliction, sans avoir la peine de se contraindre.

« Le Roi ne survécut guère le Prince son fils ; il mourut deux ans après. Il recommanda à Monsieur le Dauphin de se servir du Cardinal de Tournon et de l'Amiral d'Annebauld, et ne parla point de Monsieur le Connétable, qui était pour lors relégué à Chantilly. Ce fut néanmoins la première chose que fit le Roi son fils, de le rappeler, et de lui donner le gouvernement des affaires.

« Madame d'Étampes fut chassée et reçut tous les mauvais traitements qu'elle pouvait attendre d'une ennemie toute-puissante ; la Duchesse de Valentinois se vengea alors pleinement, et de cette duchesse, et de tous ceux qui lui avaient déplu. Son pouvoir parut plus absolu sur l'esprit du Roi qu'il ne paraissait encore pendant qu'il était Dauphin. Depuis douze ans que ce prince règne, elle est maîtresse absolue de toutes choses ; elle dispose des charges et des affaires ; elle a fait chasser le Cardinal de Tournon, le Chancelier Olivier, et Villeroy. Ceux qui ont voulu éclairer le Roi sur sa conduite ont péri dans cette entreprise. Le Comte de Taix, grand maître de l'artillerie, qui ne l'aimait pas, ne put s'empêcher de parler de ses galanteries, et surtout de celle du Comte de Brissac, dont le Roi avait déjà eu beaucoup de jalousie. Néanmoins elle fit si bien que le Comte de Taix fut disgracié ; on lui ôta sa charge ; et, ce qui est presque incroyable, elle la fit donner au Comte de Brissac et l'a fait ensuite Maréchal de France. La jalousie du Roi augmenta néanmoins d'une telle sorte qu'il ne put souffrir que ce maréchal demeurât à la Cour ; mais la jalousie, qui est aigre et violente en tous les autres, est douce et modérée en lui par l'extrême respect qu'il a pour sa maîtresse ; en sorte qu'il n'osa éloigner son rival que sur le prétexte de lui donner le gouvernement de Piémont. Il y a passé plusieurs années ; il revint, l'hiver dernier, sur le prétexte de demander des troupes et d'autres choses nécessaires pour l'armée qu'il commande. Le désir de revoir Madame de Valentinois, et la crainte d'en être oublié, avaient peut-être beaucoup de part à ce voyage. Le Roi le reçut avec une grande froideur. Messieurs de Guise, qui ne l'aiment pas, mais qui n'osent le témoigner à cause de Madame de Valentinois, se servirent de Monsieur le Vidame, qui est son ennemi déclaré, pour empêcher qu'il n'obtînt aucune des choses qu'il était venu demander. Il n'était pas difficile de lui nuire : le Roi le haïssait, et sa présence lui donnait de l'inquiétude ; de sorte qu'il fut contraint de s'en retourner sans remporter aucun fruit de son voyage, que d'avoir peut-être rallumé dans le cœur de Madame de Valentinois des sentiments que l'absence commençait d'éteindre. Le Roi a bien eu d'autres sujets de jalousie ; mais ou il ne les a pas connus, ou il n'a osé s'en plaindre.

« Je ne sais, ma fille, ajouta Madame de Chartres, si vous ne trouverez point que je vous ai plus appris de choses que vous n'aviez envie d'en savoir.

– Je suis très éloignée, Madame, de faire cette plainte, répondit Madame de Clèves ; et, sans la peur de vous importuner, je vous demanderais encore plusieurs circonstances que j'ignore. »

La passion de Monsieur de Nemours pour Madame de Clèves fut d'abord si violente qu'elle lui ôta le goût et même le souvenir de toutes les personnes qu'il avait aimées et avec qui il avait conservé des commerces pendant son absence. Il ne prit pas seulement le soin de chercher des prétextes pour rompre avec elles ; il ne put se donner la patience d'écouter leurs plaintes et de répondre à leurs reproches. Madame la Dauphine, pour qui il avait eu des sentiments assez passionnés, ne put tenir dans son cœur contre Madame de Clèves. Son impatience pour le voyage d'Angleterre commença même à se ralentir, et il ne pressa plus avec tant d'ardeur les choses qui étaient nécessaires pour son départ. Il allait souvent chez la Reine Dauphine, parce que Madame de Clèves y allait souvent, et il n'était pas fâché de laisser imaginer ce que l'on avait cru de ses sentiments pour cette reine. Madame de Clèves lui paraissait d'un si grand prix qu'il se résolut de manquer plutôt à lui donner des marques de sa passion que de hasarder de la faire connaître au public. Il n'en parla pas même au Vidame de Chartres, qui était son ami intime, et pour qui il n'avait rien de caché. Il prit une conduite si sage, et s'observa avec tant de soin, que personne ne le soupçonna d'être amoureux de Madame de Clèves, que le Chevalier de Guise ; et elle aurait eu peine à s'en apercevoir elle-même, si l'inclination qu'elle avait pour lui ne lui eût donné une attention particulière pour ses actions, qui ne lui permit pas d'en douter.

Elle ne se trouva pas la même disposition à dire à sa mère ce qu'elle pensait des sentiments de ce prince qu'elle avait eue à lui parler de ses autres amants ; sans avoir un dessein formé de lui cacher, elle ne lui en parla point ; mais Madame de Chartres ne le voyait que trop, aussi bien que le penchant que sa fille avait pour lui. Cette connaissance lui donna une douleur sensible ; elle jugeait bien le péril où était cette jeune personne, d'être aimée d'un homme fait comme Monsieur de Nemours, pour qui elle avait de l'inclination. Elle fut entièrement confirmée dans les soupçons qu'elle avait de cette inclination par une chose qui arriva peu de jours après.

Le Maréchal de Saint-André, qui cherchait toutes les occasions de faire voir sa magnificence, supplia le Roi, sur le prétexte de lui montrer sa maison, qui ne venait que d'être achevée, de lui vouloir faire l'honneur d'y aller souper avec les Reines. Ce maréchal était bien aise aussi de faire paraître aux yeux de Madame de Clèves cette dépense éclatante qui allait jusqu'à la profusion.

Quelques jours avant celui qui avait été choisi pour ce souper, le Roi Dauphin, dont la santé était assez mauvaise, s'était trouvé mal, et n'avait vu personne. La Reine sa femme avait passé tout le jour auprès de lui. Sur le soir, comme il se portait mieux, il fit entrer toutes les personnes de qualité qui étaient dans son antichambre. La Reine Dauphine s'en alla chez elle ; elle y trouva Madame de Clèves et quelques autres dames qui étaient les plus dans sa familiarité.

Comme il était déjà assez tard, et qu'elle n'était point habillée, elle n'alla pas chez la Reine ; elle fit dire qu'on ne la voyait point, et fit apporter ses pierreries afin d'en choisir pour le bal du Maréchal de Saint-André, et pour en donner à Madame de Clèves, à qui elle en avait promis. Comme elles étaient dans cette occupation, le Prince de Condé arriva. Sa qualité lui rendait toutes les entrées libres. La Reine Dauphine lui dit qu'il venait sans doute de chez le Roi son mari et lui demanda ce que l'on y faisait.

« L'on dispute contre Monsieur de Nemours, Madame, répondit-il ; et il défend avec tant de chaleur la cause qu'il soutient qu'il faut que ce soit la sienne. Je crois qu'il a quelque maîtresse qui lui donne de l'inquiétude quand elle est au bal, tant il trouve que c'est une chose fâcheuse pour un amant que d'y voir la personne qu'il aime.

– Comment ! reprit Madame la Dauphine, Monsieur de Nemours ne veut pas que sa maîtresse aille au bal ? J'avais bien cru que les maris pouvaient souhaiter que leurs femmes n'y allassent pas ; mais, pour les amants, je n'avais jamais pensé qu'ils pussent être de ce sentiment.

– Monsieur de Nemours trouve, répliqua le Prince de Condé, que le bal est ce qu'il y a de plus insupportable pour les amants, soit qu'ils soient aimés ou qu'ils ne le soient pas. Il dit que, s'ils sont aimés, ils ont le chagrin de l'être moins pendant plusieurs jours ; qu'il n'y a point de femme que le soin de sa parure n'empêche de songer à son amant ; qu'elles en sont entièrement occupées ; que ce soin de se parer est pour tout le monde, aussi bien que pour celui qu'elles aiment ; que, lorsqu'elles sont au bal, elles veulent plaire à tous ceux qui les regardent ; que, quand elles sont contentes de leur beauté, elles en ont une joie dont leur amant ne fait pas la plus grande partie. Il dit aussi que, quand on n'est point aimé, on souffre encore davantage de voir sa maîtresse dans une assemblée ; que, plus elle est admirée du public, plus on se trouve malheureux de n'en être point aimé ; que l'on craint toujours que sa beauté ne fasse naître quelque amour plus heureux que le sien. Enfin il trouve qu'il n'y a point de souffrance pareille à celle de voir sa maîtresse au bal, si ce n'est de savoir qu'elle y est et de n'y être pas. »

Madame de Clèves ne faisait pas semblant d'entendre ce que disait le Prince de Condé ; mais elle l'écoutait avec attention. Elle jugeait aisément quelle part elle avait à l'opinion que soutenait Monsieur de Nemours et surtout à ce qu'il disait du chagrin de n'être pas au bal où était sa maîtresse, parce qu'il ne devait pas être à celui du

Maréchal de Saint-André, et que le Roi l'envoyait au-devant du Duc de Ferrare.

La Reine Dauphine riait avec le Prince de Condé et n'approuvait pas l'opinion de Monsieur de Nemours.

« Il n'y a qu'une occasion, Madame, lui dit ce prince, où Monsieur de Nemours consente que sa maîtresse aille au bal, c'est alors que c'est lui qui le donne ; et il dit que, l'année passée qu'il en donna un à Votre Majesté, il trouva que sa maîtresse lui faisait une faveur d'y venir, quoiqu'elle ne semblât que vous y suivre ; que c'est toujours faire une grâce à un amant que d'aller prendre sa part d'un plaisir qu'il donne ; que c'est aussi une chose agréable pour l'amant, que sa maîtresse le voie le maître d'un lieu où est toute la Cour, et qu'elle le voie se bien acquitter d'en faire les honneurs.

– Monsieur de Nemours avait raison, dit la Reine Dauphine en souriant, d'approuver que sa maîtresse allât au bal. Il y avait alors un si grand nombre de femmes à qui il donnait cette qualité que, si elles n'y fussent point venues, il y aurait eu peu de monde. »

Sitôt que le Prince de Condé avait commencé à conter les sentiments de Monsieur de Nemours sur le bal, Madame de Clèves avait senti une grande envie de ne point aller à celui du Maréchal de Saint-André. Elle entra aisément dans l'opinion qu'il ne fallait pas aller chez un homme dont on était aimée, et elle fut bien aise d'avoir une raison de sévérité pour faire une chose qui était une faveur pour Monsieur de Nemours ; elle emporta néanmoins la parure que lui avait donnée la Reine Dauphine ; mais, le soir, lorsqu'elle la montra à sa mère, elle lui dit qu'elle n'avait pas dessein de s'en servir, que le Maréchal de Saint-André prenait tant de soin de faire voir qu'il était attaché à elle qu'elle ne doutait point qu'il ne voulût aussi faire croire qu'elle aurait part au divertissement qu'il devait donner au Roi et que, sous prétexte de faire l'honneur de chez lui, il lui rendrait des soins dont peut-être elle serait embarrassée.

Madame de Chartres combattit quelque temps l'opinion de sa fille, comme la trouvant particulière ; mais, voyant qu'elle s'y opiniâtrait, elle s'y rendit, et lui dit qu'il fallait donc qu'elle fît la malade pour avoir un prétexte de n'y pas aller, parce que les raisons qui l'en empêchaient ne seraient pas approuvées et qu'il fallait même empêcher qu'on ne les soupçonnât. Madame de Clèves consentit volontiers à passer quelques jours chez elle, pour ne point aller dans un lieu où Monsieur de Nemours ne devait pas être ; et il partit sans avoir le plaisir de savoir qu'elle n'irait pas.

Il revint le lendemain du bal ; il sut qu'elle ne s'y était pas trouvée ; mais, comme il ne savait pas que l'on eût redit devant elle la conversation de chez le Roi Dauphin, il était bien éloigné de croire qu'il fût assez heureux pour l'avoir empêchée d'y aller.

Le lendemain, comme il était chez la Reine et qu'il parlait à Madame la Dauphine, Madame de Chartres et Madame de Clèves y vinrent et s'approchèrent de cette princesse. Madame de Clèves était un peu négligée, comme une personne qui s'était trouvée mal ; mais son visage ne répondait pas à son habillement.

« Vous voilà si belle, lui dit Madame la Dauphine, que je ne saurais croire que vous ayez été malade. Je pense que Monsieur le Prince de Condé, en vous contant l'avis de Monsieur de Nemours sur le bal, vous a persuadée que vous feriez une faveur au Maréchal de Saint-André d'aller chez lui et que c'est ce qui vous a empêchée d'y venir. »

Madame de Clèves rougit de ce que Madame la Dauphine devinait si juste et de ce qu'elle disait devant Monsieur de Nemours ce qu'elle avait deviné.

Madame de Chartres vit dans ce moment pourquoi sa fille n'avait pas voulu aller au bal ; et, pour empêcher que Monsieur de Nemours ne le jugeât aussi bien qu'elle, elle prit la parole avec un air qui semblait être appuyé sur la vérité.

« Je vous assure, Madame, dit-elle à Madame la Dauphine, que Votre Majesté fait plus d'honneur à ma fille qu'elle n'en mérite. Elle était véritablement malade ; mais je crois que, si je ne l'en eusse empêchée, elle n'eût pas laissé de vous suivre et de se montrer, aussi changée qu'elle était, pour avoir le plaisir de voir tout ce qu'il y a eu d'extraordinaire au divertissement d'hier au soir. »

Madame la Dauphine crut ce que disait Madame de Chartres, Monsieur de Nemours fut bien fâché d'y trouver de l'apparence ; néanmoins la rougeur de Madame de Clèves lui fit soupçonner que ce que Madame la Dauphine avait dit n'était pas entièrement éloigné de la vérité. Madame de Clèves avait d'abord été fâchée que Monsieur de Nemours eût eu lieu de croire que c'était lui qui l'avait empêchée d'aller chez le Maréchal de Saint-André ; mais ensuite elle sentit quelque espèce de chagrin que sa mère lui en eût entièrement ôté l'opinion.

Quoique l'assemblée de Cercamp eût été rompue, les négociations pour la paix avaient toujours continué et les choses s'y disposèrent d'une telle sorte que, sur la fin de février, on se rassembla à Cateau-Cambrésis. Les mêmes députés y retournèrent ; et l'absence du Maréchal de Saint-André défit Monsieur de Nemours du rival qui lui était plus redoutable, par l'attention qu'il avait à observer ceux qui approchaient Madame de Clèves et par le progrès qu'il pouvait faire auprès d'elle.

Madame de Chartres n'avait pas voulu laisser voir à sa fille qu'elle connaissait ses sentiments pour ce prince, de peur de se rendre suspecte sur les choses qu'elle avait envie de lui dire. Elle se mit un jour à parler de lui ; elle lui en dit du bien et y mêla beaucoup de louanges empoisonnées sur la sagesse qu'il avait d'être incapable de devenir amoureux et sur ce qu'il ne se faisait qu'un plaisir et non pas un attachement sérieux du commerce des femmes. Ce n'est pas, ajouta-t-elle, que l'on ne l'ait soupçonné d'avoir une grande passion pour la Reine Dauphine ; je vois même qu'il y va très souvent, et je vous conseille d'éviter autant que vous pourrez de lui parler, et surtout en particulier, parce que, Madame la Dauphine vous traitant comme elle fait, on dirait bientôt que vous êtes leur confidente, et vous savez combien cette réputation est désagréable. Je suis d'avis, si ce bruit continue, que vous alliez un peu moins chez Madame la Dauphine, afin de ne vous pas trouver mêlée dans des aventures de galanterie. »

Madame de Clèves n'avait jamais ouï parler de Monsieur de Nemours et de Madame la Dauphine ; elle fut si surprise de ce que lui dit sa mère, et elle crut si bien voir combien elle s'était trompée dans tout ce qu'elle avait pensé des sentiments de ce prince, qu'elle en changea de visage. Madame de Chartres s'en aperçut ; il vint du monde dans ce moment, Madame de Clèves s'en alla chez elle et s'enferma dans son cabinet.

L'on ne peut exprimer la douleur qu'elle sentit de connaître, par ce que lui venait de dire sa mère, l'intérêt qu'elle prenait à Monsieur de Nemours : elle n'avait encore osé se l'avouer à elle-même. Elle vit alors que les sentiments qu'elle avait pour lui étaient ceux que Monsieur de Clèves lui avait tant demandés ; elle trouva combien il était honteux de les avoir pour un autre que pour un mari qui les méritait. Elle se sentit blessée et embarrassée de la crainte que Monsieur de Nemours ne la voulût faire servir de prétexte à Madame la Dauphine et cette pensée la détermina à conter à Madame de Chartres ce qu'elle ne lui avait point encore dit.

Elle alla le lendemain matin dans sa chambre pour exécuter ce qu'elle avait résolu ; mais elle trouva que Madame de Chartres avait un peu de fièvre, de sorte qu'elle ne voulut pas lui parler. Ce mal paraissait néanmoins si peu de chose que Madame de Clèves ne laissa pas d'aller l'après-dînée chez Madame la Dauphine. Elle était dans son cabinet avec deux ou trois dames qui étaient le plus avant dans sa familiarité.

« Nous parlions de Monsieur de Nemours, lui dit cette Reine en la voyant, et nous admirions combien il est changé depuis son retour de Bruxelles. Devant que d'y aller, il avait un nombre infini de maîtresses, et c'était même un défaut en lui ; car il ménageait également celles qui avaient du mérite et celles qui n'en avaient pas. Depuis qu'il est revenu, il ne connaît ni les unes ni les autres ; il n'y a jamais eu un si grand changement ; je trouve même qu'il y en a dans son humeur, et qu'il est moins gai que de coutume. »

Madame de Clèves ne répondit rien ; et elle pensait avec honte qu'elle aurait pris tout ce que l'on disait du changement de ce prince pour des marques de sa passion si elle n'avait point été détrompée. Elle se sentait quelque aigreur contre Madame la Dauphine de lui voir chercher des raisons et s'étonner d'une chose dont apparemment elle savait mieux la vérité que personne. Elle ne put s'empêcher de lui en témoigner quelque chose ; et, comme les autres dames s'éloignèrent, elle s'approcha d'elle et lui dit tout bas :

« Est-ce aussi pour moi, Madame, que vous venez de parler, et voudriez-vous me cacher que vous fussiez celle qui a fait changer de conduite à Monsieur de Nemours ?

– Vous êtes injuste, lui dit Madame la Dauphine, vous savez que je n'ai rien de caché pour vous. Il est vrai que Monsieur de Nemours, devant que d'aller à Bruxelles, a eu, je crois, intention de me laisser entendre qu'il ne me haïssait pas ; mais, depuis qu'il est revenu, il ne m'a pas même paru qu'il se souvînt des choses qu'il avait faites, et j'avoue que j'ai de la curiosité de savoir ce qui l'a fait changer. Il sera bien difficile que je ne le démêle, ajouta-t-elle ; le Vidame de Chartres, qui est son ami intime, est amoureux d'une personne sur qui j'ai quelque pouvoir et je saurai par ce moyen ce qui a fait ce changement. »

Madame la Dauphine parla d'un air qui persuada Madame de Clèves, et elle se trouva malgré elle dans un état plus calme et plus doux que celui où elle était auparavant.

Lorsqu'elle revint chez sa mère, elle sut qu'elle était beaucoup plus mal qu'elle ne l'avait laissée. La fièvre lui avait redoublé et, les jours suivants, elle augmenta de telle sorte qu'il parut que ce serait une maladie considérable. Madame de Clèves était dans une affliction extrême ; elle ne sortait point de la chambre de sa mère ; Monsieur de Clèves y passait aussi presque tous les jours, et par l'intérêt qu'il prenait à Madame de Chartres, et pour empêcher sa femme de s'abandonner à la tristesse, mais pour avoir aussi le plaisir de la voir ; sa passion n'était point diminuée.

Monsieur de Nemours, qui avait toujours eu beaucoup d'amitié pour lui, n'avait pas cessé de lui en témoigner depuis son retour de Bruxelles. Pendant la maladie de Madame de Chartres, ce prince trouva le moyen de voir plusieurs fois Madame de Clèves en faisant semblant de chercher son mari ou de le venir prendre pour le mener promener. Il le cherchait même à des heures où il savait bien qu'il n'y était pas et, sous le prétexte de l'attendre, il demeurait dans l'antichambre de Madame de Chartres, où il y avait toujours plusieurs personnes de qualité. Madame de Clèves y venait souvent et, pour être affligée, elle n'en paraissait pas moins belle à Monsieur de Nemours. Il lui faisait voir combien il prenait d'intérêt à son affliction et il lui en parlait avec un air si doux et si soumis qu'il la persuadait aisément que ce n'était pas de Madame la Dauphine dont il était amoureux.

Elle ne pouvait s'empêcher d'être troublée de sa vue, et d'avoir pourtant du plaisir à le voir ; mais quand elle ne le voyait plus, et qu'elle pensait que ce charme qu'elle trouvait dans sa vue était le commencement des passions, il s'en fallait peu qu'elle ne crût le haïr par la douleur que lui donnait cette pensée.

Madame de Chartres empira si considérablement que l'on commença à désespérer de sa vie ; elle reçut ce que les médecins lui dirent du péril où elle était avec un courage digne de sa vertu et de sa piété. Après qu'ils furent sortis, elle fit retirer tout le monde et appeler Madame de Clèves.

« Il faut nous quitter, ma fille, lui dit-elle, en lui tendant la main ; le péril où je vous laisse et le besoin que vous avez de moi augmentent le déplaisir que j'ai de vous quitter. Vous avez de l'inclination pour Monsieur de Nemours ; je ne vous demande point de me l'avouer : je ne suis plus en état de me servir de votre sincérité pour vous conduire. Il y a déjà longtemps que je me suis aperçue de cette inclination ; mais je ne vous en ai pas voulu parler d'abord, de peur de vous en faire apercevoir vous-même. Vous ne la connaissez que trop présentement ; vous êtes sur le bord du précipice : il faut de grands efforts et de grandes violences pour vous retenir. Songez ce que vous devez à votre mari ; songez ce que vous vous devez à vous-même, et pensez que vous allez perdre cette réputation que vous vous êtes acquise et que je vous ai tant souhaitée. Ayez de la force et du courage, ma fille, retirez-vous de la Cour, obligez votre mari de vous emmener ; ne craignez point de prendre des partis trop rudes et trop difficiles, quelque affreux qu'ils vous paraissent d'abord : ils seront plus doux dans les suites que les malheurs d'une galanterie. Si d'autres raisons que celles de la vertu et de votre devoir vous pouvaient obliger à ce que je souhaite, je vous dirais que, si quelque chose était capable de troubler le bonheur que j'espère en sortant de ce monde, ce serait de vous voir tomber comme les autres femmes ; mais, si ce malheur vous doit arriver, je reçois la mort avec joie, pour n'en être pas le témoin. »

Madame de Clèves fondait en larmes sur la main de sa mère, qu'elle tenait serrée entre les siennes, et Madame de Chartres se sentant touchée elle-même :

« Adieu, ma fille, lui dit-elle, finissons une conversation qui nous attendrit trop l'une et l'autre, et souvenez-vous, si vous pouvez, de tout ce que je viens de vous dire. »

Elle se tourna de l'autre côté en achevant ces paroles, et commanda à sa fille d'appeler ses femmes, sans vouloir l'écouter ni parler davantage. Madame de Clèves sortit de la chambre de sa mère en l'état que l'on peut s'imaginer, et Madame de Chartres ne songea plus qu'à se préparer à la mort. Elle vécut encore deux jours, pendant lesquels elle ne voulut plus revoir sa fille, qui était la seule chose à quoi elle se sentait attachée.

Madame de Clèves était dans une affliction extrême ; son mari ne la quittait point et, sitôt que Madame de Chartres fut expirée, il l'emmena à la campagne, pour l'éloigner d'un lieu qui ne faisait qu'aigrir sa douleur. On n'en a jamais vu de pareille ; quoique la tendresse et la reconnaissance y eussent la plus grande part, le besoin qu'elle sentait qu'elle avait de sa mère pour se défendre contre Monsieur de Nemours ne laissait pas d'y en avoir beaucoup. Elle se trouvait malheureuse d'être abandonnée à elle-même, dans un temps où elle était si peu maîtresse de ses sentiments et où elle eût tant souhaité d'avoir quelqu'un qui pût la plaindre et lui donner de la force. La manière dont Monsieur de Clèves en usait pour elle lui faisait souhaiter plus fortement que jamais de ne manquer à rien de ce qu'elle lui devait. Elle lui témoignait aussi plus d'amitié et plus de tendresse qu'elle n'avait encore fait ; elle ne voulait point qu'il la quittât, et il lui semblait qu'à force de s'attacher à lui, il la défendrait contre Monsieur de Nemours.

Ce prince vint voir Monsieur de Clèves à la campagne ; il fit ce qu'il put pour rendre aussi une visite à Madame de Clèves ; mais elle ne le voulut point recevoir et, sentant bien qu'elle ne pouvait s'empêcher de le trouver aimable, elle avait fait une forte résolution de s'empêcher de le voir et d'en éviter toutes les occasions qui dépendraient d'elle.

Monsieur de Clèves vint à Paris pour faire sa cour et promit à sa femme de s'en retourner le lendemain ; il ne revint néanmoins que le jour d'après.

« Je vous attendis tout hier, lui dit Madame de Clèves lorsqu'il arriva ; et je vous dois faire des reproches de n'être pas venu comme vous me l'aviez promis. Vous savez que, si je pouvais sentir une nouvelle affliction en l'état où je suis, ce serait la mort de Madame de Tournon, que j'ai apprise ce matin. J'en aurais été touchée quand je ne l'aurais point connue ; c'est toujours une chose digne de pitié qu'une femme jeune et belle, comme celle-là, soit morte en deux jours ; mais, de plus, c'était une des personnes du monde qui me plaisait davantage et qui paraissait avoir autant de sagesse que de mérite.

– Je fus très fâché de ne pas revenir hier, répondit Monsieur de Clèves ; mais j'étais si nécessaire à la consolation d'un malheureux qu'il m'était impossible de le quitter. Pour Madame de Tournon, je ne vous conseille pas d'en être affligée, si vous la regrettez comme une femme pleine de sagesse et digne de votre estime.

– Vous m'étonnez, reprit Madame de Clèves, et je vous ai ouï dire plusieurs fois qu'il n'y avait point de femme à la Cour que vous estimassiez davantage.

– Il est vrai, répondit-il, mais les femmes sont incompréhensibles ; et, quand je les vois toutes, je me trouve si heureux de vous avoir que je ne saurais assez admirer mon bonheur.

– Vous m'estimez plus que je ne vaux, répliqua Madame de Clèves en soupirant, et il n'est pas encore temps de me trouver digne de vous. Apprenez-moi, je vous en supplie, ce qui vous a détrompé de Madame de Tournon.

– Il y a longtemps que je le suis, répliqua-t-il, et que je sais qu'elle aimait le Comte de Sancerre, à qui elle donnait des espérances de l'épouser.

– Je ne saurais croire, interrompit Madame de Clèves, que Madame de Tournon, après cet éloignement si extraordinaire qu'elle a témoigné pour le mariage depuis qu'elle est veuve, et après les déclarations publiques qu'elle a faites de ne se remarier jamais, ait donné des espérances à Sancerre.

– Si elle n'en eût donné qu'à lui, répliqua Monsieur de Clèves, il ne faudrait pas s'étonner ; mais ce qu'il y a de surprenant, c'est qu'elle en donnait aussi à Estouteville dans le même temps ; et je vais vous apprendre toute cette histoire.

[DEUXIÈME PARTIE]

« Vous savez l'amitié qu'il y a entre Sancerre et moi ; néanmoins il devint amoureux de Madame de Tournon il y a environ deux ans, et me le cacha avec beaucoup de soin, aussi bien qu'à tout le reste du monde. J'étais bien éloigné de le soupçonner. Madame de Tournon paraissait encore inconsolable de la mort de son mari et vivait dans une retraite austère. La sœur de Sancerre était quasi la seule personne qu'elle vît, et c'était chez elle qu'il en était devenu amoureux.

« Un soir qu'il devait y avoir une comédie au Louvre et que l'on n'attendait plus que le Roi et Madame de Valentinois pour commencer, l'on vint dire qu'elle s'était trouvée mal, et que le Roi ne viendrait pas. On jugea aisément que le mal de cette duchesse était quelque démêlé avec le Roi. Nous savions les jalousies qu'il avait eues du Maréchal de Brissac pendant qu'il avait été à la Cour ; mais il était retourné en Piémont depuis quelques jours, et nous ne pouvions imaginer le sujet de cette brouillerie.

« Comme j'en parlais avec Sancerre, Monsieur d'Anville arriva dans la salle et me dit tout bas que le Roi était dans une affliction et dans une colère qui faisaient pitié ; qu'en un raccommodement qui s'était fait entre lui et Madame de Valentinois il y avait quelques jours, sur des démêlés qu'ils avaient eus pour le Maréchal de Brissac, le Roi lui avait donné une bague et l'avait priée de la porter ; que, pendant qu'elle s'habillait pour venir à la comédie, il avait remarqué qu'elle n'avait point cette bague, et lui en avait demandé la raison ; qu'elle avait paru étonnée de ne la pas avoir, qu'elle l'avait demandée à ses femmes, lesquelles, par malheur, ou faute d'être bien instruites, avaient répondu qu'il y avait quatre ou cinq jours qu'elles ne l'avaient vue.

« Ce temps est précisément celui du départ du Maréchal de Brissac, continua Monsieur d'Anville ; le Roi n'a point douté qu'elle ne lui ait donné la bague en lui disant adieu. Cette pensée a réveillé si vivement toute cette jalousie, qui n'était pas encore bien éteinte, qu'il s'est emporté contre son ordinaire et lui a fait mille reproches. Il vient de rentrer chez lui très affligé ; mais je ne sais s'il l'est davantage de l'opinion que Madame de Valentinois a sacrifié sa bague que de la crainte de lui avoir déplu par sa colère. »

« Sitôt que Monsieur d'Anville eut achevé de me conter cette nouvelle, je me rapprochai de Sancerre pour la lui apprendre ; je la lui dis comme un secret que l'on venait de me confier et dont je lui défendais de parler.

« Le lendemain matin, j'allai d'assez bonne heure chez ma belle-sœur ; je trouvai Madame de Tournon au chevet de son lit. Elle n'aimait pas Madame de Valentinois, et elle savait bien que ma belle-sœur n'avait pas sujet de s'en louer. Sancerre avait été chez elle au sortir de la comédie. Il lui avait appris la brouillerie du Roi avec cette duchesse, et Madame de Tournon était venue la conter à ma belle-sœur, sans savoir ou sans faire réflexion que c'était moi qui l'avais apprise à son amant.

« Sitôt que je m'approchai de ma belle-sœur, elle dit à Madame de Tournon que l'on pouvait me confier ce qu'elle venait de lui dire et, sans attendre la permission de Madame de Tournon, elle me conta mot pour mot tout ce que j'avais dit à Sancerre le soir précédent. Vous pouvez juger comme j'en fus étonné. Je regardai

Madame de Tournon ; elle me parut embarrassée. Son embarras me donna du soupçon ; je n'avais dit la chose qu'à Sancerre ; il m'avait quitté au sortir de la comédie sans m'en dire la raison ; je me souvins de lui avoir ouï extrêmement louer Madame de Tournon. Toutes ces choses m'ouvrirent les yeux, et je n'eus pas de peine à démêler qu'il avait une galanterie avec elle et qu'il l'avait vue depuis qu'il m'avait quitté.

« Je fus si piqué de voir qu'il me cachait cette aventure que je dis plusieurs choses qui firent connaître à Madame de Tournon l'imprudence qu'elle avait faite ; je la remis à son carrosse et je l'assurai, en la quittant, que j'enviais le bonheur de celui qui lui avait appris la brouillerie du Roi et de Madame de Valentinois.

« Je m'en allai à l'heure même trouver Sancerre, je lui fis des reproches et je lui dis que je savais sa passion pour Madame de Tournon, sans lui dire comment je l'avais découverte. Il fut contraint de me l'avouer ; je lui contai ensuite ce qui me l'avait apprise, et il m'apprit aussi le détail de leur aventure ; il me dit que, quoiqu'il fût cadet de sa maison, et très éloigné de pouvoir prétendre un aussi bon parti, que néanmoins elle était résolue de l'épouser. L'on ne peut être plus surpris que je le fus. Je dis à Sancerre de presser la conclusion de son mariage, et qu'il n'y avait rien qu'il ne dût craindre d'une femme qui avait l'artifice de soutenir aux yeux du public un personnage si éloigné de la vérité. Il me répondit qu'elle avait été véritablement affligée, mais que l'inclination qu'elle avait eue pour lui avait surmonté cette affliction, et qu'elle n'avait pu laisser paraître tout d'un coup un si grand changement. Il me dit encore plusieurs autres raisons pour l'excuser, qui me firent voir à quel point il en était amoureux. Il m'assura qu'il la ferait consentir que je susse la passion qu'il avait pour elle, puisque aussi bien c'était elle-même qui me l'avait apprise. Il l'y obligea en effet, quoique avec beaucoup de peine, et je fus ensuite très avant dans leur confidence.

« Je n'ai jamais vu une femme avoir une conduite si honnête et si agréable à l'égard de son amant ; néanmoins j'étais toujours choqué de son affectation à paraître encore affligée. Sancerre était si amoureux et si content de la manière dont elle en usait pour lui qu'il n'osait quasi la presser de conclure leur mariage, de peur qu'elle ne crût qu'il le souhaitait plutôt par intérêt que par une véritable passion. Il lui en parla toutefois, et elle lui parut résolue à l'épouser ; elle commença même à quitter cette retraite où elle vivait et à se remettre dans le monde. Elle venait chez ma belle-sœur à des heures où une partie de la Cour s'y trouvait. Sancerre n'y venait que rarement, mais ceux qui y étaient tous les soirs, et qui l'y voyaient souvent, la trouvaient très aimable.

« Peu de temps après qu'elle eut commencé à quitter sa solitude, Sancerre crut voir quelque refroidissement dans la passion qu'elle avait pour lui. Il m'en parla plusieurs fois sans que je fisse aucun fondement sur ses plaintes ; mais à la fin, comme il me dit qu'au lieu d'achever leur mariage, elle semblait l'éloigner, je commençai à croire qu'il n'avait pas de tort d'avoir de l'inquiétude. Je lui répondis que, quand la passion de Madame de Tournon diminuerait après avoir duré deux ans, il ne faudrait pas s'en étonner ; que quand même, sans être diminuée, elle ne serait pas assez forte pour l'obliger à l'épouser, qu'il ne devrait pas s'en plaindre ; que ce mariage, à l'égard du public, lui ferait un extrême tort, non seulement parce qu'il n'était pas un assez bon parti pour elle, mais par le préjudice qu'il apporterait à sa réputation ; qu'ainsi tout ce qu'il pouvait souhaiter était qu'elle ne le trompât point et qu'elle ne lui donnât pas de fausses espérances. Je lui dis encore que, si elle n'avait pas la force de l'épouser, ou qu'elle lui avouât qu'elle en aimait quelque autre, il ne fallait point qu'il s'emportât, ni qu'il se plaignît ; mais qu'il devrait conserver pour elle de l'estime et de la reconnaissance.

« Je vous donne, lui dis-je, le conseil que je prendrais pour moi-même ; car la sincérité me touche d'une telle sorte que je crois que si ma maîtresse, et même ma femme, m'avouait que quelqu'un lui plût, j'en serais affligé sans en être aigri. Je quitterais le personnage d'amant ou de mari, pour la conseiller et pour la plaindre. »

Ces paroles firent rougir Madame de Clèves, et elle y trouva un certain rapport avec l'état où elle était, qui la surprit et qui lui donna un trouble dont elle fut longtemps à se remettre.

« Sancerre parla à Madame de Tournon, continua Monsieur de Clèves, il lui dit tout ce que je lui avais conseillé ; mais elle le rassura avec tant de soin et parut si offensée de ses soupçons qu'elle les lui ôta entièrement. Elle remit néanmoins leur mariage après un voyage qu'il allait faire et qui devait être assez long ; mais elle se conduisit si bien jusqu'à son départ et en parut si affligée que je crus, aussi bien que lui, qu'elle l'aimait véritablement. Il partit il y a environ trois mois ; pendant son absence, j'ai peu vu Madame de Tournon : vous m'avez entièrement occupé et je savais seulement qu'il devait bientôt revenir.

« Avant-hier, en arrivant à Paris, j'appris qu'elle était morte ; j'envoyai savoir chez lui si on n'avait point eu de ses nouvelles. On me manda qu'il était arrivé dès la veille, qui était précisément le jour de la mort de Madame de Tournon. J'allai le voir à l'heure même, me doutant bien de l'état où je le trouverais ; mais son affliction passait de beaucoup ce que je m'en étais imaginé.

« Je n'ai jamais vu une douleur si profonde et si tendre ; dès le moment qu'il me vit, il m'embrassa, fondant en larmes : “Je ne la verrai plus, me dit-il, je ne la verrai plus, elle est morte ! Je n'en étais pas digne ; mais je la suivrai bientôt !"

« Après cela il se tut ; et puis, de temps en temps, redisant toujours : "Elle est morte, et je ne la verrai plus !" il revenait aux cris et aux larmes, et demeurait comme un homme qui n'avait plus de raison. Il me dit qu'il n'avait pas reçu souvent de ses lettres pendant son absence, mais qu'il ne s'en était pas étonné, parce qu'il la connaissait et qu'il savait la peine qu'elle avait à hasarder de ses lettres. Il ne doutait point qu'il ne l'eût épousée à son retour ; il la regardait comme la plus aimable et la plus fidèle personne qui eût jamais été ; il s'en croyait tendrement aimé ; il la perdait dans le moment qu'il pensait s'attacher à elle pour jamais. Toutes ces pensées le plongeaient dans une affliction violente dont il était entièrement accablé ; et j'avoue que je ne pouvais m'empêcher d'en être touché.

« Je fus néanmoins contraint de le quitter pour aller chez le Roi ; je lui promis que je reviendrais bientôt. Je revins en effet, et je ne fus jamais si surpris que de le trouver tout différent de ce que je l'avais quitté. Il était debout dans sa chambre, avec un visage furieux, marchant et s'arrêtant comme s'il eût été hors de lui-même. "Venez, venez, me dit-il, venez voir l'homme du monde le plus désespéré ; je suis plus malheureux mille fois que je n'étais tantôt, et ce que je viens d'apprendre de Madame de Tournon est pire que sa mort."

« Je crus que la douleur le troublait entièrement et je ne pouvais m'imaginer qu'il y eût quelque chose de pire que la mort d'une maîtresse que l'on aime et dont on est aimé. Je lui dis que, tant que son affliction avait eu des bornes, je l'avais approuvée, et que j'y étais entré ; mais que je ne le plaindrais plus s'il s'abandonnait au désespoir et s'il perdait la raison.

« "Je serais trop heureux de l'avoir perdue, et la vie aussi, s'écria-t-il : Madame de Tournon m'était infidèle, et j'apprends son infidélité et sa trahison le lendemain que j'ai appris sa mort, dans un temps où mon âme est remplie et pénétrée de la plus vive douleur et de la plus tendre amour que l'on ait jamais senties ; dans un temps où son idée est dans mon cœur comme la plus parfaite chose qui ait jamais été, et la plus parfaite à mon égard ; je trouve que je me suis trompé et qu'elle ne mérite pas que je la pleure ; cependant j'ai la même affliction de sa mort que si elle m'était fidèle et je sens son infidélité comme si elle n'était point morte. Si j'avais appris son changement devant sa mort, la jalousie, la colère, la rage m'auraient rempli et m'auraient endurci en quelque sorte contre la douleur de sa perte ; mais je suis dans un état où je ne puis ni m'en consoler, ni la haïr."

« Vous pouvez juger si je fus surpris de ce que me disait Sancerre ; je lui demandai comment il avait su ce qu'il venait de me dire. Il me conta qu'un moment après que j'étais sorti de sa chambre, Estouteville, qui est son ami intime, mais qui ne savait pourtant rien de son amour pour Madame de Tournon, l'était venu voir ; que, d'abord qu'il avait été assis, il avait commencé à pleurer, et qu'il lui avait dit qu'il lui demandait pardon de lui avoir caché ce qu'il lui allait apprendre ; qu'il le priait d'avoir pitié de lui ; qu'il venait lui ouvrir son cœur, et qu'il voyait l'homme du monde le plus affligé de la mort de Madame de Tournon.

« "Ce nom, me dit Sancerre, m'a tellement surpris que, quoique mon premier mouvement ait été de lui dire que j'en étais plus affligé que lui, je n'ai pas eu néanmoins la force de parler. Il a continué, et m'a dit qu'il était amoureux d'elle depuis six mois ; qu'il avait toujours voulu me le dire, mais qu'elle le lui avait défendu expressément et avec tant d'autorité qu'il n'avait osé lui désobéir ; qu'il lui avait plu quasi dans le même temps qu'il l'avait aimée ; qu'ils avaient caché leur passion à tout le monde ; qu'il n'avait jamais été chez elle publiquement ; qu'il avait eu le plaisir de la consoler de la mort de son mari ; et qu'enfin il l'allait épouser dans le temps qu'elle était morte ; mais que ce mariage, qui était un effet de passion, aurait paru un effet de devoir et d'obéissance ; qu'elle avait gagné son père pour se faire commander de l'épouser, afin qu'il n'y eût pas un trop grand changement dans sa conduite, qui avait été si éloignée de se remarier.

« "Tant qu'Estouteville m'a parlé, me dit Sancerre, j'ai ajouté foi à ses paroles, parce que j'y ai trouvé de la vraisemblance, et que le temps où il m'a dit qu'il avait commencé à aimer Madame de Tournon est précisément celui où elle m'a paru changée ; mais un moment après, je l'ai cru un menteur, ou du moins un visionnaire. J'ai été prêt à le lui dire, j'ai passé ensuite à vouloir m'éclaircir, je l'ai questionné, je lui ai fait paraître des doutes. Enfin j'ai tant fait pour m'assurer de mon malheur qu'il m'a demandé si je connaissais l'écriture de Madame de Tournon. Il a mis sur mon lit quatre de ses lettres, et son portrait ; mon frère est entré dans ce moment. Estouteville avait le visage si plein de larmes qu'il a été contraint de sortir pour ne se pas laisser voir ; il m'a dit qu'il reviendrait ce soir requérir ce qu'il me laissait ; et moi je chassai mon frère, sur le prétexte de me trouver mal, par l'impatience de voir ces lettres que l'on m'avait laissées, et espérant d'y trouver quelque chose qui ne me persuaderait pas tout ce qu'Estouteville venait de me dire. Mais hélas ! que n'y ai-je point trouvé ? Quelle tendresse ! quels serments ! quelles assurances de l'épouser ! quelles lettres ! Jamais elle ne m'en a écrit de semblables. Ainsi, ajouta-t-il, j'éprouve à la fois la douleur de la mort et celle de l'infidélité ; ce sont deux maux que l'on a souvent comparés, mais qui n'ont jamais été sentis en même temps par la même personne. J'avoue, à ma honte, que je sens encore plus sa perte que son changement ; je ne puis la trouver assez coupable pour consentir à sa mort. Si elle vivait, j'aurais le plaisir de lui faire des reproches, et de me venger d'elle en lui faisant connaître son injustice. Mais je ne la verrai plus, reprenait-il, je ne la verrai plus ; ce mal est le plus grand de tous les maux. Je souhaiterais de lui rendre la vie aux dépens de la mienne. Quel souhait ! Si elle revenait, elle vivrait pour Estouteville. Que j'étais heureux hier ! s'écriait-il, que j'étais heureux ! j'étais l'homme du monde le plus affligé ; mais mon affliction était raisonnable, et je trouvais quelque douceur à penser que je ne devais jamais me consoler. Aujourd'hui, tous mes sentiments sont injustes. Je paye à une passion feinte qu'elle a eue pour moi le même tribut de douleur que je croyais devoir à une passion véritable. Je ne puis ni haïr, ni aimer sa mémoire ; je ne puis me consoler ni m'affliger. Du moins, me dit-il, en se retournant tout d'un coup vers moi, faites, je vous en conjure, que je ne voie jamais Estouteville ; son nom seul me fait horreur. Je sais bien que je n'ai nul sujet de m'en plaindre ; c'est ma faute de lui avoir caché que j'aimais Madame de Tournon ; s'il l'eût su, il ne s'y serait peut-être pas attaché, elle ne m'aurait pas été infidèle ; il est venu me chercher pour me confier sa douleur ; il me fait pitié. Eh ! c'est avec raison, s'écriait-il ; il aimait Madame de Tournon, il en était aimé et il ne la verra jamais ; je sens bien néanmoins que je ne saurais m'empêcher de le haïr. Et encore une fois, je vous conjure de faire en sorte que je ne le voie point."

« Sancerre se remit ensuite à pleurer, à regretter Madame de Tournon, à lui parler et à lui dire les choses du monde les plus tendres. Il repassa ensuite à la haine, aux plaintes, aux reproches et aux imprécations contre elle. Comme je le vis dans un état si violent, je connus bien qu'il me fallait quelque secours pour m'aider à calmer son esprit. J'envoyai quérir son frère, que je venais de quitter chez le Roi ; j'allai lui parler dans l'antichambre avant qu'il entrât, et je lui contai l'état où était Sancerre. Nous donnâmes des ordres pour empêcher qu'il ne vît Estouteville, et nous employâmes une partie de la nuit à tâcher de le rendre capable de raison. Ce matin je l'ai encore trouvé plus affligé ; son frère est demeuré auprès de lui, et je suis revenu auprès de vous.

– L'on ne peut être plus surprise que je le suis, dit alors Madame de Clèves, et je croyais Madame de Tournon incapable d'amour et de tromperie.

– L'adresse et la dissimulation, reprit Monsieur de Clèves, ne peuvent aller plus loin qu'elle les a portées. Remarquez que, quand Sancerre crut qu'elle était changée pour lui, elle l'était véritablement et qu'elle commençait à aimer Estouteville. Elle disait à ce dernier qu'il la consolait de la mort de son mari, et que c'était lui qui était cause qu'elle quittait cette grande retraite ; et il paraissait à Sancerre que c'était parce que nous avions résolu qu'elle ne témoignerait plus d'être si affligée. Elle faisait valoir à Estouteville de cacher leur intelligence, et de paraître obligée à l'épouser par le commandement de son père, comme un effet du soin qu'elle avait de sa réputation ; et c'était pour abandonner Sancerre sans qu'il eût sujet de s'en plaindre. Il faut que je m'en retourne, continua Monsieur de Clèves, pour voir ce malheureux et je crois qu'il faut que vous reveniez aussi à Paris. Il est temps que vous voyiez le monde, et que vous receviez ce nombre infini de visites dont aussi bien vous ne sauriez vous dispenser. »

Madame de Clèves consentit à son retour et elle revint le lendemain. Elle se trouva plus tranquille sur Monsieur de Nemours qu'elle n'avait été ; tout ce que lui avait dit Madame de Chartres en mourant, et la douleur de sa mort, avaient fait une suspension à ses sentiments, qui lui faisait croire qu'ils étaient entièrement effacés.

Dès le même soir qu'elle fut arrivée, Madame la Dauphine la vint voir, et après lui avoir témoigné la part qu'elle avait prise à son affliction, elle lui dit que, pour la détourner de ces tristes pensées, elle voulait l'instruire de tout ce qui s'était passé à la Cour en son absence ; elle lui conta ensuite plusieurs choses particulières.

« Mais ce que j'ai le plus d'envie de vous apprendre, ajouta-t-elle, c'est qu'il est certain que Monsieur de Nemours est passionnément amoureux, et que ses amis les plus intimes, non seulement ne sont point dans sa confidence, mais qu'ils ne peuvent deviner qui est la personne qu'il aime. Cependant cet amour est assez fort pour lui faire négliger ou abandonner, pour mieux dire, les espérances d'une couronne. »

Madame la Dauphine conta ensuite tout ce qui s'était passé sur l'Angleterre.

« J'ai appris ce que je viens de vous dire, continua-t-elle, de Monsieur d'Anville ; et il m'a dit ce matin que le Roi envoya quérir hier au soir Monsieur de Nemours, sur des lettres de Lignerolles, qui demande à revenir, et qui écrit au Roi qu'il ne peut plus soutenir auprès de la Reine d'Angleterre les retardements de Monsieur de Nemours ; qu'elle commence à s'en offenser, et qu'encore qu'elle n'eût point donné de parole positive, elle en avait assez dit pour faire hasarder un voyage. Le Roi lut cette lettre à Monsieur de Nemours qui, au lieu de parler sérieusement, comme il avait fait dans les commencements, ne fit que rire, que badiner, et se moquer des espérances de Lignerolles. Il dit que toute l'Europe condamnerait son imprudence, s'il hasardait d'aller en Angleterre comme un prétendu mari de la Reine sans être assuré du succès.

« "Il me semble aussi, ajouta-t-il, que je prendrais mal mon temps de faire ce voyage présentement que le Roi d'Espagne fait de si grandes instances pour épouser cette reine. Ce ne serait peut-être pas un rival bien redoutable dans une galanterie ; mais je pense que dans un mariage Votre Majesté ne me conseillerait pas de lui disputer quelque chose.

« – Je vous le conseillerais en cette occasion, reprit le Roi ; mais vous n'aurez rien à lui disputer ; je sais qu'il a d'autres pensées ; et, quand il n'en aurait pas, la Reine Marie s'est trop mal trouvée du joug de l'Espagne pour croire que sa sœur le veuille reprendre et qu'elle se laisse éblouir à l'éclat de tant de couronnes jointes ensemble.

« – Si elle ne s'en laisse pas éblouir, repartit Monsieur de Nemours, il y a apparence qu'elle voudra se rendre heureuse par l'amour. Elle a aimé le Milord Courtenay il y a déjà quelques années. Il était aussi aimé de la Reine Marie, qui l'aurait épousé, du consentement de toute l'Angleterre, sans qu'elle connut que la jeunesse et la beauté de sa sœur Élisabeth le touchaient davantage que l'espérance de régner. Votre Majesté sait que les violentes jalousies qu'elle en eut la portèrent à les mettre l'un et l'autre en prison, à exiler ensuite le Milord Courtenay, et la déterminèrent enfin à épouser le Roi d'Espagne. Je crois qu'Élisabeth, qui est présentement sur le trône, rappellera bientôt ce milord, et qu'elle choisira un homme qu'elle a aimé, qui est fort aimable, qui a tant souffert pour elle, plutôt qu'un autre qu'elle n'a jamais vu.

« – Je serais de votre avis, repartit le Roi, si Courtenay vivait encore ; mais j'ai su depuis quelques jours qu'il est mort à Padoue, où il était relégué. Je vois bien, ajouta-t-il en quittant Monsieur de Nemours, qu'il faudrait faire votre mariage comme on ferait celui de Monsieur le Dauphin, et envoyer épouser la Reine d'Angleterre par des ambassadeurs."

« Monsieur d'Anville et Monsieur le Vidame, qui étaient chez le Roi avec Monsieur de Nemours, sont persuadés que c'est cette même passion dont il est occupé qui le détourne d'un si grand dessein. Le Vidame, qui le voit de plus près que personne, a dit à Madame de Martigues que ce prince est tellement changé qu'il ne le reconnaît plus ; et ce qui l'étonne davantage, c'est qu'il ne lui voit aucun commerce, ni aucunes heures particulières où il se dérobe, en sorte qu'il croit qu'il n'a point d'intelligence avec la personne qu'il aime ; et c'est ce qui fait méconnaître Monsieur de Nemours de lui voir aimer une femme qui ne répond point à son amour. »

Quel poison pour Madame de Clèves que le discours de Madame la Dauphine ! Le moyen de ne se pas reconnaître pour cette personne dont on ne savait point le nom, et le moyen de n'être pas pénétrée de reconnaissance et de tendresse, en apprenant, par une voie qui ne lui pouvait être suspecte, que ce prince, qui touchait déjà son cœur, cachait sa passion à tout le monde, et négligeait pour l'amour d'elle les espérances d'une couronne ? Aussi ne peut-on représenter ce qu'elle sentit, et le trouble qui s'éleva dans son âme. Si Madame la Dauphine l'eût regardée avec attention, elle eût aisément remarqué que les choses qu'elle venait de dire ne lui étaient pas indifférentes ; mais, comme elle n'avait aucun soupçon de la vérité, elle continua de parler, sans y faire de réflexion.

« Monsieur d'Anville, ajouta-t-elle, qui, comme je vous viens de dire, m'a appris tout ce détail, m'en croit mieux instruite que lui ; et il a une si grande opinion de mes charmes qu'il est persuadé que je suis la seule personne qui puisse faire de si grands changements en Monsieur de Nemours. »

Ces dernières paroles de Madame la Dauphine donnèrent une autre sorte de trouble à Madame de Clèves que celui qu'elle avait eu quelques moments auparavant.

« Je serais aisément de l'avis de Monsieur d'Anville, répondit-elle ; et il y a beaucoup d'apparence, Madame, qu'il ne faut pas moins qu'une princesse telle que vous pour faire mépriser la Reine d'Angleterre.

– Je vous l'avouerais si je le savais, repartit Madame la Dauphine, et je le saurais s'il était véritable. Ces sortes de passions n'échappent point à la vue de celles qui les causent ; elles s'en aperçoivent les premières. Monsieur de Nemours ne m'a jamais témoigné que de légères complaisances, mais il y a néanmoins une si grande différence de la manière dont il a vécu avec moi à celle dont il y vit présentement que je puis vous répondre que je ne suis pas la cause de l'indifférence qu'il a pour la couronne d'Angleterre.

« Je m'oublie avec vous, ajouta Madame la Dauphine, et je ne me souviens pas qu'il faut que j'aille voir Madame. Vous savez que la paix est quasi conclue ; mais vous ne savez pas que le Roi d'Espagne n'a voulu passer aucun article qu'à condition d'épouser cette princesse, au lieu du Prince Don Carlos, son fils. Le Roi a eu beaucoup de peine à s'y résoudre ; enfin il y a consenti, et il est allé tantôt annoncer cette nouvelle à Madame. Je crois qu'elle sera inconsolable ; ce n'est pas une chose qui puisse plaire, d'épouser un homme de l'âge et de l'humeur du Roi d'Espagne, surtout à elle, qui a toute la joie que donne la première jeunesse jointe à la beauté, et qui s'attendait d'épouser un jeune prince pour qui elle a de l'inclination sans l'avoir vu. Je ne sais si le Roi trouvera en elle toute l'obéissance qu'il désire ; il m'a chargée de la voir, parce qu'il sait qu'elle m'aime, et qu'il croit que j'aurai quelque pouvoir sur son esprit. Je ferai ensuite une autre visite bien différente : j'irai me réjouir avec Madame sœur du Roi. Tout est arrêté pour son mariage avec Monsieur de Savoie ; et il sera ici dans peu de temps. Jamais personne de l'âge de cette princesse n'a eu une joie si entière de se marier. La Cour va être plus belle et plus grosse qu'on ne l'a jamais vue ; et, malgré votre affliction, il faut que vous veniez nous aider à faire voir aux étrangers que nous n'avons pas de médiocres beautés. »

Après ces paroles, Madame la Dauphine quitta Madame de Clèves et, le lendemain, le mariage de Madame fut su de tout le monde. Les jours suivants, le Roi et les Reines allèrent voir Madame de Clèves. Monsieur de Nemours, qui avait attendu son retour avec une extrême impatience, et qui souhaitait ardemment de lui pouvoir parler sans témoins, attendit pour aller chez elle l'heure que tout le monde en sortirait, et qu'apparemment il ne reviendrait plus personne. Il réussit dans son dessein, et il arriva comme les dernières visites en sortaient.

Cette princesse était sur son lit, il faisait chaud, et la vue de Monsieur de Nemours acheva de lui donner une rougeur qui ne diminuait pas sa beauté. Il s'assit vis-à-vis d'elle, avec cette crainte et cette timidité que donnent les véritables passions. Il demeura quelque temps sans pouvoir parler. Madame de Clèves n'était pas moins interdite, de sorte qu'ils gardèrent assez longtemps le silence. Enfin Monsieur de Nemours prit la parole, et lui fit des compliments sur son affliction ; Madame de Clèves, étant bien aise de continuer la conversation sur ce sujet, parla assez longtemps de la perte qu'elle avait faite ; et enfin, elle dit que, quand le temps aurait diminué la violence de sa douleur, il lui en demeurerait toujours une si forte impression que son humeur en serait changée.

« Les grandes afflictions et les passions violentes, repartit Monsieur de Nemours, font de grands changements dans l'esprit ; et, pour moi, je ne me reconnais pas depuis que je suis revenu de Flandres. Beaucoup de gens ont remarqué ce changement, et même Madame la Dauphine m'en parlait encore hier.

– Il est vrai, repartit Madame de Clèves, qu'elle l'a remarqué, et je crois lui en avoir ouï dire quelque chose.

– Je ne suis pas fâché, Madame, répliqua Monsieur de Nemours, qu'elle s'en soit aperçue ; mais je voudrais qu'elle ne fût pas seule à s'en apercevoir. Il y a des personnes à qui on n'ose donner d'autres marques de la passion qu'on a pour elles que par les choses qui ne les regardent point ; et, n'osant leur faire paraître qu'on les aime, on voudrait du moins qu'elles vissent que l'on ne veut être aimé de personne. L'on voudrait qu'elles sussent qu'il n'y a point de beauté, dans quelque rang qu'elle pût être, que l'on ne regardât avec indifférence, et qu'il n'y a point de couronne que l'on voulût acheter au prix de ne les voir jamais. Les femmes jugent d'ordinaire de la passion qu'on a pour elles, continua-t-il, par le soin qu'on prend de leur plaire et de les chercher ; mais ce n'est pas une chose difficile, pour peu qu'elles soient aimables ; ce qui est difficile, c'est de ne s'abandonner pas au plaisir de les suivre ; c'est de les éviter, par la peur de laisser paraître au public, et quasi à elles-mêmes, les sentiments que l'on a pour elles. Et ce qui marque encore mieux un véritable attachement, c'est de devenir entièrement opposé à ce que l'on était, et de n'avoir plus d'ambition, ni de plaisirs, après avoir été toute sa vie occupé de l'un et de l'autre. »

Madame de Clèves entendait aisément la part qu'elle avait à ces paroles. Il lui semblait qu'elle devait y répondre et ne les pas souffrir. Il lui semblait aussi qu'elle ne devait pas les entendre, ni témoigner qu'elle les prît pour elle. Elle croyait devoir parler, et croyait ne devoir rien dire. Le discours de Monsieur de Nemours lui plaisait et l'offensait quasi également ; elle y voyait la confirmation de tout ce que lui avait fait penser Madame la Dauphine ; elle y trouvait quelque chose de galant et de respectueux, mais aussi quelque chose de hardi et de trop intelligible. L'inclination qu'elle avait pour ce prince lui donnait un trouble dont elle n'était pas maîtresse. Les paroles les plus obscures d'un homme qui plaît donnent plus d'agitation que des déclarations ouvertes d'un homme qui ne plaît pas. Elle demeurait donc sans répondre, et Monsieur de Nemours se fût aperçu de son silence, dont il n'aurait peut-être pas tiré de mauvais présages, si l'arrivée de Monsieur de Clèves n'eût fini la conversation et sa visite.

Ce prince venait conter à sa femme des nouvelles de Sancerre ; mais elle n'avait pas une grande curiosité pour la suite de cette aventure. Elle était si occupée de ce qui venait de se passer qu'à peine pouvait-elle cacher la distraction de son esprit. Quand elle fut en liberté de rêver, elle connut bien qu'elle s'était trompée lorsqu'elle avait cru n'avoir plus que de l'indifférence pour Monsieur de Nemours. Ce qu'il lui avait dit avait fait toute l'impression qu'il pouvait souhaiter et l'avait entièrement persuadée de sa passion. Les actions de ce prince s'accordaient trop bien avec ses paroles pour laisser quelque doute à cette princesse. Elle ne se flatta plus de l'espérance de ne le pas aimer ; elle songea seulement à ne lui en donner jamais aucune marque. C'était une entreprise difficile, dont elle connaissait déjà les peines ; elle savait que le seul moyen d'y réussir était d'éviter la présence de ce prince ; et, comme son deuil lui donnait lieu d'être plus retirée que de coutume, elle se servit de ce prétexte pour n'aller plus dans les lieux où il la pouvait voir. Elle était dans une tristesse profonde ; la mort de sa mère en paraissait la cause, et l'on n'en cherchait point d'autre.

Monsieur de Nemours était désespéré de ne la voir presque plus ; et, sachant qu'il ne la trouverait dans aucune assemblée et dans aucun des divertissements où était toute la Cour, il ne pouvait se résoudre d'y paraître ; il feignit une grande passion pour la chasse, et il en faisait des parties les mêmes jours qu'il y avait des assemblées chez les Reines. Une légère maladie lui servit longtemps de prétexte pour demeurer chez lui et pour éviter d'aller dans tous les lieux où il savait bien que Madame de Clèves ne serait pas.

Monsieur de Clèves fut malade à peu près dans le même temps. Madame de Clèves ne sortit point de sa chambre pendant son mal ; mais, quand il se porta mieux, qu'il vit du monde, et entre autres Monsieur de

Nemours, qui, sur le prétexte d'être encore faible, y passait la plus grande partie du jour, elle trouva qu'elle n'y pouvait plus demeurer ; elle n'eut pas néanmoins la force d'en sortir les premières fois qu'il y vint. Il y avait trop longtemps qu'elle ne l'avait vu pour se résoudre à ne le voir pas. Ce prince trouva le moyen de lui faire entendre par des discours qui ne semblaient que généraux, mais qu'elle entendait néanmoins parce qu'ils avaient du rapport à ce qu'il lui avait dit chez elle, qu'il allait à la chasse pour rêver, et qu'il n'allait point aux assemblées parce qu'elle n'y était pas.

Elle exécuta enfin la résolution qu'elle avait prise de sortir de chez son mari lorsqu'il y serait ; ce fut toutefois en se faisant une extrême violence. Ce prince vit bien qu'elle le fuyait, et en fut sensiblement touché.

Monsieur de Clèves ne prit pas garde d'abord à la conduite de sa femme ; mais enfin il s'aperçut qu'elle ne voulait pas être dans sa chambre lorsqu'il y avait du monde. Il lui en parla, et elle lui répondit qu'elle ne croyait pas que la bienséance voulût qu'elle fût tous les soirs avec ce qu'il y avait de plus jeune à la Cour ; qu'elle le suppliait de trouver bon qu'elle fît une vie plus retirée qu'elle n'avait accoutumé ; que la vertu et la présence de sa mère autorisaient beaucoup de choses qu'une femme de son âge ne pouvait soutenir.

Monsieur de Clèves, qui avait naturellement beaucoup de douceur et de complaisance pour sa femme, n'en eut pas en cette occasion, et il lui dit qu'il ne voulait pas absolument qu'elle changeât de conduite. Elle fut prête de lui dire que le bruit était dans le monde que Monsieur de Nemours était amoureux d'elle ; mais elle n'eut pas la force de le nommer. Elle sentit aussi de la honte de se vouloir servir d'une fausse raison, et de déguiser la vérité à un homme qui avait si bonne opinion d'elle.

Quelques jours après, le Roi était chez la Reine à l'heure du cercle ; l'on parla des horoscopes et des prédictions. Les opinions étaient partagées sur la croyance que l'on y devait donner. La Reine y ajoutait beaucoup de foi ; elle soutint qu'après tant de choses qui avaient été prédites, et que l'on avait vu arriver, on ne pouvait douter qu'il n'y eût quelque certitude dans cette science. D'autres soutenaient que, parmi ce nombre infini de prédictions, le peu qui se trouvaient véritables faisait bien voir que ce n'était qu'un effet du hasard.

« J'ai eu autrefois beaucoup de curiosité pour l'avenir, dit le Roi ; mais on m'a dit tant de choses fausses et si peu vraisemblables que je suis demeuré convaincu que l'on ne peut rien savoir de véritable. Il y a quelques années qu'il vint ici un homme d'une grande réputation dans l'astrologie. Tout le monde l'alla voir ; j'y allai comme les autres, mais sans lui dire qui j'étais, et je menai Monsieur de Guise et D'Escars ; je les fis passer les premiers. L'astrologue néanmoins s'adressa d'abord à moi, comme s'il m'eût jugé le maître des autres. Peut-être qu'il me connaissait ; cependant il me dit une chose qui ne me convenait pas s'il m'eût connu. Il me prédit que je serais tué en duel. Il dit ensuite à Monsieur de Guise qu'il serait tué par-derrière et à D'Escars qu'il aurait la tête cassée d'un coup de pied de cheval. Monsieur de Guise s'offensa quasi de cette prédiction, comme si on l'eût accusé de devoir fuir. D'Escars ne fut guère satisfait de trouver qu'il devait finir par un accident si malheureux. Enfin nous sortîmes tous très mal contents de l'astrologue. Je ne sais ce qui arrivera à Monsieur de Guise et D'Escars ; mais il n'y a guère d'apparence que je sois tué en duel. Nous venons de faire la paix, le Roi d'Espagne et moi ; et, quand nous ne l'aurions pas faite, je doute que nous nous battions, et que je le fisse appeler comme le Roi mon père fit appeler Charles Quint. »

Après le malheur que le Roi conta qu'on lui avait prédit, ceux qui avaient soutenu l'astrologie en abandonnèrent le parti et tombèrent d'accord qu'il n'y fallait donner aucune croyance.

« Pour moi, dit tout haut Monsieur de Nemours, je suis l'homme du monde qui dois le moins y en avoir » ; et, se tournant vers Madame de Clèves, auprès de qui il était : « On m'a prédit, lui dit-il tout bas, que je serais heureux par les bontés de la personne du monde pour qui j'aurais la plus violente et la plus respectueuse passion. Vous pouvez juger, Madame, si je dois croire aux prédictions. »

Madame la Dauphine qui crut, par ce que Monsieur de Nemours avait dit tout haut, que ce qu'il disait tout bas était quelque fausse prédiction qu'on lui avait faite, demanda à ce prince ce qu'il disait à Madame de Clèves. S'il eût eu moins de présence d'esprit, il eût été surpris de cette demande. Mais prenant la parole sans hésiter :

« Je lui disais, Madame, répondit-il, que l'on m'a prédit que je serais élevé à une si haute fortune que je n'oserais même y prétendre.

– Si l'on ne vous a fait que cette prédiction, repartit Madame la Dauphine en souriant, et pensant à l'affaire d'Angleterre, je ne vous conseille pas de décrier l'astrologie, et vous pourriez trouver des raisons pour la soutenir. »

Madame de Clèves comprit bien ce que voulait dire Madame la Dauphine ; mais elle entendait bien aussi que la fortune dont Monsieur de Nemours voulait parler n'était pas d'être Roi d'Angleterre.

Comme il y avait déjà assez longtemps de la mort de sa mère, il fallait qu'elle commençât à paraître dans le monde, et à faire sa cour comme elle avait accoutumé. Elle voyait Monsieur de Nemours chez Madame la Dauphine ; elle le voyait chez Monsieur de Clèves, où il venait souvent avec d'autres personnes de qualité de son âge, afin de ne se pas faire remarquer ; mais elle ne le voyait plus qu'avec un trouble dont il s'apercevait aisément.

Quelque application qu'elle eût à éviter ses regards et à lui parler moins qu'à un autre, il lui échappait de certaines choses qui partaient d'un premier mouvement, qui faisaient juger à ce prince qu'il ne lui était pas indifférent. Un homme moins pénétrant que lui ne s'en fût peut-être pas aperçu ; mais il avait déjà été aimé tant de fois qu'il était difficile qu'il ne connût pas quand on l'aimait. Il voyait bien que le Chevalier de Guise était son rival, et ce prince connaissait que Monsieur de Nemours était le sien. Il était le seul homme de la Cour qui eût démêlé cette vérité ; son intérêt l'avait rendu plus clairvoyant que les autres ; la connaissance qu'ils avaient de leurs sentiments leur donnait une aigreur qui paraissait en toutes choses, sans éclater néanmoins par aucun démêlé ; mais ils étaient opposés en tout. Ils étaient toujours de différent parti dans les courses de bague, dans les combats à la barrière et dans tous les divertissements où le Roi s'occupait ; et leur émulation était si grande qu'elle ne se pouvait cacher.

L'affaire d'Angleterre revenait souvent dans l'esprit de Madame de Clèves : il lui semblait que Monsieur de Nemours ne résisterait point aux conseils du Roi et aux instances de Lignerolles. Elle voyait avec peine que ce dernier n'était point encore de retour, et elle l'attendait avec impatience. Si elle eût suivi ses mouvements, elle se serait informée avec soin de l'état de cette affaire ; mais le même sentiment qui lui donnait de la curiosité l'obligeait à la cacher, et elle s'enquérait seulement de la beauté, de l'esprit et de l'humeur de la Reine Élisabeth. On apporta un de ses portraits chez le Roi, qu'elle trouva plus beau qu'elle n'avait envie de le trouver ; et elle ne put s'empêcher de dire qu'il était flatté.

« Je ne le crois pas, reprit Madame la Dauphine, qui était présente ; cette princesse a la réputation d'être belle et d'avoir un esprit fort au-dessus du commun, et je sais bien qu'on me l'a proposée toute ma vie pour exemple. Elle doit être aimable, si elle ressemble à Anne de Boulen, sa mère. Jamais femme n'a eu tant de charmes et tant d'agrément dans sa personne et dans son humeur. J'ai ouï dire que son visage avait quelque chose de vif et de singulier, et qu'elle n'avait aucune ressemblance avec les autres beautés anglaises.

– Il me semble aussi, reprit Madame de Clèves, que l'on dit qu'elle était née en France.

– Ceux qui l'ont cru se sont trompés, répondit Madame la Dauphine, et je vais vous conter son histoire en peu de mots.

« Elle était d'une bonne maison d'Angleterre ; Henri VIII avait été amoureux de sa sœur et de sa mère, et l'on a même soupçonné qu'elle était sa fille. Elle vint ici avec la sœur de Henri VII, qui épousa le Roi Louis XII. Cette princesse, qui était jeune et galante, eut beaucoup de peine à quitter la Cour de France après la mort de son mari ; mais Anne de Boulen, qui avait les mêmes inclinations que sa maîtresse, ne se put résoudre à en partir. Le feu Roi en était amoureux, et elle demeura fille d'honneur de la Reine Claude. Cette reine mourut, et Madame Marguerite, sœur du Roi, Duchesse d'Alençon, et depuis Reine de Navarre, dont vous avez vu les contes, la prit auprès d'elle, et elle prit auprès de cette princesse les teintures de la religion nouvelle. Elle retourna ensuite en Angleterre et y charma tout le monde ; elle avait les manières de France qui plaisent à toutes les nations ; elle chantait bien, elle dansait admirablement ; on la mit fille de la Reine Catherine d'Aragon, et le Roi Henri VIII en devint éperdument amoureux.

« Le Cardinal de Volsey, son favori et son premier ministre, avait prétendu au pontificat ; et, mal satisfait de l'Empereur, qui ne l'avait pas soutenu dans cette prétention, il résolut de s'en venger, et d'unir le Roi son maître à la France. Il mit dans l'esprit de Henri VIII que son mariage avec la tante de l'Empereur était nul, et lui proposa d'épouser la Duchesse d'Alençon, dont le mari venait de mourir. Anne de Boulen, qui avait de l'ambition, regarda ce divorce comme un chemin qui la pouvait conduire au trône. Elle commença à donner au Roi d'Angleterre des impressions de la religion de Luther, et engagea le feu Roi à favoriser à Rome le divorce de Henri, sur l'espérance du mariage de Madame d'Alençon. Le Cardinal de Volsey se fit députer en France sur d'autres prétextes pour traiter cette affaire ; mais son maître ne put se résoudre à souffrir qu'on en fît seulement la proposition et il lui envoya un ordre à Calais de ne point parler de ce mariage.

« Au retour de France, le Cardinal de Volsey fut reçu avec des honneurs pareils à ceux que l'on rendait au Roi même ; jamais favori n'a porté l'orgueil et la vanité à un si haut point. Il ménagea une entrevue entre les deux Rois, qui se fit à Boulogne. François premier donna la main à Henri VIII, qui ne la voulait point recevoir. Ils se traitèrent tour à tour avec une magnificence extraordinaire, et se donnèrent des habits pareils à ceux qu'ils avaient fait faire pour eux-mêmes. Je me souviens d'avoir ouï dire que ceux que le feu Roi envoya au Roi d'Angleterre étaient de satin cramoisi, chamarré en triangle, avec des perles et des diamants, et la robe de velours blanc brodé d'or. Après avoir été quelques jours à Boulogne, ils allèrent encore à Calais. Anne de Boulen était logée chez Henri VIII avec le train d'une reine, et François premier lui fit les mêmes présents et lui rendit les mêmes honneurs que si elle l'eût été. Enfin, après une passion de neuf années, Henri l'épousa sans attendre la dissolution de son premier mariage, qu'il demandait à Rome depuis longtemps. Le pape prononça les fulminations contre lui avec précipitation, et Henri en fut tellement irrité qu'il se déclara chef de la religion et entraîna toute l'Angleterre dans le malheureux changement où vous la voyez.

« Anne de Boulen ne jouit pas longtemps de sa grandeur ; car, lorsqu'elle la croyait plus assurée par la mort de Catherine d'Aragon, un jour qu'elle assistait avec toute la Cour à des courses de bague que faisait le Vicomte de Rochefort, son frère, le Roi en fut frappé d'une telle jalousie qu'il quitta brusquement le spectacle, s'en vint à Londres, et laissa ordre d'arrêter la Reine, le Vicomte de Rochefort et plusieurs autres, qu'il croyait amants ou confidents de cette princesse. Quoique cette jalousie parût née dans ce moment, il y avait déjà quelque temps qu'elle lui avait été inspirée par la Vicomtesse de Rochefort qui, ne pouvant souffrir la liaison étroite de son mari avec la Reine, la fit regarder au Roi comme une amitié criminelle ; en sorte que ce prince qui, d'ailleurs, était amoureux de Jeanne Seimer, ne songea qu'à se défaire d'Anne de Boulen. En moins de trois semaines, il fit faire le procès à cette reine et à son frère, leur fit couper la tête et épousa Jeanne Seimer. Il eut ensuite plusieurs femmes, qu'il répudia ou qu'il fit mourir, et entre autres Catherine Havard, dont la Comtesse de Rochefort était confidente, et qui eut la tête coupée avec elle. Elle fut ainsi punie des crimes qu'elle avait supposés à Anne de Boulen, et Henri VIII mourut, étant devenu d'une grosseur prodigieuse. »

Toutes les dames qui étaient présentes au récit de Madame la Dauphine la remercièrent de les avoir si bien instruites de la Cour d'Angleterre, et entre autres Madame de Clèves, qui ne put s'empêcher de lui faire encore plusieurs questions sur la Reine Élisabeth.

La Reine Dauphine faisait faire des portraits en petit de toutes les belles personnes de la Cour pour les envoyer à la Reine sa mère. Le jour qu'on achevait celui de

Madame de Clèves, Madame la Dauphine vint passer l'après-dînée chez elle. Monsieur de Nemours ne manqua pas de s'y trouver ; il ne laissait échapper aucune occasion de voir Madame de Clèves, sans laisser paraître néanmoins qu'il les cherchât. Elle était si belle ce jour-là qu'il en serait devenu amoureux quand il ne l'aurait pas été. Il n'osait pourtant avoir les yeux attachés sur elle pendant qu'on la peignait, et il craignait de laisser trop voir le plaisir qu'il avait à la regarder.

Madame la Dauphine demanda à Monsieur de Clèves un petit portrait qu'il avait de sa femme, pour le voir auprès de celui que l'on achevait. Tout le monde dit son sentiment de l'un et de l'autre ; et Madame de Clèves ordonna au peintre de raccommoder quelque chose à la coiffure de celui que l'on venait d'apporter. Le peintre, pour lui obéir, ôta le portrait de la boîte où il était et, après y avoir travaillé, il le remit sur la table.

Il y avait longtemps que Monsieur de Nemours souhaitait d'avoir le portrait de Madame de Clèves. Lorsqu'il vit celui qui était à Monsieur de Clèves, il ne put résister à l'envie de le dérober à un mari qu'il croyait tendrement aimé ; et il pensa que, parmi tant de personnes qui étaient dans ce même lieu, il ne serait pas soupçonné plutôt qu'un autre.

Madame la Dauphine était assise sur le lit et parlait bas à Madame de Clèves, qui était debout devant elle. Madame de Clèves aperçut par un des rideaux, qui n'était qu'à demi fermé, Monsieur de Nemours, le dos contre la table, qui était au pied du lit, et elle vit que, sans tourner la tête, il prenait adroitement quelque chose sur cette table. Elle n'eut pas de peine à deviner que c'était son portrait, et elle en fut si troublée que Madame la Dauphine remarqua qu'elle ne l'écoutait pas et lui demanda tout haut ce qu'elle regardait. Monsieur de Nemours se tourna à ces paroles ; il rencontra les yeux de Madame de Clèves, qui étaient encore attachés sur lui, et il pensa qu'il n'était pas impossible qu'elle eût vu ce qu'il venait de faire.

Madame de Clèves n'était pas peu embarrassée. La raison voulait qu'elle demandât son portrait ; mais, en le demandant publiquement, c'était apprendre à tout le monde les sentiments que ce prince avait pour elle, et, en le lui demandant en particulier, c'était quasi l'engager à lui parler de sa passion. Enfin elle jugea qu'il valait mieux le lui laisser, et elle fut bien aise de lui accorder une faveur qu'elle lui pouvait faire sans qu'il sût même qu'elle la lui faisait. Monsieur de Nemours, qui remarquait son embarras, et qui en devinait quasi la cause, s'approcha d'elle et lui dit tout bas :

« Si vous avez vu ce que j'ai osé faire, ayez la bonté, Madame, de me laisser croire que vous l'ignorez ; je n'ose vous en demander davantage. » Et il se retira après ces paroles, et n'attendit point sa réponse.

Madame la Dauphine sortit pour s'aller promener, suivie de toutes les dames, et Monsieur de Nemours alla se renfermer chez lui, ne pouvant soutenir en public la joie d'avoir un portrait de Madame de Clèves. Il sentait tout ce que la passion peut faire sentir de plus agréable ; il aimait la plus aimable personne de la Cour ; il s'en faisait aimer malgré elle, et il voyait dans toutes ses actions cette sorte de trouble et d'embarras que cause l'amour dans l'innocence de la première jeunesse.

Le soir, on chercha ce portrait avec beaucoup de soin ; comme on trouvait la boîte où il devait être, l'on ne soupçonna point qu'il eût été dérobé, et l'on crut qu'il était tombé par hasard. Monsieur de Clèves était affligé de cette perte et, après qu'on eut encore cherché inutilement, il dit à sa femme, mais d'une manière qui faisait voir qu'il ne le pensait pas, qu'elle avait sans doute quelque amant caché à qui elle avait donné ce portrait, ou qui l'avait dérobé, et qu'un autre qu'un amant ne se serait pas contenté de la peinture sans la boîte.

Ces paroles, quoique dites en riant, firent une vive impression dans l'esprit de Madame de Clèves. Elles lui donnèrent des remords ; elle fit réflexion à la violence de l'inclination qui l'entraînait vers Monsieur de Nemours ; elle trouva qu'elle n'était plus maîtresse de ses paroles et de son visage ; elle pensa que Lignerolles était revenu ; qu'elle ne craignait plus l'affaire d'Angleterre ; qu'elle n'avait plus de soupçons sur Madame la Dauphine ; qu'enfin il n'y avait plus rien qui la pût défendre, et qu'il n'y avait de sûreté pour elle qu'en s'éloignant. Mais, comme elle n'était pas maîtresse de s'éloigner, elle se trouvait dans une grande extrémité et prête à tomber dans ce qui lui paraissait le plus grand des malheurs, qui était de laisser voir à Monsieur de Nemours l'inclination qu'elle avait pour lui. Elle se souvenait de tout ce que Madame de Chartres lui avait dit en mourant et des conseils qu'elle lui avait donnés de prendre toutes sortes de partis, quelque difficiles qu'ils pussent être, plutôt que de s'embarquer dans une galanterie. Ce que Monsieur de Clèves lui avait dit sur la sincérité, en parlant de Madame de Tournon, lui revint dans l'esprit ; il lui sembla qu'elle lui devait avouer l'inclination qu'elle avait pour Monsieur de Nemours. Cette pensée l'occupa longtemps ; ensuite elle fut étonnée de l'avoir eue, elle y trouva de la folie, et retomba dans l'embarras de ne savoir quel parti prendre.

La paix était signée ; Madame Élisabeth, après beaucoup de répugnance, s'était résolue à obéir au Roi son père. Le Duc d'Albe avait été nommé pour venir l'épouser au nom du Roi Catholique, et il devait bientôt arriver. L'on attendait le Duc de Savoie, qui venait épouser Madame sœur du Roi, et dont les noces se devaient faire en même temps. Le Roi ne songeait qu'à rendre ces noces célèbres par des divertissements où il pût faire paraître l'adresse et la magnificence de sa Cour. On proposa tout ce qui se pouvait faire de plus grand pour des ballets et des comédies ; mais le Roi trouva ces divertissements trop particuliers, et il en voulut d'un plus grand éclat. Il résolut de faire un tournoi, où les étrangers seraient reçus, et dont le peuple pourrait être spectateur. Tous les princes et les jeunes seigneurs entrèrent avec joie dans le dessein du Roi, et surtout le Duc de Ferrare, Monsieur de Guise et Monsieur de Nemours, qui surpassaient tous les autres dans ces sortes d'exercices. Le Roi les choisit pour être avec lui les quatre tenants du tournoi.

L'on fit publier par tout le royaume qu'en la ville de Paris le pas était ouvert, au quinzième juin, par Sa Majesté Très Chrétienne et par les Princes Alphonse d'Este, Duc de Ferrare, François de Lorraine, Duc de Guise, et Jacques de Savoie, Duc de Nemours, pour être tenu contre tous venants, à commencer le premier combat, à cheval en lice, en double pièce, quatre coups de lance et un pour les dames ; le deuxième combat, à coups d'épée, un à un ou deux à deux, à la volonté des maîtres de camp ; le troisième combat, à pied, trois coups de pique et six coups d'épée ; que les tenants fourniraient de lances, d'épées et de piques, au choix des assaillants ; et que, si en courant on donnait au cheval, on serait mis hors des rangs ; qu'il y aurait quatre maîtres de camp pour donner les ordres, et que ceux des assaillants qui auraient le plus rompu et le mieux fait, auraient un prix dont la valeur serait à la discrétion des juges ; que tous les assaillants, tant français qu'étrangers, seraient tenus de venir toucher à l'un des écus qui seraient pendus au perron au bout de la lice, ou à plusieurs, selon leur choix ; que là ils trouveraient un officier d'armes qui les recevrait pour les enrôler selon leur rang et selon les écus qu'ils auraient touchés ; que les assaillants seraient tenus de faire apporter par un gentilhomme leur écu, avec leurs armes, pour le pendre au perron trois jours avant le commencement du tournoi ; qu'autrement ils n'y seraient point reçus sans le congé des tenants.

On fit faire une grande lice proche de la Bastille, qui venait du château des Tournelles, qui traversait la rue Saint-Antoine, et qui allait rendre aux écuries royales. Il y avait des deux côtés des échafauds et des amphithéâtres, avec des loges couvertes qui formaient des espèces de galeries qui faisaient un très bel effet à la vue, et qui pouvaient contenir un nombre infini de personnes. Tous les princes et seigneurs ne furent plus occupés que du soin d'ordonner ce qui leur était nécessaire pour paraître avec éclat, et pour mêler, dans leurs chiffres ou dans leurs devises, quelque chose de galant qui eût rapport aux personnes qu'ils aimaient.

Peu de jours avant l'arrivée du Duc d'Albe, le Roi fit une partie de paume avec Monsieur de Nemours, le Chevalier de Guise et le Vidame de Chartres. Les Reines les allèrent voir jouer, suivies de toutes les dames et, entre autres, de Madame de Clèves. Après que la partie fut finie, comme l'on sortait du jeu de paume, Chastelart s'approcha de la Reine Dauphine, et lui dit que le hasard lui venait de mettre entre les mains une lettre de galanterie qui était tombée de la poche de Monsieur de Nemours. Cette reine, qui avait toujours de la curiosité pour ce qui regardait ce prince, dit à Chastelart de la lui donner ; elle la prit et suivit la Reine sa belle-mère, qui s'en allait avec le Roi voir travailler à la lice. Après que l'on y eut été quelque temps, le Roi fit amener des chevaux qu'il avait fait venir depuis peu. Quoiqu'ils ne fussent pas encore dressés, il les voulut monter, et en fit donner à tous ceux qui l'avaient suivi. Le Roi et Monsieur de Nemours se trouvèrent sur les plus fougueux ; ces chevaux se voulurent jeter l'un à l'autre. Monsieur de Nemours, par la crainte de blesser le Roi, recula brusquement, et porta son cheval contre un pilier du manège, avec tant de violence que la secousse le fit chanceler. On courut à lui, et on le crut considérablement blessé. Madame de Clèves le crut encore plus blessé que les autres. L'intérêt qu'elle y prenait lui donna une appréhension et un trouble qu'elle ne songea pas à cacher ; elle s'approcha de lui avec les Reines, et avec un visage si changé qu'un homme moins intéressé que le Chevalier de Guise s'en fût aperçu ; aussi le remarqua-t-il aisément, et il eut bien plus d'attention à l'état où était Madame de Clèves qu'à celui où était Monsieur de Nemours. Le coup que ce prince s'était donné lui causa un si grand éblouissement qu'il demeura quelque temps la tête penchée sur ceux qui le soutenaient. Quand il la releva, il vit d'abord Madame de Clèves ; il connut sur son visage la pitié qu'elle avait de lui et il la regarda d'une sorte qui put lui faire juger combien il en était touché. Il fit ensuite des remerciements aux Reines de la bonté qu'elles lui témoignaient et des excuses de l'état où il avait été devant elles. Le Roi lui ordonna de s'aller reposer.

Madame de Clèves, après être remise de la frayeur qu'elle avait eue, fit bientôt réflexion aux marques qu'elle en avait données. Le Chevalier de Guise ne la laissa pas longtemps dans l'espérance que personne ne s'en serait aperçu ; il lui donna la main pour la conduire hors de la lice.

« Je suis plus à plaindre que Monsieur de Nemours, Madame, lui dit-il ; pardonnez-moi si je sors de ce profond respect que j'ai toujours eu pour vous, et si je vous fais paraître la vive douleur que je sens de ce que je viens de voir ; c'est la première fois que j'ai été assez hardi pour vous parler et ce sera aussi la dernière. La mort, ou du moins un éloignement éternel, m'ôteront d'un lieu où je ne puis plus vivre, puisque je viens de perdre la triste consolation de croire que tous ceux qui osent vous regarder sont aussi malheureux que moi. »

Madame de Clèves ne répondit que quelques paroles mal arrangées, comme si elle n'eût pas entendu ce que signifiaient celles du Chevalier de Guise. Dans un autre temps, elle aurait été offensée qu'il lui eût parlé des sentiments qu'il avait pour elle ; mais dans ce moment, elle ne sentit que l'affliction de voir qu'il s'était aperçu de ceux qu'elle avait pour Monsieur de Nemours. Le Chevalier de Guise en fut si convaincu et si pénétré de douleur que, dès ce jour, il prit la résolution de ne penser jamais à être aimé de Madame de Clèves. Mais pour quitter cette entreprise, qui lui avait paru si difficile et si glorieuse, il en fallait quelque autre dont la grandeur pût l'occuper. Il se mit dans l'esprit de prendre Rhodes, dont il avait déjà eu quelque pensée ; et, quand la mort l'ôta du monde dans la fleur de sa jeunesse, et dans le temps qu'il avait acquis la réputation d'un des plus grands princes de son siècle, le seul regret qu'il témoigna de quitter la vie fut de n'avoir pu exécuter une si belle résolution, dont il croyait le succès infaillible par tous les soins qu'il en avait pris.

Madame de Clèves, en sortant de la lice, alla chez la Reine, l'esprit bien occupé de ce qui s'était passé. Monsieur de Nemours y vint peu de temps après, habillé magnifiquement, et comme un homme qui ne se sentait pas de l'accident qui lui était arrivé. Il paraissait même plus gai que de coutume ; et la joie de ce qu'il croyait avoir vu lui donnait un air qui augmentait encore son agrément. Tout le monde fut surpris lorsqu'il entra, et il n'y eut personne qui ne lui demandât de ses nouvelles, excepté Madame de Clèves, qui demeura auprès de la cheminée sans faire semblant de le voir. Le Roi sortit d'un cabinet où il était et, le voyant parmi les autres, il l'appela pour lui parler de son aventure. Monsieur de Nemours passa auprès de Madame de Clèves et lui dit tout bas :

« J'ai reçu aujourd'hui des marques de votre pitié, Madame ; mais ce n'est pas de celles dont je suis le plus digne. »

Madame de Clèves s'était bien doutée que ce prince s'était aperçu de la sensibilité qu'elle avait eue pour lui, et ses paroles lui firent voir qu'elle ne s'était pas trompée. Ce lui était une grande douleur de voir qu'elle n'était plus maîtresse de cacher ses sentiments et de les avoir laissés paraître au Chevalier de Guise. Elle en avait aussi beaucoup que Monsieur de Nemours les connût ; mais cette dernière douleur n'était pas si entière, et elle était mêlée de quelque sorte de douceur.

La Reine Dauphine, qui avait une extrême impatience de savoir ce qu'il y avait dans la lettre que Chastelart lui avait donnée, s'approcha de Madame de Clèves :

« Allez lire cette lettre, lui dit-elle ; elle s'adresse à Monsieur de Nemours et, selon les apparences, elle est de cette maîtresse pour qui il a quitté toutes les autres. Si vous ne la pouvez lire présentement, gardez-la ; venez ce soir à mon coucher pour me la rendre et pour me dire si vous en connaissez l'écriture. »

Madame la Dauphine quitta Madame de Clèves après ces paroles et la laissa si étonnée et dans un si grand saisissement qu'elle fut quelque temps sans pouvoir sortir de sa place. L'impatience et le trouble où elle était ne lui permirent pas de demeurer chez la Reine ; elle s'en alla chez elle, quoiqu'il ne fût pas l'heure où elle avait accoutumé de se retirer ; elle tenait cette lettre avec une main tremblante ; ses pensées étaient si confuses qu'elle n'en avait aucune distincte ; et elle se trouvait dans une sorte de douleur insupportable, qu'elle ne connaissait point et qu'elle n'avait jamais sentie. Sitôt qu'elle fut dans son cabinet, elle ouvrit cette lettre, et la trouva telle :

LETTRE

Je vous ai trop aimé pour vous laisser croire que le changement qui vous paraît en moi soit un effet de ma légèreté ; je veux vous apprendre que votre infidélité en est la cause.

Vous êtes bien surpris que je vous parle de votre infidélité ; vous me l'aviez cachée avec tant d'adresse, et j'ai pris tant de soin de vous cacher que je la savais, que vous avez raison d'être étonné qu'elle me soit connue. Je suis surprise moi-même que j'aie pu ne vous en rien faire paraître. Jamais douleur n'a été pareille à la mienne. Je croyais que vous aviez pour moi une passion violente ; je ne vous cachais plus celle que j'avais pour vous ; et, dans le temps que je vous la laissais voir tout entière, j'appris que vous me trompiez, que vous en aimiez une autre et que, selon toutes les apparences, vous me sacrifiiez à cette nouvelle maîtresse. Je le sus le jour de la course de bague ; c'est ce qui fit que je n'y allai point. Je feignis d'être malade pour cacher le désordre de mon esprit ; mais je le devins en effet, et mon corps ne put supporter une si violente agitation. Quand je commençai à me porter mieux, je feignis encore d'être fort mal, afin d'avoir un prétexte de ne vous point voir et de ne vous point écrire. Je voulus avoir du temps pour résoudre de quelle sorte j'en devais user avec vous ; je pris et je quittai vingt fois les mêmes résolutions ; mais enfin je vous trouvai indigne de voir ma douleur, et je résolus de ne vous la point faire paraître. Je voulus blesser votre orgueil en vous faisant voir que ma passion s'affaiblissait d'elle-même. Je crus diminuer par là le prix du sacrifice que vous en faisiez ; je ne voulus pas que vous eussiez le plaisir de montrer combien je vous aimais pour en paraître plus aimable. Je résolus de vous écrire des lettres tièdes et languissantes pour jeter dans l'esprit de celle à qui vous les donniez que l'on cessait de vous aimer. Je ne voulus pas qu'elle eût le plaisir d'apprendre que je savais qu'elle triomphait de moi, ni augmenter son triomphe par mon désespoir et par mes reproches. Je pensai que je ne vous punirais pas assez en rompant avec vous, et que je ne vous donnerais qu'une légère douleur si je cessais de vous aimer lorsque vous ne m'aimiez plus. Je trouvai qu'il fallait que vous m'aimassiez pour sentir le mal de n'être point aimé, que j'éprouvais si cruellement. Je crus que si quelque chose pouvait rallumer les sentiments que vous aviez eus pour moi, c'était de vous faire voir que les miens étaient changés ; mais de vous le faire voir en feignant de vous le cacher, et comme si je n'eusse pas eu la force de vous l'avouer. Je m'arrêtai à cette résolution ; mais qu'elle me fut difficile à prendre, et qu'en vous revoyant elle me parut impossible à exécuter ! Je fus prête cent fois à éclater par mes reproches et par mes pleurs ; l'état où j'étais encore par ma santé me servit à vous déguiser mon trouble et mon affliction. Je fus soutenue ensuite par le plaisir de dissimuler avec vous, comme vous dissimuliez avec moi ; néanmoins, je me faisais une si grande violence pour vous dire et pour vous écrire que je vous aimais que vous vîtes plus tôt que je n'avais eu dessein de vous laisser voir que mes sentiments étaient changés. Vous en fûtes blessé ; vous vous en plaignîtes. Je tâchais de vous rassurer ; mais c'était d'une manière si forcée que vous en étiez encore mieux persuadé que je ne vous aimais plus. Enfin, je fis tout ce que j'avais eu intention de faire. La bizarrerie de votre cœur vous fit revenir vers moi à mesure que vous voyiez que je m'éloignais de vous. J'ai joui de tout le plaisir que peut donner la vengeance ; il m'a paru que vous m'aimiez mieux que vous n'aviez jamais fait, et je vous ai fait voir que je ne vous aimais plus. J'ai eu lieu de croire que vous aviez entièrement abandonné celle pour qui vous m'aviez quittée. J'ai eu aussi des raisons pour être persuadée que vous ne lui aviez jamais parlé de moi ; mais votre retour et votre discrétion n'ont pu réparer votre légèreté. Votre cœur a été partagé entre moi et une autre, vous m'avez trompée ; cela suffit pour m'ôter le plaisir d'être aimée de vous, comme je croyais mériter de l'être, et pour me laisser dans cette résolution que j'ai prise de ne vous voir jamais, et dont vous êtes si surpris.

Madame de Clèves lut cette lettre et la relut plusieurs fois, sans savoir néanmoins ce qu'elle avait lu. Elle voyait seulement que Monsieur de Nemours ne l'aimait pas comme elle l'avait pensé, et qu'il en aimait d'autres qu'il trompait comme elle. Quelle vue et quelle connaissance pour une personne de son humeur, qui avait une passion violente, qui venait d'en donner des marques à un homme qu'elle en jugeait indigne, et à un autre qu'elle maltraitait pour l'amour de lui ! Jamais affliction n'a été si piquante et si vive : il lui semblait que ce qui faisait l'aigreur de cette affliction était ce qui s'était passé dans cette journée, et que, si Monsieur de Nemours n'eût point eu lieu de croire qu'elle l'aimait, elle ne se fût pas souciée qu'il en eût aimé une autre. Mais elle se trompait elle-même ; et ce mal, qu'elle trouvait si insupportable, était la jalousie avec toutes les horreurs dont elle peut être accompagnée. Elle voyait par cette lettre que Monsieur de Nemours avait une galanterie depuis longtemps. Elle trouvait que celle qui avait écrit la lettre avait de l'esprit et du mérite ; elle lui paraissait digne d'être aimée ; elle lui trouvait plus de courage qu'elle ne s'en trouvait à elle-même, et elle enviait la force qu'elle avait eue de cacher ses sentiments à Monsieur de Nemours. Elle voyait par la fin de la lettre que cette personne se croyait aimée ; elle pensait que la discrétion que ce prince lui avait fait paraître, et dont elle avait été si touchée, n'était peut-être que l'effet de la passion qu'il avait pour cette autre personne à qui il craignait de déplaire. Enfin elle pensait tout ce qui pouvait augmenter son affliction et son désespoir. Quels retours ne fit-elle point sur elle-même ! quelles réflexions sur les conseils que sa mère lui avait donnés ! Combien se repentit-elle de ne s'être pas opiniâtrée à se séparer du commerce du monde, malgré Monsieur de Clèves, ou de n'avoir pas suivi la pensée qu'elle avait eue de lui avouer l'inclination qu'elle avait pour Monsieur de Nemours ! Elle trouvait qu'elle aurait mieux fait de la découvrir à un mari dont elle connaissait la bonté, et qui aurait eu intérêt à la cacher, que de la laisser voir à un homme qui en était indigne, qui la trompait, qui la sacrifiait peut-être, et qui ne pensait à être aimé d'elle que par un sentiment d'orgueil et de vanité. Enfin, elle trouva que tous les maux qui lui pouvaient arriver, et toutes les extrémités où elle se pouvait porter, étaient moindres que d'avoir laissé voir à Monsieur de Nemours qu'elle l'aimait, et de connaître qu'il en aimait une autre. Tout ce qui la consolait était de penser au moins qu'après cette connaissance, elle n'avait plus rien à craindre d'elle-même, et qu'elle serait entièrement guérie de l'inclination qu'elle avait pour ce prince.

Elle ne pensa guère à l'ordre que Madame la Dauphine lui avait donné de se trouver à son coucher ; elle se mit au lit et feignit de se trouver mal ; en sorte que, quand Monsieur de Clèves revint de chez le Roi, on lui dit qu'elle était endormie ; mais elle était bien éloignée de la tranquillité qui conduit au sommeil. Elle passa la nuit sans faire autre chose que s'affliger et relire la lettre qu'elle avait entre les mains.

Madame de Clèves n'était pas la seule personne dont cette lettre troublait le repos. Le Vidame de Chartres, qui l'avait perdue, et non pas Monsieur de Nemours, en était dans une extrême inquiétude ; il avait passé tout le soir chez Monsieur de Guise, qui avait donné un grand souper au Duc de Ferrare son beau-frère, et à toute la jeunesse de la Cour. Le hasard fit qu'en soupant on parla de jolies lettres. Le Vidame de Chartres dit qu'il en avait une sur lui, plus jolie que toutes celles qui avaient jamais été écrites. On le pressa de la montrer : il s'en défendit. Monsieur de Nemours lui soutint qu'il n'en avait point et qu'il ne parlait que par vanité. Le Vidame lui répondit qu'il poussait sa discrétion à bout, que néanmoins il ne montrerait pas la lettre, mais qu'il en lirait quelques endroits, qui feraient juger que peu d'hommes en recevaient de pareilles. En même temps, il voulut prendre cette lettre, et ne la trouva point ; il la chercha inutilement, on lui en fit la guerre ; mais il parut si inquiet que l'on cessa de lui en parler. Il se retira plus tôt que les autres, et s'en alla chez lui avec impatience, pour voir s'il n'y avait point laissé la lettre qui lui manquait. Comme il la cherchait encore, un premier valet de chambre de la Reine le vint trouver, pour lui dire que la Vicomtesse d'Uzès avait cru nécessaire de l'avertir en diligence que l'on avait dit chez la Reine qu'il était tombé une lettre de galanterie de sa poche pendant qu'il était au jeu de paume ; que l'on avait raconté une grande partie de ce qui était dans la lettre ; que la Reine avait témoigné beaucoup de curiosité de la voir ; qu'elle l'avait envoyé demander à un de ses gentilshommes servants, mais qu'il avait répondu qu'il l'avait laissée entre les mains de Chastelart.

Le premier valet de chambre dit encore beaucoup d'autres choses au Vidame de Chartres, qui achevèrent de lui donner un grand trouble. Il sortit à l'heure même pour aller chez un gentilhomme qui était ami intime de Chastelart ; il le fit lever, quoique l'heure fût extraordinaire, pour aller demander cette lettre, sans dire qui était celui qui la demandait, et qui l'avait perdue. Chastelart, qui avait l'esprit prévenu qu'elle était à Monsieur de Nemours, et que ce prince était amoureux de Madame la Dauphine, ne douta point que ce ne fût lui qui la faisait redemander. Il répondit, avec une maligne joie, qu'il avait remis la lettre entre les mains de la Reine Dauphine. Le gentilhomme vint faire cette réponse au Vidame de Chartres. Elle augmenta l'inquiétude qu'il avait déjà, et y en joignit encore de nouvelles ; après avoir été longtemps irrésolu sur ce qu'il devait faire, il trouva qu'il n'y avait que Monsieur de Nemours qui pût lui aider à sortir de l'embarras où il était.

Il s'en alla chez lui et entra dans sa chambre que le jour ne commençait qu'à paraître. Ce prince dormait d'un sommeil tranquille ; ce qu'il avait vu le jour précédent de Madame de Clèves ne lui avait donné que des idées agréables. Il fut bien surpris de se voir éveillé par le Vidame de Chartres ; et il lui demanda si c'était pour se venger de ce qu'il lui avait dit pendant le souper qu'il venait troubler son repos. Le Vidame lui fit bien juger par son visage qu'il n'y avait rien que de sérieux au sujet qui l'amenait.

« Je viens vous confier la plus importante affaire de ma vie, lui dit-il. Je sais bien que vous ne m'en devez pas être obligé, puisque c'est dans un temps où j'ai besoin de votre secours ; mais je sais bien aussi que j'aurais perdu de votre estime si je vous avais appris tout ce que je vais vous dire sans que la nécessité m'y eût contraint. J'ai laissé tomber cette lettre dont je parlais hier au soir ; il m'est d'une conséquence extrême que personne ne sache qu'elle s'adresse à moi. Elle a été vue de beaucoup de gens qui étaient dans le jeu de paume où elle tomba hier ; vous y étiez aussi, et je vous demande en grâce de vouloir bien dire que c'est vous qui l'avez perdue.

– Il faut que vous croyiez que je n'ai point de maîtresse, reprit Monsieur de Nemours en souriant, pour me faire une pareille proposition, et pour vous imaginer qu'il n'y ait personne avec qui je me puisse brouiller en laissant croire que je reçois de pareilles lettres.

– Je vous prie, dit le Vidame, écoutez-moi sérieusement. Si vous avez une maîtresse, comme je n'en doute point, quoique je ne sache pas qui elle est, il vous sera aisé de vous justifier et je vous en donnerai les moyens infaillibles ; quand vous ne vous justifieriez pas auprès d'elle, il ne vous en peut coûter que d'être brouillé pour quelques moments ; mais moi, par cette aventure, je déshonore une personne qui m'a passionnément aimé, et qui est une des plus estimables femmes du monde ; et, d'un autre côté, je m'attire une haine implacable, qui me coûtera ma fortune et peut-être quelque chose de plus.

– Je ne puis entendre tout ce que vous me dites, répondit Monsieur de Nemours ; mais vous me faites entrevoir que les bruits qui ont couru de l'intérêt qu'une grande princesse prenait à vous ne sont pas entièrement faux.

– Ils ne le sont pas aussi, repartit le Vidame de Chartres ; et plût à Dieu qu'ils le fussent, je ne me trouverais pas dans l'embarras où je me trouve ; mais il faut vous raconter tout ce qui s'est passé, pour vous faire voir tout ce que j'ai à craindre.

« Depuis que je suis à la Cour, la Reine m'a toujours traité avec beaucoup de distinction et d'agrément, et j'avais eu lieu de croire qu'elle avait de la bonté pour moi ; néanmoins, il n'y avait rien de particulier, et je n'avais jamais songé à avoir d'autres sentiments pour elle que ceux du respect. J'étais même fort amoureux de Madame de Thémines ; il est aisé de juger en la voyant qu'on peut avoir beaucoup d'amour pour elle quand on en est aimé, et je l'étais. Il y a près de deux ans que, comme la Cour était à Fontainebleau, je me trouvai deux ou trois fois en conversation avec la Reine à des heures où il y avait très peu de monde. Il me parut que mon esprit lui plaisait et qu'elle entrait dans tout ce que je disais. Un jour, entre autres, on se mit à parler de la confiance. Je dis qu'il n'y avait personne en qui j'en eusse une entière ; que je trouvais que l'on se repentait toujours d'en avoir et que je savais beaucoup de choses dont je n'avais jamais parlé. La Reine me dit qu'elle m'en estimait davantage ; qu'elle n'avait trouvé personne en France qui eût du secret, et que c'était ce qui l'avait le plus embarrassée, parce que cela lui avait ôté le plaisir de donner sa confiance ; que c'était une chose nécessaire dans la vie que d'avoir quelqu'un à qui on pût parler, et surtout pour les personnes de son rang. Les jours suivants, elle reprit encore plusieurs fois la même conversation ; elle m'apprit même des choses assez particulières qui se passaient. Enfin, il me sembla qu'elle souhaitait de s'assurer de mon secret, et qu'elle avait envie de me confier les siens. Cette pensée m'attacha à elle, je fus touché de cette distinction, et je lui fis ma cour avec beaucoup plus d'assiduité que je n'avais accoutumé. Un soir que le Roi et toutes les dames s'étaient allés promener à cheval dans la forêt, où elle n'avait pas voulu aller parce qu'elle s'était trouvée un peu mal, je demeurai auprès d'elle ; elle descendit au bord de l'étang, et quitta la main de ses écuyers pour marcher avec plus de liberté. Après qu'elle eut fait quelques tours, elle s'approcha de moi, et m'ordonna de la suivre. “Je veux vous parler, me dit-elle ; et vous verrez, par ce que je veux vous dire, que je suis de vos amies.” Elle s'arrêta à ces paroles et, me regardant fixement : “Vous êtes amoureux, continua-t-elle, et, parce que vous ne vous fiez peut-être à personne, vous croyez que votre amour n'est pas su ; mais il est connu, et même des personnes intéressées. On vous observe, on sait les lieux où vous voyez votre maîtresse, on a dessein de vous y surprendre. Je ne sais qui elle est, je ne vous le demande point, et je veux seulement vous garantir des malheurs où vous pouvez tomber.” Voyez, je vous prie, quel piège me tendait la Reine et combien il était difficile de n'y pas tomber. Elle voulait savoir si j'étais amoureux ; et, en ne me demandant point de qui je l'étais, et en ne me laissant voir que la seule intention de me faire plaisir, elle m'ôtait la pensée qu'elle me parlât par curiosité ou par dessein.

« Cependant, contre toutes sortes d'apparences, je démêlai la vérité. J'étais amoureux de Madame de Thémines ; mais, quoiqu'elle m'aimât, je n'étais pas assez heureux pour avoir des lieux particuliers à la voir, et pour craindre d'y être surpris ; et ainsi je vis bien que ce ne pouvait être elle dont la Reine voulait parler. Je savais bien aussi que j'avais un commerce de galanterie avec une autre femme moins belle et moins sévère que Madame de Thémines, et qu'il n'était pas impossible que l'on eût découvert le lieu où je la voyais ; mais, comme je m'en souciais peu, il m'était aisé de me mettre à couvert de toutes sortes de périls en cessant de la voir. Ainsi, je pris le parti de ne rien avouer à la Reine et de l'assurer au contraire qu'il y avait très longtemps que j'avais abandonné le désir de me faire aimer des femmes dont je pouvais espérer de l'être, parce que je les trouvais quasi toutes indignes d'attacher un honnête homme, et qu'il n'y avait que quelque chose fort au-dessus d'elles qui pût m'engager. "Vous ne me répondez pas sincèrement, répliqua la Reine ; je sais le contraire de ce que vous me dites. La manière dont je vous parle vous doit obliger à ne me rien cacher. Je veux que vous soyez de mes amis, continua-t-elle ; mais je ne veux pas, en vous donnant cette place, ignorer quels sont vos attachements. Voyez si vous la voulez acheter au prix de me les apprendre : je vous donne deux jours pour y penser ; mais, après ce temps-là, songez bien à ce que vous me direz, et souvenez-vous que si dans la suite je trouve que vous m'ayez trompée, je ne vous le pardonnerai de ma vie."

« La Reine me quitta après m'avoir dit ces paroles, sans attendre ma réponse. Vous pouvez croire que je demeurai l'esprit bien rempli de ce qu'elle me venait de dire. Les deux jours qu'elle m'avait donnés pour y penser ne me parurent pas trop longs pour me déterminer. Je voyais qu'elle voulait savoir si j'étais amoureux, et qu'elle ne souhaitait pas que je le fusse. Je voyais les suites et les conséquences du parti que j'allais prendre ; ma vanité n'était pas peu flattée d'une liaison particulière avec une reine, et une reine dont la personne est encore extrêmement aimable. D'un autre côté, j'aimais Madame de Thémines et, quoique je lui fisse une espèce d'infidélité pour cette autre femme dont je vous ai parlé, je ne me pouvais résoudre à rompre avec elle. Je voyais aussi le péril où je m'exposais en trompant la Reine, et combien il était difficile de la tromper ; néanmoins, je ne pus me résoudre à refuser ce que la fortune m'offrait, et je pris le hasard de tout ce que ma mauvaise conduite pouvait m'attirer. Je rompis avec cette femme dont on pouvait découvrir le commerce, et j'espérai de cacher celui que j'avais avec Madame de Thémines.

« Au bout des deux jours que la Reine m'avait donnés, comme j'entrais dans la chambre où toutes les dames étaient au cercle, elle me dit tout haut, avec un air grave qui me surprit : "Avez-vous pensé à cette affaire dont je vous ai chargé et en savez-vous la vérité ?

« – Oui, Madame, lui répondis-je, et elle est comme je l'ai dite à Votre Majesté.

« – Venez ce soir à l'heure que je dois écrire, répliqua-t-elle, et j'achèverai de vous donner mes ordres." Je fis une profonde révérence sans rien répondre, et ne manquai pas de me trouver à l'heure qu'elle m'avait marquée. Je la trouvai dans la galerie où était son secrétaire et quelqu'une de ses femmes. Sitôt qu'elle me vit, elle vint à moi, et me mena à l'autre bout de la galerie. "Eh bien ! me dit-elle, est-ce après y avoir bien pensé que vous n'avez rien à me dire, et la manière dont j'en use avec vous ne mérite-t-elle pas que vous me parliez sincèrement ?

« – C'est parce que je vous parle sincèrement, Madame, lui répondis-je, que je n'ai rien à vous dire ; et je jure à Votre Majesté, avec tout le respect que je lui dois, que je n'ai d'attachement pour aucune femme de la Cour.

« – Je le veux croire, repartit la Reine, parce que je le souhaite ; et je le souhaite, parce que je désire que vous soyez entièrement attaché à moi, et qu'il serait impossible que je fusse contente de votre amitié si vous étiez amoureux. On ne peut se fier à ceux qui le sont ; on ne peut s'assurer de leur secret. Ils sont trop distraits et trop partagés, et leur maîtresse leur fait une première occupation qui ne s'accorde point avec la manière dont je veux que vous soyez attaché à moi. Souvenez-vous donc que c'est sur la parole que vous me donnez, que vous n'avez aucun engagement, que je vous choisis pour vous donner toute ma confiance. Souvenez-vous que je veux la vôtre tout entière ; que je veux que vous n'ayez ni ami, ni amie, que ceux qui me seront agréables, et que vous abandonniez tout autre soin que celui de me plaire. Je ne vous ferai pas perdre celui de votre fortune ; je la conduirai avec plus d'application que vous-même et, quoi que je fasse pour vous, je m'en tiendrai trop bien récompensée si je vous trouve pour moi tel que je l'espère. Je vous choisis pour vous confier tous mes chagrins, et pour m'aider à les adoucir. Vous pouvez juger qu'ils ne sont pas médiocres. Je souffre en apparence sans beaucoup de peine l'attachement du Roi pour la Duchesse de Valentinois ; mais il m'est insupportable. Elle gouverne le Roi, elle le trompe, elle me méprise, tous mes gens sont à elle. La Reine ma belle-fille, fière de sa beauté et du crédit de ses oncles, ne me rend aucun devoir. Le Connétable de Montmorency est maître du Roi et du royaume ; il me hait, et m'a donné des marques de sa haine que je ne puis oublier. Le Maréchal de Saint-André est un jeune favori audacieux, qui n'en use pas mieux avec moi que les autres. Le détail de mes malheurs vous ferait pitié ; je n'ai osé jusqu'ici me fier à personne, je me fie à vous ; faites que je ne m'en repente point et soyez ma seule consolation." Les yeux de la Reine rougirent en achevant ces paroles ; je pensai me jeter à ses pieds tant je fus véritablement touché de la bonté qu'elle me témoignait. Depuis ce jour-là, elle eut en moi une entière confiance ; elle ne fit plus rien sans m'en parler et j'ai conservé une liaison qui dure encore.

TROISIÈME PARTIE

« Cependant, quelque rempli et quelque occupé que je fusse de cette nouvelle liaison avec la Reine, je tenais à Madame de Thémines par une inclination naturelle que je ne pouvais vaincre. Il me parut qu'elle cessait de m'aimer et, au lieu que, si j'eusse été sage, je me fusse servi du changement qui paraissait en elle pour aider à me guérir, mon amour en redoubla et je me conduisais si mal que la Reine eut quelque connaissance de cet attachement. La jalousie est naturelle aux personnes de sa nation, et peut-être que cette princesse a pour moi des sentiments plus vifs qu'elle ne pense elle-même. Mais enfin le bruit que j'étais amoureux lui donna de si grandes inquiétudes et de si grands chagrins que je me crus cent fois perdu auprès d'elle. Je la rassurai enfin à force de soins, de soumissions et de faux serments ; mais je n'aurais pu la tromper longtemps si le changement de Madame de Thémines ne m'avait détaché d'elle malgré moi. Elle me fit voir qu'elle ne m'aimait plus ; et j'en fus si persuadé que je fus contraint de ne la pas tourmenter davantage et de la laisser en repos. Quelque temps après, elle m'écrivit cette lettre que j'ai perdue. J'appris par là qu'elle avait su le commerce que j'avais eu avec cette autre femme dont je vous ai parlé et que c'était la cause de son changement. Comme je n'avais plus rien alors qui me partageât, la Reine était assez contente de moi ; mais comme les sentiments que j'ai pour elle ne sont pas d'une nature à me rendre incapable de tout autre attachement, et que l'on n'est pas amoureux par sa volonté, je le suis devenu de Madame de Martigues, pour qui j'avais déjà eu beaucoup d'inclination pendant qu'elle était Villemontais, fille de la Reine Dauphine. J'ai lieu de croire que je n'en suis pas haï ; la discrétion que je lui fais paraître, et dont elle ne sait pas toutes les raisons, lui est agréable. La Reine n'a aucun soupçon sur son sujet ; mais elle en a un autre qui n'est guère moins fâcheux. Comme Madame de Martigues est toujours chez la Reine Dauphine, j'y vais aussi beaucoup plus souvent que de coutume. La Reine s'est imaginé que c'est de cette princesse que je suis amoureux. Le rang de la Reine Dauphine, qui est égal au sien, et la beauté et la jeunesse qu'elle a au-dessus d'elle, lui donnent une jalousie qui va jusques à la fureur et une haine contre sa belle-fille qu'elle ne saurait plus cacher. Le Cardinal de Lorraine, qui me paraît depuis longtemps aspirer aux bonnes grâces de la Reine et qui voit bien que j'occupe une place qu'il voudrait remplir, sous prétexte de raccommoder Madame la Dauphine avec elle, est entré dans les différends qu'elles ont eus ensemble. Je ne doute pas qu'il n'ait démêlé le véritable sujet de l'aigreur de la Reine et je crois qu'il me rend toutes sortes de mauvais offices, sans lui laisser voir qu'il a dessein de me les rendre. Voilà l'état où sont les choses à l'heure que je vous parle. Jugez quel effet peut produire la lettre que j'ai perdue, et que mon malheur m'a fait mettre dans ma poche pour la rendre à Madame de Thémines. Si la Reine voit cette lettre, elle connaîtra que je l'ai trompée et que, presque dans le temps que je la trompais pour Madame de Thémines, je trompais Madame de Thémines pour une autre ; jugez quelle idée cela lui peut donner de moi et si elle peut jamais se fier à mes paroles. Si elle ne voit point cette lettre, que lui dirai-je ? Elle sait qu'on l'a remise entre les mains de Madame la Dauphine ; elle croira que

Chastelart a reconnu l'écriture de cette Reine et que la lettre est d'elle ; elle s'imaginera que la personne dont on témoigne de la jalousie est peut-être elle-même ; enfin, il n'y a rien qu'elle n'ait lieu de penser et il n'y a rien que je ne doive craindre de ses pensées. Ajoutez à cela que je suis vivement touché de Madame de Martigues ; qu'assurément Madame la Dauphine lui montrera cette lettre qu'elle croira écrite depuis peu ; ainsi je serai également brouillé, et avec la personne du monde que j'aime le plus, et avec la personne du monde que je dois le plus craindre. Voyez après cela si je n'ai pas raison de vous conjurer de dire que la lettre est à vous, et de vous demander, en grâce, de l'aller retirer des mains de Madame la Dauphine.

– Je vois bien, dit Monsieur de Nemours, que l'on ne peut être dans un plus grand embarras que celui où vous êtes, et il faut avouer que vous le méritez. On m'a accusé de n'être pas un amant fidèle et d'avoir plusieurs galanteries à la fois ; mais vous me passez de si loin que je n'aurais seulement osé imaginer les choses que vous avez entreprises. Pouviez-vous prétendre de conserver Madame de Thémines en vous engageant avec la Reine et espériez-vous de vous engager avec la Reine et de la pouvoir tromper ? Elle est italienne et reine, et par conséquent pleine de soupçons, de jalousie et d'orgueil ; quand votre bonne fortune, plutôt que votre bonne conduite, vous a ôté des engagements où vous étiez, vous en avez pris de nouveaux et vous vous êtes imaginé qu'au milieu de la Cour, vous pourriez aimer Madame de Martigues sans que la Reine s'en aperçût. Vous ne pouviez prendre trop de soins de lui ôter la honte d'avoir fait les premiers pas. Elle a pour vous une passion violente ; votre discrétion vous empêche de me le dire et la mienne de vous le demander ; mais enfin elle vous aime, elle a de la défiance, et la vérité est contre vous.

– Est-ce à vous à m'accabler de réprimandes, interrompit le Vidame, et votre expérience ne vous doit-elle pas donner de l'indulgence pour mes fautes ? Je veux pourtant bien convenir que j'ai tort ; mais songez, je vous conjure, à me tirer de l'abîme où je suis. Il me paraît qu'il faudrait que vous vissiez la Reine Dauphine sitôt qu'elle sera éveillée pour lui redemander cette lettre, comme l'ayant perdue.

– Je vous ai déjà dit, reprit Monsieur de Nemours, que la proposition que vous me faites est un peu extraordinaire et que mon intérêt particulier m'y peut faire trouver des difficultés ; mais, de plus, si l'on a vu tomber cette lettre de votre poche, il me paraît difficile de persuader qu'elle soit tombée de la mienne.

– Je croyais vous avoir appris, répondit le Vidame, que l'on a dit à la Reine Dauphine que c'était de la vôtre qu'elle était tombée.

– Comment ! reprit brusquement Monsieur de Nemours, qui vit dans ce moment les mauvais offices que cette méprise lui pouvait faire auprès de Madame de Clèves, l'on a dit à la Reine Dauphine que c'est moi qui ai laissé tomber cette lettre ?

– Oui, reprit le Vidame, on le lui a dit. Et ce qui a fait cette méprise, c'est qu'il y avait plusieurs gentilshommes des Reines dans une des chambres du jeu de paume où étaient nos habits et que vos gens et les miens les ont été quérir. En même temps la lettre est tombée ; ces gentilshommes l'ont ramassée et l'ont lue tout haut. Les uns ont cru qu'elle était à vous et les autres à moi. Chastelart, qui l'a prise et à qui je viens de la faire demander, a dit qu'il l'avait donnée à la Reine Dauphine comme une lettre qui était à vous ; et ceux qui en ont parlé à la Reine ont dit par malheur qu'elle était à moi ; ainsi vous pouvez faire aisément ce que je souhaite et m'ôter de l'embarras où je suis. »

Monsieur de Nemours avait toujours fort aimé le Vidame de Chartres, et ce qu'il était à Madame de Clèves le lui rendait encore plus cher. Néanmoins il ne pouvait se résoudre à prendre le hasard qu'elle entendît parler de cette lettre comme d'une chose où il avait intérêt. Il se mit à rêver profondément et le Vidame, se doutant à peu près du sujet de sa rêverie :

« Je vois bien, lui dit-il, que vous craignez de vous brouiller avec votre maîtresse, et même vous me donneriez lieu de croire que c'est avec la Reine Dauphine, si le peu de jalousie que je vous vois de Monsieur d'Anville ne m'en ôtait la pensée ; mais, quoi qu'il en soit, il est juste que vous ne sacrifiiez pas votre repos au mien et je veux bien vous donner les moyens de faire voir à celle que vous aimez que cette lettre s'adresse à moi et non pas à vous : voilà un billet de Madame d'Amboise, qui est amie de Madame de Thémines, et à qui elle s'est fiée de tous les sentiments qu'elle a eus pour moi. Par ce billet, elle me redemande cette lettre de son amie que j'ai perdue ; mon nom est sur le billet ; et ce qui est dedans prouve sans aucun doute que la lettre que l'on me redemande est la même que l'on a trouvée. Je vous remets ce billet entre les mains et je consens que vous le montriez à votre maîtresse pour vous justifier. Je vous conjure de ne perdre pas un moment et d'aller, dès ce matin, chez Madame la Dauphine. »

Monsieur de Nemours le promit au Vidame de Chartres et prit le billet de Madame d'Amboise. Néanmoins son dessein n'était pas de voir la Reine Dauphine et il trouvait qu'il avait quelque chose de plus pressé à faire. Il ne doutait pas qu'elle n'eût déjà parlé de la lettre à Madame de Clèves et il ne pouvait supporter qu'une personne qu'il aimait si éperdument eût lieu de croire qu'il eût quelque attachement pour une autre.

Il alla chez elle à l'heure qu'il crut qu'elle pouvait être éveillée et lui fit dire qu'il ne demanderait pas à avoir l'honneur de la voir, à une heure si extraordinaire, si une affaire de conséquence ne l'y obligeait. Madame de Clèves était encore au lit, l'esprit aigri et agité de tristes pensées qu'elle avait eues pendant la nuit. Elle fut extrêmement surprise lorsqu'on lui dit que Monsieur de Nemours la demandait ; l'aigreur où elle était ne la fit pas balancer à répondre qu'elle était malade et qu'elle ne pouvait lui parler.

Ce prince ne fut pas blessé de ce refus : une marque de froideur, dans un temps où elle pouvait avoir de la jalousie, n'était pas un mauvais augure. Il alla à l'appartement de Monsieur de Clèves, et lui dit qu'il venait de celui de Madame sa femme, qu'il était bien fâché de ne la pouvoir entretenir, parce qu'il avait à lui parler d'une affaire importante pour le Vidame de Chartres. Il fit entendre en peu de mots à Monsieur de Clèves la conséquence de cette affaire, et Monsieur de Clèves le mena à l'heure même dans la chambre de sa femme. Si elle n'eût point été dans l'obscurité, elle eût eu peine à cacher son trouble et son étonnement de voir entrer Monsieur de Nemours conduit par son mari. Monsieur de Clèves lui dit qu'il s'agissait d'une lettre, où l'on avait besoin de son secours pour les intérêts du Vidame, qu'elle verrait avec Monsieur de Nemours ce qu'il y avait à faire, et que, pour lui, il s'en allait chez le Roi qui venait de l'envoyer quérir.

Monsieur de Nemours demeura seul auprès de Madame de Clèves, comme il le pouvait souhaiter.

« Je viens vous demander, Madame, lui dit-il, si Madame la Dauphine ne vous a point parlé d'une lettre que Chastelart lui remit hier entre les mains.

– Elle m'en a dit quelque chose, répondit Madame de Clèves ; mais je ne vois pas ce que cette lettre a de commun avec les intérêts de mon oncle et je vous puis assurer qu'il n'y est pas nommé.

– Il est vrai, Madame, répliqua Monsieur de Nemours, il n'y est pas nommé ; néanmoins elle s'adresse à lui et il lui est très important que vous la retiriez des mains de Madame la Dauphine.

– J'ai peine à comprendre, reprit Madame de Clèves, pourquoi il lui importe que cette lettre soit vue et pourquoi il faut la redemander sous son nom.

– Si vous voulez vous donner le loisir de m'écouter, Madame, dit Monsieur de Nemours, je vous ferai bientôt voir la vérité et vous apprendrez des choses si importantes pour Monsieur le Vidame que je ne les aurais pas même confiées à Monsieur le Prince de Clèves, si je n'avais eu besoin de son secours pour avoir l'honneur de vous voir.

– Je pense que tout ce que vous prendriez la peine de me dire serait inutile, répondit Madame de Clèves avec un air assez sec, et il vaut mieux que vous alliez trouver la Reine Dauphine et que, sans chercher de détours, vous lui disiez l'intérêt que vous avez à cette lettre, puisque aussi bien on lui a dit qu'elle vient de vous. »

L'aigreur que Monsieur de Nemours voyait dans l'esprit de Madame de Clèves lui donnait le plus sensible plaisir qu'il eût jamais eu et balançait son impatience de se justifier.

« Je ne sais, Madame, reprit-il, ce qu'on peut avoir dit à Madame la Dauphine ; mais je n'ai aucun intérêt à cette lettre et elle s'adresse à Monsieur le Vidame.

– Je le crois, répliqua Madame de Clèves ; mais on a dit le contraire à la Reine Dauphine et il ne lui paraîtra pas vraisemblable que les lettres de Monsieur le Vidame tombent de vos poches. C'est pourquoi, à moins que vous n'ayez quelque raison que je ne sais point à cacher la vérité à la Reine Dauphine, je vous conseille de la lui avouer.

– Je n'ai rien à lui avouer, reprit-il ; la lettre ne s'adresse pas à moi et, s'il y a quelqu'un que je souhaite d'en persuader, ce n'est pas Madame la Dauphine. Mais, Madame, comme il s'agit en ceci de la fortune de Monsieur le Vidame, trouvez bon que je vous apprenne des choses qui sont même dignes de votre curiosité. »

Madame de Clèves témoigna par son silence qu'elle était prête à l'écouter, et Monsieur de Nemours lui conta, le plus succinctement qu'il lui fut possible, tout ce qu'il venait d'apprendre du Vidame. Quoique ce fussent des choses propres à donner de l'étonnement et à être écoutées avec attention, Madame de Clèves les entendit avec une froideur si grande qu'il semblait qu'elle ne les crût pas véritables ou qu'elles lui fussent indifférentes. Son esprit demeura dans cette situation jusqu'à ce que Monsieur de Nemours lui parlât du billet de Madame d'Amboise, qui s'adressait au Vidame de Chartres et qui était la preuve de tout ce qu'il lui venait de dire. Comme Madame de Clèves savait que cette femme était amie de Madame de Thémines, elle trouva une apparence de vérité à ce que lui disait Monsieur de Nemours, qui lui fit penser que la lettre ne s'adressait peut-être pas à lui. Cette pensée la tira tout d'un coup, et malgré elle, de la froideur qu'elle avait eue jusqu'alors. Ce prince, après lui avoir lu ce billet qui faisait sa justification, le lui présenta pour le lire et lui dit qu'elle en pouvait connaître l'écriture ; elle ne put s'empêcher de le prendre, de regarder le dessus pour voir s'il s'adressait au Vidame de Chartres et de le lire tout entier pour juger si la lettre que l'on redemandait était la même qu'elle avait entre les mains. Monsieur de Nemours lui dit encore tout ce qu'il crut propre à la persuader ; et, comme on persuade aisément une vérité agréable, il convainquit Madame de Clèves qu'il n'avait point de part à cette lettre.

Elle commença alors à raisonner avec lui sur l'embarras et le péril où était le Vidame, à le blâmer de sa méchante conduite, à chercher les moyens de le secourir.

Elle s'étonna du procédé de la Reine, elle avoua à Monsieur de Nemours qu'elle avait la lettre, enfin sitôt qu'elle le crut innocent, elle entra avec un esprit ouvert et tranquille dans les mêmes choses qu'elle semblait d'abord ne daigner pas entendre. Ils convinrent qu'il ne fallait point rendre la lettre à la Reine Dauphine, de peur qu'elle ne la montrât à Madame de Martigues, qui connaissait l'écriture de Madame de Thémines et qui aurait aisément deviné, par l'intérêt qu'elle prenait au Vidame, qu'elle s'adressait à lui. Ils trouvèrent aussi qu'il ne fallait pas confier à la Reine Dauphine tout ce qui regardait la Reine sa belle-mère. Madame de Clèves, sous le prétexte des affaires de son oncle, entrait avec plaisir à garder tous les secrets que Monsieur de Nemours lui confiait.

Ce prince ne lui eût pas toujours parlé des intérêts du Vidame, et la liberté où il se trouvait de l'entretenir lui eût donné une hardiesse qu'il n'avait encore osé prendre, si l'on ne fût venu dire à Madame de Clèves que la Reine Dauphine lui ordonnait de l'aller trouver. Monsieur de Nemours fut contraint de se retirer ; il alla trouver le Vidame pour lui dire qu'après l'avoir quitté, il avait pensé qu'il était plus à propos de s'adresser à Madame de Clèves, qui était sa nièce, que d'aller droit à Madame la Dauphine. Il ne manqua pas de raisons pour faire approuver ce qu'il avait fait et pour en faire espérer un bon succès.

Cependant Madame de Clèves s'habilla en diligence pour aller chez la Reine. À peine parut-elle dans sa chambre que cette princesse la fit approcher, et lui dit tout bas :

« Il y a deux heures que je vous attends, et jamais je n'ai été si embarrassée à déguiser la vérité que je l'ai été ce matin. La Reine a entendu parler de la lettre que je vous donnai hier ; elle croit que c'est le Vidame de Chartres qui l'a laissée tomber. Vous savez qu'elle y prend quelque intérêt ; elle a fait chercher cette lettre, elle l'a fait demander à Chastelart ; il a dit qu'il me l'avait donnée ; on me l'est venu demander sur le prétexte que c'était une jolie lettre qui donnait de la curiosité à la Reine. Je n'ai osé dire que vous l'aviez ; je crus qu'elle s'imaginerait que je vous l'avais mise entre les mains à cause du Vidame votre oncle, et qu'il y aurait une grande intelligence entre lui et moi. Il m'a déjà paru qu'elle souffrait avec peine qu'il me vît souvent, de sorte que j'ai dit que la lettre était dans les habits que j'avais hier et que ceux qui en avaient la clef étaient sortis. Donnez-moi promptement cette lettre, ajouta-t-elle, afin que je la lui envoie et que je la lise avant que de l'envoyer pour voir si je n'en connaîtrai point l'écriture. »

Madame de Clèves se trouva encore plus embarrassée qu'elle n'avait pensé.

« Je ne sais, Madame, comment vous ferez, répondit-elle ; car Monsieur de Clèves, à qui je l'avais donnée à lire, l'a rendue à Monsieur de Nemours qui est venu dès ce matin le prier de vous la redemander. Monsieur de Clèves a eu l'imprudence de lui dire qu'il l'avait et il a eu la faiblesse de céder aux prières que Monsieur de Nemours lui a faites de la lui rendre.

– Vous me mettez dans le plus grand embarras où je puisse jamais être, repartit Madame la Dauphine, et vous avez tort d'avoir rendu cette lettre à Monsieur de Nemours ; puisque c'était moi qui vous l'avais donnée, vous ne deviez point la rendre sans ma permission. Que voulez-vous que je dise à la Reine et que pourra-t-elle s'imaginer ? Elle croira, et avec apparence, que cette lettre me regarde et qu'il y a quelque chose entre le Vidame et moi. Jamais on ne lui persuadera que cette lettre soit à Monsieur de Nemours.

– Je suis très affligée, répondit Madame de Clèves, de l'embarras que je vous cause. Je le crois aussi grand qu'il est ; mais c'est la faute de Monsieur de Clèves et non pas la mienne.

– C'est la vôtre, répliqua Madame la Dauphine, de lui avoir donné la lettre, et il n'y a que vous de femme au monde qui fasse confidence à son mari de toutes les choses qu'elle sait.

– Je crois que j'ai tort, Madame, répliqua Madame de Clèves ; mais songez à réparer ma faute et non pas à l'examiner.

– Ne vous souvenez-vous point, à peu près, de ce qui est dans cette lettre ? dit alors la Reine Dauphine.

– Oui, Madame, répondit-elle, je m'en souviens et l'ai relue plus d'une fois.

– Si cela est, reprit Madame la Dauphine, il faut que vous alliez tout à l'heure la faire écrire d'une main inconnue. Je l'enverrai à la Reine : elle ne la montrera pas à ceux qui l'ont vue. Quand elle le ferait, je soutiendrai toujours que c'est celle que Chastelart m'a donnée et il n'oserait dire le contraire. »

Madame de Clèves entra dans cet expédient, et d'autant plus qu'elle pensa qu'elle enverrait quérir Monsieur de Nemours pour ravoir la lettre même, afin de la faire copier mot à mot et d'en faire à peu près imiter l'écriture, et elle crut que la Reine y serait infailliblement trompée. Sitôt qu'elle fut chez elle, elle conta à son mari l'embarras de Madame la Dauphine et le pria d'envoyer chercher Monsieur de Nemours. On le chercha ; il vint en diligence. Madame de Clèves lui dit tout ce qu'elle avait déjà appris à son mari et lui demanda la lettre ; mais Monsieur de Nemours répondit qu'il l'avait déjà rendue au Vidame de Chartres, qui avait eu tant de joie de la ravoir, et de se trouver hors du péril qu'il aurait couru, qu'il l'avait renvoyée à l'heure même à l'amie de Madame de Thémines. Madame de Clèves se retrouva dans un nouvel embarras ; et enfin, après avoir bien consulté, ils résolurent de faire la lettre de mémoire. Ils s'enfermèrent pour y travailler. On donna ordre à la porte de ne laisser entrer personne, et on renvoya tous les gens de Monsieur de Nemours. Cet air de mystère et de confidence n'était pas d'un médiocre charme pour ce prince et même pour Madame de Clèves. La présence de son mari et les intérêts du Vidame de Chartres la rassuraient en quelque sorte sur ses scrupules ; elle ne sentait que le plaisir de voir Monsieur de Nemours, elle en avait une joie pure et sans mélange qu'elle n'avait jamais sentie. Cette joie lui donnait une liberté et un enjouement dans l'esprit que Monsieur de Nemours ne lui avait jamais vus et qui redoublaient son amour. Comme il n'avait point eu encore de si agréables moments, sa vivacité en était augmentée ; et quand Madame de Clèves voulut commencer à se souvenir de la lettre et à l'écrire, ce prince, au lieu de lui aider sérieusement, ne faisait que l'interrompre et lui dire des choses plaisantes. Madame de Clèves entra dans le même esprit de gaieté, de sorte qu'il y avait déjà longtemps qu'ils étaient enfermés et on était déjà venu deux fois de la part de la Reine Dauphine pour dire à Madame de Clèves de se dépêcher, qu'ils n'avaient pas encore fait la moitié de la lettre.

Monsieur de Nemours était bien aise de faire durer un temps qui lui était si agréable et oubliait les intérêts de son ami. Madame de Clèves ne s'ennuyait pas et oubliait aussi les intérêts de son oncle. Enfin, à peine à quatre heures la lettre était-elle achevée, et elle était si mal, et l'écriture dont on la fit copier ressemblait si peu à celle que l'on avait eu dessein d'imiter qu'il eût fallu que la Reine n'eût guère pris de soin d'éclaircir la vérité pour ne la pas connaître. Aussi n'y fut-elle pas trompée : quelque soin que l'on prît de lui persuader que cette lettre s'adressait à Monsieur de Nemours, elle demeura convaincue, non seulement qu'elle était au Vidame de Chartres, mais elle crut que la Reine Dauphine y avait part et qu'il y avait quelque intelligence entre eux. Cette pensée augmenta tellement la haine qu'elle avait pour cette princesse qu'elle ne lui pardonna jamais et qu'elle la persécuta jusqu'à ce qu'elle l'eût fait sortir de France.

Pour le Vidame de Chartres, il fut ruiné auprès d'elle, et, soit que le Cardinal de Lorraine se fût déjà rendu maître de son esprit, ou que l'aventure de cette lettre, qui lui fit voir qu'elle était trompée, lui aidât à démêler les autres tromperies que le Vidame lui avait déjà faites, il est certain qu'il ne put jamais se raccommoder sincèrement avec elle. Leur liaison se rompit, et elle le perdit ensuite à la conjuration d'Amboise où il se trouva embarrassé.

Après qu'on eut envoyé la lettre à Madame la Dauphine, Monsieur de Clèves et Monsieur de Nemours s'en allèrent. Madame de Clèves demeura seule, et sitôt qu'elle ne fut plus soutenue par cette joie que donne la présence de ce que l'on aime, elle revint comme d'un songe ; elle regarda avec étonnement la prodigieuse différence de l'état où elle était le soir d'avec celui où elle se trouvait alors ; elle se remit devant les yeux l'aigreur et la froideur qu'elle avait fait paraître à Monsieur de Nemours, tant qu'elle avait cru que la lettre de Madame de Thémines s'adressait à lui ; quel calme et quelle douceur avaient succédé à cette aigreur, sitôt qu'il l'avait persuadée que cette lettre ne le regardait pas. Quand elle pensait qu'elle s'était reproché comme un crime, le jour précédent, de lui avoir donné des marques de sensibilité que la seule compassion pouvait avoir fait naître et que, par son aigreur, elle lui avait fait paraître des sentiments de jalousie qui étaient des preuves certaines de passion, elle ne se reconnaissait plus elle-même. Quand elle pensait encore que Monsieur de Nemours voyait bien qu'elle connaissait son amour, qu'il voyait bien aussi que, malgré cette connaissance, elle ne l'en traitait pas plus mal en présence même de son mari, qu'au contraire elle ne l'avait jamais regardé si favorablement, qu'elle était cause que Monsieur de Clèves l'avait envoyé quérir et qu'ils venaient de passer une après-dînée ensemble en particulier, elle trouvait qu'elle était d'intelligence avec Monsieur de Nemours, qu'elle trompait le mari du monde qui méritait le moins d'être trompé, et elle était honteuse de paraître si peu digne d'estime aux yeux même de son amant. Mais, ce qu'elle pouvait moins supporter que tout le reste, était le souvenir de l'état où elle avait passé la nuit, et les cuisantes douleurs que lui avait causées la pensée que Monsieur de Nemours aimait ailleurs et qu'elle était trompée.

Elle avait ignoré jusqu'alors les inquiétudes mortelles de la défiance et de la jalousie ; elle n'avait pensé qu'à se défendre d'aimer Monsieur de Nemours et elle n'avait point encore commencé à craindre qu'il en aimât une autre. Quoique les soupçons que lui avait donnés cette lettre fussent effacés, ils ne laissèrent pas de lui ouvrir les yeux sur le hasard d'être trompée et de lui donner des impressions de défiance et de jalousie qu'elle n'avait jamais eues. Elle fut étonnée de n'avoir point encore pensé combien il était peu vraisemblable qu'un homme comme Monsieur de Nemours, qui avait toujours fait paraître tant de légèreté parmi les femmes, fût capable d'un attachement sincère et durable. Elle trouva qu'il était presque impossible qu'elle pût être contente de sa passion. Mais quand je le pourrais être, disait-elle, qu'en veux-je faire ? Veux-je la souffrir ? Veux-je y répondre ? Veux-je m'engager dans une galanterie ? Veux-je manquer à Monsieur de Clèves ? Veux-je me manquer à moi-même ? Et veux-je enfin m'exposer aux cruels repentirs et aux mortelles douleurs que donne l'amour ? Je suis vaincue et surmontée par une inclination qui m'entraîne malgré moi. Toutes mes résolutions sont inutiles ; je pensais hier tout ce que je pense aujourd'hui et je fais aujourd'hui tout le contraire de ce que je résolus hier. Il faut m'arracher de la présence de Monsieur de Nemours ; il faut m'en aller à la campagne, quelque bizarre que puisse paraître mon voyage ; et si Monsieur de Clèves s'opiniâtre à l'empêcher ou à en vouloir savoir les raisons, peut-être lui ferai-je le mal, et à moi-même aussi, de les lui apprendre. Elle demeura dans cette résolution, et passa tout le soir chez elle, sans aller savoir de Madame la Dauphine ce qui était arrivé de la fausse lettre du Vidame.

Quand Monsieur de Clèves fut revenu, elle lui dit qu'elle voulait aller à la campagne, qu'elle se trouvait mal et qu'elle avait besoin de prendre l'air. Monsieur de Clèves, à qui elle paraissait d'une beauté qui ne lui persuadait pas que ses maux fussent considérables, se moqua d'abord de la proposition de ce voyage, et lui répondit qu'elle oubliait que les noces des princesses et le tournoi s'allaient faire, et qu'elle n'avait pas trop de temps pour se préparer à y paraître avec la même magnificence que les autres femmes. Les raisons de son mari ne la firent pas changer de dessein ; elle le pria de trouver bon que, pendant qu'il irait à Compiègne avec le Roi, elle allât à Coulommiers, qui était une belle maison à une journée de Paris, qu'ils faisaient bâtir avec soin. Monsieur de Clèves y consentit ; elle y alla dans le dessein de n'en pas revenir sitôt, et le Roi partit pour Compiègne où il ne devait être que peu de jours.

Monsieur de Nemours avait eu bien de la douleur de n'avoir point revu Madame de Clèves depuis cette après-dînée qu'il avait passée avec elle si agréablement et qui avait augmenté ses espérances. Il avait une impatience de la revoir qui ne lui donnait point de repos, de sorte que, quand le Roi revint à Paris, il résolut d'aller chez sa sœur, la Duchesse de Mercœur, qui était à la campagne assez près de Coulommiers. Il proposa au Vidame d'y aller avec lui, qui accepta aisément cette proposition ; et Monsieur de Nemours la fit dans l'espérance de voir Madame de Clèves et d'aller chez elle avec le Vidame.

Madame de Mercœur les reçut avec beaucoup de joie et ne pensa qu'à les divertir et à leur donner tous les plaisirs de la campagne. Comme ils étaient à la chasse à courir le cerf, Monsieur de Nemours s'égara dans la forêt. En s'enquérant du chemin qu'il devait tenir pour s'en retourner, il sut qu'il était proche de Coulommiers. À ce mot de Coulommiers, sans faire aucune réflexion et sans savoir quel était son dessein, il alla à toute bride du côté qu'on le lui montrait. Il arriva dans la forêt et se laissa conduire au hasard par des routes faites avec soin, qu'il jugea bien qui conduisaient vers le château. Il trouva au bout de ces routes un pavillon, dont le dessous était un grand salon accompagné de deux cabinets, dont l'un était ouvert sur un jardin de fleurs, qui n'était séparé de la forêt que par des palissades ; et le second donnait sur une grande allée du parc. Il entra dans le pavillon, et il se serait arrêté à en regarder la beauté, sans qu'il vit venir par cette allée du parc Monsieur et Madame de Clèves, accompagnés d'un grand nombre de domestiques. Comme il ne s'était pas attendu à trouver Monsieur de Clèves, qu'il avait laissé auprès du Roi, son premier mouvement le porta à se cacher : il entra dans le cabinet qui donnait sur le jardin de fleurs, dans la pensée d'en ressortir par une porte qui était ouverte sur la forêt ; mais, voyant que Madame de Clèves et son mari s'étaient assis sous le pavillon, que leurs domestiques demeuraient dans le parc et qu'ils ne pouvaient venir à lui sans passer dans le lieu où étaient Monsieur et Madame de Clèves, il ne put se refuser le plaisir de voir cette princesse, ni résister à la curiosité d'écouter sa conversation avec un mari qui lui donnait plus de jalousie qu'aucun de ses rivaux.

Il entendit que Monsieur de Clèves disait à sa femme :

« Mais pourquoi ne voulez-vous point revenir à Paris ? Qui vous peut retenir à la campagne ? Vous avez depuis quelque temps un goût pour la solitude qui m'étonne, et qui m'afflige parce qu'il nous sépare. Je vous trouve même plus triste que de coutume, et je crains que vous n'ayez quelque sujet d'affliction.

– Je n'ai rien de fâcheux dans l'esprit, répondit-elle avec un air embarrassé ; mais le tumulte de la Cour est si grand et il y a toujours un si grand monde chez vous qu'il est impossible que le corps et l'esprit ne se lassent, et que l'on ne cherche du repos.

– Le repos, répliqua-t-il, n'est guère propre pour une personne de votre âge. Vous êtes, chez vous et dans la Cour, d'une sorte à ne vous pas donner de lassitude et je craindrais plutôt que vous ne fussiez bien aise d'être séparée de moi.

– Vous me feriez une grande injustice d'avoir cette pensée, reprit-elle avec un embarras qui augmentait toujours ; mais je vous supplie de me laisser ici. Si vous y pouviez demeurer, j'en aurais beaucoup de joie, pourvu que vous y demeurassiez seul, et que vous voulussiez bien n'y avoir point ce nombre infini de gens qui ne vous quittent quasi jamais.

– Ah ! Madame ! s'écria Monsieur de Clèves, votre air et vos paroles me font voir que vous avez des raisons pour souhaiter d'être seule, que je ne sais point, et je vous conjure de me les dire. »

Il la pressa longtemps de les lui apprendre sans pouvoir l'y obliger ; et, après qu'elle se fut défendue d'une manière qui augmentait toujours la curiosité de son mari, elle demeura dans un profond silence, les yeux baissés ; puis tout d'un coup prenant la parole et le regardant :

« Ne me contraignez point, lui dit-elle, à vous avouer une chose que je n'ai pas la force de vous avouer, quoique j'en aie eu plusieurs fois le dessein. Songez seulement que la prudence ne veut pas qu'une femme de mon âge, et maîtresse de sa conduite, demeure exposée au milieu de la Cour.

– Que me faites-vous envisager, Madame, s'écria Monsieur de Clèves. Je n'oserais vous le dire de peur de vous offenser. »

Madame de Clèves ne répondit point ; et son silence achevant de confirmer son mari dans ce qu'il avait pensé :

« Vous ne me dites rien, reprit-il, et c'est me dire que je ne me trompe pas.

– Eh bien, Monsieur, lui répondit-elle en se jetant à ses genoux, je vais vous faire un aveu que l'on n'a jamais fait à son mari ; mais l'innocence de ma conduite et de mes intentions m'en donne la force. Il est vrai que j'ai des raisons de m'éloigner de la Cour et que je veux éviter les périls où se trouvent quelquefois les personnes de mon âge. Je n'ai jamais donné nulle marque de faiblesse et je ne craindrais pas d'en laisser paraître si vous me laissiez la liberté de me retirer de la Cour ou si j'avais encore Madame de Chartres pour aider à me conduire. Quelque dangereux que soit le parti que je prends, je le prends avec joie pour me conserver digne d'être à vous. Je vous demande mille pardons si j'ai des sentiments qui vous déplaisent ; du moins je ne vous déplairai jamais par mes actions. Songez que pour faire ce que je fais, il faut avoir plus d'amitié et plus d'estime pour un mari que l'on n'en a jamais eu ; conduisez-moi, ayez pitié de moi, et aimez-moi encore, si vous pouvez. »

Monsieur de Clèves était demeuré, pendant tout ce discours, la tête appuyée sur ses mains, hors de lui-même, et il n'avait pas songé à faire relever sa femme. Quand elle eut cessé de parler, qu'il jeta les yeux sur elle, qu'il la vit à ses genoux le visage couvert de larmes et d'une beauté si admirable, il pensa mourir de douleur, et l'embrassant en la relevant :

« Ayez pitié de moi vous-même, Madame, lui dit-il, j'en suis digne ; et pardonnez si, dans les premiers moments d'une affliction aussi violente qu'est la mienne, je ne réponds pas comme je dois à un procédé comme le vôtre. Vous me paraissez plus digne d'estime et d'admiration que tout ce qu'il y a jamais eu de femmes au monde ; mais aussi je me trouve le plus malheureux homme qui ait jamais été. Vous m'avez donné de la passion dès le premier moment que je vous ai vue ; vos rigueurs et votre possession n'ont pu l'éteindre ; elle dure encore. Je n'ai jamais pu vous donner de l'amour, et je vois que vous craignez d'en avoir pour un autre. Et qui est-il, Madame, cet homme heureux qui vous donne cette crainte ? Depuis quand vous plaît-il ? Qu'a-t-il fait pour vous plaire ? Quel chemin a-t-il trouvé pour aller à votre cœur ? Je m'étais consolé en quelque sorte de ne l'avoir pas touché par la pensée qu'il était incapable de l'être. Cependant un autre fait ce que je n'ai pu faire. J'ai tout ensemble la jalousie d'un mari et celle d'un amant. Mais il est impossible d'avoir celle d'un mari après un procédé comme le vôtre. Il est trop noble pour ne me pas donner une sûreté entière ; il me console même comme votre amant. La confiance et la sincérité que vous avez pour moi sont d'un prix infini. Vous m'estimez assez pour croire que je n'abuserai pas de cet aveu. Vous avez raison, Madame, je n'en abuserai pas et je ne vous en aimerai pas moins. Vous me rendez malheureux par la plus grande marque de fidélité que jamais une femme ait donnée à son mari. Mais, Madame, achevez et apprenez-moi qui est celui que vous voulez éviter.

– Je vous supplie de ne me le point demander, répondit-elle ; je suis résolue de ne vous le pas dire, et je crois que la prudence ne veut pas que je vous le nomme.

– Ne craignez point, Madame, reprit Monsieur de Clèves, je connais trop le monde pour ignorer que la considération d'un mari n'empêche pas que l'on ne soit amoureux de sa femme. On doit haïr ceux qui le sont et non pas s'en plaindre ; et encore une fois, Madame, je vous conjure de m'apprendre ce que j'ai envie de savoir.

– Vous m'en presseriez inutilement, répliqua-t-elle ; j'ai de la force pour taire ce que je crois ne pas devoir dire. L'aveu que je vous ai fait n'a pas été par faiblesse ; et il faut plus de courage pour avouer cette vérité que pour entreprendre de la cacher. »

Monsieur de Nemours ne perdait pas une parole de cette conversation ; et ce que venait de dire Madame de Clèves ne lui donnait guère moins de jalousie qu'à son mari. Il était si éperdument amoureux d'elle qu'il croyait que tout le monde avait les mêmes sentiments. Il était véritable aussi qu'il avait plusieurs rivaux ; mais il s'en imaginait encore davantage, et son esprit s'égarait à chercher celui dont Madame de Clèves voulait parler. Il avait cru bien des fois qu'il ne lui était pas désagréable et il avait fait ce jugement sur des choses qui lui parurent si légères dans ce moment qu'il ne put s'imaginer qu'il eût donné une passion qui devait être bien violente pour avoir recours à un remède si extraordinaire. Il était si transporté qu'il ne savait quasi ce qu'il voyait, et il ne pouvait pardonner à Monsieur de Clèves de ne pas assez presser sa femme de lui dire ce nom qu'elle lui cachait.

Monsieur de Clèves faisait néanmoins tous ses efforts pour le savoir ; et, après qu'il l'en eut pressée inutilement :

« Il me semble, répondit-elle, que vous devez être content de ma sincérité ; ne m'en demandez pas davantage et ne me donnez point lieu de me repentir de ce que je viens de faire. Contentez-vous de l'assurance que je vous donne encore qu'aucune de mes actions n'a fait paraître mes sentiments et que l'on ne m'a jamais rien dit dont j'aie pu m'offenser.

– Ah ! Madame, reprit tout d'un coup Monsieur de Clèves, je ne vous saurais croire. Je me souviens de l'embarras où vous fûtes le jour que votre portrait se perdit. Vous avez donné, Madame, vous avez donné ce portrait qui m'était si cher et qui m'appartenait si légitimement. Vous n'avez pu cacher vos sentiments ; vous aimez, on le sait ; votre vertu vous a jusqu'ici garantie du reste.

– Est-il possible, s'écria cette princesse, que vous puissiez penser qu'il y ait quelque déguisement dans un aveu comme le mien, qu'aucune raison ne m'obligeait à vous faire ? Fiez-vous à mes paroles ; c'est par un assez grand prix que j'achète la confiance que je vous demande. Croyez, je vous en conjure, que je n'ai point donné mon portrait. Il est vrai que je le vis prendre ; mais je ne voulus pas faire paraître que je le voyais, de peur de m'exposer à me faire dire des choses que l'on ne m'a encore osé dire.

– Par où vous a-t-on donc fait voir qu'on vous aimait, reprit Monsieur de Clèves, et quelles marques de passion vous a-t-on données ?

– Épargnez-moi la peine, répliqua-t-elle, de vous redire des détails qui me font honte à moi-même de les avoir remarqués et qui ne m'ont que trop persuadée de ma faiblesse.

– Vous avez raison, Madame, reprit-il, je suis injuste. Refusez-moi toutes les fois que je vous demanderai de pareilles choses ; mais ne vous offensez pourtant pas si je vous les demande. »

Dans ce moment plusieurs de leurs gens, qui étaient demeurés dans les allées, vinrent avertir Monsieur de Clèves qu'un gentilhomme venait le chercher de la part du Roi, pour lui ordonner de se trouver le soir à Paris. Monsieur de Clèves fut contraint de s'en aller et il ne put rien dire à sa femme, sinon qu'il la suppliait de venir le lendemain, et qu'il la conjurait de croire que, quoiqu'il fût affligé, il avait pour elle une tendresse et une estime dont elle devait être satisfaite.

Lorsque ce prince fut parti, que Madame de Clèves demeura seule, qu'elle regarda ce qu'elle venait de faire, elle en fut si épouvantée qu'à peine put-elle s'imaginer que ce fût une vérité. Elle trouva qu'elle s'était ôté elle-même le cœur et l'estime de son mari, et qu'elle s'était creusé un abîme dont elle ne sortirait jamais. Elle se demandait pourquoi elle avait fait une chose si hasardeuse, et elle trouvait qu'elle s'y était engagée sans en avoir presque eu le dessein. La singularité d'un pareil aveu, dont elle ne trouvait point d'exemple, lui en faisait voir tout le péril.

Mais quand elle venait à penser que ce remède, quelque violent qu'il fût, était le seul qui la pouvait défendre contre Monsieur de Nemours, elle trouvait qu'elle ne devait point se repentir et qu'elle n'avait point trop hasardé. Elle passa toute la nuit pleine d'incertitude, de trouble et de crainte, mais enfin le calme revint dans son esprit. Elle trouva même de la douceur à avoir donné ce témoignage de fidélité à un mari qui le méritait si bien, qui avait tant d'estime et tant d'amitié pour elle, et qui venait de lui en donner encore des marques par la manière dont il avait reçu ce qu'elle lui avait avoué.

Cependant Monsieur de Nemours était sorti du lieu où il avait entendu une conversation qui le touchait si sensiblement et s'était enfoncé dans la forêt. Ce qu'avait dit Madame de Clèves de son portrait lui avait redonné la vie en lui faisant connaître que c'était lui qu'elle ne haïssait pas. Il s'abandonna d'abord à cette joie ; mais elle ne fut pas longue, quand il fit réflexion que la même chose qui lui venait d'apprendre qu'il avait touché le cœur de Madame de Clèves le devait persuader aussi qu'il n'en recevrait jamais nulle marque, et qu'il était impossible d'engager une personne qui avait recours à un remède si extraordinaire. Il sentit pourtant un plaisir sensible de l'avoir réduite à cette extrémité. Il trouva de la gloire à s'être fait aimer d'une femme si différente de toutes celles de son sexe. Enfin, il se trouva cent fois heureux et malheureux tout ensemble. La nuit le surprit dans la forêt, et il eut beaucoup de peine à retrouver le chemin de chez Madame de Mercœur. Il y arriva à la pointe du jour. Il fut assez embarrassé de rendre compte de ce qui l'avait retenu ; il s'en démêla le mieux qu'il lui fut possible, et revint ce jour même à Paris avec le Vidame.

Ce prince était si rempli de sa passion, et si surpris de ce qu'il avait entendu, qu'il tomba dans une imprudence assez ordinaire, qui est de parler en termes généraux de ses sentiments particuliers et de conter ses propres aventures sous des noms empruntés. En revenant, il tourna la conversation sur l'amour, il exagéra le plaisir d'être amoureux d'une personne digne d'être aimée. Il parla des effets bizarres de cette passion ; et enfin, ne pouvant renfermer en lui-même l'étonnement que lui donnait l'action de Madame de Clèves, il la conta au Vidame, sans lui nommer la personne et sans lui dire qu'il y eût aucune part ; mais il la conta avec tant de chaleur et avec tant d'admiration que le Vidame soupçonna aisément que cette histoire regardait ce prince. Il le pressa extrêmement de le lui avouer. Il lui dit qu'il connaissait depuis longtemps qu'il avait quelque passion violente, et qu'il y avait de l'injustice de se défier d'un homme qui lui avait confié le secret de sa vie. Monsieur de Nemours était trop amoureux pour avouer son amour. Il l'avait toujours caché au Vidame, quoique ce fût l'homme de la Cour qu'il aimât le mieux. Il lui répondit qu'un de ses amis lui avait conté cette aventure et lui avait fait promettre de n'en point parler, et qu'il le conjurait aussi de garder ce secret. Le Vidame l'assura qu'il n'en parlerait point ; néanmoins Monsieur de Nemours se repentit de lui en avoir tant appris.

Cependant, Monsieur de Clèves était allé trouver le Roi, le cœur pénétré d'une douleur mortelle. Jamais mari n'avait eu une passion si violente pour sa femme et ne l'avait tant estimée. Ce qu'il venait d'apprendre ne lui ôtait pas l'estime ; mais elle lui en donnait d'une espèce différente de celle qu'il avait eue jusqu'alors. Ce qui l'occupait le plus était l'envie de deviner celui qui avait su lui plaire. Monsieur de Nemours lui vint d'abord dans l'esprit, comme ce qu'il y avait de plus aimable à la Cour ; et le Chevalier de Guise, et le Maréchal de Saint-André, comme deux hommes qui avaient pensé à lui plaire et qui lui rendaient encore beaucoup de soins ; de sorte qu'il s'arrêta à croire qu'il fallait que ce fût l'un des trois. Il arriva au Louvre, et le Roi le mena dans son cabinet pour lui dire qu'il l'avait choisi pour conduire Madame en Espagne ; qu'il avait cru que personne ne s'acquitterait mieux que lui de cette commission et que personne aussi ne ferait tant d'honneur à la France que Madame de Clèves. Monsieur de Clèves reçut l'honneur de ce choix comme il le devait, et le regarda même comme une chose qui éloignerait sa femme de la Cour sans qu'il parût de changement dans sa conduite. Néanmoins le temps de ce départ était encore trop éloigné pour être un remède à l'embarras où il se trouvait. Il écrivit à l'heure même à Madame de Clèves, pour lui apprendre ce que le Roi venait de lui dire, et il lui manda encore qu'il voulait absolument qu'elle revînt à Paris. Elle y revint comme il l'ordonnait, et lorsqu'ils se virent, ils se trouvèrent tous deux dans une tristesse extraordinaire.

Monsieur de Clèves lui parla comme le plus honnête homme du monde et le plus digne de ce qu'elle avait fait.

« Je n'ai nulle inquiétude de votre conduite, lui dit-il ; vous avez plus de force et plus de vertu que vous ne pensez. Ce n'est point aussi la crainte de l'avenir qui m'afflige. Je ne suis affligé que de vous voir pour un autre des sentiments que je n'ai pu vous donner.

– Je ne sais que vous répondre, lui dit-elle ; je meurs de honte en vous en parlant. Épargnez-moi, je vous en conjure, de si cruelles conversations ; réglez ma conduite ; faites que je ne voie personne. C'est tout ce que je vous demande. Mais trouvez bon que je ne vous parle plus d'une chose qui me fait paraître si peu digne de vous et que je trouve si indigne de moi.

– Vous avez raison, Madame, répliqua-t-il ; j'abuse de votre douceur et de votre confiance. Mais aussi ayez quelque compassion de l'état où vous m'avez mis, et songez que, quoi que vous m'ayez dit, vous me cachez un nom qui me donne une curiosité avec laquelle je ne saurais vivre. Je ne vous demande pourtant pas de la satisfaire ; mais je ne puis m'empêcher de vous dire que je crois que celui que je dois envier est le Maréchal de Saint-André, le Duc de Nemours ou le Chevalier de Guise.

– Je ne vous répondrai rien, lui dit-elle en rougissant, et je ne vous donnerai aucun lieu par mes réponses de diminuer ni de fortifier vos soupçons ; mais si vous essayez de les éclaircir en m'observant, vous me donnerez un embarras qui paraîtra aux yeux de tout le monde. Au nom de Dieu, continua-t-elle, trouvez bon que, sur le prétexte de quelque maladie, je ne voie personne.

– Non, Madame, répliqua-t-il, on démêlerait bientôt que ce serait une chose supposée ; et, de plus, je ne me veux fier qu'à vous-même : c'est le chemin que mon cœur me conseille de prendre, et la raison me le conseille aussi. De l'humeur dont vous êtes, en vous laissant votre liberté, je vous donne des bornes plus étroites que je ne pourrais vous en prescrire. »

Monsieur de Clèves ne se trompait pas : la confiance qu'il témoignait à sa femme la fortifiait davantage contre Monsieur de Nemours, et lui faisait prendre des résolutions plus austères qu'aucune contrainte n'aurait pu faire. Elle alla donc au Louvre et chez la Reine Dauphine à son ordinaire ; mais elle évitait la présence et les yeux de Monsieur de Nemours avec tant de soin qu'elle lui ôta quasi toute la joie qu'il avait de se croire aimé d'elle. Il ne voyait rien dans ses actions qui ne lui persuadât le contraire. Il ne savait quasi si ce qu'il avait entendu n'était point un songe, tant il y trouvait peu de vraisemblance. La seule chose qui l'assurait qu'il ne s'était pas trompé était l'extrême tristesse de Madame de Clèves, quelque effort qu'elle fît pour la cacher : peut-être que des regards et des paroles obligeantes n'eussent pas tant augmenté l'amour de Monsieur de Nemours que faisait cette conduite austère.

Un soir que Monsieur et Madame de Clèves étaient chez la Reine, quelqu'un dit que le bruit courait que le Roi nommerait encore un grand seigneur de la Cour pour aller conduire Madame en Espagne. Monsieur de Clèves avait les yeux sur sa femme dans le temps que l'on ajouta que ce serait peut-être le Chevalier de Guise ou le Maréchal de Saint-André. Il remarqua qu'elle n'avait point été émue de ces deux noms, ni de la proposition qu'ils fissent ce voyage avec elle. Cela lui fit croire que pas un des deux n'était celui dont elle craignait la présence. Et, voulant s'éclaircir de ses soupçons, il entra dans le cabinet de la Reine, où était le Roi. Après y avoir demeuré quelque temps, il revint auprès de sa femme et lui dit tout bas qu'il venait d'apprendre que ce serait Monsieur de Nemours qui irait avec eux en Espagne.

Le nom de Monsieur de Nemours et la pensée d'être exposée à le voir tous les jours pendant un long voyage, en présence de son mari, donna un tel trouble à Madame de Clèves qu'elle ne le put cacher ; et, voulant y donner d'autres raisons :

« C'est un choix bien désagréable pour vous, répondit-elle, que celui de ce prince. Il partagera tous les honneurs et il me semble que vous devriez essayer de faire choisir quelque autre.

– Ce n'est pas la gloire, Madame, reprit Monsieur de Clèves, qui vous fait appréhender que Monsieur de Nemours ne vienne avec moi. Le chagrin que vous en avez vient d'une autre cause. Ce chagrin m'apprend ce que j'aurais appris d'une autre femme, par la joie qu'elle en aurait eue. Mais ne craignez point ; ce que je viens de vous dire n'est pas véritable, et je l'ai inventé pour m'assurer d'une chose que je ne croyais déjà que trop. »

Il sortit après ces paroles, ne voulant pas augmenter par sa présence l'extrême embarras où il voyait sa femme.

Monsieur de Nemours entra dans cet instant et remarqua d'abord l'état où était Madame de Clèves. Il s'approcha d'elle, et lui dit tout bas qu'il n'osait par respect lui demander ce qui la rendait plus rêveuse que de coutume. La voix de Monsieur de Nemours la fit revenir ; et, le regardant, sans avoir entendu ce qu'il venait de lui dire, pleine de ses propres pensées et de la crainte que son mari ne le vît auprès d'elle :

« Au nom de Dieu, lui dit-elle, laissez-moi en repos !

– Hélas ! Madame, répondit-il, je ne vous y laisse que trop ; de quoi pouvez-vous vous plaindre ? Je n'ose vous parler, je n'ose même vous regarder ; je ne vous approche qu'en tremblant. Par où me suis-je attiré ce que vous venez de me dire, et pourquoi me faites-vous paraître que j'ai quelque part au chagrin où je vous vois ? »

Madame de Clèves fut bien fâchée d'avoir donné lieu à Monsieur de Nemours de s'expliquer plus clairement qu'il n'avait fait en toute sa vie. Elle le quitta sans lui répondre, et s'en revint chez elle, l'esprit plus agité qu'elle ne l'avait jamais eu. Son mari s'aperçut aisément de l'augmentation de son embarras. Il vit qu'elle craignait qu'il ne lui parlât de ce qui s'était passé. Il la suivit dans un cabinet où elle était entrée.

« Ne m'évitez point, Madame, lui dit-il, je ne vous dirai rien qui puisse vous déplaire. Je vous demande pardon de la surprise que je vous ai faite tantôt. J'en suis assez puni par ce que j'ai appris. Monsieur de Nemours était de tous les hommes celui que je craignais le plus. Je vois le péril où vous êtes ; ayez du pouvoir sur vous pour l'amour de vous-même et, s'il est possible, pour l'amour de moi. Je ne vous le demande point comme un mari, mais comme un homme dont vous faites tout le bonheur, et qui a pour vous une passion plus tendre et plus violente que celui que votre cœur lui préfère. »

Monsieur de Clèves s'attendrit en prononçant ces dernières paroles et eut peine à les achever. Sa femme en fut pénétrée et, fondant en larmes, elle l'embrassa avec une tendresse et une douleur qui le mit dans un état peu différent du sien. Ils demeurèrent quelque temps sans se rien dire et se séparèrent sans avoir la force de se parler.

Les préparatifs pour le mariage de Madame étaient achevés. Le Duc d'Albe arriva pour l'épouser. Il fut reçu avec toute la magnificence et toutes les cérémonies qui se pouvaient faire dans une pareille occasion. Le Roi envoya au-devant de lui le Prince de Condé, les Cardinaux de Lorraine et de Guise, les Ducs de Lorraine, de Ferrare, d'Aumale, de Bouillon, de Guise et de Nemours. Ils avaient plusieurs gentilshommes, et grand nombre de pages vêtus de leurs livrées. Le Roi attendit lui-même le Duc d'Albe à la première porte du Louvre, avec les deux cents gentilshommes servants et le Connétable à leur tête. Lorsque ce duc fut proche du Roi, il voulut lui embrasser les genoux ; mais le Roi l'en empêcha et le fit marcher à son côté jusque chez la Reine et chez Madame, à qui le Duc d'Albe apporta un présent magnifique de la part de son maître. Il alla ensuite chez Madame Marguerite, sœur du Roi, lui faire les compliments de Monsieur de Savoie et l'assurer qu'il arriverait dans peu de jours. L'on fit de grandes assemblées au Louvre pour faire voir au Duc d'Albe, et au Prince d'Orange, qui l'avait accompagné, les beautés de la Cour.

Madame de Clèves n'osa se dispenser de s'y trouver, quelque envie qu'elle en eût, par la crainte de déplaire à son mari, qui lui commanda absolument d'y aller. Ce qui l'y déterminait encore davantage était l'absence de Monsieur de Nemours. Il était allé au-devant de Monsieur de Savoie et, après que ce prince fut arrivé, il fut obligé de se tenir presque toujours auprès de lui pour lui aider à toutes les choses qui regardaient les cérémonies de ses noces. Cela fit que Madame de Clèves ne rencontra pas ce prince aussi souvent qu'elle avait accoutumé ; et elle s'en trouvait dans quelque sorte de repos.

Le Vidame de Chartres n'avait pas oublié la conversation qu'il avait eue avec Monsieur de Nemours. Il lui était demeuré dans l'esprit que l'aventure que ce prince lui avait contée était la sienne propre, et il l'observait avec tant de soin que peut-être aurait-il démêlé la vérité, sans que l'arrivée du Duc d'Albe et celle de Monsieur de Savoie firent un changement et une occupation dans la Cour qui l'empêcha de voir ce qui aurait pu l'éclairer. L'envie de s'éclaircir, ou plutôt la disposition naturelle que l'on a de conter tout ce que l'on sait à ce que l'on aime, fit qu'il redit à Madame de Martigues l'action extraordinaire de cette personne qui avait avoué à son mari la passion qu'elle avait pour un autre. Il l'assura que Monsieur de Nemours était celui qui avait inspiré cette violente passion et il la conjura de lui aider à observer ce prince. Madame de Martigues fut bien aise d'apprendre ce que lui dit le Vidame ; et la curiosité qu'elle avait toujours vue à Madame la Dauphine pour ce qui regardait Monsieur de Nemours lui donnait encore plus d'envie de pénétrer cette aventure.

Peu de jours avant celui que l'on avait choisi pour la cérémonie du mariage, la Reine Dauphine donnait à souper au Roi son beau-père et à la Duchesse de Valentinois. Madame de Clèves, qui était occupée à s'habiller, alla au Louvre plus tard que de coutume. En y allant, elle trouva un gentilhomme qui la venait quérir de la part de Madame la Dauphine. Comme elle entra dans la chambre, cette princesse lui cria, de dessus son lit, où elle était, qu'elle l'attendait avec une grande impatience.

« Je crois, Madame, lui répondit-elle, que je ne dois pas vous remercier de cette impatience et qu'elle est sans doute causée par quelque autre chose que par l'envie de me voir.

– Vous avez raison, lui répliqua la Reine Dauphine ; mais néanmoins vous devez m'en être obligée, car je veux vous apprendre une aventure que je suis assurée que vous serez bien aise de savoir. »

Madame de Clèves se mit à genoux devant son lit et, par bonheur pour elle, elle n'avait pas le jour au visage.

« Vous savez, lui dit cette reine, l'envie que nous avions de deviner ce qui causait le changement qui paraît au Duc de Nemours. Je crois le savoir, et c'est une chose qui vous surprendra. Il est éperdument amoureux et fort aimé d'une des plus belles personnes de la Cour. »

Ces paroles, que Madame de Clèves ne pouvait s'attribuer, puisqu'elle ne croyait pas que personne sût qu'elle aimait ce prince, lui causèrent une douleur qu'il est aisé de s'imaginer.

« Je ne vois rien en cela, répondit-elle, qui doive surprendre d'un homme de l'âge de Monsieur de Nemours et fait comme il est.

– Ce n'est pas aussi, reprit Madame la Dauphine, ce qui vous doit étonner ; mais c'est de savoir que cette femme qui aime Monsieur de Nemours ne lui en a jamais donné aucune marque, et que la peur qu'elle a eue de n'être pas toujours maîtresse de sa passion a fait qu'elle l'a avouée à son mari, afin qu'il l'ôtât de la Cour. Et c'est Monsieur de Nemours lui-même qui a conté ce que je vous dis. »

Si Madame de Clèves avait eu d'abord de la douleur par la pensée qu'elle n'avait aucune part à cette aventure, les dernières paroles de Madame la Dauphine lui donnèrent du désespoir, par la certitude de n'y en avoir que trop. Elle ne put répondre et demeura la tête penchée sur le lit pendant que la Reine continuait de parler, si occupée de ce qu'elle disait qu'elle ne prenait pas garde à cet embarras. Lorsque Madame de Clèves fut un peu remise :

« Cette histoire ne me paraît guère vraisemblable, Madame, répondit-elle, et je voudrais bien savoir qui vous l'a contée.

– C'est Madame de Martigues, répliqua Madame la Dauphine, qui l'a apprise du Vidame de Chartres. Vous savez qu'il en est amoureux ; il la lui a confiée comme un secret, et il la sait du Duc de Nemours lui-même. Il est vrai que le Duc de Nemours ne lui a pas dit le nom de la dame et ne lui a pas même avoué que ce fût lui qui en fût aimé ; mais le Vidame de Chartres n'en doute point. »

Comme la Reine Dauphine achevait ces paroles, quelqu'un s'approcha du lit. Madame de Clèves était tournée d'une sorte qui l'empêchait de voir qui c'était ; mais elle n'en douta pas, lorsque Madame la Dauphine se récria avec un air de gaieté et de surprise :

« Le voilà lui-même, et je veux lui demander ce qui en est. »

Madame de Clèves connut bien que c'était le Duc de Nemours, comme ce l'était en effet, sans se tourner de son côté. Elle s'avança avec précipitation vers Madame la Dauphine, et lui dit tout bas qu'il fallait bien se garder de lui parler de cette aventure ; qu'il l'avait confiée au Vidame de Chartres ; et que ce serait une chose capable de les brouiller. Madame la Dauphine lui répondit en riant qu'elle était trop prudente, et se retourna vers Monsieur de Nemours. Il était paré pour l'assemblée du soir et, prenant la parole avec cette grâce qui lui était si naturelle :

« Je crois, Madame, dit-il, que je puis penser sans témérité que vous parliez de moi quand je suis entré, que vous aviez dessein de me demander quelque chose, et que Madame de Clèves s'y oppose.

– Il est vrai, répondit Madame la Dauphine ; mais je n'aurai pas pour elle la complaisance que j'ai accoutumé d'avoir. Je veux savoir de vous si une histoire que l'on m'a contée est véritable, et si vous n'êtes pas celui qui êtes amoureux et aimé d'une femme de la Cour, qui vous cache sa passion avec soin et qui l'a avouée à son mari. »

Le trouble et l'embarras de Madame de Clèves était au-delà de tout ce que l'on peut s'imaginer, et, si la mort se fût présentée pour la tirer de cet état, elle l'aurait trouvée agréable. Mais Monsieur de Nemours était encore plus embarrassé, s'il est possible. Le discours de Madame la Dauphine, dont il avait eu lieu de croire qu'il n'était pas haï, en présence de Madame de Clèves, qui était la personne de la Cour en qui elle avait le plus de confiance, et qui en avait aussi le plus en elle, lui donnait une si grande confusion de pensées bizarres qu'il lui fut impossible d'être maître de son visage. L'embarras où il voyait Madame de Clèves par sa faute, et la pensée du juste sujet qu'il lui donnait de le haïr, lui causa un saisissement qui ne lui permit pas de répondre. Madame la Dauphine, voyant à quel point il était interdit :

« Regardez-le, regardez-le, dit-elle à Madame de Clèves, et jugez si cette aventure n'est pas la sienne. »

Cependant Monsieur de Nemours, revenant de son premier trouble, et voyant l'importance de sortir d'un pas si dangereux, se rendit maître tout d'un coup de son esprit et de son visage :

« J'avoue, Madame, dit-il, que l'on ne peut être plus surpris et plus affligé que je le suis de l'infidélité que m'a faite le Vidame de Chartres, en racontant l'aventure d'un de mes amis que je lui avais confiée. Je pourrai m'en venger, continua-t-il en souriant avec un air tranquille, qui ôta quasi à Madame la Dauphine les soupçons qu'elle venait d'avoir. Il m'a confié des choses qui ne sont pas d'une médiocre importance. Mais je ne sais, Madame, poursuivit-il, pourquoi vous me faites l'honneur de me mêler à cette aventure. Le Vidame ne peut pas dire qu'elle me regarde, puisque je lui ai dit le contraire. La qualité d'un homme amoureux me peut convenir ; mais, pour celle d'un homme aimé, je ne crois pas, Madame, que vous puissiez me la donner. »

Ce prince fut bien aise de dire quelque chose à Madame la Dauphine qui eût du rapport à ce qu'il lui avait fait paraître en d'autres temps, afin de lui détourner l'esprit des pensées qu'elle aurait pu avoir. Elle crut bien aussi entendre ce qu'il disait ; mais, sans y répondre, elle continua à lui faire la guerre de son embarras.

« J'ai été troublé, Madame, lui répondit-il, pour l'intérêt de mon ami et par les justes reproches qu'il me pourrait faire d'avoir redit une chose qui lui est plus chère que la vie. Il ne me l'a néanmoins confiée qu'à demi, et il ne m'a pas nommé la personne qu'il aime. Je sais seulement qu'il est l'homme du monde le plus amoureux et le plus à plaindre.

– Le trouvez-vous si à plaindre, répliqua Madame la Dauphine, puisqu'il est aimé ?

– Croyez-vous qu'il le soit, Madame, reprit-il, et qu'une personne qui aurait une véritable passion pût la découvrir à son mari ? Cette personne ne connaît pas sans doute l'amour, et elle a pris pour lui une légère reconnaissance de l'attachement que l'on a pour elle. Mon ami ne se peut flatter d'aucune espérance ; mais, tout malheureux qu'il est, il se trouve heureux d'avoir du moins donné la peur de l'aimer, et il ne changerait pas son état contre celui du plus heureux amant du monde.

– Votre ami a une passion bien aisée à satisfaire, dit Madame la Dauphine, et je commence à croire que ce n'est pas de vous dont vous parlez. Il ne s'en faut guère, continua-t-elle, que je ne sois de l'avis de Madame de Clèves, qui soutient que cette aventure ne peut être véritable.

– Je ne crois pas en effet qu'elle le puisse être, reprit Madame de Clèves, qui n'avait point encore parlé ; et quand il serait possible qu'elle le fût, par où l'aurait-on pu savoir ? Il n'y a pas d'apparence qu'une femme capable d'une chose si extraordinaire eût la faiblesse de la raconter ; apparemment son mari ne l'aurait pas racontée non plus, ou ce serait un mari bien indigne du procédé que l'on aurait eu avec lui. »

Monsieur de Nemours, qui vit les soupçons de Madame de Clèves sur son mari, fut bien aise de les lui confirmer. Il savait que c'était le plus redoutable rival qu'il eût à détruire.

« La jalousie, répondit-il, et la curiosité d'en savoir peut-être davantage que l'on ne lui en a dit, peuvent faire faire bien des imprudences à un mari. »

Madame de Clèves était à la dernière épreuve de sa force et de son courage et, ne pouvant plus soutenir la conversation, elle allait dire qu'elle se trouvait mal, lorsque, par bonheur pour elle, la Duchesse de Valentinois entra, qui dit à Madame la Dauphine que le Roi allait arriver. Cette reine passa dans son cabinet de toilette pour s'habiller. Monsieur de Nemours s'approcha de Madame de Clèves, comme elle la voulait suivre.

« Je donnerais ma vie, Madame, lui dit-il, pour vous parler un moment. Mais de tout ce que j'aurais d'important à vous dire, rien ne me le paraît davantage que de vous supplier de croire que si j'ai dit quelque chose où Madame la Dauphine puisse prendre part, je l'ai fait par des raisons qui ne la regardent pas. »

Madame de Clèves ne fit pas semblant d'entendre Monsieur de Nemours ; elle le quitta sans le regarder, et se mit à suivre le Roi qui venait d'entrer. Comme il y avait beaucoup de monde, elle s'embarrassa dans sa robe et fit un faux pas : elle se servit de ce prétexte pour sortir d'un lieu où elle n'avait pas la force de demeurer et, feignant de ne se pouvoir soutenir, elle s'en alla chez elle.

Monsieur de Clèves vint au Louvre et fut étonné de n'y pas trouver sa femme. On lui dit l'accident qui lui était arrivé. Il s'en retourna à l'heure même pour apprendre de ses nouvelles ; il la trouva au lit et sut que son mal n'était pas considérable. Quand il eut été quelque temps auprès d'elle, il s'aperçut qu'elle était dans une tristesse si excessive qu'il en fut surpris.

« Qu'avez-vous, Madame ? lui dit-il. Il me paraît que vous avez quelque autre douleur que celle dont vous vous plaignez.

– J'ai la plus sensible affliction que je pouvais jamais avoir, répondit-elle. Quel usage avez-vous fait de la confiance extraordinaire ou, pour mieux dire, folle que j'ai eue en vous ? Ne méritais-je pas le secret, et, quand je ne l'aurais pas mérité, votre propre intérêt ne vous y engageait-il pas ? Fallait-il que la curiosité de savoir un nom que je ne dois pas vous dire vous obligeât à vous confier à quelqu'un pour tâcher de le découvrir ? Ce ne peut être que cette seule curiosité qui vous ait fait faire une si cruelle imprudence. Les suites en sont aussi fâcheuses qu'elles pouvaient l'être. Cette aventure est sue, et on me la vient de conter, ne sachant pas que j'y eusse le principal intérêt.

– Que me dites-vous, Madame ? lui répondit-il. Vous m'accusez d'avoir conté ce qui s'est passé entre vous et moi, et vous m'apprenez que la chose est sue ? Je ne me justifie pas de l'avoir redite : vous ne le sauriez croire ; et il faut sans doute que vous ayez pris pour vous ce que l'on vous a dit de quelque autre.

– Ah ! Monsieur, reprit-elle, il n'y a pas dans le monde une autre aventure pareille à la mienne ; il n'y a point une autre femme capable de la même chose. Le hasard ne peut l'avoir fait inventer ; on ne l'a jamais imaginée, et cette pensée n'est jamais tombée dans un autre esprit que le mien. Madame la Dauphine vient de me conter toute cette aventure ; elle l'a sue par le Vidame de Chartres qui la sait de Monsieur de Nemours.

– Monsieur de Nemours ! s'écria Monsieur de Clèves avec une action qui marquait du transport et du désespoir. Quoi ! Monsieur de Nemours sait que vous l'aimez, et que je le sais ?

– Vous voulez toujours choisir Monsieur de Nemours plutôt qu'un autre, répliqua-t-elle : je vous ai dit que je ne vous répondrais jamais sur vos soupçons. J'ignore si Monsieur de Nemours sait la part que j'ai dans cette aventure et celle que vous lui avez donnée ; mais il l'a contée au Vidame de Chartres et lui a dit qu'il la savait d'un de ses amis, qui ne lui avait pas nommé la personne. Il faut que cet ami de Monsieur de Nemours soit des vôtres et que vous vous soyez fié à lui pour tâcher de vous éclaircir.

– A-t-on un ami au monde à qui on voulût faire une telle confidence, reprit Monsieur de Clèves, et voudrait-on éclaircir ses soupçons au prix d'apprendre à quelqu'un ce que l'on souhaiterait de se cacher à soi-même ? Songez plutôt, Madame, à qui vous avez parlé. Il est plus vraisemblable que ce soit par vous que par moi que ce secret soit échappé. Vous n'avez pu soutenir toute seule l'embarras où vous vous êtes trouvée et vous avez cherché le soulagement de vous plaindre avec quelque confidente qui vous a trahie.

– N'achevez point de m'accabler, s'écria-t-elle, et n'ayez point la dureté de m'accuser d'une faute que vous avez faite. Pouvez-vous m'en soupçonner, et puisque j'ai été capable de vous parler, suis-je capable de parler à quelque autre ? »

L'aveu que Madame de Clèves avait fait à son mari était une si grande marque de sa sincérité et elle niait si fortement de s'être confiée à personne que Monsieur de Clèves ne savait que penser. D'un autre côté, il était assuré de n'avoir rien redit ; c'était une chose que l'on ne pouvait avoir devinée, elle était sue ; ainsi il fallait que ce fût par l'un des deux ; mais ce qui lui causait une douleur violente était de savoir que ce secret était entre les mains de quelqu'un et qu'apparemment il serait bientôt divulgué.

Madame de Clèves pensait à peu près les mêmes choses ; elle trouvait également impossible que son mari eût parlé et qu'il n'eût pas parlé. Ce qu'avait dit Monsieur de Nemours, que la curiosité pouvait faire faire des imprudences à un mari, lui paraissait se rapporter si juste à l'état de Monsieur de Clèves qu'elle ne pouvait croire que ce fût une chose que le hasard eût fait dire ; et cette vraisemblance la déterminait à croire que Monsieur de Clèves avait abusé de la confiance qu'elle avait en lui. Ils étaient si occupés l'un et l'autre de leurs pensées qu'ils furent longtemps sans parler, et ils ne sortirent de ce silence que pour redire les mêmes choses qu'ils avaient déjà dites plusieurs fois, et demeurèrent le cœur et l'esprit plus éloignés et plus altérés qu'ils ne l'avaient encore eu.

Il est aisé de s'imaginer en quel état ils passèrent la nuit. Monsieur de Clèves avait épuisé toute sa constance à soutenir le malheur de voir une femme qu'il adorait touchée de passion pour un autre. Il ne lui restait plus de courage ; il croyait même n'en devoir pas trouver dans une chose où sa gloire et son honneur étaient si vivement blessés. Il ne savait plus que penser de sa femme. Il ne voyait plus quelle conduite il lui devait faire prendre, ni comment il se devait conduire lui-même ; et il ne trouvait de tous côtés que des précipices et des abîmes. Enfin, après une agitation et une incertitude très longues, voyant qu'il devait bientôt s'en aller en Espagne, il prit le parti de ne rien faire qui pût augmenter les soupçons ou la connaissance de son malheureux état. Il alla trouver Madame de Clèves et lui dit qu'il ne s'agissait pas de démêler entre eux qui avait manqué au secret ; mais qu'il s'agissait de faire voir que l'histoire que l'on avait contée était une fable où elle n'avait aucune part ; qu'il dépendait d'elle de le persuader à Monsieur de Nemours et aux autres ; qu'elle n'avait qu'à agir avec lui avec la sévérité et la froideur qu'elle devait avoir pour un homme qui lui témoignait de l'amour ; que, par ce procédé, elle lui ôterait aisément l'opinion qu'elle eût de l'inclination pour lui ; qu'ainsi il ne fallait point s'affliger de tout ce qu'il aurait pu penser, parce que si dans la suite elle ne faisait paraître aucune faiblesse, toutes ses pensées se détruiraient aisément, et que surtout il fallait qu'elle allât au Louvre et aux assemblées comme à l'ordinaire.

Après ces paroles, Monsieur de Clèves quitta sa femme sans attendre sa réponse. Elle trouva beaucoup de raison dans tout ce qu'il lui dit, et la colère où elle était contre Monsieur de Nemours lui fit croire qu'elle trouverait aussi beaucoup de facilité à l'exécuter ; mais il lui parut difficile de se trouver à toutes les cérémonies du mariage et d'y paraître avec un visage tranquille et un esprit libre. Néanmoins, comme elle devait porter la robe de Madame la Dauphine et que c'était une chose où elle avait été préférée à plusieurs princesses, il n'y avait pas moyen d'y renoncer sans faire beaucoup de bruit et sans en faire chercher des raisons. Elle se résolut donc de faire un effort sur elle-même ; mais elle prit le reste du jour pour s'y préparer, et pour s'abandonner à tous les sentiments dont elle était agitée. Elle s'enferma seule dans son cabinet. De tous ses maux, celui qui se présentait à elle avec le plus de violence était d'avoir sujet de se plaindre de Monsieur de Nemours, et de ne trouver aucun moyen de le justifier. Elle ne pouvait douter qu'il n'eût conté cette aventure au Vidame de Chartres ; il l'avait avoué, et elle ne pouvait douter aussi, par la manière dont il avait parlé, qu'il ne sût que l'aventure la regardait. Comment excuser une si grande imprudence, et qu'était devenue l'extrême discrétion de ce prince, dont elle avait été si touchée ?

Il a été discret, disait-elle, tant qu'il a cru être malheureux ; mais une pensée d'un bonheur, même incertain, a fini sa discrétion. Il n'a pu s'imaginer qu'il était aimé sans vouloir qu'on le sût. Il a dit tout ce qu'il pouvait dire ; je n'ai pas avoué que c'était lui que j'aimais, il l'a soupçonné et il a laissé voir ses soupçons. S'il eût eu des certitudes, il en aurait usé de la même sorte. J'ai eu tort de croire qu'il y eût un homme capable de cacher ce qui flatte sa gloire. C'est pourtant pour cet homme, que j'ai cru si différent du reste des hommes, que je me trouve comme les autres femmes, étant si éloignée de leur ressembler. J'ai perdu le cœur et l'estime d'un mari qui devait faire ma félicité. Je serai bientôt regardée de tout le monde comme une personne qui a une folle et violente passion. Celui pour qui je l'ai ne l'ignore plus ; et c'est pour éviter ces malheurs que j'ai hasardé tout mon repos et même ma vie.

Ces tristes réflexions étaient suivies d'un torrent de larmes ; mais quelque douleur dont elle se trouvât accablée, elle sentait bien qu'elle aurait eu la force de les supporter si elle avait été satisfaite de Monsieur de Nemours.

Ce prince n'était pas dans un état plus tranquille. L'imprudence qu'il avait faite d'avoir parlé au Vidame de Chartres et les cruelles suites de cette imprudence lui donnaient un déplaisir mortel. Il ne pouvait se représenter sans être accablé l'embarras, le trouble et l'affliction où il avait vu Madame de Clèves. Il était inconsolable de lui avoir dit des choses sur cette aventure qui, bien que galantes par elles-mêmes, lui paraissaient, dans ce moment, grossières et peu polies, puisqu'elles avaient fait entendre à Madame de Clèves qu'il n'ignorait pas qu'elle était cette femme qui avait une passion violente et qu'il était celui pour qui elle l'avait. Tout ce qu'il eût pu souhaiter eût été une conversation avec elle ; mais il trouvait qu'il la devait craindre plutôt que de la désirer.

Qu'aurais-je à lui dire ? s'écriait-il. Irai-je encore lui montrer ce que je ne lui ai déjà que trop fait connaître ? Lui ferai-je voir que je sais qu'elle m'aime, moi qui n'ai jamais seulement osé lui dire que je l'aimais ? Commencerai-je à lui parler ouvertement de ma passion, afin de lui paraître un homme devenu hardi par des espérances ? Puis-je penser seulement à l'approcher et oserais-je lui donner l'embarras de soutenir ma vue ? Par où pourrais-je me justifier ? Je n'ai point d'excuse, je suis indigne d'être regardé de Madame de Clèves, et je n'espère pas aussi qu'elle me regarde jamais. Je ne lui ai donné par ma faute de meilleurs moyens pour se défendre contre moi que tous ceux qu'elle cherchait et qu'elle eût peut-être cherchés inutilement. Je perds par mon imprudence le bonheur et la gloire d'être aimé de la plus aimable et de la plus estimable personne du monde ; mais, si j'avais perdu ce bonheur sans qu'elle en eût souffert, et sans lui avoir donné une douleur mortelle, ce me serait une consolation ; et je sens plus dans ce moment le mal que je lui ai fait que celui que je me suis fait auprès d'elle.

Monsieur de Nemours fut longtemps à s'affliger et à penser les mêmes choses. L'envie de parler à Madame de Clèves lui venait toujours dans l'esprit. Il songea à en trouver les moyens, il pensa à lui écrire ; mais enfin il trouva qu'après la faute qu'il avait faite, et de l'humeur dont elle était, le mieux qu'il pût faire était de lui témoigner un profond respect par son affliction et par son silence, de lui faire voir même qu'il n'osait se présenter devant elle, et d'attendre ce que le temps, le hasard et l'inclination qu'elle avait pour lui pourraient faire en sa faveur. Il résolut aussi de ne point faire de reproches au Vidame de Chartres de l'infidélité qu'il lui avait faite, de peur de fortifier ses soupçons.

Les fiançailles de Madame, qui se faisaient le lendemain, et le mariage, qui se faisait le jour suivant, occupaient tellement toute la Cour que Madame de Clèves et Monsieur de Nemours cachèrent aisément au public leur tristesse et leur trouble. Madame la Dauphine ne parla même qu'en passant à Madame de Clèves de la conversation qu'elles avaient eue avec Monsieur de Nemours, et Monsieur de Clèves affecta de ne plus parler à sa femme de tout ce qui s'était passé ; de sorte qu'elle ne se trouva pas dans un aussi grand embarras qu'elle l'avait imaginé.

Les fiançailles se firent au Louvre et, après le festin et le bal, toute la maison royale alla coucher à l'évêché comme c'était la coutume. Le matin, le Duc d'Albe, qui n'était jamais vêtu que fort simplement, mit un habit de drap d'or mêlé de couleur de feu, de jaune et de noir, tout couvert de pierreries, et il avait une couronne fermée sur la tête. Le Prince d'Orange, habillé aussi magnifiquement avec ses livrées, et tous les Espagnols suivis des leurs, vinrent prendre le Duc d'Albe à l'hôtel de Villeroi où il était logé, et partirent, marchant quatre à quatre, pour venir à l'évêché. Sitôt qu'il fut arrivé, on alla par ordre à l'église. Le Roi menait Madame, qui avait aussi une couronne fermée et sa robe portée par Mesdemoiselles de Montpensier et de Longueville. La Reine marchait ensuite, mais sans couronne. Après elle, venaient la Reine Dauphine, Madame sœur du Roi, Madame de Lorraine et la Reine de Navarre, leurs robes portées par des princesses. Les Reines et les princesses avaient toutes leurs filles magnifiquement habillées des mêmes couleurs qu'elles étaient vêtues ; en sorte que l'on connaissait à qui étaient les filles par la couleur de leurs habits. On monta sur l'échafaud qui était préparé dans l'église, et l'on fit la cérémonie des mariages. On retourna ensuite dîner à l'évêché et, sur les cinq heures, on en partit pour aller au palais, où se faisait le festin, et où le Parlement, les Cours souveraines et la Maison de Ville étaient priés d'assister. Le Roi, les Reines, les princes et princesses mangèrent sur la table de marbre dans la grande salle du palais, le Duc d'Albe assis auprès de la nouvelle Reine d'Espagne. Au-dessous des degrés de la table de marbre et à la main droite du Roi, était une table pour les ambassadeurs, les archevêques et les chevaliers de l'ordre et, de l'autre côté, une table pour Messieurs du Parlement.

Le Duc de Guise, vêtu d'une robe de drap d'orfrisé, servait le Roi de grand-maître, Monsieur le Prince de Condé, de panetier, et le Duc de Nemours, d'échanson. Après que les tables furent levées, le bal commença ; il fut interrompu par des ballets et par des machines extraordinaires. On le reprit ensuite ; et enfin, après minuit, le Roi et toute la Cour s'en retourna au Louvre. Quelque triste que fût Madame de Clèves, elle ne laissa pas de paraître aux yeux de tout le monde, et surtout aux yeux de Monsieur de Nemours, d'une beauté incomparable. Il n'osa lui parler, quoique l'embarras de cette cérémonie lui en donnât plusieurs moyens ; mais il lui fit voir tant de tristesse et une crainte si respectueuse de l'approcher qu'elle ne le trouva plus si coupable, quoiqu'il ne lui eût rien dit pour se justifier. Il eut la même conduite les jours suivants et cette conduite fit aussi le même effet sur le cœur de Madame de Clèves.

Enfin, le jour du tournoi arriva. Les Reines se rendirent dans les galeries et sur les échafauds qui leur avaient été destinés. Les quatre tenants parurent au bout de la lice, avec une quantité de chevaux et de livrées qui faisaient le plus magnifique spectacle qui eût jamais paru en France.

Le Roi n'avait point d'autres couleurs que le blanc et le noir, qu'il portait toujours à cause de Madame de Valentinois, qui était veuve. Monsieur de Ferrare et toute sa suite avaient du jaune et du rouge. Monsieur de Guise parut avec de l'incarnat et du blanc. On ne savait d'abord par quelle raison il avait ces couleurs ; mais on se souvint que c'étaient celles d'une belle personne qu'il avait aimée pendant qu'elle était fille, et qu'il aimait encore, quoiqu'il n'osât plus le lui faire paraître. Monsieur de Nemours avait du jaune et du noir. On en chercha inutilement la raison. Madame de Clèves n'eut pas de peine à la deviner : elle se souvint d'avoir dit devant lui qu'elle aimait le jaune, et qu'elle était fâchée d'être blonde, parce qu'elle n'en pouvait mettre. Ce prince crut pouvoir paraître avec cette couleur sans indiscrétion, puisque, Madame de Clèves n'en mettant point, on ne pouvait soupçonner que ce fût la sienne.

Jamais on n'a fait voir tant d'adresse que les quatre tenants en firent paraître. Quoique le Roi fût le meilleur homme de cheval de son royaume, on ne savait à qui donner l'avantage. Monsieur de Nemours avait un agrément dans toutes ses actions qui pouvait faire pencher en sa faveur des personnes moins intéressées que Madame de Clèves. Sitôt qu'elle le vit paraître au bout de la lice, elle sentit une émotion extraordinaire et, à toutes les courses de ce prince, elle avait de la peine à cacher sa joie lorsqu'il avait heureusement fourni sa carrière.

Sur le soir, comme tout était presque fini et que l'on était près de se retirer, le malheur de l'État fit que le Roi voulut encore rompre une lance. Il manda au Comte de Montgomery, qui était extrêmement adroit, qu'il se mît sur la lice. Le Comte supplia le Roi de l'en dispenser, et allégua toutes les excuses dont il put s'aviser ; mais le Roi, quasi en colère, lui fit dire qu'il le voulait absolument. La Reine manda au Roi qu'elle le conjurait de ne plus courir ; qu'il avait si bien fait qu'il devait être content, et qu'elle le suppliait de revenir auprès d'elle. Il répondit que c'était pour l'amour d'elle qu'il allait courir encore et entra dans la barrière. Elle lui renvoya Monsieur de Savoie pour le prier une seconde fois de revenir ; mais tout fut inutile. Il courut ; les lances se brisèrent, et un éclat de celle du Comte de Montgomery lui donna dans l'œil et y demeura. Ce prince tomba du coup, ses écuyers et Monsieur de Montmorency, qui était un des maréchaux de camp, coururent à lui. Ils furent étonnés de le voir si blessé ; mais le Roi ne s'étonna point. Il dit que c'était peu de chose, et qu'il pardonnait au Comte de Montgomery. On peut juger quel trouble et quelle affliction apporta un accident si funeste dans une journée destinée à la joie. Sitôt que l'on eut porté le Roi dans son lit, et que les chirurgiens eurent visité sa plaie, ils la trouvèrent très considérable. Monsieur le Connétable se souvint dans ce moment de la prédiction que l'on avait faite au Roi, qu'il serait tué dans un combat singulier ; et il ne douta point que la prédiction ne fût accomplie.

Le Roi d'Espagne, qui était lors à Bruxelles, étant averti de cet accident, envoya son médecin, qui était un homme d'une grande réputation ; mais il jugea le Roi sans espérance.

Une cour aussi partagée et aussi remplie d'intérêts opposés n'était pas dans une médiocre agitation à la veille d'un si grand événement ; néanmoins, tous les mouvements étaient cachés et l'on ne paraissait occupé que de l'unique inquiétude de la santé du Roi. Les Reines, les princes et les princesses ne sortaient presque point de son antichambre.

Madame de Clèves, sachant qu'elle était obligée d'y être, qu'elle y verrait Monsieur de Nemours, qu'elle ne pourrait cacher à son mari l'embarras que lui causait cette vue, connaissant aussi que la seule présence de ce prince le justifiait à ses yeux et détruisait toutes ses résolutions, prit le parti de feindre d'être malade. La Cour était trop occupée pour avoir de l'attention à sa conduite et pour démêler si son mal était faux ou véritable. Son mari seul pouvait en connaître la vérité ; mais elle n'était pas fâchée qu'il la connût. Ainsi elle demeura chez elle, peu occupée du grand changement qui se préparait ; et, remplie de ses propres pensées, elle avait toute la liberté de s'y abandonner. Tout le monde était chez le Roi. Monsieur de Clèves venait à de certaines heures lui en dire des nouvelles. Il conservait avec elle le même procédé qu'il avait toujours eu, hors que, quand ils étaient seuls, il y avait quelque chose d'un peu plus froid et de moins libre. Il ne lui avait point reparlé de tout ce qui s'était passé ; et elle n'avait pas eu la force et n'avait pas même jugé à propos de reprendre cette conversation.

Monsieur de Nemours, qui s'était attendu à trouver quelques moments à parler à Madame de Clèves, fut bien surpris et bien affligé de n'avoir pas seulement le plaisir de la voir. Le mal du Roi se trouva si considérable que, le septième jour, il fut désespéré des médecins. Il reçut la certitude de sa mort avec une fermeté extraordinaire et d'autant plus admirable qu'il perdait la vie par un accident si malheureux, qu'il mourait à la fleur de son âge, heureux, adoré de ses peuples et aimé d'une maîtresse qu'il aimait éperdument. La veille de sa mort, il fit faire le mariage de Madame sa sœur avec Monsieur de Savoie, sans cérémonie. L'on peut juger en quel état était la Duchesse de Valentinois. La Reine ne permit point qu'elle vît le Roi et lui envoya demander les cachets de ce prince et les pierreries de la couronne qu'elle avait en garde. Cette duchesse s'enquit si le Roi était mort ; et, comme on lui eut répondu que non :

« Je n'ai donc point encore de maître, répondit-elle, et personne ne peut m'obliger à rendre ce que sa confiance m'a mis entre les mains. »

Sitôt qu'il fut expiré au château des Tournelles, le Duc de Ferrare, le Duc de Guise et le Duc de Nemours conduisirent au Louvre la Reine mère, le Roi et la Reine sa femme. Monsieur de Nemours menait la Reine mère. Comme ils commençaient à marcher, elle se recula de quelques pas et dit à la Reine sa belle-fille que c'était à elle à passer la première ; mais il fut aisé de voir qu'il y avait plus d'aigreur que de bienséance dans ce compliment.

QUATRIÈME PARTIE

Le Cardinal de Lorraine s'était rendu maître absolu de l'esprit de la Reine mère ; le Vidame de Chartres n'avait plus aucune part dans ses bonnes grâces et l'amour qu'il avait pour Madame de Martigues et pour la liberté l'avait même empêché de sentir cette perte autant qu'elle méritait d'être sentie. Ce cardinal, pendant les dix jours de la maladie du Roi, avait eu le loisir de former ses desseins et de faire prendre à la Reine des résolutions conformes à ce qu'il avait projeté ; de sorte que, sitôt que le Roi fut mort, la Reine ordonna au Connétable de demeurer aux Tournelles auprès du corps du feu Roi, pour faire les cérémonies ordinaires. Cette commission l'éloignait de tout et lui ôtait la liberté d'agir. Il envoya un courrier au Roi de Navarre pour le faire venir en diligence, afin de s'opposer ensemble à la grande élévation où il voyait que Messieurs de Guise allaient parvenir. On donna le commandement des armées au Duc de Guise et les finances au Cardinal de Lorraine. La Duchesse de Valentinois fut chassée de la Cour ; on fit revenir le Cardinal de Tournon, ennemi déclaré du Connétable, et le Chancelier Olivier, ennemi déclaré de la Duchesse de Valentinois. Enfin, la Cour changea entièrement de face. Le Duc de Guise prit le même rang que les princes du sang à porter le manteau du Roi aux cérémonies des funérailles ; lui et ses frères furent entièrement les maîtres, non seulement par le crédit du Cardinal sur l'esprit de la Reine, mais parce que cette princesse crut qu'elle pourrait les éloigner s'ils lui donnaient de l'ombrage et qu'elle ne pourrait éloigner le Connétable, qui était appuyé des princes du sang.

Lorsque les cérémonies du deuil furent achevées, le Connétable vint au Louvre et fut reçu du Roi avec beaucoup de froideur. Il voulut lui parler en particulier ; mais le Roi appela Messieurs de Guise et lui dit, devant eux, qu'il lui conseillait de se reposer ; que les finances et le commandement des armées étaient donnés et que, lorsqu'il aurait besoin de ses conseils, il l'appellerait auprès de sa personne. Il fut reçu de la Reine mère encore plus froidement que du Roi, et elle lui fit même des reproches de ce qu'il avait dit au feu Roi que ses enfants ne lui ressemblaient point. Le Roi de Navarre arriva et ne fut pas mieux reçu. Le Prince de Condé, moins endurant que son frère, se plaignit hautement ; ses plaintes furent inutiles, on l'éloigna de la Cour sous le prétexte de l'envoyer en Flandre signer la ratification de la paix. On fit voir au Roi de Navarre une fausse lettre du Roi d'Espagne qui l'accusait de faire des entreprises sur ses places ; on lui fit craindre pour ses terres ; enfin on lui inspira le dessein de s'en aller en Béarn. La Reine lui en fournit un moyen en lui donnant la conduite de Madame Élisabeth, et l'obligea même à partir devant cette princesse ; et ainsi il ne demeura personne à la Cour qui pût balancer le pouvoir de la maison de Guise.

Quoique ce fût une chose fâcheuse pour Monsieur de Clèves de ne pas conduire Madame Élisabeth, néanmoins il ne put s'en plaindre par la grandeur de celui qu'on lui préférait ; mais il regrettait moins cet emploi par l'honneur qu'il en eût reçu que parce que c'était une chose qui éloignait sa femme de la Cour sans qu'il parût qu'il eût dessein de l'en éloigner.

Peu de jours après la mort du Roi, on résolut d'aller à Reims pour le sacre. Sitôt qu'on parla de ce voyage, Madame de Clèves, qui avait toujours demeuré chez elle, feignant d'être malade, pria son mari de trouver bon qu'elle ne suivît point la Cour et qu'elle s'en allât à Coulommiers prendre l'air et songer à sa santé. Il lui répondit qu'il ne voulait point pénétrer si c'était la raison de sa santé qui l'obligeait à ne pas faire le voyage, mais qu'il consentait qu'elle ne le fît point. Il n'eut pas de peine à consentir à une chose qu'il avait déjà résolue : quelque bonne opinion qu'il eût de la vertu de sa femme, il voyait bien que la prudence ne voulait pas qu'il l'exposât plus longtemps à la vue d'un homme qu'elle aimait.

Monsieur de Nemours sut bientôt que Madame de Clèves ne devait pas suivre la Cour ; il ne put se résoudre à partir sans la voir et, la veille du départ, il alla chez elle aussi tard que la bienséance le pouvait permettre, afin de la trouver seule. La fortune favorisa son intention. Comme il entra dans la cour, il trouva Madame de Nevers et Madame de Martigues qui en sortaient et qui lui dirent qu'elles l'avaient laissée seule. Il monta avec une agitation et un trouble qui ne se peut comparer qu'à celui qu'eut Madame de Clèves quand on lui dit que Monsieur de Nemours venait pour la voir. La crainte qu'elle eut qu'il ne lui parlât de sa passion, l'appréhension de lui répondre trop favorablement, l'inquiétude que cette visite pouvait donner à son mari, la peine de lui en rendre compte ou de lui cacher toutes ces choses, se présentèrent en un moment à son esprit et lui firent un si grand embarras qu'elle prit la résolution d'éviter la chose du monde qu'elle souhaitait peut-être le plus. Elle envoya une de ses femmes à Monsieur de Nemours, qui était dans son antichambre, pour lui dire qu'elle venait de se trouver mal et qu'elle était bien fâchée de ne pouvoir recevoir l'honneur qu'il lui voulait faire. Quelle douleur pour ce prince de ne pas voir Madame de Clèves et de ne la pas voir parce qu'elle ne voulait pas qu'il la vît ! Il s'en allait le lendemain ; il n'avait plus rien à espérer du hasard. Il ne lui avait rien dit depuis cette conversation de chez Madame la Dauphine, et il avait lieu de croire que la faute d'avoir parlé au Vidame avait détruit toutes ses espérances ; enfin il s'en allait avec tout ce qui peut aigrir une vive douleur.

Sitôt que Madame de Clèves fut un peu remise du trouble que lui avait donné la pensée de la visite de ce prince, toutes les raisons qui la lui avaient fait refuser disparurent ; elle trouva même qu'elle avait fait une faute et, si elle eût osé ou qu'il eût encore été assez à temps, elle l'aurait fait rappeler.

Mesdames de Nevers et de Martigues, en sortant de chez elle, allèrent chez la Reine Dauphine ; Monsieur de Clèves y était. Cette princesse leur demanda d'où elles venaient ; elles lui dirent qu'elles venaient de chez Madame de Clèves, où elles avaient passé une partie de l'après-dînée avec beaucoup de monde, et qu'elles n'y avaient laissé que Monsieur de Nemours. Ces paroles, qu'elles croyaient si indifférentes, ne l'étaient pas pour Monsieur de Clèves. Quoiqu'il dût bien s'imaginer que Monsieur de Nemours pouvait trouver souvent des occasions de parler à sa femme, néanmoins la pensée qu'il était chez elle, qu'il y était seul et qu'il lui pouvait parler de son amour lui parut dans ce moment une chose si nouvelle et si insupportable que la jalousie s'alluma dans son cœur avec plus de violence qu'elle n'avait encore fait. Il lui fut impossible de demeurer chez la Reine ; il s'en revint, ne sachant pas même pourquoi il revenait et s'il avait dessein d'aller interrompre Monsieur de Nemours. Sitôt qu'il approcha de chez lui, il regarda s'il ne verrait rien qui lui pût faire juger si ce prince y était encore ; il sentit du soulagement en voyant qu'il n'y était plus et il trouva de la douceur à penser qu'il ne pouvait y avoir demeuré longtemps. Il s'imagina que ce n'était peut-être pas Monsieur de Nemours dont il devait être jaloux. Et, quoiqu'il n'en doutât point, il cherchait à en douter ; mais tant de choses l'en auraient persuadé qu'il ne demeurait pas longtemps dans cette incertitude qu'il désirait. Il alla d'abord dans la chambre de sa femme et, après lui avoir parlé quelque temps de choses indifférentes, il ne put s'empêcher de lui demander ce qu'elle avait fait et qui elle avait vu ; elle lui en rendit compte. Comme il vit qu'elle ne lui nommait point Monsieur de Nemours, il lui demanda, en tremblant, si c'était tout ce qu'elle avait vu, afin de lui donner lieu de nommer ce prince et de n'avoir pas la douleur qu'elle lui en fît une finesse. Comme elle ne l'avait point vu, elle ne le lui nomma point, et Monsieur de Clèves, reprenant la parole avec un ton qui marquait son affliction :

« Et Monsieur de Nemours, lui dit-il, ne l'avez-vous point vu ou l'avez-vous oublié ?

– Je ne l'ai point vu, en effet, répondit-elle ; je me trouvais mal et j'ai envoyé une de mes femmes lui faire des excuses.

– Vous ne vous trouviez donc mal que pour lui, reprit Monsieur de Clèves. Puisque vous avez vu tout le monde, pourquoi des distinctions pour Monsieur de Nemours ? Pourquoi ne vous est-il pas comme un autre ? Pourquoi faut-il que vous craigniez sa vue ? Pourquoi lui laissez-vous voir que vous la craignez ? Pourquoi lui faites-vous connaître que vous vous servez du pouvoir que sa passion vous donne sur lui ? Oseriez-vous refuser de le voir si vous ne saviez bien qu'il distingue vos rigueurs de l'incivilité ? Mais pourquoi faut-il que vous ayez des rigueurs pour lui ? D'une personne comme vous, Madame, tout est des faveurs hors l'indifférence.

– Je ne croyais pas, reprit Madame de Clèves, quelque soupçon que vous ayez sur Monsieur de Nemours, que vous pussiez me faire des reproches de ne l'avoir pas vu.

– Je vous en fais pourtant, Madame, répliqua-t-il, et ils sont bien fondés. Pourquoi ne le pas voir s'il ne vous a rien dit ? Mais, Madame, il vous a parlé ; si son silence seul vous avait témoigné sa passion, elle n'aurait pas fait en vous une si grande impression. Vous n'avez pu me dire la vérité tout entière, vous m'en avez caché la plus grande partie ; vous vous êtes repentie même du peu que vous m'avez avoué, et vous n'avez pas eu la force de continuer. Je suis plus malheureux que je ne l'ai cru et je suis le plus malheureux de tous les hommes. Vous êtes ma femme, je vous aime comme ma maîtresse et je vous en vois aimer un autre. Cet autre est le plus aimable de la Cour et il vous voit tous les jours, il sait que vous l'aimez. Eh ! j'ai pu croire, s'écria-t-il, que vous surmonteriez la passion que vous avez pour lui. Il faut que j'aie perdu la raison pour avoir cru qu'il fût possible.

– Je ne sais, reprit tristement Madame de Clèves, si vous avez eu tort de juger favorablement d'un procédé aussi extraordinaire que le mien ; mais je ne sais si je ne me suis trompée d'avoir cru que vous me feriez justice.

– N'en doutez pas, Madame, répliqua Monsieur de Clèves, vous vous êtes trompée. Vous avez attendu de moi des choses aussi impossibles que celles que j'attendais de vous. Comment pouviez-vous espérer que je conservasse de la raison ? Vous aviez donc oublié que je vous aimais éperdument et que j'étais votre mari ? L'un des deux peut porter aux extrémités : que ne peuvent point les deux ensemble ? Eh ! que ne sont-ils point aussi, continua-t-il ; je n'ai que des sentiments violents et incertains dont je ne suis pas le maître. Je ne me trouve plus digne de vous ; vous ne me paraissez plus digne de moi. Je vous adore, je vous hais, je vous offense, je vous demande pardon ; je vous admire, j'ai honte de vous admirer. Enfin il n'y a plus en moi ni de calme, ni de raison. Je ne sais comment j'ai pu vivre depuis que vous me parlâtes à Coulommiers et depuis le jour que vous apprîtes de Madame la Dauphine que l'on savait votre aventure. Je ne saurais démêler par où elle a été sue, ni ce qui se passa entre Monsieur de Nemours et vous sur ce sujet ; vous ne me l'expliquerez jamais et je ne vous demande point de me l'expliquer. Je vous demande seulement de vous souvenir que vous m'avez rendu le plus malheureux homme du monde. »

Monsieur de Clèves sortit de chez sa femme après ces paroles et partit le lendemain sans la voir ; mais il lui écrivit une lettre pleine d'affliction, d'honnêteté et de douceur. Elle y fit une réponse si touchante et si remplie d'assurances de sa conduite passée et de celle qu'elle aurait à l'avenir que, comme ses assurances étaient fondées sur la vérité et que c'était en effet ses sentiments, cette lettre fit de l'impression sur Monsieur de Clèves et lui donna quelque calme ; joint que Monsieur de Nemours, allant trouver le Roi aussi bien que lui, il avait le repos de savoir qu'il ne serait pas au même lieu que Madame de Clèves. Toutes les fois que cette princesse parlait à son mari, la passion qu'il lui témoignait, l'honnêteté de son procédé, l'amitié qu'elle avait pour lui et ce qu'elle lui devait faisaient des impressions dans son cœur qui affaiblissaient l'idée de Monsieur de Nemours ; mais ce n'était que pour quelque temps ; et cette idée revenait bientôt plus vive et plus présente qu'auparavant.

Les premiers jours du départ de ce prince, elle ne sentit quasi pas son absence ; ensuite elle lui parut cruelle. Depuis qu'elle l'aimait, il ne s'était point passé de jour qu'elle n'eût craint, ou espéré de le rencontrer, et elle trouva une grande peine à penser qu'il n'était plus au pouvoir du hasard de faire qu'elle le rencontrât.

Elle s'en alla à Coulommiers ; et, en y allant, elle eut soin d'y faire porter de grands tableaux que Monsieur de Clèves avait fait copier sur des originaux qu'avait fait faire Madame de Valentinois pour sa belle maison d'Anet. Toutes les actions remarquables qui s'étaient passées du règne du Roi étaient dans ces tableaux. Il y avait entre autres le siège de Metz, et tous ceux qui s'y étaient distingués étaient peints fort ressemblants. Monsieur de Nemours était de ce nombre et c'était peut-être ce qui avait donné envie à Madame de Clèves d'avoir ces tableaux.

Madame de Martigues, qui n'avait pu partir avec la Cour, lui promit d'aller passer quelques jours à Coulommiers. La faveur de la Reine qu'elles partageaient ne leur avait point donné d'envie, ni d'éloignement l'une de l'autre ; elles étaient amies sans néanmoins se confier leurs sentiments. Madame de Clèves savait que Madame de Martigues aimait le Vidame ; mais Madame de Martigues ne savait pas que Madame de Clèves aimât Monsieur de Nemours, ni qu'elle en fût aimée. La qualité de nièce du Vidame rendait Madame de Clèves plus chère à Madame de Martigues ; et Madame de Clèves l'aimait aussi comme une personne qui avait une passion aussi bien qu'elle, et qui l'avait pour l'ami intime de son amant.

Madame de Martigues vint à Coulommiers, comme elle l'avait promis à Madame de Clèves ; elle la trouva dans une vie fort solitaire. Cette princesse avait même cherché le moyen d'être dans une solitude entière et de passer les soirs dans les jardins sans être accompagnée de ses domestiques. Elle venait dans ce pavillon où Monsieur de Nemours l'avait écoutée ; elle entrait dans le cabinet qui était ouvert sur le jardin. Ses femmes et ses domestiques demeuraient dans l'autre cabinet, ou sous le pavillon, et ne venaient point à elle qu'elle ne les appelât. Madame de Martigues n'avait jamais vu Coulommiers ; elle fut surprise de toutes les beautés qu'elle y trouva, et surtout de l'agrément de ce pavillon. Madame de Clèves et elle y passaient tous les soirs. La liberté de se trouver seules, la nuit, dans le plus beau lieu du monde, ne laissait pas finir la conversation entre deux jeunes personnes qui avaient des passions violentes dans le cœur ; et, quoiqu'elles ne s'en fissent point de confidence, elles trouvaient un grand plaisir à se parler. Madame de Martigues aurait eu de la peine à quitter Coulommiers si, en le quittant, elle n'eût dû aller dans un lieu où était le Vidame. Elle partit pour aller à Chambord, où la Cour était alors.

Le sacre avait été fait à Reims par le Cardinal de Lorraine, et l'on devait passer le reste de l'été dans le château de Chambord, qui était nouvellement bâti. La Reine témoigna une grande joie de revoir Madame de Martigues ; et, après lui en avoir donné plusieurs marques, elle lui demanda des nouvelles de Madame de Clèves et de ce qu'elle faisait à la campagne. Monsieur de Nemours et Monsieur de Clèves étaient alors chez cette Reine. Madame de Martigues, qui avait trouvé Coulommiers admirable, en conta toutes les beautés, et elle s'étendit extrêmement sur la description de ce pavillon de la forêt, et sur le plaisir qu'avait Madame de Clèves de s'y promener seule une partie de la nuit. Monsieur de Nemours, qui connaissait assez le lieu pour entendre ce qu'en disait Madame de Martigues, pensa qu'il n'était pas impossible qu'il y pût voir Madame de Clèves sans être vu que d'elle. Il fit quelques questions à Madame de Martigues pour s'en éclaircir encore ; et Monsieur de Clèves, qui l'avait toujours regardé pendant que Madame de Martigues avait parlé, crut voir dans ce moment ce qui lui passait dans l'esprit. Les questions que fit ce prince le confirmèrent encore dans cette pensée ; en sorte qu'il ne douta point qu'il n'eût dessein d'aller voir sa femme. Il ne se trompait pas dans ses soupçons. Ce dessein entra si fortement dans l'esprit de Monsieur de Nemours qu'après avoir passé la nuit à songer aux moyens de l'exécuter, dès le lendemain matin, il demanda congé au Roi pour aller à Paris, sur quelque prétexte qu'il inventa.

Monsieur de Clèves ne douta point du sujet de ce voyage ; mais il résolut de s'éclaircir de la conduite de sa femme et de ne pas demeurer dans une cruelle incertitude. Il eut envie de partir en même temps que Monsieur de Nemours et de venir lui-même caché découvrir quel succès aurait ce voyage ; mais, craignant que son départ ne parût extraordinaire, et que Monsieur de Nemours, en étant averti, ne prît d'autres mesures, il résolut de se fier à un gentilhomme qui était à lui, dont il connaissait la fidélité et l'esprit. Il lui conta dans quel embarras il se trouvait. Il lui dit quelle avait été jusqu'alors la vertu de Madame de Clèves et lui ordonna de partir sur les pas de Monsieur de Nemours, de l'observer exactement, de voir s'il n'irait point à Coulommiers et s'il n'entrerait point la nuit dans le jardin.

Le gentilhomme, qui était très capable d'une telle commission, s'en acquitta avec toute l'exactitude imaginable. Il suivit Monsieur de Nemours jusqu'à un village, à une demi-lieue de Coulommiers, où ce prince s'arrêta, et le gentilhomme devina aisément que c'était pour y attendre la nuit. Il ne crut pas à propos de l'y attendre aussi ; il passa le village et alla dans la forêt, à l'endroit par où il jugeait que Monsieur de Nemours pouvait passer ; il ne se trompa point dans tout ce qu'il avait pensé. Sitôt que la nuit fut venue, il entendit marcher, et quoiqu'il fît obscur, il reconnut aisément Monsieur de Nemours. Il le vit faire le tour du jardin, comme pour écouter s'il n'y entendrait personne, et pour choisir le lieu par où il pourrait passer le plus aisément. Les palissades étaient fort hautes, et il y en avait encore derrière, pour empêcher qu'on ne pût entrer ; en sorte qu'il était assez difficile de se faire passage. Monsieur de Nemours en vint à bout néanmoins ; sitôt qu'il fut dans ce jardin, il n'eut pas de peine à démêler où était Madame de Clèves. Il vit beaucoup de lumières dans le cabinet ; toutes les fenêtres en étaient ouvertes et, en se glissant le long des palissades, il s'en approcha avec un trouble et une émotion qu'il est aisé de se représenter. Il se rangea derrière une des fenêtres, qui servaient de porte, pour voir ce que faisait Madame de Clèves. Il vit qu'elle était seule ; mais il la vit d'une si admirable beauté qu'à peine fut-il maître du transport que lui donna cette vue. Il faisait chaud, et elle n'avait rien, sur sa tête et sur sa gorge, que ses cheveux confusément rattachés. Elle était sur un lit de repos, avec une table devant elle, où il y avait plusieurs corbeilles pleines de rubans ; elle en choisit quelques-uns, et Monsieur de Nemours remarqua que c'étaient des mêmes couleurs qu'il avait portées au tournoi. Il vit qu'elle en faisait des nœuds à une canne des Indes, fort extraordinaire, qu'il avait portée quelque temps et qu'il avait donnée à sa sœur, à qui Madame de Clèves l'avait prise sans faire semblant de la reconnaître pour avoir été à Monsieur de Nemours. Après qu'elle eut achevé son ouvrage avec une grâce et une douceur que répandaient sur son visage les sentiments qu'elle avait dans le cœur, elle prit un flambeau et s'en alla proche d'une grande table, vis-à-vis du tableau du siège de Metz, où était le portrait de Monsieur de Nemours ; elle s'assit et se mit à regarder ce portrait avec une attention et une rêverie que la passion seule peut donner.

On ne peut exprimer ce que sentit Monsieur de Nemours dans ce moment. Voir, au milieu de la nuit, dans le plus beau lieu du monde, une personne qu'il adorait, la voir sans qu'elle sût qu'il la voyait, et la voir tout occupée de choses qui avaient du rapport à lui et à la passion qu'elle lui cachait, c'est ce qui n'a jamais été goûté ni imaginé par nul autre amant.

Ce prince était aussi tellement hors de lui-même qu'il demeurait immobile à regarder Madame de Clèves, sans songer que les moments lui étaient précieux. Quand il fut un peu remis, il pensa qu'il devait attendre à lui parler qu'elle allât dans le jardin ; il crut qu'il le pourrait faire avec plus de sûreté, parce qu'elle serait plus éloignée de ses femmes. Mais, voyant qu'elle demeurait dans le cabinet, il prit la résolution d'y entrer. Quand il voulut l'exécuter, quel trouble n'eut-il point ! Quelle crainte de lui déplaire ! Quelle peur de faire changer ce visage où il y avait tant de douceur et de le voir devenir plein de sévérité et de colère !

Il trouva qu'il y avait eu de la folie, non pas à venir voir Madame de Clèves sans en être vu, mais à penser de s'en faire voir ; il vit tout ce qu'il n'avait point encore envisagé. Il lui parut de l'extravagance dans sa hardiesse de venir surprendre, au milieu de la nuit, une personne à qui il n'avait encore jamais parlé de son amour. Il pensa qu'il ne devait pas prétendre qu'elle le voulût écouter, et qu'elle aurait une juste colère du péril où il l'exposait par les accidents qui pouvaient arriver. Tout son courage l'abandonna, et il fut prêt plusieurs fois à prendre la résolution de s'en retourner sans se faire voir. Poussé néanmoins par le désir de lui parler, et rassuré par les espérances que lui donnait tout ce qu'il avait vu, il avança quelques pas, mais avec tant de trouble qu'une écharpe qu'il avait s'embarrassa dans la fenêtre, en sorte qu'il fît du bruit. Madame de Clèves tourna la tête, et, soit qu'elle eût l'esprit rempli de ce prince, ou qu'il fût dans un lieu où la lumière donnait assez pour qu'elle le pût distinguer, elle crut le reconnaître et, sans balancer ni se retourner du côté où il était, elle entra dans le lieu où étaient ses femmes. Elle y entra avec tant de trouble qu'elle fut contrainte, pour le cacher, de dire qu'elle se trouvait mal ; et elle le dit aussi pour occuper tous ses gens et pour donner le temps à Monsieur de Nemours de se retirer. Quand elle eut fait quelque réflexion, elle pensa qu'elle s'était trompée et que c'était un effet de son imagination d'avoir cru voir Monsieur de Nemours. Elle savait qu'il était à Chambord, elle ne trouvait nulle apparence qu'il eût entrepris une chose si hasardeuse ; elle eut envie plusieurs fois de rentrer dans le cabinet et d'aller voir dans le jardin s'il y avait quelqu'un. Peut-être souhaitait-elle, autant qu'elle le craignait, d'y trouver Monsieur de

Nemours. Mais enfin la raison et la prudence l'emportèrent sur tous ses autres sentiments, et elle trouva qu'il valait mieux demeurer dans le doute où elle était que de prendre le hasard de s'en éclaicir. Elle fut longtemps à se résoudre à sortir d'un lieu dont elle pensait que ce prince était peut-être si proche, et il était quasi jour quand elle revint au château.

Monsieur de Nemours était demeuré dans le jardin tant qu'il avait vu de la lumière. Il n'avait pu perdre l'espérance de revoir Madame de Clèves, quoiqu'il fût persuadé qu'elle l'avait reconnu et qu'elle n'était sortie que pour l'éviter. Mais voyant qu'on fermait les portes, il jugea bien qu'il n'avait plus rien à espérer. Il vint reprendre son cheval tout proche du lieu où attendait le gentilhomme de Monsieur de Clèves. Ce gentilhomme le suivit jusqu'au même village d'où il était parti le soir. Monsieur de Nemours se résolut d'y passer tout le jour, afin de retourner la nuit à Coulommiers, pour voir si Madame de Clèves aurait encore la cruauté de le fuir, ou celle de ne se pas exposer à être vue. Quoiqu'il eût une joie sensible de l'avoir trouvée si remplie de son idée, il était néanmoins très affligé de lui avoir vu un mouvement si naturel de le fuir.

La passion n'a jamais été si tendre et si violente qu'elle l'était alors en ce prince. Il s'en alla sous des saules, le long d'un petit ruisseau qui coulait derrière la maison où il était caché. Il s'éloigna le plus qu'il lui fut possible, pour n'être vu ni entendu de personne. Il s'abandonna aux transports de son amour, et son cœur en fut tellement pressé qu'il fut contraint de laisser couler quelques larmes ; mais ces larmes n'étaient pas de celles que la douleur seule fait répandre ; elles étaient mêlées de douceur et de ce charme qui ne se trouve que dans l'amour.

Il se mit à repasser toutes les actions de Madame de Clèves depuis qu'il en était amoureux ; quelle rigueur honnête et modeste elle avait toujours eue pour lui, quoiqu'elle l'aimât. Car, enfin, elle m'aime, disait-il ; elle m'aime, je n'en saurais douter. Les plus grands engagements et les plus grandes faveurs ne sont pas des marques si assurées que celles que j'en ai eues. Cependant je suis traité avec la même rigueur que si j'étais haï ; j'ai espéré au temps, je n'en dois plus rien attendre ; je la vois toujours se défendre également contre moi et contre elle-même. Si je n'étais point aimé, je songerais à plaire ; mais je plais, on m'aime, et on me le cache. Que puis-je donc espérer, et quel changement dois-je attendre dans ma destinée ? Quoi ! je serai aimé de la plus aimable personne du monde, et je n'aurai cet excès d'amour que donnent les premières certitudes d'être aimé que pour mieux sentir la douleur d'être maltraité ! Laissez-moi voir que vous m'aimez, belle princesse, s'écria-t-il, laissez-moi voir vos sentiments ; pourvu que je les connaisse par vous une fois en ma vie, je consens que vous repreniez pour toujours ces rigueurs dont vous m'accabliez. Regardez-moi du moins avec ces mêmes yeux dont je vous ai vue cette nuit regarder mon portrait ; pouvez-vous l'avoir regardé avec tant de douceur et m'avoir fui moi-même si cruellement ? Que craignez-vous ? Pourquoi mon amour vous est-il si redoutable ? Vous m'aimez, vous me le cachez inutilement ; vous-même m'en avez donné des marques involontaires. Je sais mon bonheur ; laissez-m'en jouir, et cessez de me rendre malheureux. Est-il possible, reprenait-il, que je sois aimé de Madame de Clèves et que je sois malheureux ? Qu'elle était belle cette nuit ! Comment ai-je pu résister à l'envie de me jeter à ses pieds ? Si je l'avais fait, je l'aurais peut-être empêchée de me fuir, mon respect l'aurait rassurée. Mais peut-être elle ne m'a pas reconnu ; je m'afflige plus que je ne dois, et la vue d'un homme, à une heure si extraordinaire, l'a effrayée.

Ces mêmes pensées occupèrent tout le jour Monsieur de Nemours ; il attendit la nuit avec impatience ; et, quand elle fut venue, il reprit le chemin de Coulommiers.

Le gentilhomme de Monsieur de Clèves, qui s'était déguisé afin d'être moins remarqué, le suivit jusqu'au lieu où il l'avait suivi le soir d'auparavant, et le vit entrer dans le même jardin. Ce prince connut bientôt que Madame de Clèves n'avait pas voulu hasarder qu'il essayât encore de la voir ; toutes les portes étaient fermées. Il tourna de tous les côtés pour découvrir s'il ne verrait point de lumières ; mais ce fut inutilement.

Madame de Clèves, s'étant doutée que Monsieur de Nemours pourrait revenir, était demeurée dans sa chambre ; elle avait appréhendé de n'avoir pas toujours la force de le fuir, et elle n'avait pas voulu se mettre au hasard de lui parler d'une manière si peu conforme à la conduite qu'elle avait eue jusqu'alors.

Quoique Monsieur de Nemours n'eût aucune espérance de la voir, il ne put se résoudre à sortir si tôt d'un lieu où elle était si souvent. Il passa la nuit entière dans le jardin et trouva quelque consolation à voir du moins les mêmes objets qu'elle voyait tous les jours. Le soleil était levé devant qu'il pensât à se retirer ; mais enfin la crainte d'être découvert l'obligea à s'en aller.

Il lui fut impossible de s'éloigner sans voir Madame de Clèves ; et il alla chez Madame de Mercœur, qui était alors dans cette maison qu'elle avait proche de Coulommiers. Elle fut extrêmement surprise de l'arrivée de son frère. Il inventa une cause de son voyage, assez vraisemblable pour la tromper, et enfin il conduisit si habilement son dessein qu'il l'obligea à lui proposer d'elle-même d'aller chez Madame de Clèves. Cette proposition fut exécutée dès le même jour, et Monsieur de Nemours dit à sa sœur qu'il la quitterait à Coulommiers pour s'en retourner en diligence trouver le Roi. Il fit ce dessein de la quitter à Coulommiers dans la pensée de l'en laisser partir la première ; et il crut avoir trouvé un moyen infaillible de parler à Madame de Clèves.

Comme ils arrivèrent, elle se promenait dans une grande allée qui borde le parterre. La vue de Monsieur de Nemours ne lui causa pas un médiocre trouble, et ne lui laissa plus douter que ce ne fût lui qu'elle avait vu la nuit précédente. Cette certitude lui donna quelque mouvement de colère, par la hardiesse et l'imprudence qu'elle trouvait dans ce qu'il avait entrepris. Ce prince remarqua une impression de froideur sur son visage qui lui donna une sensible douleur. La conversation fut de choses indifférentes ; et néanmoins il trouva l'art d'y faire paraître tant d'esprit, tant de complaisance et tant d'admiration pour Madame de Clèves qu'il dissipa, malgré elle, une partie de la froideur qu'elle avait eue d'abord.

Lorsqu'il se sentit rassuré de sa première crainte, il témoigna une extrême curiosité d'aller voir le pavillon de la forêt. Il en parla comme du plus agréable lieu du monde et en fit même une description si particulière que Madame de Mercœur lui dit qu'il fallait qu'il y eût été plusieurs fois pour en connaître si bien toutes les beautés.

« Je ne crois pourtant pas, reprit Madame de Clèves, que Monsieur de Nemours y ait jamais entré ; c'est un lieu qui n'est achevé que depuis peu.

– Il n'y a pas longtemps aussi que j'y ai été, reprit Monsieur de Nemours en la regardant, et je ne sais si je ne dois point être bien aise que vous ayez oublié de m'y avoir vu. »

Madame de Mercœur, qui regardait la beauté des jardins, n'avait point d'attention à ce que disait son frère. Madame de Clèves rougit et, baissant les yeux sans regarder Monsieur de Nemours :

« Je ne me souviens point, lui dit-elle, de vous y avoir vu ; et, si vous y avez été, c'est sans que je l'aie su.

– Il est vrai, Madame, répliqua Monsieur de Nemours, que j'y ai été sans vos ordres, et j'y ai passé les plus doux et les plus cruels moments de ma vie. »

Madame de Clèves entendait trop bien tout ce que disait ce prince, mais elle n'y répondit point ; elle songea à empêcher Madame de Mercœur d'aller dans ce cabinet, parce que le portrait de Monsieur de Nemours y était et qu'elle ne voulait pas qu'elle l'y vît. Elle fit si bien que le temps se passa insensiblement, et Madame de Mercœur parla de s'en retourner. Mais quand Madame de Clèves vit que Monsieur de Nemours et sa sœur ne s'en allaient pas ensemble, elle jugea bien à quoi elle allait être exposée. Elle se trouva dans le même embarras où elle s'était trouvée à Paris, et elle prit aussi le même parti. La crainte que cette visite ne fût encore une confirmation des soupçons qu'avait son mari ne contribua pas peu à la déterminer ; et, pour éviter que Monsieur de Nemours ne demeurât seul avec elle, elle dit à Madame de Mercœur qu'elle l'allait conduire jusques au bord de la forêt, et elle ordonna que son carrosse la suivît. La douleur qu'eut ce prince de trouver toujours cette même continuation des rigueurs en Madame de Clèves fut si violente qu'il en pâlit dans le même moment. Madame de Mercœur lui demanda s'il se trouvait mal ; mais il regarda Madame de Clèves, sans que personne s'en aperçût, et il lui fit juger par ses regards qu'il n'avait d'autre mal que son désespoir. Cependant il fallut qu'il les laissât partir sans oser les suivre, et, après ce qu'il avait dit, il ne pouvait plus retourner avec sa sœur ; ainsi, il revint à Paris, et en partit le lendemain.

Le gentilhomme de Monsieur de Clèves l'avait toujours observé. Il revint aussi à Paris et, comme il vit Monsieur de Nemours parti pour Chambord, il prit la poste, afin d'y arriver devant lui et de rendre compte de son voyage. Son maître attendait son retour, comme ce qui allait décider du malheur de toute sa vie.

Sitôt qu'il le vit, il jugea, par son visage et par son silence, qu'il n'avait que des choses fâcheuses à lui apprendre. Il demeura quelque temps saisi d'affliction, la tête baissée sans pouvoir parler ; enfin, il lui fit signe de la main de se retirer :

« Allez, lui dit-il, je vois ce que vous avez à me dire ; mais je n'ai pas la force de l'écouter.

– Je n'ai rien à vous apprendre, lui répondit le gentilhomme, sur quoi on puisse faire de jugement assuré. Il est vrai que Monsieur de Nemours a entré deux nuits de suite dans le jardin de la forêt, et qu'il a été le jour d'après à Coulommiers avec Madame de Mercœur.

– C'est assez, répliqua Monsieur de Clèves, c'est assez, en lui faisant encore signe de se retirer, et je n'ai pas besoin d'un plus grand éclaircissement. »

Le gentilhomme fut contraint de laisser son maître abandonné à son désespoir. Il n'y en a peut-être jamais eu un plus violent, et peu d'hommes d'un aussi grand courage et d'un cœur aussi passionné que Monsieur de Clèves ont ressenti en même temps la douleur que cause l'infidélité d'une maîtresse et la honte d'être trompé par une femme.

Monsieur de Clèves ne put résister à l'accablement où il se trouva. La fièvre lui prit dès la nuit même, et avec de si grands accidents que, dès ce moment, sa maladie parut très dangereuse. On en donna avis à Madame de Clèves ; elle vint en diligence. Quand elle arriva, il était encore plus mal ; elle lui trouva quelque chose de si froid et de si glacé pour elle qu'elle en fut extrêmement surprise et affligée. Il lui parut même qu'il recevait avec peine les services qu'elle lui rendait ; mais enfin elle pensa que c'était peut-être un effet de sa maladie.

D'abord qu'elle fut à Blois, où la Cour était alors, Monsieur de Nemours ne put s'empêcher d'avoir de la joie de savoir qu'elle était dans le même lieu que lui. Il essaya de la voir et alla tous les jours chez Monsieur de Clèves, sur le prétexte de savoir de ses nouvelles ; mais ce fut inutilement. Elle ne sortait point de la chambre de son mari et avait une douleur violente de l'état où elle le voyait. Monsieur de Nemours était désespéré qu'elle fût si affligée ; il jugeait aisément combien cette affliction renouvelait l'amitié qu'elle avait pour Monsieur de Clèves, et combien cette amitié faisait une diversion dangereuse à la passion qu'elle avait dans le cœur. Ce sentiment lui donna un chagrin mortel pendant quelque temps ; mais l'extrémité du mal de Monsieur de Clèves lui ouvrit de nouvelles espérances. Il vit que Madame de Clèves serait peut-être en liberté de suivre son inclination et qu'il pourrait trouver dans l'avenir une suite de bonheur et de plaisirs durables. Il ne pouvait soutenir cette pensée, tant elle lui donnait de trouble et de transports, et il en éloignait son esprit par la crainte de se trouver trop malheureux s'il venait à perdre ses espérances.

Cependant Monsieur de Clèves était presque abandonné des médecins. Un des derniers jours de son mal, après avoir passé une nuit très fâcheuse, il dit sur le matin qu'il voulait reposer. Madame de Clèves demeura seule dans sa chambre. Il lui parut qu'au lieu de reposer, il avait beaucoup d'inquiétude. Elle s'approcha et se vint mettre à genoux devant son lit, le visage tout couvert de larmes. Monsieur de Clèves avait résolu de ne lui point témoigner le violent chagrin qu'il avait contre elle ; mais les soins qu'elle lui rendait, et son affliction, qui lui paraissait quelquefois véritable et qu'il regardait aussi quelquefois comme des marques de dissimulation et de perfidie, lui causaient des sentiments si opposés et si douloureux qu'il ne les put renfermer en lui-même.

« Vous versez bien des pleurs, Madame, lui dit-il, pour une mort que vous causez et qui ne vous peut donner la douleur que vous faites paraître. Je ne suis plus en état de vous faire des reproches, continua-t-il avec une voix affaiblie par la maladie et par la douleur ; mais je meurs du cruel déplaisir que vous m'avez donné. Fallait-il qu'une action aussi extraordinaire que celle que vous aviez faite de me parler à Coulommiers eût si peu de suite ? Pourquoi m'éclairer sur la passion que vous aviez pour Monsieur de Nemours, si votre vertu n'avait pas plus d'étendue pour y résister ? Je vous aimais jusqu'à être bien aise d'être trompé, je l'avoue à ma honte ; j'ai regretté ce faux repos dont vous m'avez tiré. Que ne me laissiez-vous dans cet aveuglement tranquille dont jouissent tant de maris ? J'eusse, peut-être, ignoré toute ma vie que vous aimiez Monsieur de Nemours. Je mourrai, ajouta-t-il ; mais sachez que vous me rendez la mort agréable, et qu'après m'avoir ôté l'estime et la tendresse que j'avais pour vous, la vie me ferait horreur. Que ferais-je de la vie, reprit-il, pour la passer avec une personne que j'ai tant aimée, et dont j'ai été si cruellement trompé, ou pour vivre séparé de cette même personne, et en venir à un éclat et à des violences si opposées à mon humeur et à la passion que j'avais pour vous ? Elle a été au-delà de ce que vous en avez vu, Madame ; je vous en ai caché la plus grande partie, par la crainte de vous importuner, ou de perdre quelque chose de votre estime, par des manières qui ne convenaient pas à un mari. Enfin je méritais votre cœur ; encore une fois, je meurs sans regret, puisque je n'ai pu l'avoir, et que je ne puis plus le désirer. Adieu, Madame, vous regretterez quelque jour un homme qui vous aimait d'une passion véritable et légitime. Vous sentirez le chagrin que trouvent les personnes raisonnables dans ces engagements, et vous connaîtrez la différence d'être aimée comme je vous aimais, à l'être par des gens qui, en vous témoignant de l'amour, ne cherchent que l'honneur de vous séduire. Mais ma mort vous laissera en liberté, ajouta-t-il, et vous pourrez rendre Monsieur de Nemours heureux, sans qu'il vous en coûte des crimes. Qu'importe, reprit-il, ce qui arrivera quand je ne serai plus, et faut-il que j'aie la faiblesse d'y jeter les yeux ? »

Madame de Clèves était si éloignée de s'imaginer que son mari pût avoir des soupçons contre elle qu'elle écouta toutes ces paroles sans les comprendre, et sans avoir d'autre idée sinon qu'il lui reprochait son inclination pour Monsieur de Nemours, Enfin, sortant tout d'un coup de son aveuglement :

« Moi, des crimes ! s'écria-t-elle ; la pensée même m'en est inconnue. La vertu la plus austère ne peut inspirer d'autre conduite que celle que j'ai eue ; et je n'ai jamais fait d'action dont je n'eusse souhaité que vous eussiez été témoin.

– Eussiez-vous souhaité, répliqua Monsieur de Clèves, en la regardant avec dédain, que je l'eusse été des nuits que vous avez passées avec Monsieur de Nemours ? Ah ! Madame, est-ce de vous dont je parle, quand je parle d'une femme qui a passé des nuits avec un homme ?

– Non, Monsieur, reprit-elle ; non, ce n'est pas de moi dont vous parlez. Je n'ai jamais passé ni de nuits ni de moments avec Monsieur de Nemours. Il ne m'a jamais vue en particulier ; je ne l'ai jamais souffert, ni écouté, et j'en ferais tous les serments…

– N'en dites pas davantage, interrompit Monsieur de Clèves ; de faux serments ou un aveu me feraient peut-être une égale peine. »

Madame de Clèves ne pouvait répondre ; ses larmes et sa douleur lui ôtaient la parole ; enfin, faisant un effort :

« Regardez-moi du moins ; écoutez-moi, lui dit-elle. S'il n'y allait que de mon intérêt, je souffrirais ces reproches ; mais il y va de votre vie. Écoutez-moi, pour l'amour de vous-même : il est impossible qu'avec tant de vérité, je ne vous persuade mon innocence.

– Plût à Dieu que vous me la puissiez persuader ! s'écria-t-il ; mais que me pouvez-vous dire ? Monsieur de Nemours n'a-t-il pas été à Coulommiers avec sa sœur ? Et n'avait-il pas passé les deux nuits précédentes avec vous dans le jardin de la forêt ?

– Si c'est là mon crime, répliqua-t-elle, il m'est aisé de me justifier. Je ne vous demande point de me croire ; mais croyez tous vos domestiques, et sachez si j'allai dans le jardin de la forêt la veille que Monsieur de Nemours vint à Coulommiers, et si je n'en sortis pas le soir d'auparavant deux heures plus tôt que je n'avais accoutumé. »

Elle lui conta ensuite comme elle avait cru voir quelqu'un dans ce jardin. Elle lui avoua qu'elle avait cru que c'était Monsieur de Nemours. Elle lui parla avec tant d'assurance, et la vérité se persuade si aisément lors même qu'elle n'est pas vraisemblable que Monsieur de Clèves fut presque convaincu de son innocence.

« Je ne sais, lui dit-il, si je me dois laisser aller à vous croire. Je me sens si proche de la mort que je ne veux rien voir de ce qui me pourrait faire regretter la vie. Vous m'avez éclairci trop tard ; mais ce me sera toujours un soulagement d'emporter la pensée que vous êtes digne de l'estime que j'ai eue pour vous. Je vous prie que je puisse encore avoir la consolation de croire que ma mémoire vous sera chère et que, s'il eût dépendu de vous, vous eussiez eu pour moi les sentiments que vous avez pour un autre. »

Il voulut continuer ; mais une faiblesse lui ôta la parole. Madame de Clèves fit venir les médecins ; ils le trouvèrent presque sans vie. Il languit néanmoins encore quelques jours et mourut enfin avec une constance admirable.

Madame de Clèves demeura dans une affliction si violente qu'elle perdit quasi l'usage de la raison. La Reine la vint voir avec soin et la mena dans un couvent, sans qu'elle sût où on la conduisait. Ses belles-sœurs la ramenèrent à Paris qu'elle n'était pas encore en état de sentir distinctement sa douleur. Quand elle commença d'avoir la force de l'envisager et qu'elle vit quel mari elle avait perdu, qu'elle considéra qu'elle était la cause de sa mort, et que c'était par la passion qu'elle avait eue pour un autre qu'elle en était cause, l'horreur qu'elle eut pour elle-même et pour Monsieur de Nemours ne se peut représenter.

Ce prince n'osa, dans ces commencements, lui rendre d'autres soins que ceux que lui ordonnait la bienséance. Il connaissait assez Madame de Clèves pour croire qu'un plus grand empressement lui serait désagréable. Mais ce qu'il apprit ensuite lui fit bien voir qu'il devait avoir longtemps la même conduite.

Un écuyer qu'il avait lui conta que le gentilhomme de Monsieur de Clèves, qui était son ami intime, lui avait dit, dans sa douleur de la perte de son maître, que le voyage de Monsieur de Nemours à Coulommiers était cause de sa mort. Monsieur de Nemours fut extrêmement surpris de ce discours ; mais après y avoir fait réflexion, il devina une partie de la vérité, et il jugea bien quels seraient d'abord les sentiments de Madame de Clèves et quel éloignement elle aurait de lui, si elle croyait que le mal de son mari eût été causé par la jalousie. Il crut qu'il ne fallait pas même la faire sitôt souvenir de son nom ; et il suivit cette conduite, quelque pénible qu'elle lui parût.

Il fit un voyage à Paris et ne put s'empêcher néanmoins d'aller à sa porte pour apprendre de ses nouvelles. On lui dit que personne ne la voyait et qu'elle avait même défendu qu'on lui rendît compte de ceux qui l'iraient chercher. Peut-être que ces ordres si exacts étaient donnés en vue de ce prince, et pour ne point entendre parler de lui. Monsieur de Nemours était trop amoureux pour pouvoir vivre si absolument privé de la vue de Madame de Clèves. Il résolut de trouver des moyens, quelque difficiles qu'ils pussent être, de sortir d'un état qui lui paraissait si insupportable.

La douleur de cette princesse passait les bornes de la raison. Ce mari mourant, et mourant à cause d'elle, et avec tant de tendresse pour elle, ne lui sortait point de l'esprit. Elle repassait incessamment tout ce qu'elle lui devait, et elle se faisait un crime de n'avoir pas eu de la passion pour lui, comme si c'eût été une chose qui eût été en son pouvoir. Elle ne trouvait de consolation qu'à penser qu'elle le regrettait autant qu'il méritait d'être regretté et qu'elle ne ferait dans le reste de sa vie que ce qu'il aurait été bien aise qu'elle eût fait s'il avait vécu.

Elle avait pensé plusieurs fois comment il avait su que Monsieur de Nemours était venu à Coulommiers. Elle ne soupçonnait pas ce prince de l'avoir conté, et il lui paraissait même indifférent qu'il l'eût redit, tant elle se croyait guérie et éloignée de la passion qu'elle avait eue pour lui. Elle sentait néanmoins une douleur vive de s'imaginer qu'il était cause de la mort de son mari, et elle se souvenait avec peine de la crainte que Monsieur de Clèves lui avait témoignée en mourant qu'elle ne l'épousât. Mais toutes ces douleurs se confondaient dans celle de la perte de son mari, et elle croyait n'en avoir point d'autre.

Après que plusieurs mois furent passés, elle sortit de cette violente affliction où elle était, et passa dans un état de tristesse et de langueur. Madame de Martigues fit un voyage à Paris, et la vit avec soin pendant le séjour qu'elle y fit. Elle l'entretint de la Cour et de tout ce qui s'y passait ; et, quoique Madame de Clèves ne parût pas y prendre intérêt, Madame de Martigues ne laissait pas de lui en parler pour la divertir.

Elle lui conta des nouvelles du Vidame, de Monsieur de Guise et de tous les autres qui étaient distingués par leur personne ou par leur mérite.

« Pour Monsieur de Nemours, dit-elle, je ne sais si les affaires ont pris dans son cœur la place de la galanterie ; mais il a bien moins de joie qu'il n'avait accoutumé d'en avoir, il paraît fort retiré du commerce des femmes. Il fait souvent des voyages à Paris, et je crois même qu'il y est présentement. »

Le nom de Monsieur de Nemours surprit Madame de Clèves, et la fit rougir. Elle changea de discours, et Madame de Martigues ne s'aperçut point de son trouble.

Le lendemain, cette princesse, qui cherchait des occupations conformes à l'état où elle était, alla proche de chez elle voir un homme qui faisait des ouvrages de soie d'une façon particulière ; et elle y fut dans le dessein d'en faire de semblables. Après qu'on les lui eut montrés, elle vit la porte d'une chambre où elle crut qu'il y en avait encore ; elle dit qu'on la lui ouvrît. Le maître répondit qu'il n'en avait pas la clef, et qu'elle était occupée par un homme qui y venait quelquefois pendant le jour pour dessiner de belles maisons et des jardins que l'on voyait de ses fenêtres.

« C'est l'homme du monde le mieux fait, ajouta-t-il ; il n'a guère la mine d'être réduit à gagner sa vie. Toutes les fois qu'il vient céans, je le vois toujours regarder les maisons et les jardins ; mais je ne le vois jamais travailler. »

Madame de Clèves écoutait ce discours avec une grande attention. Ce que lui avait dit Madame de Martigues, que Monsieur de Nemours était quelquefois à Paris, se joignit dans son imagination à cet homme bien fait qui venait proche de chez elle, et lui fit une idée de Monsieur de Nemours, et de Monsieur de Nemours appliqué à la voir, qui lui donna un trouble confus, dont elle ne savait pas même la cause. Elle alla vers les fenêtres pour voir où elles donnaient ; elle trouva qu'elles voyaient tout son jardin et la face de son appartement. Et, lorsqu'elle fut dans sa chambre, elle remarqua aisément cette même fenêtre où l'on lui avait dit que venait cet homme. La pensée que c'était Monsieur de Nemours changea entièrement la situation de son esprit ; elle ne se trouva plus dans un certain triste repos qu'elle commençait à goûter, elle se sentit inquiète et agitée. Enfin, ne pouvant demeurer avec elle-même, elle sortit et alla prendre l'air dans un jardin hors des faubourgs, où elle pensait être seule. Elle crut en y arrivant qu'elle ne s'était pas trompée ; elle ne vit aucune apparence qu'il y eût quelqu'un, et elle se promena assez longtemps.

Après avoir traversé un petit bois, elle aperçut au bout d'une allée, dans l'endroit le plus reculé du jardin, une manière de cabinet ouvert de tous côtés, où elle adressa ses pas. Comme elle en fut proche, elle vit un homme couché sur des bancs, qui paraissait enseveli dans une rêverie profonde, et elle reconnut que c'était Monsieur de Nemours. Cette vue l'arrêta tout court. Mais ses gens qui la suivaient firent quelque bruit, qui tira Monsieur de Nemours de sa rêverie. Sans regarder qui avait causé le bruit qu'il avait entendu, il se leva de sa place pour éviter la compagnie qui venait vers lui, et tourna dans une autre allée, en faisant une révérence fort basse, qui l'empêcha même de voir ceux qu'il saluait.

S'il eût su ce qu'il évitait, avec quelle ardeur serait-il retourné sur ses pas ! Mais il continua à suivre l'allée, et Madame de Clèves le vit sortir par une porte de derrière où l'attendait son carrosse. Quel effet produisit cette vue d'un moment dans le cœur de Madame de Clèves ! Quelle passion endormie se ralluma dans son cœur, et avec quelle violence ! Elle s'alla asseoir dans le même endroit d'où venait de sortir Monsieur de Nemours ; elle y demeura comme accablée. Ce prince se présenta à son esprit, aimable au-dessus de tout ce qui était au monde, l'aimant depuis longtemps avec une passion pleine de respect et de fidélité, méprisant tout pour elle, respectant même jusqu'à sa douleur, songeant à la voir sans songer à en être vu, quittant la Cour, dont il faisait les délices, pour aller regarder les murailles qui la renfermaient, pour venir rêver dans des lieux où il ne pouvait prétendre de la rencontrer ; enfin un homme digne d'être aimé par son seul attachement, et pour qui elle avait une inclination si violente qu'elle l'aurait aimé quand il ne l'aurait pas aimée ; mais, de plus, un homme d'une qualité élevée et convenable à la sienne. Plus de devoir, plus de vertu qui s'opposassent à ses sentiments ; tous les obstacles étaient levés, et il ne restait de leur état passé que la passion de Monsieur de Nemours pour elle et que celle qu'elle avait pour lui.

Toutes ces idées furent nouvelles à cette princesse. L'affliction de la mort de Monsieur de Clèves l'avait assez occupée pour avoir empêché qu'elle n'y eût jeté les yeux. La présence de Monsieur de Nemours les amena en foule dans son esprit ; mais, quand il en eut été pleinement rempli et qu'elle se souvint aussi que ce même homme, qu'elle regardait comme pouvant l'épouser, était celui qu'elle avait aimé du vivant de son mari, et qui était la cause de sa mort ; que même, en mourant, il lui avait témoigné de la crainte qu'elle ne l'épousât, son austère vertu était si blessée de cette imagination qu'elle ne trouvait guère moins de crime à épouser Monsieur de Nemours qu'elle en avait trouvé à l'aimer pendant la vie de son mari. Elle s'abandonna à ces réflexions si contraires à son bonheur ; elle les fortifia encore de plusieurs raisons qui regardaient son repos, et les maux qu'elle prévoyait en épousant ce prince. Enfin, après avoir demeuré deux heures dans le lieu où elle était, elle s'en revint chez elle, persuadée qu'elle devait fuir sa vue comme une chose entièrement opposée à son devoir.

Mais cette persuasion, qui était un effet de sa raison et de sa vertu, n'entraînait pas son cœur. Il demeurait attaché à Monsieur de Nemours avec une violence qui la mettait dans un état digne de compassion, et qui ne lui laissa plus de repos. Elle passa une des plus cruelles nuits qu'elle eût jamais passées. Le matin, son premier mouvement fut d'aller voir s'il n'y aurait personne à la fenêtre qui donnait chez elle ; elle y alla, elle y vit Monsieur de Nemours. Cette vue la surprit, et elle se retira avec une promptitude qui fit juger à ce prince qu'il avait été reconnu. Il avait souvent désiré de l'être, depuis que sa passion lui avait fait trouver ces moyens de voir Madame de Clèves ; et, lorsqu'il n'espérait pas d'avoir ce plaisir, il allait rêver dans le même jardin où elle l'avait trouvé.

Lassé enfin d'un état si malheureux et si incertain, il résolut de tenter quelque voie d'éclaircir sa destinée. Que veux-je attendre ? disait-il ; il y a longtemps que je sais que j'en suis aimé ; elle est libre, elle n'a plus de devoir à m'opposer ; pourquoi me réduire à la voir sans en être vu et sans lui parler ? Est-il possible que l'amour m'ait si absolument ôté la raison et la hardiesse, et qu'il m'ait rendu si différent de ce que j'ai été dans les autres passions de ma vie ? J'ai dû respecter la douleur de Madame de Clèves ; mais je la respecte trop longtemps et je lui donne le loisir d'éteindre l'inclination qu'elle a pour moi.

Après ces réflexions, il songea aux moyens dont il devait se servir pour la voir. Il crut qu'il n'y avait plus rien qui l'obligeât à cacher sa passion au Vidame de Chartres. Il résolut de lui en parler, et de lui dire le dessein qu'il avait pour sa nièce.

Le Vidame était alors à Paris : tout le monde y était venu donner ordre à son équipage et à ses habits, pour suivre le Roi qui devait conduire la Reine d'Espagne. Monsieur de Nemours alla donc chez le Vidame et lui fit un aveu sincère de tout ce qu'il lui avait caché jusqu'alors, à la réserve des sentiments de Madame de Clèves, dont il ne voulut pas paraître instruit.

Le Vidame reçut tout ce qu'il lui dit avec beaucoup de joie et l'assura que, sans savoir ses sentiments, il avait souvent pensé, depuis que Madame de Clèves était veuve, qu'elle était la seule personne digne de lui. Monsieur de Nemours le pria de lui donner les moyens de lui parler, et de savoir quelles étaient ses dispositions.

Le Vidame lui proposa de le mener chez elle. Mais Monsieur de Nemours crut qu'elle en serait choquée, parce qu'elle ne voyait encore personne. Ils trouvèrent qu'il fallait que Monsieur le Vidame la priât de venir chez lui, sur quelque prétexte, et que Monsieur de Nemours y vînt par un escalier dérobé, afin de n'être vu de personne. Cela s'exécuta comme ils l'avaient résolu : Madame de Clèves vint, le Vidame l'alla recevoir et la conduisit dans un grand cabinet, au bout de son appartement. Quelque temps après, Monsieur de Nemours entra, comme si le hasard l'eût conduit. Madame de Clèves fut extrêmement surprise de le voir ; elle rougit, et essaya de cacher sa rougeur. Le Vidame parla d'abord de choses indifférentes et sortit, supposant qu'il avait quelque ordre à donner. Il dit à Madame de Clèves qu'il la priait de faire les honneurs de chez lui et qu'il allait rentrer dans un moment.

L'on ne peut exprimer ce que sentirent Monsieur de Nemours et Madame de Clèves de se trouver seuls et en état de se parler pour la première fois. Ils demeurèrent quelque temps sans rien dire ; enfin, Monsieur de Nemours, rompant le silence :

« Pardonnerez-vous à Monsieur de Chartres, Madame, lui dit-il, de m'avoir donné l'occasion de vous voir et de vous entretenir, que vous m'avez toujours si cruellement ôtée ?

– Je ne lui dois pas pardonner, répondit-elle, d'avoir oublié l'état où je suis et à quoi il expose ma réputation. »

En prononçant ces paroles, elle voulut s'en aller ; et Monsieur de Nemours, la retenant :

« Ne craignez rien, Madame, répliqua-t-il, personne ne sait que je suis ici et aucun hasard n'est à craindre. Écoutez-moi, Madame, écoutez-moi ; si ce n'est par bonté, que ce soit du moins pour l'amour de vous-même, et pour vous délivrer des extravagances où m'emporterait infailliblement une passion dont je ne suis plus le maître. »

Madame de Clèves céda pour la première fois au penchant qu'elle avait pour Monsieur de Nemours et, le regardant avec des yeux pleins de douceur et de charmes :

« Mais qu'espérez-vous, lui dit-elle, de la complaisance que vous me demandez ? Vous vous repentirez, peut-être, de l'avoir obtenue, et je me repentirai infailliblement de vous l'avoir accordée. Vous méritez une destinée plus heureuse que celle que vous avez eue jusques ici, et que celle que vous pouvez trouver à l'avenir, à moins que vous ne la cherchiez ailleurs !

– Moi, Madame, lui dit-il, chercher du bonheur ailleurs ! Et y en a-t-il d'autre que d'être aimé de vous ? Quoique je ne vous aie jamais parlé, je ne saurais croire, Madame, que vous ignoriez ma passion, et que vous ne la connaissiez pour la plus véritable et la plus violente qui sera jamais. À quelle épreuve a-t-elle été par des choses qui vous sont inconnues ? Et à quelle épreuve l'avez-vous mise par vos rigueurs ?

– Puisque vous voulez que je vous parle et que je m'y résous, répondit Madame de Clèves en s'asseyant, je le ferai avec une sincérité que vous trouverez malaisément dans les personnes de mon sexe. Je ne vous dirai point que je n'ai pas vu l'attachement que vous avez eu pour moi ; peut-être ne me croiriez-vous pas quand je vous le dirais. Je vous avoue donc, non seulement que je l'ai vu, mais que je l'ai vu tel que vous pouvez souhaiter qu'il m'ait paru.

– Et si vous l'avez vu, Madame, interrompit-il, est-il possible que vous n'en ayez point été touchée ? Et oserais-je vous demander s'il n'a fait aucune impression dans votre cœur ?

– Vous en avez dû juger par ma conduite, lui répliqua-t-elle ; mais je voudrais bien savoir ce que vous en avez pensé.

– Il faudrait que je fusse dans un état plus heureux pour vous l'oser dire, répondit-il ; et ma destinée a trop peu de rapport à ce que je vous dirais. Tout ce que je puis vous apprendre, Madame, c'est que j'ai souhaité ardemment que vous n'eussiez pas avoué à Monsieur de

Clèves ce que vous me cachiez et que vous lui eussiez caché ce que vous m'eussiez laissé voir…

– Comment avez-vous pu découvrir, reprit-elle en rougissant, que j'aie avoué quelque chose à Monsieur de Clèves ?

– Je l'ai su par vous-même, Madame, répondit-il ; mais, pour me pardonner la hardiesse que j'ai eue de vous écouter, souvenez-vous si j'ai abusé de ce que j'ai entendu, si mes espérances en ont augmenté, et si j'ai eu plus de hardiesse à vous parler ? »

Il commença à lui conter comme il avait entendu sa conversation avec Monsieur de Clèves ; mais elle l'interrompit avant qu'il eût achevé.

« Ne m'en dites pas davantage, lui dit-elle ; je vois présentement par où vous avez été si bien instruit. Vous ne me le parûtes déjà que trop chez Madame la Dauphine, qui avait su cette aventure par ceux à qui vous l'aviez confiée. »

Monsieur de Nemours lui apprit alors de quelle sorte la chose était arrivée.

« Ne vous excusez point, reprit-elle ; il y a longtemps que je vous ai pardonné sans que vous m'ayez dit de raison. Mais puisque vous avez appris par moi-même ce que j'avais eu dessein de vous cacher toute ma vie, je vous avoue que vous m'avez inspiré des sentiments qui m'étaient inconnus devant que de vous avoir vu, et dont j'avais même si peu d'idée qu'ils me donnèrent d'abord une surprise qui augmentait encore le trouble qui les suit toujours. Je vous fais cet aveu avec moins de honte, parce que je le fais dans un temps où je le puis faire sans crime et que vous avez vu que ma conduite n'a pas été réglée par mes sentiments.

– Croyez-vous, Madame, lui dit Monsieur de Nemours, en se jetant à ses genoux, que je n'expire pas à vos pieds de joie et de transport ?

– Je ne vous apprends, lui répondit-elle en souriant, que ce que vous ne saviez déjà que trop.

– Ah ! Madame, répliqua-t-il, quelle différence de le savoir par un effet du hasard ou de l'apprendre par vous-même, et de voir que vous voulez bien que je le sache !

– Il est vrai, lui dit-elle, que je veux bien que vous le sachiez, et que je trouve de la douceur à vous le dire. Je ne sais même si je ne vous le dis point plus pour l'amour de moi que pour l'amour de vous. Car enfin, cet aveu n'aura point de suite, et je suivrai les règles austères que mon devoir m'impose.

– Vous n'y songez pas, Madame, répondit Monsieur de Nemours ; il n'y a plus de devoir qui vous lie, vous êtes en liberté ; et, si j'osais, je vous dirais même qu'il dépend de vous de faire en sorte que votre devoir vous oblige un jour à conserver les sentiments que vous avez pour moi.

– Mon devoir, répliqua-t-elle, me défend de penser jamais à personne, et moins à vous qu'à qui que ce soit au monde, par des raisons qui vous sont inconnues.

– Elles ne me le sont peut-être pas, Madame, reprit-il ; mais ce ne sont point de véritables raisons. Je crois savoir que Monsieur de Clèves m'a cru plus heureux que je n'étais, et qu'il s'est imaginé que vous aviez approuvé des extravagances que la passion m'a fait entreprendre sans votre aveu.

– Ne parlons point de cette aventure, lui dit-elle, je n'en saurais soutenir la pensée ; elle me fait honte et elle m'est aussi trop douloureuse par les suites qu'elle a eues. Il n'est que trop véritable que vous êtes cause de la mort de Monsieur de Clèves. Les soupçons que lui a donnés votre conduite inconsidérée lui ont coûté la vie, comme si vous la lui aviez ôtée de vos propres mains. Voyez ce que je devrais faire, si vous en étiez venus ensemble à ces extrémités, et que le même malheur en fût arrivé. Je sais bien que ce n'est pas la même chose à l'égard du monde ;

maïs au mien il n'y a aucune différence, puisque je sais que c'est par vous qu'il est mort, et que c'est à cause de moi.

– Ah ! Madame, lui dit Monsieur de Nemours, quel fantôme de devoir opposez-vous à mon bonheur ? Quoi ! Madame, une pensée vaine et sans fondement vous empêchera de rendre heureux un homme que vous ne haïssez pas ? Quoi ! j'aurais pu concevoir l'espérance de passer ma vie avec vous ; ma destinée m'aurait conduit à aimer la plus estimable personne du monde ; j'aurais vu en elle tout ce qui peut faire une adorable maîtresse ; elle ne m'aurait pas haï et je n'aurais trouvé dans sa conduite que tout ce qui peut être à désirer dans une femme. Car enfin, Madame, vous êtes peut-être la seule personne en qui ces deux choses se soient jamais trouvées au degré qu'elles sont en vous. Tous ceux qui épousent des maîtresses dont ils sont aimés tremblent en les épousant, et regardent avec crainte, par rapport aux autres, la conduite qu'elles ont eue avec eux. Mais en vous, Madame, rien n'est à craindre, et on ne trouve que des sujets d'admiration. N'aurais-je envisagé, dis-je, une si grande félicité que pour vous y voir apporter vous-même des obstacles ? Ah ! Madame, vous oubliez que vous m'avez distingué du reste des hommes, ou plutôt vous ne m'en avez jamais distingué : vous vous êtes trompée et je me suis flatté.

– Vous ne vous êtes point flatté, lui répondit-elle ; les raisons de mon devoir ne me paraîtraient peut-être pas si fortes sans cette distinction dont vous vous doutez, et c'est elle qui me fait envisager des malheurs à m'attacher à vous.

– Je n'ai rien à répondre, Madame, reprit-il, quand vous me faites voir que vous craignez des malheurs ; mais je vous avoue qu'après tout ce que vous avez bien voulu me dire, je ne m'attendais pas à trouver une si cruelle raison.

– Elle est si peu offensante pour vous, reprit Madame de Clèves, que j'ai même beaucoup de peine à vous l'apprendre.

– Hélas ! Madame, répliqua-t-il, que pouvez-vous craindre qui me flatte trop, après ce que vous venez de me dire ?

– Je veux vous parler encore avec la même sincérité que j'ai déjà commencé, reprit-elle, et je vais passer pardessus toute la retenue et toutes les délicatesses que je devrais avoir dans une première conversation ; mais je vous conjure de m'écouter sans m'interrompre.

« Je crois devoir à votre attachement la faible récompense de ne vous cacher aucun de mes sentiments, et de vous les laisser voir tels qu'ils sont. Ce sera apparemment la seule fois de ma vie que je me donnerai la liberté de vous les faire paraître ; néanmoins je ne saurais vous avouer sans honte que la certitude de n'être plus aimée de vous comme je le suis me paraît un si horrible malheur que, quand je n'aurais point des raisons de devoir insurmontables, je doute si je pourrais me résoudre à m'exposer à ce malheur. Je sais que vous êtes libre, que je le suis, et que les choses sont d'une sorte que le public n'aurait peut-être pas sujet de vous blâmer, ni moi non plus, quand nous nous engagerions ensemble pour jamais. Mais les hommes conservent-ils de la passion dans ces engagements éternels ? Dois-je espérer un miracle en ma faveur ; et puis-je me mettre en état de voir certainement finir cette passion dont je ferais toute ma félicité ? Monsieur de Clèves était peut-être l'unique homme du monde capable de conserver de l'amour dans le mariage. Ma destinée n'a pas voulu que j'aie pu profiter de ce bonheur ; peut-être aussi que sa passion n'avait subsisté que parce qu'il n'en aurait pas trouvé en moi. Mais je n'aurais pas le même moyen de conserver la vôtre : je crois même que les obstacles ont fait votre constance. Vous en avez assez trouvé pour vous animer à vaincre ;

et mes actions involontaires, ou les choses que le hasard vous a apprises, vous ont donné assez d'espérance pour ne vous pas rebuter.

– Ah ! Madame, reprit Monsieur de Nemours, je ne saurais garder le silence que vous m'imposez : vous me faites trop d'injustice et vous me faites trop voir combien vous êtes éloignée d'être prévenue en ma faveur.

– J'avoue, répondit-elle, que les passions peuvent me conduire ; mais elles ne sauraient m'aveugler. Rien ne me peut empêcher de connaître que vous êtes né avec toutes les dispositions pour la galanterie et toutes les qualités qui sont propres à y donner des succès heureux. Vous avez déjà eu plusieurs passions ; vous en auriez encore ; je ne ferais plus votre bonheur ; je vous verrais pour une autre comme vous auriez été pour moi. J'en aurais une douleur mortelle, et je ne serais pas même assurée de n'avoir point le malheur de la jalousie. Je vous en ai trop dit pour vous cacher que vous me l'avez fait connaître et que je souffris de si cruelles peines le soir que la Reine me donna cette lettre de Madame de Thémines, que l'on disait qui s'adressait à vous, qu'il m'en est demeuré une idée qui me fait croire que c'est le plus grand de tous les maux.

« Par vanité ou par goût, toutes les femmes souhaitent de vous attacher. Il y en a peu à qui vous ne plaisiez ; mon expérience me ferait croire qu'il n'y en a point à qui vous ne puissiez plaire. Je vous croirais toujours amoureux et aimé, et je ne me tromperais pas souvent. Dans cet état néanmoins, je n'aurais d'autre parti à prendre que celui de la souffrance ; je ne sais même si j'oserais me plaindre. On fait des reproches à un amant ; mais en fait-on à un mari, quand on n'a qu'à lui reprocher de n'avoir plus d'amour ? Quand je pourrais m'accoutumer à cette sorte de malheur, pourrais-je m'accoutumer à celui de croire voir toujours Monsieur de Clèves vous accuser de sa mort ; me reprocher de vous avoir aimé, de vous avoir épousé ; et me faire sentir la différence de son attachement au vôtre ? Il est impossible, continua-t-elle, de passer par-dessus des raisons si fortes : il faut que je demeure dans l'état où je suis et dans les résolutions que j'ai prises de n'en sortir jamais.

– Hé ! croyez-vous le pouvoir, Madame ? s'écria Monsieur de Nemours. Pensez-vous que vos résolutions tiennent contre un homme qui vous adore et qui est assez heureux pour vous plaire ? Il est plus difficile que vous ne pensez, Madame, de résister à ce qui nous plaît et à ce qui nous aime. Vous l'avez fait par une vertu austère, qui n'a presque point d'exemple. Mais cette vertu ne s'oppose plus à vos sentiments et j'espère que vous les suivrez malgré vous.

– Je sais bien qu'il n'y a rien de plus difficile que ce que j'entreprends, répliqua Madame de Clèves ; je me défie de mes forces au milieu de mes raisons. Ce que je crois devoir à la mémoire de Monsieur de Clèves serait faible s'il n'était soutenu par l'intérêt de mon repos ; et les raisons de mon repos ont besoin d'être soutenues de celles de mon devoir. Mais, quoique je me défie de moi-même, je crois que je ne vaincrai jamais mes scrupules, et je n'espère pas aussi de surmonter l'inclination que j'ai pour vous. Elle me rendra malheureuse et je me priverai de votre vue, quelque violence qu'il m'en coûte. Je vous conjure, par tout le pouvoir que j'ai sur vous, de ne chercher aucune occasion de me voir. Je suis dans un état qui me fait des crimes de tout ce qui pourrait être permis dans un autre temps, et la seule bienséance interdit tout commerce entre nous. »

Monsieur de Nemours se jeta à ses pieds, et s'abandonna à tous les divers mouvements dont il était agité. Il lui fit voir, et par ses paroles et par ses pleurs, la plus vive et la plus tendre passion dont un cœur ait jamais été touché. Celui de Madame de Clèves n'était pas insensible et, regardant ce prince avec des yeux un peu grossis par les larmes :

« Pourquoi faut-il, s'écria-t-elle, que je vous puisse accuser de la mort de Monsieur de Clèves ? Que n'ai-je commencé à vous connaître depuis que je suis libre, ou pourquoi ne vous ai-je pas connu devant que d'être engagée ? Pourquoi la destinée nous sépare-t-elle par un obstacle si invincible ?

– Il n'y a point d'obstacle, Madame, reprit Monsieur de Nemours. Vous seule vous opposez à mon bonheur ; vous seule vous imposez une loi que la vertu et la raison ne vous sauraient imposer.

– Il est vrai, répliqua-t-elle, que je sacrifie beaucoup à un devoir qui ne subsiste que dans mon imagination. Attendez ce que le temps pourra faire. Monsieur de Clèves ne fait encore que d'expirer, et cet objet funeste est trop proche pour me laisser des vues claires et distinctes. Ayez cependant le plaisir de vous être fait aimer d'une personne qui n'aurait rien aimé, si elle ne vous avait jamais vu ; croyez que les sentiments que j'ai pour vous seront éternels et qu'ils subsisteront également, quoi que je fasse. Adieu, lui dit-elle ; voici une conversation qui me fait honte : rendez-en compte à Monsieur le Vidame ; j'y consens, et je vous en prie. »

Elle sortit en disant ces paroles, sans que Monsieur de Nemours pût la retenir. Elle trouva Monsieur le Vidame dans la chambre la plus proche. Il la vit si troublée qu'il n'osa lui parler et il la remit en son carrosse sans lui rien dire. Il revint trouver Monsieur de Nemours, qui était si plein de joie, de tristesse, d'étonnement et d'admiration, enfin, de tous les sentiments que peut donner une passion pleine de crainte et d'espérance, qu'il n'avait pas l'usage de la raison. Le Vidame fut longtemps à obtenir qu'il lui rendît compte de sa conversation. Il le fit enfin ; et Monsieur de Chartres, sans être amoureux, n'eut pas moins d'admiration pour la vertu, l'esprit et le mérite de

Madame de Clèves que Monsieur de Nemours en avait lui-même. Ils examinèrent ce que ce prince devait espérer de sa destinée ; et, quelques craintes que son amour lui pût donner, il demeura d'accord avec Monsieur le Vidame qu'il était impossible que Madame de Clèves demeurât dans les résolutions où elle était. Ils convinrent néanmoins qu'il fallait suivre ses ordres, de crainte que, si le public s'apercevait de l'attachement qu'il avait pour elle, elle ne fit des déclarations et ne prît des engagements vers le monde qu'elle soutiendrait dans la suite, par la peur qu'on ne crût qu'elle l'eût aimé du vivant de son mari.

Monsieur de Nemours se détermina à suivre le Roi. C'était un voyage dont il ne pouvait aussi bien se dispenser, et il résolut à s'en aller, sans tenter même de revoir Madame de Clèves, du lieu où il l'avait vue quelquefois. Il pria Monsieur le Vidame de lui parler. Que ne lui dit-il point pour lui dire ? Quel nombre infini de raisons pour la persuader de vaincre ses scrupules ! Enfin, une partie de la nuit était passée devant que Monsieur de Nemours songeât à le laisser en repos.

Madame de Clèves n'était pas en état d'en trouver ; ce lui était une chose si nouvelle d'être sortie de cette contrainte qu'elle s'était imposée, d'avoir souffert, pour la première fois de sa vie, qu'on lui dît qu'on était amoureux d'elle, et d'avoir dit elle-même qu'elle aimait, qu'elle ne se connaissait plus. Elle fut étonnée de ce qu'elle avait fait ; elle s'en repentit ; elle en eut de la joie : tous ses sentiments étaient pleins de trouble et de passion. Elle examina encore les raisons de son devoir, qui s'opposaient à son bonheur. Elle sentit de la douleur de les trouver si fortes et elle se repentit de les avoir si bien montrées à Monsieur de Nemours. Quoique la pensée de l'épouser lui fût venue dans l'esprit sitôt qu'elle l'avait revu dans ce jardin, elle ne lui avait pas fait la même impression que venait de faire la conversation qu'elle avait eue avec lui ; et il y avait des moments où elle avait de la peine à comprendre qu'elle pût être malheureuse en l'épousant. Elle eût bien voulu se pouvoir dire qu'elle était mal fondée, et dans ses scrupules du passé, et dans ses craintes de l'avenir. La raison et son devoir lui montraient, dans d'autres moments, des choses tout opposées, qui l'emportaient rapidement à la résolution de ne se point remarier, et de ne voir jamais Monsieur de Nemours. Mais c'était une résolution bien violente à établir dans un cœur aussi touché que le sien, et aussi nouvellement abandonné aux charmes de l'amour. Enfin, pour se donner quelque calme, elle pensa qu'il n'était point encore nécessaire qu'elle se fît la violence de prendre des résolutions ; la bienséance lui donnait un temps considérable à se déterminer. Mais elle résolut de demeurer ferme à n'avoir aucun commerce avec Monsieur de Nemours. Le Vidame la vint voir et servit ce prince avec tout l'esprit et l'application imaginables ; il ne la put faire changer sur sa conduite, ni sur celle qu'elle avait imposée à Monsieur de Nemours. Elle lui dit que son dessein était de demeurer dans l'état où elle se trouvait ; qu'elle connaissait que ce dessein était difficile à exécuter ; mais qu'elle espérait d'en avoir la force. Elle lui fit si bien voir à quel point elle était touchée de l'opinion que Monsieur de Nemours avait causé la mort à son mari, et combien elle était persuadée qu'elle ferait une action contre son devoir en l'épousant, que le Vidame craignit qu'il ne fût malaisé de lui ôter cette impression. Il ne dit pas à ce prince ce qu'il pensait et, en lui rendant compte de sa conversation, il lui laissa toute l'espérance que la raison doit donner à un homme qui est aimé.

Ils partirent le lendemain et allèrent joindre le Roi. Monsieur le Vidame écrivit à Madame de Clèves, à la prière de Monsieur de Nemours, pour lui parler de ce prince ; et, dans une seconde lettre qui suivit bientôt la première, Monsieur de Nemours y mit quelques lignes de sa main. Mais Madame de Clèves, qui ne voulait pas sortir des règles qu'elle s'était imposées, et qui craignait les accidents qui peuvent arriver par les lettres, manda au Vidame qu'elle ne recevrait plus les siennes, s'il continuait à lui parler de Monsieur de Nemours ; et elle lui manda si fortement que ce prince le pria même de ne le plus nommer.

La Cour alla conduire la Reine d'Espagne jusqu'en Poitou. Pendant cette absence, Madame de Clèves demeura à elle-même ; et, à mesure qu'elle était éloignée de Monsieur de Nemours et de tout ce qui l'en pouvait faire souvenir, elle rappelait la mémoire de Monsieur de Clèves, qu'elle se faisait un honneur de conserver. Les raisons qu'elle avait de ne point épouser Monsieur de Nemours lui paraissaient fortes du côté de son devoir et insurmontables du côté de son repos. La fin de l'amour de ce prince, et les maux de la jalousie qu'elle croyait infaillibles dans un mariage, lui montraient un malheur certain où elle s'allait jeter. Mais elle voyait aussi qu'elle entreprenait une chose impossible, que de résister en présence au plus aimable homme du monde, qu'elle aimait et dont elle était aimée, et de lui résister sur une chose qui ne choquait ni la vertu, ni la bienséance. Elle jugea que l'absence seule et l'éloignement pouvaient lui donner quelque force ; elle trouva qu'elle en avait besoin, non seulement pour soutenir la résolution de ne se pas engager, mais même pour se défendre de voir Monsieur de Nemours ; et elle résolut de faire un assez long voyage, pour passer tout le temps que la bienséance l'obligeait à vivre dans la retraite. De grandes terres qu'elle avait vers les Pyrénées lui parurent le lieu le plus propre qu'elle pût choisir. Elle partit peu de jours avant que la Cour revînt ; et, en partant, elle écrivit à Monsieur le Vidame, pour le conjurer que l'on ne songeât point à avoir de ses nouvelles, ni à lui écrire.

Monsieur de Nemours fut affligé de ce voyage, comme un autre l'aurait été de la mort de sa maîtresse. La pensée d'être privé pour longtemps de la vue de Madame de Clèves lui était une douleur sensible, et surtout dans un temps où il avait senti le plaisir de la voir, et de la voir touchée de sa passion. Cependant il ne pouvait faire autre chose que s'affliger, mais son affliction augmenta considérablement. Madame de Clèves, dont l'esprit avait été si agité, tomba dans une maladie violente sitôt qu'elle fut arrivée chez elle. Cette nouvelle vint à la Cour : Monsieur de Nemours était inconsolable ; sa douleur allait au désespoir et à l'extravagance. Le Vidame eut beaucoup de peine à l'empêcher de faire voir sa passion au public ; il en eut beaucoup à le retenir, et à lui ôter le dessein d'aller lui-même apprendre de ses nouvelles. La parenté et l'amitié de Monsieur le Vidame fut un prétexte à y envoyer plusieurs courriers ; on sut enfin qu'elle était hors de cet extrême péril où elle avait été ; mais elle demeura dans une maladie de langueur, qui ne laissait guère d'espérance de sa vie.

Cette vue si longue et si prochaine de la mort fit paraître à Madame de Clèves les choses de cette vie de cet œil si différent dont on les voit dans la santé. La nécessité de mourir, dont elle se voyait si proche, l'accoutuma à se détacher de toutes choses, et la longueur de sa maladie lui en fit une habitude. Lorsqu'elle revint de cet état, elle trouva néanmoins que Monsieur de Nemours n'était pas effacé de son cœur ; mais elle appela à son secours, pour se défendre contre lui, toutes les raisons qu'elle croyait avoir pour ne l'épouser jamais. Il se passa un assez grand combat en elle-même. Enfin, elle surmonta les restes de cette passion qui était affaiblie par les sentiments que sa maladie lui avait donnés. Les pensées de la mort lui avaient rapproché la mémoire de Monsieur de Clèves. Ce souvenir, qui s'accordait à son devoir, s'imprima fortement dans son cœur. Les passions et les engagements du monde lui parurent tels qu'ils paraissent aux personnes qui ont des vues plus grandes et plus éloignées. Sa santé, qui demeura considérablement affaiblie, lui aida à conserver ces sentiments ; mais comme elle connaissait ce que peuvent les occasions sur les résolutions les plus sages, elle ne voulut pas s'exposer à détruire les siennes, ni revenir dans les lieux où était ce qu'elle avait aimé. Elle se retira, sur le prétexte de changer d'air, dans une maison religieuse, sans faire paraître un dessein arrêté de renoncer à la Cour.

À la première nouvelle qu'en eut Monsieur de Nemours, il sentit le poids de cette retraite, et il en vit l'importance. Il crut dans ce moment qu'il n'avait plus rien à espérer. La perte de ses espérances ne l'empêcha pas de mettre tout en usage pour faire revenir Madame de Clèves. Il fit écrire la Reine, il fit écrire le Vidame, il l'y fit aller ; mais tout fut inutile. Le Vidame la vit : elle ne lui dit point qu'elle eût pris de résolution. Il jugea néanmoins qu'elle ne reviendrait jamais. Enfin Monsieur de Nemours y alla lui-même, sur le prétexte d'aller à des bains. Elle fut extrêmement troublée et surprise d'apprendre sa venue. Elle lui fit dire, par une personne de mérite qu'elle aimait et qu'elle avait alors auprès d'elle, qu'elle le priait de ne pas trouver étrange si elle ne s'exposait point au péril de le voir, et de détruire par sa présence des sentiments qu'elle devait conserver ; qu'elle voulait bien qu'il sût qu'ayant trouvé que son devoir et son repos s'opposaient au penchant qu'elle avait d'être à lui, les autres choses du monde lui avaient paru si indifférentes qu'elle y avait renoncé pour jamais ; qu'elle ne pensait plus qu'à celles de l'autre vie, et qu'il ne lui restait aucun sentiment que le désir de le voir dans les mêmes dispositions où elle était.

Monsieur de Nemours pensa expirer de douleur en présence de celle qui lui parlait. Il la pria vingt fois de retourner à Madame de Clèves, afin de faire en sorte qu'il la vît ; mais cette personne lui dit que Madame de Clèves lui avait non seulement défendu de lui aller redire aucune chose de sa part, mais même de lui rendre compte de leur conversation. Il fallut enfin que ce prince repartît, aussi accablé de douleur que le pouvait être un homme qui perdait toutes sortes d'espérances de revoir jamais une personne qu'il aimait d'une passion la plus violente, la plus naturelle et la mieux fondée qui ait jamais été. Néanmoins il ne se rebuta point encore, et il fit tout ce qu'il put imaginer de capable de la faire changer de dessein. Enfin, des années entières s'étant passées, le temps et l'absence ralentirent sa douleur et éteignirent sa passion. Madame de Clèves vécut d'une sorte qui ne laissa pas d'apparence qu'elle pût jamais revenir. Elle passait une partie de l'année dans cette maison religieuse et l'autre chez elle ; mais dans une retraite et dans des occupations plus saintes que celles des couvents les plus austères ; et sa vie, qui fut assez courte, laissa des exemples de vertu inimitables.

FIN

NOTE SUR L'ÉTABLISSEMENT DU TEXTE

Le texte de *La Princesse de Clèves* s'établit sans difficulté majeure, mais au prix d'une multitude de petits choix épineux.

Les différences demeurent assez nombreuses entre les éditions courantes. Des travaux critiques ont pourtant été effectués. Dès 1913, Harry Ashton [1] a essayé d'identifier et de dénombrer les éditions anciennes du roman, entre lesquelles se détachent l'originale de 1678 et la deuxième édition de 1689, la dernière publiée du vivant de Mme de Lafayette. Mais la confrontation des divers textes n'a pas été effectuée et celui que cet érudit a lui-même procuré (1925) n'est qu'approximatif. En 1930, François Gébelin [2] a procédé avec beaucoup de minutie à la plupart des collations indispensables ; il a découvert l'importance des corrections manuscrites portées sur certains exemplaires de l'édition originale ; il a posé des principes d'établissement du texte auxquels peu de chose est à changer. Mais l'édition censée s'inspirer de ces principes, destinée aux « Bibliophiles du Palais », est demeurée confidentielle ; elle ne comporte aucun appareil critique ; et surtout, elle se révèle infidèle aux principes

1. « Essai de bibliographie des Œuvres de Mme de Lafayette », *Revue d'histoire littéraire de la France*, 1913, p. 899-918.

2. « Sur une nouvelle édition de *La Princesse de Clèves* », *Plaisir de bibliophile*, t. VI, 1930, p. 147-159.

posés. Albert Cazes [1], en 1934, a compris l'intérêt du travail accompli par son prédécesseur, mais il en contredit les conclusions en prenant pour texte de base celui de l'édition de 1689, qu'il a d'ailleurs imparfaitement collationnée. Émile Magne a procuré deux éditions successives, la première en 1939 parmi les *Romans et Nouvelles* de Mme de Lafayette [2], la seconde, pour *La Princesse de Clèves* seule, en 1946 [3], apparemment identique, quoique dans une collection de formule plus exigeante. Quelques erreurs et surtout l'absence de principes nettement posés ne permettent pas de souscrire aux éloges qui lui sont habituellement décernés. L'édition Albert Cazes lui demeure supérieure.

Dans l'édition que nous avons nous-même procurée en 1980 à l'Imprimerie nationale, nous avons, sous le titre *Le Texte et son édition*, repris entièrement et prolongé l'examen des problèmes de texte. Nous avons montré, par une comparaison minutieuse des trois premières éditions authentiques, celles de 1678, 1689 et 1704, la nécessité de suivre l'originale, en tenant compte des diverses corrections portées par certains exemplaires. Nous avons en outre débusqué certaines fautes d'impression inaperçues. Tous les choix effectués ont été justifiés. Le texte publié alors est strictement conforme aux principes adoptés. Rien, à notre avis, n'est à changer aujourd'hui dans ces principes, ni dans le texte donné en 1980, à la réserve de deux ou trois menues coquilles. C'est donc ce texte qui est repris dans la présente édition. Quant à l'étude critique, son caractère très technique et minutieux ne permettait pas de la reproduire dans un volume destiné à un large public. Le lecteur intéressé pourra toujours se reporter à l'édition de l'Imprimerie nationale.

---

1. Paris, Les Belles-Lettres.
2. Paris, Garnier.
3. Genève-Lille, Droz-Giard.

Une précision seulement, pour prévenir une éventuelle surprise. Il nous a semblé indispensable, sous peine de faire disparaître beaucoup de la couleur du texte, de respecter certains usages typographiques constants dans les premières éditions. Nous portons toujours « Monsieur », « Madame » en toutes lettres ; nous mettons des majuscules aux titres de « Roi », « Prince », « Duc », etc., lorsqu'ils s'appliquent à une personne précise [1] ; nous écrivons « la Cour ». Le climat aristocratique et la tonalité grave du roman requièrent absolument ces choix.

1. Nous gardons en revanche la minuscule lorsque le terme a valeur générale, c'est-à-dire le plus souvent, dans la pratique, après l'article indéfini et après le pronom démonstratif.

APPENDICES

1. L'attribution de *La Princesse de Clèves*

La Princesse de Clèves fut publiée sous l'anonymat. L'attribution à Mme de Lafayette fut immédiatement prononcée, mais non pas à elle seule. Mme de Scudéry, dans une lettre à Bussy-Rabutin du 8 décembre 1677, écrivait :

> M. de La Rochefoucauld et Mme de Lafayette ont fait un roman des galanteries de la cour d'Henri second, qu'on dit être admirablement bien écrit. Ils ne sont pas en âge de faire autre chose ensemble [1].

Mme de Sévigné lui ayant, sans citer aucun nom d'auteur, annoncé la sortie du livre et son titre [2], Bussy lui écrivit le 22 mars 1678 :

> [...] Cet hiver, un de mes amis m'écrivit que M. de La Rochefoucauld et Mme de La Fayette nous allaient donner quelque chose de fort joli ; et je vois bien que c'est *La Princesse de Clèves* dont il voulait parler [3] [...].

Cette opinion fut très généralement répandue si l'on en juge par la vigueur avec laquelle Mme de Lafayette tint à la démentir. Voici le passage essentiel de la fameuse lettre au chevalier de Lescheraine, premier secrétaire des

---

1. Cité dans Mme de Sévigné, *Correspondance*, éd. Roger Duchêne, t. II, Paris, Gallimard, 1974, p. 1385-1386.
2. *Ibid.*, p. 602.
3. *Ibid.*, p. 603.

commandements de « Madame Royale », Marie Jeanne Baptiste de Savoie-Nemours, princesse française qui avait épousé le duc de Savoie et qui, devenue veuve en 1675 et parée du titre de régente, détenait le pouvoir à Turin :

> … Un petit livre qui a couru il y a quinze ans, et où il plut au public de me donner part [1], a fait qu'on m'en donne encore à *La Princesse de Clèves* ; mais je vous assure que je n'y en ai aucune, et que M. de La Rochefoucauld, à qui on l'a voulu donner aussi, y en a aussi peu que moi ; il en fait tant de serments qu'il est impossible de ne le pas croire, surtout pour une chose qui peut être avouée sans honte. Pour moi, je suis flattée que l'on me soupçonne, et je crois que j'avouerais le livre, si j'étais assurée que l'auteur ne vînt jamais me le redemander. Je le trouve très agréable, bien écrit sans être extrêmement châtié, plein de choses d'une délicatesse admirable et qu'il faut même relire plus d'une fois ; et surtout ce que j'y trouve, c'est une parfaite imitation du monde de la cour et de la manière dont on y vit. Il n'y a rien de romanesque et de grimpé ; aussi n'est-ce pas un roman, c'est proprement des mémoires ; et c'était, à ce que l'on m'a dit, le titre du livre, mais on l'a changé. Voilà, Monsieur, mon jugement sur *Madame de Clèves.* Je vous demande aussi le vôtre ; on est partagé sur ce livre-là à se manger ; les uns en condamnent ce que les autres en admirent ; ainsi, quoi que vous disiez, ne craignez point d'être seul de votre parti [2].

1. *La Princesse de Montpensier.*

2. Mme de Lafayette, *Correspondance*, éd. André Beaunier et Georges Roth, t. II, Paris, Gallimard, 1942, p. 62-63. Sur la destinée de cette lettre, il y a lieu de préciser les indications sommaires données ci-dessous dans la *Bibliographie.* Le texte fut découvert par l'érudit italien A.D. Perrero et publié par lui dans le périodique *Ressegna settimale* du 30 mars 1879, avec cette conclusion que Mme de Lafayette ne pouvait être l'auteur de *La Princesse de Clèves.* Félix Hémon répondit aussitôt, pour rétablir l'attribution traditionnelle, dans la *Revue politique et littéraire* du 5 avril suivant. Réplique de Perrero dans *Ressegna settimale* du 13 avril. Repartie de Félix Hémon dans la *Revue politique et littéraire* des 26 avril et 3 mai. La totalité des *Lettres inédites* de Mme de Lafayette fut publiée par Perrero en 1880. Félix Hémon reprit ses articles dans *Études littéraires et morales*, Paris, 1896, p. 82-101. Voir

Le démenti n'est peut-être pas aussi absolu qu'il pourrait d'abord sembler : plus d'une phrase prête à double sens. Il peut s'expliquer par des raisons semi-politiques, semi-mondaines : le duc de Nemours du roman était l'arrière-grand-père de Madame Royale, qui passait elle-même pour galante. Lescheraine, d'ailleurs, ne devait pas briller par la discrétion si l'on en juge par les craintes que Mme de Lafayette exprime de voir ses lettres traîner sur la table de Madame Royale, par un éloge ironique de la décision prise par son correspondant de se taire, par le reproche qu'elle lui fait d'avoir « la langue si longue [1] ».

Mais il est clair que Mme de Lafayette se refusait surtout à faire figure d'auteur. Réaction de grande dame, mais aussi sentiment plus complexe, plaisir de l'incognito, satisfaction un peu trouble à pratiquer une sorte de dédoublement, permettant d'échapper à soi-même et de se voir comme au théâtre. L'attitude n'est pas très différente de celle d'un autre romancier qui se fit aussi une coquetterie de l'anonymat, Robert Challe.

Dans le cas de Mme de Lafayette, une telle hypothèse se trouve très fortement appuyée par la considération du seul ouvrage publié de son vivant sous sa signature : le portrait de Mme de Sévigné inséré dans les *Divers Portraits* de Mlle de Montpensier (1659) [2]. Ce portrait se donne pour écrit « par Madame la comtesse de Lafayette sous le nom d'un inconnu ». Il est hautement significatif que, même en laissant paraître son nom, elle affecte de se trouver dans la position d'un inconnu, ce qui lui permet de dire à son modèle : « Je m'en vais vous peindre hardiment, et vous dire toutes vos vérités tout à mon

Émile Magne, *Le Cœur et l'Esprit de Madame de Lafayette*, Paris, 1927, p. 244, n. 1.

1. Mme de Lafayette, *Correspondance*, éd. citée, t. II, p. 64, 89, 92.

2. P. 313-317. Voir *La Galerie des portraits de Mademoiselle de Montpensier*, éd. E. de Barthélemy, Paris, Didier, 1860, p. 95-98.

aise, sans crainte de m'attirer votre colère... [1]. » Artifice plaisant pour accroître le poids des éloges qui suivront ? Sans doute. Mais attitude révélatrice d'une conception de l'écrivain tenu pour essentiellement caché. Aussi, de la part de Mme de Lafayette, toute dénégation peut-elle enfermer une présomption d'aveu.

La romancière ne pouvait évidemment se dissimuler même à ses intimes. Entre ceux qui lui furent le plus attachés, quoique avec des éclipses, Ménage. La publication de *La Princesse de Clèves* se situa précisément dans une longue période de silence mutuel. Lorsque la correspondance eut repris, Ménage s'enquit, au cours de l'année 1691, de la part prise par son amie à la composition de *La Princesse de Clèves :*

> Il y a cinq ou six ans que je fis imprimer un livre de généalogies, intitulé *l'Histoire de Sablé :* ce livre doit être suivi d'un autre sur la même matière, dans lequel, au sujet de votre *Princesse de Montpensier*, j'ai dit que c'était cette princesse de Montpensier dont vous aviez écrit l'histoire avec toute sorte d'élégance et d'agrément, et que cette histoire serait incomparable si vous n'aviez écrit celle de la Duchesse [*sic*] de Clèves, qui lui est comparable.
>
> Je vous demande premièrement, Madame, si vous voulez bien qu'on dise que vous avez fait des livres ; et je vous demande en second lieu si vous avez fait cette histoire de la Duchesse de Clèves, comme je l'ai dit et comme j'en suis persuadé ; car quelques-uns disent que c'est M. de La Rochefoucauld qui l'a faite ; et d'autres que c'est M. de Segrais. Ayant l'honneur de vous connaître depuis que vous êtes née et ayant eu l'honneur de vous voir aussi longtemps et aussi particulièrement que j'ai fait, il me serait honteux d'avoir été mal informé de cette particularité et d'en avoir mal informé le public. Je vous supplie donc, Madame, de me faire savoir la vérité de la chose... [2].

1. *Ibid.*, p. 95.
2. Mme de Lafayette, *Correspondance*, éd. citée, t. II, p. 180-181.

À quoi Mme de Lafayette répondit :

> Vous pouvez parler, dans votre *Histoire de Sablé*, des deux petites histoires dont vous me parlâtes hier ; mais je vous demande en grâce de ne nommer personne, ni pour l'une ni pour l'autre. Je ne crois pas que les deux personnes que vous me nommez y aient nulle part, qu'un peu de correction. Les personnes qui sont de vos amis n'avouent point y en avoir ; mais à vous que n'avoueraient-elles point [1] ?

Si enveloppé qu'il soit, l'aveu est prononcé. Mme de Lafayette veut bien passer pour auteur à titre confidentiel ; mais elle refuse que son nom soit publié. Son attitude n'a pas changé depuis qu'en 1662 elle écrivait à Huet :

> Je vous avais bien donné une *Princesse de Montpensier* pour Araminte, mais je ne vous l'avais pas remise pour la lui donner comme une de mes œuvres. Elle croira que je suis un vrai auteur de profession, de donner comme cela de mes livres [2].

La Rochefoucauld et Segrais ont eu toutefois quelque part à *La Princesse de Clèves.* Le premier ne s'est jamais expliqué sur ce sujet. Quant aux propos du *Segraisiana*, ils sont passablement contradictoires. Ici, « *La Princesse de Clèves* est de Mme de Lafayette, qui a méprisé de répondre à la critique que le P. Bouhours [3] en a faite [4] ». Là, c'est Segrais lui-même qui n'a pas voulu « prendre la peine de lui répondre », se contentant « de l'approbation

1. *Ibid.*, p. 182.
2. *Ibid.*, t. I, p. 175. Araminte était le nom précieux de la sœur de Huet. – Harry Ashton avait déjà fort bien tiré les conclusions de tous ces documents, « L'anonymat des œuvres de Mme de Lafayette », *Revue d'histoire littéraire de la France*, 1914, p. 712-715.
3. En fait, comme l'on sait, Valincour.
4. *Segraisiana*, Paris, 1721, p. 9.

de Mme la Comtesse de Lafayette et de M. de La Rochefoucauld[1] ». Sans doute Segrais a-t-il été partagé entre la reconnaissance de la vérité et la tentation de grossir son rôle. Cette hésitation est reflétée par les contradictions, analogues à celles du *Segraisiana*, qu'offrent certains témoignages du XVIIIe siècle[2]. Segrais semble s'être particulièrement flatté auprès de Fontenelle, dont Cideville, l'ami de Voltaire, se fit ensuite l'écho : Mme de Lafayette n'aurait fourni que le plan de *La Princesse de Clèves* et Segrais l'aurait rédigé[3]. Ces propos ne sauraient passer pour concluants. D'ailleurs, ayant quitté Paris en 1676, Segrais n'a pu participer à la mise au net du manuscrit.

Faut-il faire état d'autres hypothèses ? À titre anecdotique, signalons l'attribution à Fontenelle, proposée en 1939 par Marcel Langlois[4], qui se fonde sur les éloges décernés au roman par le « géomètre de Guyenne » dans le *Mercure galant* de mai 1678, éloges qui s'adresseraient donc à lui-même. Une discussion est à peine nécessaire : elle a d'ailleurs été fort bien menée[5].

1. *Ibid.*, p. 73-74.
2. Ainsi les *Anecdotes* de La Fanière, Bibl. nat., Mss, f. fr. 24525, f. 42, 62.
3. Voir Alain Niderst, « Traits, notes et remarques de Cideville », *Revue d'histoire littéraire de la France*, 1969, p. 822-831, principalement p. 825.
4. « Quel est l'auteur de *La Princesse de Clèves* », *Mercure de France*, t. CCXC, 15 février 1939, p. 58-82.
5. Bruce A. Morrissette, « M. Langlois' untenable attribution of *La Princesse de Clèves* to Fontenelle », *Modern Language Notes*, t. LXI, 1946, p. 267-270.

2. Critiques contemporaines

Aucune œuvre littéraire du XVIIe siècle, fût-ce *Le Cid*, n'a donné lieu immédiatement à critique plus ample, plus variée, plus intéressante, que *La Princesse de Clèves.* La synthèse de cette première critique a été faite plusieurs fois [1].

Les deux écrits fondamentaux demeurent évidemment ceux de Valincour et de l'abbé de Charnes, que des éditions récentes et remarquablement commentées rendent aisément accessibles [2].

Nous croyons devoir reproduire ici, quoiqu'ils l'aient été déjà plusieurs fois, deux textes beaucoup plus brefs, mais d'une densité remarquable et, chacun à sa manière, d'une grande pénétration.

1° Un article du *Mercure galant* (*Ordinaire* de mai 1678), annoncé en ces termes (sans doute par l'éditeur lui-même, Donneau de Visé, s'adressant à une lectrice fictive) :

> La satisfaction que vous me témoignez avoir reçue de *La Princesse de Clèves* ne me surprend point. C'est un ouvrage rempli d'une infinité de sentiments délicats qu'on ne peut trop

---

1. Paolo Russo, « La polemica sulla *Princesse de Clèves* », *Belfagor*, t. XVI, 1961, p. 555-602 ; t. XVII, 1962, p. 271-298, 384-404 ; Maurice Laugaa, *Lectures de Madame de Lafayette*, Paris, Armand Colin, coll. « U », 1971, p. 14-115.

2. Voir ci-après la *Bibliographie.*

admirer. On le lit partout, et je crois que vous ne serez pas fâchée de savoir ce qu'on en pense en Guyenne. La *Lettre* qui suit vous l'apprendra. Elle m'a été envoyée de cette province, sans qu'on m'ait expliqué ni par qui elle a été écrite, ni à qui elle est adressée [1].

Suit le texte de la lettre, qui se donne pour écrite par un « géomètre » dans lequel la critique a toujours reconnu Fontenelle [2] :

Je sors présentement, Monsieur, d'une quatrième lecture de *La Princesse de Clèves*, et c'est le seul ouvrage de cette nature que j'aie pu lire quatre fois. Vous m'obligeriez fort, si vous vouliez bien que ce que je viens de vous en dire passât pour son éloge, sans qu'il fût besoin de m'engager dans le détail des beautés que j'y ai trouvées. Il vous serait aisé de juger qu'un géomètre comme moi, l'esprit tout rempli de mesures et de proportions, ne quitte point son Euclide pour lire quatre fois une Nouvelle Galante, à moins qu'elle n'ait des charmes assez forts pour se faire sentir à des mathématiciens mêmes, qui sont peut-être les gens du monde sur lesquels ces sortes de beautés trop fines et trop délicates font le moins d'effet. Mais vous ne vous contentez point que j'admire en gros et en général *La Princesse de Clèves* ; vous voulez une admiration plus particulière, et qui examine l'une après l'autre les parties de l'ouvrage. J'y consens, puisque vous exigez cela de moi si impitoyablement ; mais souvenez-vous toujours que c'est un géomètre qui parle de galanterie.

[...]

Le dessin m'en a paru très beau. Une femme qui a pour son mari toute l'estime que peut mériter un très honnête homme, mais qui n'a que de l'estime, et qui se sent entraînée d'un autre côté par un penchant qu'elle s'attache sans cesse

1. P. 109-110.

2. Voir Alain Niderst, *Fontenelle à la recherche de lui-même (1657-1702)*, Paris, Nizet, 1972, p. 92-94, où l'attribution est adoptée sans discussion.

à combattre et à surmonter en prenant les plus étranges résolutions que la plus austère vertu puisse inspirer, voilà assurément un fort beau plan. Il n'y a rien qui soit ménagé avec plus d'art que la naissance et les progrès de sa passion pour le duc de Nemours. On se plaît à voir cet amour croître insensiblement par degrés, et à le conduire des yeux jusqu'au plus haut point où il puisse monter dans une si belle âme. [...]

Les plaintes que fait Monsieur de Clèves à Mademoiselle de Chartres, lorsqu'il est sur le point de l'épouser, sont si belles, qu'il me souvient encore qu'à ma seconde lecture je brûlais d'impatience d'en être là, et que je ne pouvais m'empêcher de vouloir un peu de mal à ce plan de la Cour de Henri II et à tous ces mariages proposés et rompus, qui reculaient si loin ces plaintes qui me charmaient. Bien des gens ont été pris à ce plan. Ils croyaient que tous les personnages dont on y fait le portrait, et tous les divers intérêts qu'on y explique, dussent entrer dans le corps de l'ouvrage, et se lier nécessairement avec ce qui suivait ; mais je m'aperçus bien d'abord que l'auteur n'avait eu dessein que de nous donner une vue ramassée de l'Histoire de ce temps-là.

L'aventure du bal m'a semblé la plus jolie et la plus galante du monde, et l'on prend, dans ce moment-là, pour Monsieur de Nemours et pour Madame de Clèves, l'amour qu'ils prennent l'un pour l'autre. Y a-t-il rien de plus fin que la raison qui empêche Madame de Clèves d'aller au bal du Maréchal de Saint-André, que la manière dont le duc de Nemours s'aperçoit de cette raison, que la honte qu'a Madame de Clèves qu'il s'en aperçoive, et la crainte qu'elle avait qu'il ne s'en aperçût pas ? L'adresse dont Madame de Chartres se sert pour tâcher à guérir sa fille de sa passion naissante est encore très délicate, et la jalousie dont Madame de Clèves est piquée en ce moment-là fait un effet admirable. Enfin, Monsieur, si je voulais vous faire remarquer tout ce que j'ai trouvé de délicat dans cet ouvrage, il faudrait que je copiasse ici tous les sentimens de Monsieur de Nemours et de Madame de Clèves.

Nous voici à ce trait si nouveau et si singulier, qui est l'aveu que Madame de Clèves fait à son mari de l'amour qu'elle a pour le Duc de Nemours. Qu'on raisonne tant qu'on voudra là-dessus, je trouve le trait admirable et très bien préparé : c'est la plus vertueuse femme du monde qui croit avoir sujet de se défier d'elle-même, parce qu'elle sent son cœur prévenu malgré elle en faveur d'un autre que de son mari. Elle se fait un crime de ce penchant, tout involontaire et tout innocent qu'il est. Elle cherche du secours pour le vaincre. Elle doute qu'elle eût la force d'en venir à bout si elle s'en fiait à elle seule ; et, pour s'imposer encore une conduite plus austère que celle que sa propre vertu lui imposerait, elle fait à son mari la confidence de ce qu'elle sent pour un autre. Je ne vois rien à cela que de beau et d'héroïque. Je suis ravi que Monsieur de Nemours sache la conversation qu'elle a avec son mari, mais je suis au désespoir qu'il l'écoute. Cela sent un peu les traits de *L'Astrée*.

L'auteur a fait jouer un ressort bien plus délicat pour faire répandre dans la Cour une aventure si extraordinaire. Il n'y a rien de plus spirituellement imaginé que le duc de Nemours qui conte au Vidame son histoire particulière en termes généraux. Tous les embarras que cela produit sont merveilleux.

À dire vrai, Monsieur, il me semble que Monsieur de Nemours a un peu de tort de faire un voyage à Coulommiers de la nature de celui qu'il y fit, et *Monsieur*[1] de Clèves a également tort d'en mourir de chagrin. On admire la sincérité qu'eut Madame de Clèves d'avouer à son mari son amour pour Monsieur de Nemours ; mais quand Monsieur de Nemours, qui doit croire tout au moins qu'il est extrêmement suspect à Monsieur de Clèves, s'informe devant lui, et assez particulièrement, de la disposition de Coulommiers, j'admire avec quelle sincérité il lui avoue le dessein qu'il a d'aller voir sa femme. D'ailleurs, entrer de nuit chez Madame de Clèves, en sautant les palissades, c'est faire une entrée un peu triomphante chez une femme qui n'en est pas encore à souffrir de pareilles entrées. Enfin, Monsieur de Clèves tire des conséquences un peu trop fortes de ce voyage. Il devait s'éclaircir de toutes choses plus particulièrement, et je trouve qu'en cette rencontre, ni l'amant ni le mari n'ont assez bonne

1. Le *Mercure galant* imprime par erreur : *Madame*.

opinion de la vertu de Madame de Clèves, dont ils avaient pourtant l'un et l'autre des preuves assez extraordinaires.

Ce qui suit la mort de Monsieur de Clèves, la conduite de Madame de Clèves, sa conversation avec Monsieur de Nemours, sa retraite, tout m'a paru très juste. Il y a je ne sais quoi qui m'empêche de mettre au même rang le peintre et l'apparition de Monsieur de Nemours dans le jardin.

[...]

Adieu, Monsieur, tenez-moi compte de l'effort que je viens de me faire pour vous contenter [1].

2° Un passage d'une lettre de Bussy-Rabutin à Mme de Sévigné. La marquise, dans une lettre du 18 mars 1678, avait annoncé à son cousin la sortie de *La Princesse de Clèves* en précisant :

C'est un petit livre que Barbin nous a donné depuis deux jours [2], qui me paraît une des plus charmantes choses que j'aie jamais lues. [...] Je vous en demanderai votre avis quand vous l'aurez lu [3] [...].

S'étant contentée d'une appréciation vague, Mme de Sévigné attendait de son cousin, réputé pour son jugement littéraire, une critique circonstanciée.

Bussy répondit d'abord, le 22 mars, d'Autun [4]. Mais le jugement fut prononcé dans une lettre écrite de Bussy le 26 juin :

[...] Mais j'oubliais de vous dire que j'ai enfin lu *La Princesse de Clèves* avec un esprit d'équité, et point du tout prévenu du bien et du mal qu'on m'en a écrit. J'ai trouvé la

1. P. 111-128.

2. La critique entend habituellement cette expression à la lettre, ce qui conduit à dater la mise en vente du livre du 16 mars (achevé d'imprimer du 8). Une interprétation plus souple nous semblerait préférable.

3. Mme de Sévigné, *Correspondance*, éd. Roger Duchêne, t. II, Paris, Gallimard, 1974, p. 602.

4. *Ibid.*, p. 603-604.

première partie admirable ; la seconde ne m'a pas semblé de même. Dans le premier volume, hormis quelques mots trop souvent répétés, qui sont pourtant en petit nombre, tout est agréable, tout est naturel, rien ne languit. Dans le second [1], l'aveu de Madame de Clèves à son mari est extravagant et ne se peut dire que dans une histoire véritable ; mais quand on en fait une à plaisir, il est ridicule de donner à son héroïne un sentiment si extraordinaire. L'auteur, en le faisant, a plus songé à ne pas ressembler aux autres romans qu'à suivre le bon sens. Une femme dit rarement à son mari qu'on est amoureux d'elle, mais jamais qu'elle ait de l'amour pour un autre que pour lui ; et d'autant moins qu'en se jetant à ses genoux, comme fait la princesse, elle peut faire croire à son mari qu'elle l'a offensé jusqu'au bout. D'ailleurs il n'est pas vraisemblable qu'une passion d'amour soit longtemps, dans un cœur, de même force que la vertu. Depuis qu'à la cour, en quinze jours, trois semaines ou un mois, une femme attaquée n'a pas pris le parti de la rigueur, elle ne songe plus qu'à disputer le terrain pour se faire valoir. Et si, contre toute apparence et contre l'usage, ce combat de l'amour et de la vertu durait dans son cœur jusqu'à la mort de son mari, alors elle serait ravie de les pouvoir accorder ensemble en épousant un homme de sa qualité, le mieux fait, et le plus joli cavalier de son temps. La première aventure des jardins de Coulommiers n'est pas vraisemblable, et sent le roman. C'est une grande justesse que, la première fois que la princesse fait à son mari l'aveu de sa passion pour un autre, Monsieur de Nemours soit, à point nommé, derrière une palissade à les entendre : je ne vois pas même de nécessité qu'il sût cela, et, en tout cas, il fallait le lui faire savoir par d'autres voies. Cela est encore bien de roman de faire parler les gens tout seuls. Car, outre que ce n'est pas l'usage de se parler à soi-même, c'est qu'on ne pourrait savoir ce qu'une

1. On sait que l'édition originale comporte 4 tomes. Ou bien Bussy aura disposé d'une édition où les 4 tomes étaient reliés en 2 volumes ; ou bien il aura eu en main une contrefaçon en 2 volumes. La première hypothèse est la plus vraisemblable.

> personne se serait dit, à moins qu'elle n'eût écrit son histoire [1] ; encore dirait-elle seulement ce qu'elle aurait pensé. La lettre écrite au vidame de Chartres est encore du style des lettres de roman, obscure, trop longue et point du tout naturelle. Cependant, dans ce second volume, tout y est aussi bien conté, et les expressions en sont aussi belles que dans le premier [2].

Avec cette brillante critique, Mme de Sévigné ne se sentit pas de force à rivaliser. Il fallut que son cousin sollicitât expressément une réponse, dans une lettre du 23 juillet [3].

La réponse, le 27 juillet, fut tournée en éloge de la critique de Bussy :

> Votre critique de *La Princesse de Clèves* est admirable, mon cousin. Je m'y reconnais, et j'y aurais même ajouté deux ou trois petites bagatelles qui vous ont échappé. Je reconnais la justesse de votre esprit, et la solitude ne vous ôte rien de toutes les lumières naturelles ou acquises dont vous aviez fait une si bonne provision. Vous êtes en bonne compagnie quand vous êtes avec vous et, quand notre jolie femme s'en mêle, cela ne gâte rien. J'ai été fort aise de savoir votre avis, et encore plus de ce qu'il se rencontre justement comme le mien ; l'amour-propre est content de ces heureuses rencontres [4].

1. C'est bien cette situation qu'imaginait Mme de Lafayette en présentant son roman comme des « mémoires » ; voir la lettre à Lescheraine, ci-dessus, p. 244.
2. Mme de Sévigné, éd. citée, p. 617.
3. *Ibid.*, p. 618.
4. *Ibid.*, p. 618-619.

DOSSIER

1 — *Le roman et ses personnages au XVIIe siècle*

Longtemps négligée du fait de l'exceptionnelle réussite de *La Princesse de Clèves*, la floraison du roman au XVIIe siècle se signale par son abondance et sa variété. À la recherche d'une forme et d'un modèle, ce genre en constante mutation emprunte d'autant plus volontiers à l'épopée, le genre suprême, que le Grand Condé est un exemple vivant de héros : c'est bien lui qu'il faut reconnaître dans le Grand Cyrus de Georges et Madeleine Scudéry. Mais après la Fronde, le temps n'est décidément plus favorable à cet idéal ; la vision aristocratique du monde, naguère si conquérante, subit des attaques sur le triple plan politique (l'absolutisme a pour vocation de contenir les aspirations de l'aristocratie), moral (Pascal et La Rochefoucauld fustigent dans l'amour-propre le principe de l'héroïsme) et mondain (l'essor de la politesse fournit à la société un idéal de sociabilité) [1]. Cette fracture, que Paul Bénichou a nommée la « démolition du héros [2] », autorise-t-elle à reconnaître l'existence d'un « roman classique » en rupture avec le roman héroïque ? Et faut-il parler en ce cas d'une *évolution* du roman au XVIIe siècle ? Le mot suppose que les transformations se

---

1. Voir Emmanuel Bury, « De la *res literaria* à la littérature », dans *La Littérature française : dynamique et histoire*, Gallimard, 2007, vol. 1, p. 549.
2. Paul Bénichou, *Morales du Grand Siècle* (1948), Paris, Gallimard, « Folio Essais », 1988, p. 128-148.

font dans un même sens et qu'elles aboutissent. Or, si *La Princesse de Clèves* est souvent citée comme le modèle du genre, il n'en faut pas moins reconnaître son ambivalence : ce roman imprime au genre une profonde inflexion, mais il s'inscrit aussi dans une filiation. À travers un parcours consacré au statut du personnage, nous proposons de faire apparaître ce qu'il doit aux romans qui l'ont précédé et ce qu'il apporte de tout à fait inédit.

Pastoral, héroïque ou précieux, le grand roman au XVIIe siècle se voit accorder plusieurs dénominations qui n'ont pas valeur de distinction rigoureuse dans la mesure où les auteurs fouillent inlassablement un même répertoire : naufrages, enlèvements, emprisonnements, catastrophes naturelles séparent les amants que le dénouement réunira toujours dans le mariage. Pour le plus grand plaisir des lecteurs, le hasard est le premier moteur de cet univers manichéen et romanesque, où la vision de l'homme est durablement idéalisée : les amants sont parfaits, et la noblesse des héros se lit dans la grandeur de leurs actes et la générosité de leurs paroles. Mais ce règne du merveilleux est très vite en butte à la critique, en particulier dans l'antiroman, chez Sorel, Scarron et Furetière. Le XVIIe siècle rencontre alors le problème de la *mimèsis*, et une crise de la représentation se superpose à la crise de la société. Plusieurs problématiques fondamentales pour l'histoire du genre sont posées : le roman doit-il copier la nature, c'est-à-dire les réalités humaines, ou doit-il les perfectionner en les idéalisant ? Faut-il préférer le principe de plaisir (tendance maniériste) ou le principe de réalité (tendance vériste) ? Et pour quelle vision de l'homme ?

Au long du siècle on observe dans les romans un changement du régime de vraisemblance ; le merveilleux – ce qui va à l'encontre du cours ordinaire de la nature – y est de plus en plus difficilement accepté. C'est ainsi que Thomas Pavel a remarqué un amenuisement croissant de la distance avec la réalité [1]. *La Princesse de Clèves* ne nous touche-t-elle pas encore aujourd'hui du fait de cette étroite proximité, et de l'illusion de présence qu'elle entraîne ?

UN ROMAN PASTORAL : HONORÉ D'URFÉ, *L'ASTRÉE* (1607-1627)

Roman inaugural du XVIIe siècle, *L'Astrée* ne sera détrônée que par *La Nouvelle Héloïse* de Rousseau (1761). Dans la Gaule du Ve siècle, des bergers revivent un âge d'or où l'amour est le centre des préoccupations : le propos est particulier quand ils font la cour à leur Dame, mais général quand ils doivent répondre aux « questions d'amour [2] ». L'idéal courtois, régénéré par le néoplatonisme, atteint là une dimension mystique : l'amour véritable est une « amitié honnête » ; ce n'est pas une satisfaction personnelle, c'est un don de soi.

Céladon ou l'amoureux parfait

Aux premières pages du roman, la bergère Astrée détourne les yeux de Céladon, son amant, qu'elle soupçonne de trahison. Au vrai, il n'a fait que suivre son conseil : pour endormir les soupçons de leurs parents, le jeune pâtre a dû feindre d'en aimer une autre, et Astrée s'y est laissée prendre. Telle la Dame sans merci de la lyrique médiévale, la belle bergère ne veut pas entendre les dénégations de Céladon, qui se jette dans la rivière. Il

1. Thomas Pavel, *L'Art de l'éloignement. Essai sur l'imagination classique*, Paris, Gallimard, 1996, « La fin du romanesque », p. 335-351.

2. Les « questions d'amour », par la suite, furent mises à la mode par la *Clélie* (1654-1660) de Mlle de Scudéry. Ce loisir mondain consistait à proposer au débat une question galante. Il reposait sur le principe de l'émulation.

est le prototype de l'amoureux « transi ». Et il y a bien de cet amant chaste et fidèle dans M. de Clèves, avant que l'aveu ne brise cette perfection. Nemours, en revanche, serait plus proche d'Hylas, l'inconstant, en quête non pas de l'« honnête amitié », mais de l'amour le plus sensuel.

> Quel devint alors ce fidèle berger ? celui qui a bien aimé le peut juger, si jamais tel reproche lui a été fait injustement. Il tombe à ses genoux, pâle et transi, plus que n'est pas une personne morte : « Est-ce, belle bergère, lui dit-il, pour m'éprouver, ou pour me désespérer ? – Ce n'est, dit-elle, ni pour l'un, ni pour l'autre, mais pour la vérité, n'étant plus de besoin d'essayer une chose si reconnue. – Ah ! dit le berger, pourquoi n'ai-je ôté ce jour malheureux de ma vie ? – Il eût été à propos pour tous deux, dit-elle, que non point un jour, mais tous les jours que je t'ai vu, eussent été ôtés de la tienne et de la mienne. Il est vrai que tes actions ont fait que je me trouve déchargée d'une chose, qui, ayant effet, m'eût déplu davantage que ton infidélité. Que si le ressouvenir de ce qui s'est passé entre nous (que je désire toutefois être effacé) m'a encore laissé quelque pouvoir, va-t'en, déloyal, et garde-toi bien de te faire jamais voir à moi que je ne te le commande. »
>
> Céladon voulut répliquer, mais Amour, qui oit si clairement, à ce coup lui boucha pour son malheur les oreilles ; et parce qu'elle s'en voulait aller, il fut contraint de la retenir par sa robe, lui disant : « Je ne vous retiens pas pour vous demander pardon de l'erreur qui m'est inconnue, mais seulement pour vous faire voir quelle est la fin que j'élis pour ôter du monde celui que vous faites paraître d'avoir tant en horreur. » Mais elle, que la colère transportait, sans tourner seulement les yeux vers lui, se débattit de telle furie qu'elle échappa, et ne lui laissa autre chose qu'un ruban, sur lequel par hasard il avait mis la main. Elle le soulait [1] porter au-devant de sa robe pour agencer son collet, et y attachait quelquefois des fleurs, quand la saison le lui permettait ; à ce coup elle y avait une bague que son père lui avait donnée. Le

1. Souloir : avoir coutume.

triste berger, la voyant partir avec tant de colère, demeura quelque temps immobile, sans presque savoir ce qu'il tenait en la main, quoiqu'il eût les yeux dessus. Enfin, avec un grand soupir, revenant de cette pensée, et reconnaissant ce ruban : « Sois témoin, dit-il, ô cher cordon, que plutôt que de rompre un seul des nœuds de mon affection, j'ai mieux aimé perdre la vie, afin que, quand je serai mort, et que cette cruelle te verra, tu l'assures qu'il n'y a rien au monde qui puisse être plus aimé que je l'aime, ni amant plus mal reconnu que je suis. » Et lors, se l'attachant au bras, et baisant la bague : « Et toi, dit-il, symbole d'une entière et parfaite amitié, sois content de ne me point éloigner à ma mort, afin que ce gage pour le moins me demeure de celle qui m'avait tant promis d'affection. » À peine eut-il fini ces mots que, tournant les yeux du côté d'Astrée, il se jeta les bras croisés dans la rivière [1].

UN ROMAN HÉROÏQUE : GEORGES ET MADELEINE DE SCUDÉRY, *ARTAMÈNE OU LE GRAND CYRUS* (1649-1653)

L'histoire principale de ce roman des Scudéry raconte comment Cyrus part en guerre contre plusieurs rivaux qui lui ont successivement ravi son « adorable Mandane ». Quand le hasard l'en rapproche, ce n'est que pour mieux l'en éloigner. Dilemmes, incertitudes, résolutions infructueuses composent l'ordinaire de ce héros persévérant que le siège d'une ville n'effraie pas : c'est que, dans une vision idéalisée de l'homme, la certitude chevillée au cœur est celle de l'amour.

1. Honoré d'Urfé, *L'Astrée*, éd. Jean Lafond, Paris, Gallimard, « Folio », 1984, p. 40-41.

Les choix de Cyrus

Après avoir pris la capitale de Lydie, Cyrus se lance à la poursuite du roi de Pont qui s'est enfui avec sa prisonnière Mandane. Mais le héros se trouve à la croisée des chemins : quelle route suivre ? À chaque nouvel embranchement, il décide de diviser ses troupes. En symbolisant les possibles narratifs, les différents chemins confirment le rôle prédominant du hasard dans la conduite du récit : le héros se retrouve ainsi pratiquement seul, mais lancé sur la bonne piste. Or cette poursuite est rendue d'autant plus difficile, comme on l'apprendra dans la suite, que le roi de Pont et ses sbires sont munis de fragments de la pierre héliotrope, qui rend invisible : aux invraisemblances logiques du récit s'ajoute ainsi le merveilleux des romans médiévaux. Heureusement, Cyrus aperçoit la fidèle Mandane alors qu'elle n'est plus sous le charme de la pierre. Mais il ne peut l'atteindre : un torrent impétueux le sépare de l'agréable prairie où a lieu l'apparition. On reconnaît dans cette organisation spatiale l'opposition entre *locus terribilis* et *locus amoenus*, lieux stéréotypés depuis l'Antiquité.

Dans *La Princesse de Clèves*, le pavillon de Coulommiers est également lieu de plaisance où l'objet de l'amour est contemplé à distance, mais la géographie rhétorique y cède la place à une géographie réelle, et les *topoï* à des lieux symboliques. La comparaison permet aussi d'apercevoir combien le genre délibératif est présent dans le roman héroïque, où les personnages ne cessent de persuader ou dissuader.

> Mais […], le bois s'éclaircissant peu à peu, ils arrivèrent à un endroit où un furieux torrent, qui descend avec impétuosité d'une montagne qui n'est pas loin de là, sépare le bois d'une agréable prairie, qui est de l'autre côté, ayant de telle sorte creusé la terre en ce lieu-là et s'étant fait un passage si

large et si profond qu'il n'est pas possible de le traverser, ni en nageant, ni à cheval. Cyrus, étant donc arrivé au bord de ce torrent, le long duquel il fallait qu'il allât durant quelque temps, n'y fut pas sitôt qu'il vit une femme à demi couchée, au milieu de cette prairie, qui avait la tête appuyée sur les genoux d'une autre. Il n'eut pas plus tôt vu cela qu'il eut une émotion extraordinaire ; d'abord son premier sentiment fut de vouloir traverser ce torrent, mais, son cheval en se cabrant pour n'y pas aller lui ayant donné le temps de considérer ce qu'il voulait faire, il connut qu'en effet il voulait tenter une chose impossible. Il se renfonça donc d'un pas ou deux dans le bois pour être moins en vue et pour voir mieux. Mais quel étonnement fut le sien lorsque, cette femme, qui était à demi couchée, se levant aussi bien que celle sur qui elle s'appuyait, il vit que la première était Mandane et que l'autre était Martésie. À peine les eut-il vues que, les voulant montrer à Ligdamis, qui était demeuré quelques pas derrière, il se tourna vers lui et l'appela plusieurs fois. Mais, comme il l'eut fait approcher pour les lui montrer, il ne les vit plus et, par conséquent, ne put les lui faire voir.

Cette prodigieuse aventure l'étonna de telle sorte qu'il ne s'osait croire lui-même. Il s'approcha alors autant qu'il put de ce torrent pour regarder le même endroit où il croyait avoir vu Mandane, mais il n'y vit rien du tout. Cependant il jugeait bien que, durant qu'il avait tourné la tête pour appeler Ligdamis, elle ne pouvait pas avoir gagné un chemin creux qui était vers le pied de la montagne. Ainsi, ne sachant si c'était une apparition ou une rêverie, il demeurait sans parler. Sa raison démentait pourtant ses yeux et lui persuadait que ce ne pouvait être Mandane qu'il avait vue. Toutefois cette image avait fait une si forte impression dans son esprit qu'après avoir dit à Ligdamis ce qu'il avait vu, il lui demanda par où on pourrait traverser ce torrent. Mais Ligdamis lui répondit qu'il fallait retourner sur leurs pas et qu'ils avaient quitté une route, dans le bois, qui les eût menés à cette prairie s'ils l'eussent prise. Après cela, il lui dit qu'il le fallait donc faire et qu'absolument il voulait du moins voir de plus près le lieu où il avait eu une si belle apparition.

Ligdamis représenta alors à Cyrus tout ce qu'il put pour l'en empêcher, lui semblant que c'était une peine bien inutile que celle qu'il voulait prendre, mais il fallut enfin qu'il le menât où il voulait aller.

Et en effet, Ligdamis le conduisit par un lieu où le torrent, s'épanchant, n'avait presque point de profondeur, de sorte que, le passant facilement, ils furent en diligence dans cette prairie, de peur que la nuit ne les surprît tout à fait devant qu'ils y fussent. Ils eurent pourtant encore assez de jour pour y arriver. Ils n'y furent pas sitôt que Cyrus, allant droit où il avait vu Mandane, vit en effet que l'herbe était foulée en ce lieu-là, qu'il paraissait qu'on s'y était assis et qu'il y avait même un petit sentier nouvellement frayé dans cette prairie ; car, partout ailleurs, on voyait toutes les fleurs et toutes les herbes, avec cette fraîcheur que leur donne la rosée pendant les soirs d'été, mais, en cet endroit, elles étaient à demi penchées et marquaient si visiblement qu'on y avait marché qu'on n'en pouvait pas douter. Aussi l'illustre Cyrus était-il surpris de ce qu'il avait vu et de ce qu'il voyait qu'il en pensa perdre la raison. Pour Ligdamis, il était persuadé que le hasard avait fait que cette herbe se trouvait foulée au même lieu où Cyrus disait avoir eu cette apparition et il croyait, de plus, que ce que ce prince pensait avoir vu était un pur effet de la force de son imagination et de son amour tout ensemble. Si bien que, voyant que la nuit tombait tout d'un coup, qu'il y avait encore assez loin jusqu'à la première habitation et que leurs chevaux n'en pouvaient plus, il força Cyrus de marcher et de quitter un lieu où il avait vu ou Mandane ou un fantôme qui lui ressemblait, car il ne pouvait déterminer lequel des deux il devait croire [1].

---

1. Georges et Madeleine de Scudéry, *Artamène ou le Grand Cyrus*, éd. Claude Bourqui et Alexandre Gefen, Paris, GF-Flammarion, 2005, VI, III, p. 112-114.

Madeleine de Scudéry, *Clélie, histoire romaine* (1654-1660)

Avec la *Clélie*, le roman devient le lieu d'une analyse du cœur humain. L'expérience mondaine de l'auteur offre la garantie d'un réalisme psychologique et moral. Par le biais de personnages, de situations et de conversations empruntés à la vie réelle ou inventés à son imitation, le roman est devenu chronique mondaine. Ce sont les conversations qui découvrent au lecteur les ressorts de l'amour, mais de telle sorte que l'étude psychologique interrompt la narration, qui se dissipe autour des devisants.

Enjouement et mélancolie

L'extrait qui suit est tiré d'une conversation qui développe longuement l'effet du tempérament féminin sur la manière d'aimer. La « question d'amour » débattue conduit ainsi à établir de fines distinctions psychologiques et morales : est-il plus doux de se faire aimer d'une femme enjouée ou mélancolique ? Dans *La Princesse de Clèves*, les catégories précieuses restent présentes à travers l'emploi récurrent des mots *reconnaissance*, *estime* et *inclination*. Mais il apparaît aussi que la passion de la princesse est bien celle d'une « mélancolique vertueuse » : signe supplémentaire de l'attachement de Mme de Lafayette à la psychologie précieuse, ce caractère est maintenant incarné dans un personnage. Tout le comportement de Nemours et de la princesse est ici en germe, mais la fusion de l'analyse et de la narration ouvrira la voie du roman moderne.

— Comme les Grecs sont plus éloquents que les autres, répliqua Célère, et qu'Artémidore a infiniment de l'esprit, il pourra être que je ne dirai pas si bien mes raisons qu'il a dit les siennes. Ce n'est pas que son parti et le mien soient opposés ; car il est peu de capricieuses et de fières, qui aient un fort grand enjouement ; et il en est peu aussi qui n'aient du moins quelque léger penchant à la mélancolie. Mais après tout, il n'appartient qu'à une certaine mélancolie charmante et douce, de faire naître les violentes et tendres passions dans le cœur d'une dame. Quand je parle d'une belle mélancolique, poursuivit-il, il ne faut pas qu'on s'imagine que j'entende parler de ces femmes qui ont une humeur sombre, chagrine, désagréable, et rude ; car je fais une grande distinction de la tristesse à la mélancolie. Au contraire, j'entends parler d'une mélancolie douce et charmante, qui n'est point ennemie des plaisirs, et qui n'est point incompatible avec tous les divertissements galants et raisonnables. J'entends, dis-je, parler d'une mélancolie qui met de la langueur et de la passion dans les regards, qui fait le cœur grand, généreux, tendre, et sensible, et qui y met une certaine disposition si propre à aimer ardemment, que qui ne connaît l'amour d'un cœur mélancolique ne connaît point l'amour. En effet je soutiens qu'un amant qui connaît toute la délicatesse de cette passion, trouvera plus de plaisir à voir dans les yeux de la personne qu'il aime, un certain éclat languissant et passionné, que tout l'enjouement des yeux d'une personne gaie ne lui en saurait donner en toute sa vie. [...]

Célère juge d'après son expérience amoureuse, qui lui a fait connaître ces différents tempéraments, et justifie sa préférence pour les mélancoliques, attentives à tous les détails d'une passion.

[...] Mais une mélancolique vertueuse, qui a l'âme tendre, et le cœur noble, se défend longtemps et ne donne son affection que lorsqu'elle ne peut plus s'empêcher de la donner. Elle la donne pourtant comme si elle la donnait volontairement ; mais elle ne la donne pas tout d'un coup comme les autres. Elle vous montre son cœur peu à peu ; et quand elle vous le montre tout entier, vous avez la satisfaction de n'y voir rien que vous. En effet une mélancolique passionnée n'a que son amour dans la tête. Elle y rapporte tout ce qu'elle voit ; où qu'elle soit, son esprit est toujours avec son amant ; elle se souvient de tous les lieux où elle va ; elle voudrait le pouvoir toujours voir ; elle a éternellement cent mille choses à lui dire, qu'elle ne lui dit pourtant jamais ; et il se fait en cette sorte d'amour un si agréable mélange de joie et d'inquiétude, qu'elles se succèdent continuellement l'une à l'autre.

Car enfin qu'on ne s'y trompe pas, je soutiens que pour connaître tous les plaisirs de l'amour il faut en connaître toutes les peines, et que quiconque ne peut se faire un grand malheur d'une fort petite chose, ne trouvera pas même un grand plaisir à une grande faveur. Cependant pour être heureux en amour, il faut se faire de grands plaisirs de très petites faveurs, et il faut avoir le cœur si sensible que la seule vue du lieu où demeure la personne que l'on aime donne de la joie, et de la joie qui trouble le cœur. Il faut que son nom prononcé inopinément vous fasse rougir ; il faut la souhaiter partout où l'on se trouve, ou se désirer en tous les lieux où elle est. Il faut en avoir le cœur tout rempli ; il ne faut penser à autre chose ; et il faut y penser tantôt avec plaisir et tantôt avec douleur. Cependant il n'appartient pas ni à une belle enjouée, ni à une capricieuse d'avoir des sentiments si tendres ; et ce n'est qu'à la charmante mélancolie, dont j'entends parler, qu'il appartient d'inspirer une passion ardente, durable, et divertissante tout ensemble. Pour une enjouée, on peut plutôt dire qu'elle vous prête son cœur, que de dire, qu'elle vous le donne ; car elle ne le donne jamais si absolument, qu'elle ne puisse le retirer toutes les fois qu'elle trouve quelqu'un qui la divertit davantage. Pour une fière capricieuse, on peut dire qu'on ne peut avoir son cœur qu'en le lui arrachant, si ce n'est qu'elle vous le jette de dépit, plutôt que de vous le donner de bonne grâce ; ainsi il n'est jamais si bien à vous, que vous ne puissiez le perdre, par le même caprice qui l'a mis entre vos mains. Mais pour une mélancolique, elle vous donne son cœur tout entier ; et vous le donne d'une manière si engageante, qu'il n'est pas aisé de changer d'amour, quand on a une fois connu toute la délicatesse de cette sorte d'affection que si peu de gens connaissent, et qui sait pourtant toute seule l'art de redoubler tous les plaisirs et les rendre éternels. Enfin, s'il est permis d'employer à Rome une comparaison si sainte, à un usage profane, la mélancolie est la Vestale qui conserve le feu de l'amour dans le cœur d'une personne qui aime, puisqu'il est vrai que sans elle, il ne peut y avoir d'amour ardente, ni d'amour durable [1].

1. Madeleine de Scudéry, *Clélie, histoire romaine*, éd. Delphine Denis, Paris, Gallimard, « Folio », 2006, p. 122-123 et 127-129.

2 — *L'œuvre vue par ses contemporains*

Inséparable d'une rationalité marquée en profondeur par la rhétorique, la vraisemblance au XVIIe siècle est de façon plus visible un concept fondamental de l'esthétique littéraire. C'est à l'aune de la vraisemblance que sont alors jugés les tragédies, les épopées et les romans. On lui oppose le merveilleux, ou extraordinaire [1], qui contredit le déroulement naturel des choses. L'exigence croissante de vraisemblance se fait au détriment du merveilleux, sans aller pourtant jusqu'à son éviction. Mais qu'est-ce au juste que la vraisemblance ? On reconnaît sous cette appellation deux systèmes de causalité : 1. La vraisemblance logique ordonne les faits selon un rapport de nécessité ; elle est convoquée par la poétique, qui cherche depuis Aristote à fixer les règles de l'économie du récit. 2. La vraisemblance doxale renvoie à l'opinion et aux probabilités humaines ; elle correspond à ce que l'on sait devoir se produire ordinairement par la connaissance de la nature humaine, sédimentée en « lieux communs » ; elle est utilisée par la dialectique et la rhétorique. On sait, par exemple, quel comportement attendre d'une jeune fille vertueuse. Mais dans la seconde moitié du XVIIe siècle, cette logique est en crise. Trop figée, trop

---

1. La rencontre a déjà quelque chose « de galant et d'extraordinaire » (p. 99), mais l'aveu de la princesse à son mari sera maintes fois qualifié d'*extraordinaire* (voir en particulier p. 186, « remède si extraordinaire », et p. 193 et 198) ou de *singulier* (p. 186) – à comparer avec la mort du roi, subie avec « une fermeté extraordinaire » (p. 209).

artificielle, elle est remplacée par un modèle plus souple, fondé sur l'adaptation aux circonstances. Le naturel devient indispensable.

La critique contemporaine de *La Princesse de Clèves* s'appuie sur ce double système : critique de l'économie du récit et de ses invraisemblances, critique des comportements. Mais faut-il juger l'aveu de l'héroïne à son mari en le comparant avec les mœurs réelles ? ou concéder une autonomie au personnage romanesque, et admettre sa singularité morale ? C'est l'enjeu d'une querelle qui atteste la « porosité » entre l'univers fictionnel et la réalité, au point que l'on a pu considérer que la princesse devait agir comme une personne de son rang, de son âge et de son sexe.

En 1678, dès la parution, un référendum organisé par le *Mercure galant* témoigne de l'importance de l'épisode de l'aveu dans le succès du roman [1]. Puis les virulentes *Lettres à Madame la Marquise *** sur « La Princesse de Clèves »* sont publiées anonymement par Valincour, un proche de Racine à qui il succédera à l'Académie française et comme historiographe du roi. En février 1679, l'abbé de Charnes lui répond sur le ton de la polémique dans les *Conversations sur la critique de « La Princesse de Clèves »*. Comment attacher le lecteur, comment l'instruire ? La querelle suscite une réflexion sur la rhétorique du roman et sur le changement du rapport des lecteurs à la fiction.

VALINCOUR ET LA CRITIQUE DES INVRAISEMBLANCES

Valincour entreprend d'abord la critique de la conduite de l'histoire et des fautes contre les impératifs

1. Voir *Appendices*, p. 265 *sq*.

de bienséance et de vraisemblance. Ainsi, après avoir contesté le respect de la bienséance à propos de l'épisode du joaillier, il en récuse la vraisemblance doxale :

> Les femmes habiles soutiennent qu'on n'a jamais laissé à une fille de seize ans le soin d'assortir des pierreries ; que tout ce que l'on peut faire à cet âge-là, c'est de choisir des rubans et des garnitures ; qu'on assemble toutes ses amies et toutes ses connaissances, lorsqu'il s'agit de pierreries, principalement de la conséquence de celles dont il en fallait à Mademoiselle de Chartres ; et qu'enfin cela n'est pas vraisemblable [1].

En réponse, l'abbé de Charnes justifiera la vraisemblance de l'épisode en arguant que la jeune femme arrive à Paris et qu'elle s'apprête à paraître à la cour. Encore ne s'agit-il pas d'acheter ces pierres, mais de les assortir [2].

Pour achever sa condamnation de l'épisode, Valincour développe un autre argument, fondé sur la vraisemblance poétique : comme tant d'autres, à ses yeux, l'épisode est mal préparé. Il juge ainsi que la vraisemblance de l'aveu est forcée, et il recourt à l'ironie pour moquer ces hasards qui rebutent le lecteur. Il tient à montrer l'échec des options rhétoriques de l'auteur.

> Mais c'est grand'pitié que d'être destinée aux aventures ; elles nous viennent chercher dans le temps même que nous les fuyons et que nous faisons tout ce qui nous est possible pour les éviter. Madame de Clèves se retire à la campagne pour chercher le repos et la solitude. Elle croit avoir trouvé un bon moyen pour être, du moins quelque temps, sans voir ni son mari, ni Monsieur de Nemours (car, pour vous dire la vérité, je crois que la vue de l'un et de l'autre l'embarrassait également) : et cependant, voilà que la fortune les y conduit

---

1. Valincour, *Lettres à Madame la Marquise *** sur « La Princesse de Clèves »*, éd. Christine Montalbetti, Paris, GF-Flammarion, 2001, p. 36.
2. J.-A. de Charnes, *Conversations sur la critique de « La Princesse de Clèves »*, Tours, université François Rabelais, 1973, p. 36-37.

tous deux, lorsqu'on les y attendait le moins ; l'un, pour être acteur ; l'autre, pour être témoin d'un des plus extraordinaires événements dont on ait jamais ouï parler [1].

Abbé de Charnes : À nouveau genre, nouvelle rhétorique

Pour invalider la critique des invraisemblances, l'abbé de Charnes récuse en particulier les critères esthétiques invoqués par son adversaire. Celui-ci distinguait en effet deux espèces de fictions, les unes imaginaires, les autres mêlées de vérité, tels que sont les tragédies, les épopées ou les romans héroïques [2]. Mais cette partition est contestée, Charnes alléguant une troisième espèce dont *La Princesse de Clèves* est l'exemple : ces « histoires galantes » relèvent d'une poétique et d'une rhétorique nouvelles du récit, mieux adaptées au public.

Quoi qu'il en soit, je vous ai déjà fait remarquer qu'il [Valincour] a distingué deux sortes de fictions, et qu'il a rapporté *La Princesse de Clèves* à celle qui convenait le moins à cette histoire, seulement pour avoir le moyen de la condamner. Mais je dois vous dire présentement que les histoires galantes qu'on fait aujourd'hui ne sont ni dans l'une ni dans l'autre de ces deux espèces. Ce ne sont pas de ces pures fictions, où l'imagination se donne une libre étendue, sans égard à la vérité. Ce ne sont pas aussi de celles où l'auteur prend un sujet de l'histoire, pour l'embellir et le rendre agréable par ses inventions. C'en est une troisième espèce, dans laquelle, ou l'on invente un sujet, ou l'on en prend un qui ne soit pas universellement connu ; et on l'orne de plusieurs traits d'histoire qui en appuient la vraisemblance et réveillent la curiosité et l'attention du lecteur. On pourrait dire que j'invente la description que j'en donne. Je ne fais

1. Valincour, *Lettres*..., éd. citée, p. 46.
2. *Ibid.*, p. 65-66 *sq.*

pourtant que la tirer du sujet même, et je ne puis pas en aller chercher une chez les Anciens, puisque ces sortes d'ouvrages sont une invention de nos jours. Et voici, je pense, comment on en est venu à en faire. La fable [1], qui faisait autrefois toute la religion des Anciens, était un grand champ pour ceux qui écrivaient parmi eux. Ils pouvaient feindre impunément, et leurs rêveries étaient souvent reçues des peuples comme des vérités auxquelles ils se croyaient obligés de donner leur créance. Rien n'empêchait alors qu'on ne se divertît de ces fictions ; et si l'on se divertit encore des poèmes épiques qu'ils nous ont laissés, c'est que les lecteurs se mettent à la place de ceux pour qui ils ont été faits, empruntent, pour ainsi dire, leurs yeux et leurs sentiments, et se font un goût comme le leur. Et avec tout cela, nous en trouvons à peine trois dans toute l'Antiquité, qui se soient soutenus jusqu'à présent [2]. [...] Enfin nos derniers auteurs ont pris une voie qui leur a semblé plus propre à s'attacher le lecteur et à le divertir, et ils ont inventé les histoires galantes, dont je vous ai d'abord fait la description. Ce ne sont plus des poèmes ou des romans assujettis à l'unité de temps, de lieu, et d'action, et composés d'incidents merveilleux et mêlés les uns dans les autres. Ce sont des copies simples et fidèles de la véritable histoire, souvent si ressemblantes, qu'on les prend pour l'histoire même. Ce sont des actions particulières de personnes privées ou considérées dans un état privé, qu'on développe et qu'on expose à la vue du public dans une suite naturelle, en les revêtant de circonstances agréables ; et qui s'attirent la créance avec d'autant plus de facilité, qu'on peut souvent considérer les actions qu'elles contiennent, comme les ressorts secrets des événements mémorables, que nous avons appris dans l'histoire. Vous voyez par là l'injustice du critique, et la mauvaise application qu'il fait de ses règles et de son Castelvetro. Il ne s'agit pas ici d'un poème épique, d'un roman [3],

1. La mythologie.
2. L'*Iliade* et l'*Odyssée* d'Homère, l'*Énéide* de Virgile.
3. Comprendre : un roman héroïque.

ni d'une tragédie. Il s'agit d'une histoire suivie, et qui représente les choses de la manière qu'elles se passent dans le cours ordinaire du monde [1].

Pour Charnes, le succès du roman a fait la preuve de l'efficacité de sa rhétorique : vouloir en contester la qualité, ce n'est jamais que témoigner son impuissance littéraire.

Sur ces deux principes, il n'y a point de louanges que l'auteur de *La Princesse de Clèves* ne mérite. Non seulement il instruit son lecteur d'une vérité importante, mais on ne pouvait jamais insinuer cette vérité par un artifice plus délicat et plus agréable. L'effet de son ouvrage le prouve plus fortement que tout ce que l'on peut dire en sa faveur, car quelle autre fiction a-t-on jamais lue avec plus d'attachement et de charme ? Le monde en général l'a approuvé, et ceux qui l'ont blâmé, sont des esprits singuliers, qui se condamnent eux-mêmes dans leur propre dégoût, qui leur fait combattre en un jour ce qu'ils soutiennent en un autre. Certains auteurs, qui naturellement sont envieux de ce que l'on approuve, se sont encore opposés à l'estime générale que l'auteur de *La Princesse de Clèves* a acquise. Il n'y a qu'un mot à répondre à ceux-ci. Faites mieux. L'envie seule les fait parler, et il n'y a ressort ni machine qu'ils ne fassent jouer, pour ruiner une réputation qui intéresse la leur [2].

L'ESTHÉTIQUE DU ROMAN SELON DU PLAISIR

Venus de la main d'un auteur qui donna lui-même une réécriture de *La Princesse de Clèves* avec *La Duchesse d'Estramène* (1682) [3], les *Sentiments sur les lettres et sur l'histoire* (1683) constituent « le premier art

1. Charnes, *Conversations…*, éd. citée, p. 129-136.
2. *Ibid.*, Préface, p. XIII-XV.
3. Voir *Nouvelles galantes du XVIIe siècle*, éd. Marc Escola, Paris, GF-Flammarion, 2004.

poétique systématique de la nouvelle classique ou de l'"histoire galante" [1] ».

L'art du romancier

Pour Du Plaisir, le romancier doit imaginer des actions « hors de la raison et de la vraisemblance ordinaire » parce que cela le conduira à déployer un talent particulier pour les persuader au lecteur. Immédiatement persuasive, en effet, la vraisemblance ordinaire demande moins d'art que la vraisemblance extraordinaire, qui nécessite d'être habilement préparée pour réussir. Maintes fois souligné par les protagonistes du roman, le caractère « extraordinaire » de l'aveu confirme le choix par Mme de Lafayette d'une poétique de la surprise proche de l'esthétique cornélienne : le comportement du héros entre en contradiction avec les attentes pour susciter l'étonnement et l'admiration du lecteur. Cependant, alors que Corneille faisait fond sur la « vraisemblance extraordinaire » des incidents et des grands caractères, Du Plaisir préconise plutôt de rechercher celle-ci dans le réalisme des sentiments.

> La vraisemblance consiste à ne dire que ce qui est moralement croyable, et on ne se confie point sur ce qu'il est arrivé des choses plus extraordinaires que celles qu'on avance. La vérité n'est pas toujours vraisemblable ; et cependant celui qui écrit une histoire vraie n'est point obligé d'adoucir les choses pour les rendre capables d'être crues. Il n'est point garant de leur vraisemblance, parce qu'il doit les rapporter telles qu'elles se sont passées, et parce qu'elles sont connues de plusieurs ; mais l'auteur d'une histoire fabuleuse donne lui-même l'être aux incidents de ses héros, et il ne se met point au hasard d'être démenti, parce qu'il ne pourrait se

---

1. Voir Marc Escola, « Du Plaisir et la poétique de la nouvelle », dans *Nouvelles galantes du XVIIe siècle*, éd. citée, p. 472.

justifier. Ainsi, bien que l'un puisse sans préparation écrire que le roi, quand il a été présent, a emporté en trois ou quatre journées des villes qui se vantaient de ne pouvoir être prises, l'autre ne pourrait pas dire la même chose de son héros.

Néanmoins je croirais mal juger de ces ouvrages, si parce que leur principale action détachée de ses circonstances me semblerait d'abord moralement incroyable, je décidais qu'ils sont défectueux. Bien éloigné de ce sentiment, je crois que l'historien devrait toujours affecter des actions de cette nature, parce que plus elles semblent hors de la raison et de la vraisemblance ordinaires, plus pour les persuader il ferait voir son esprit et son adresse. De cette sorte, loin d'être prévenu contre une histoire où l'on parlerait d'une jeune personne qui refuse d'épouser son amant parce qu'elle s'imagine l'aimer trop, j'aurais impatience de la lire, et je jugerais par avance que son auteur est d'un génie élevé, ou du moins je suspendrais mon jugement, jusqu'à ce que j'eusse vu les moyens que l'on aurait employés pour établir, conduire, justifier, et finir ce point principal, qui, séparé du reste, paraît si extravagant et presque impossible [1].

L'identification du lecteur aux personnages

Comme l'a bien perçu Du Plaisir, la spécificité du genre de l'« histoire galante » consiste à provoquer une empathie sans précédent : le lecteur prend intérêt à la narration, il s'identifie aux personnages dont il se sent proche. Le recours aux passions de la *crainte* et de la *pitié* montre que la poétique du roman s'est éloignée de l'épopée pour emprunter à la tragédie.

---

1. Du Plaisir, *Sentiments sur l'histoire*, dans *Poétiques du roman. Scudéry, Huet, Du Plaisir et autres textes théoriques et critiques du XVIIe siècle sur le genre romanesque*, éd. Camille Esmein, Paris, Honoré Champion, 2004, p. 763-764.

On ne cherche point aujourd'hui des incidents sur les mers, ou dans la cour d'un tyran. L'action la plus légère peut former une action admirable ; et tout l'art de faire ainsi valoir une petite circonstance, est de caractériser fortement, et d'une manière sensible, les personnes de qui on parle. Un homme dépeint avec tous les traits de la jalousie n'a pas besoin, pour avoir une douleur violente, de trouver sa maîtresse dans une conversation particulière avec un rival extraordinairement bien fait ; la moindre civilité qu'elle lui rendra fera trembler le lecteur par la crainte que cette extrême jalousie ne produise quelque effet funeste. Une femme fière, et qui voudrait éternellement cacher sa faiblesse à un homme qu'elle aime, fera compatir les lecteurs, lorsqu'elle sera au moindre danger de paraître devant lui ; et ces divers mouvements de crainte ou de pitié pénétreront davantage dans nos cœurs que quand nous voyons, ou un prince seul attaqué par un grand nombre d'ennemis, ou une princesse exposée sur le sable au flux des eaux, ou à la rencontre des bêtes farouches.

La raison en est facile. Nous ne nous appliquons point ces prodiges et ces grands excès ; la pensée que l'on est à couvert de semblables malheurs fait qu'on est médiocrement touché de leur lecture. Au contraire, ces peintures naturelles et familières conviennent à tout le monde ; on s'y retrouve, on se les applique, et parce que tout ce qui nous est propre nous est précieux, on ne peut douter que les incidents ne nous attachent d'autant plus qu'ils ont quelque rapport avec nous.

On suit dans une intrigue le cours ordinaire de la nature ; on n'y avance rien qui ne soit fondé, on y fuit même les coups de hasard ; et pour écrire, *Qu'un prince manqua de se trouver auprès d'une princesse, parce qu'il reçut ordre du roi pour se rendre auprès de lui*, on préparerait de loin le dessein du roi et cet ordre, en sorte que le lecteur ne pût s'apercevoir qu'ils eussent été uniquement imaginés pour empêcher l'entrevue de deux amants [1].

1. Du Plaisir, *Sentiments sur l'histoire*, dans *Poétiques du roman*, éd. citée, p. 766-767.

3 — *Un roman de la mondanité*

Par les règles de civilité qu'elle prônait, la préciosité n'a pas peu contribué à façonner la sociabilité mondaine de l'âge classique. Ainsi reconnaît-on à Mme de Lafayette et Mme de Sévigné – qui furent d'abord des précieuses – leur influence déterminante dans la formation du « goût », rôle qu'elles ont partagé avec La Rochefoucauld [1].

L'espace de la civilité mondaine se divise en sphère publique (lieu de la représentation) et sphère privée (lieu des relations familières ou intimes), mais l'histoire même de *La Princesse de Clèves* ne repose pas moins sur leur articulation (la cour, la retraite de Coulommiers) que sur leur superposition, voire leur entrelacement (la lettre du vidame). Les apparences doivent faire écran et préserver l'intimité ; pour voir à travers, il faut donc savoir observer et connaître les cœurs. Les théoriciens de la mondanité ont consigné sur cette matière quelques leçons importantes pour apprécier le roman, où ces thèmes fournissent le matériau de l'histoire : la conversation entendue, rapportée, surprise ; le secret préservé, menacé, divulgué ; l'observation des visages et des regards. Tous sont reliés au principe fondateur de la mondanité classique, la *bienséance*, soit l'adaptation du discours à la situation d'énonciation. C'est par elle que l'on agit et parle opportunément, tout en respectant les *bienséances*

1. Benedetta Craveri, *L'Âge de la conversation*, Paris, Gallimard, 2002, p. 310.

(le pluriel désigne alors le code moral et social), ou en les transgressant au besoin.

L'ART DE SE TAIRE

Le secret appartient par excellence à la sphère privée. Dans *La Princesse de Clèves*, il revêt une importance capitale : les deux amants partagent d'abord le secret de leur passion, mais ils sont très tôt devinés par le chevalier de Guise et par Mme de Chartres. Les confidences et les aveux seront des moments forts du récit. Dans la culture mondaine, le secret est en définitive un problème de bienséance : il faut connaître le moment pour parler ou se taire. La retraite finale de la princesse apparaît comme la continuation obstinée du secret, le resserrement de l'intime sur lui-même et le refus extraordinaire d'aimer, alors que tous les obstacles sont levés.

Dans ses *Entretiens d'Ariste et d'Eugène* (1671), le jésuite Dominique Bouhours consacre l'une de ses conversations « mixtes » (c'est-à-dire à la fois mondaines et savantes) au secret. Celui-ci est un révélateur de l'honnêteté, car la détention d'un secret demande la maîtrise de soi.

> Tout le monde est persuadé, répliqua Eugène, qu'il faut être secret ; mais peu de gens savent comment il faut l'être. On connaît assez la nécessité et l'excellence de cette vertu ; mais on ignore fort la méthode et la manière de la pratiquer. C'est un grand art que celui de se bien taire, il a ses principes et ses règles, comme l'art de bien parler. Voici selon moi, le premier principe de l'art du secret :
>
> Il ne faut jamais dire à personne ce qui vous a été dit en confidence. Eh quoi, interrompit Ariste, ne peut-on dire à un ami intime tout ce qu'on sait ? Non, repartit Eugène, nous sommes maîtres de nos propres secrets ; mais nous ne

sommes pas maîtres de ceux d'autrui : ce sont des dépôts dont nous ne pouvons pas disposer [1].

Selon ce principe, le vidame ne devait pas révéler la passion de Nemours à la princesse dauphine, et l'on comprend que Mme de Clèves choisisse de se retirer à la campagne quand le trouble est trop fort pour lui permettre de préserver son secret [2]. Le récit progresse par la mise en danger des amants, suivant le principe qui veut que les fautes attachent mieux le lecteur au sort des personnages que le comportement idéal. Il faut distinguer la dissimulation honnête (Mme de Clèves) et la dissimulation malhonnête (Mme de Tournon). Vision pessimiste de l'homme que celle-là, où même la plus vertueuse des femmes a quelque chose à cacher, mais réalité profonde de la mondanité classique. Le secret délimite la parole, il en est le négatif.

L'ART DE LA CONVERSATION

À l'issue de la première rencontre, le narrateur ne déclare pas que la princesse de Clèves est touchée par le duc de Nemours ; il utilise le point de vue du chevalier de Guise pour le laisser entendre. Mais nous apprenons vite qu'elle ne le regarde pas avec indifférence. Exalté par son amour naissant, Nemours sait paraître plus aimable qu'à l'accoutumée en se rendant « maître de la conversation [3] » : il plaît car il est en cela une incarnation de l'idéal classique de l'honnête homme. Ce n'est pas sans quelquefois forcer les bienséances. Peu après l'épisode

1. Dominique Bouhours, *Les Entretiens d'Ariste et d'Eugène*, éd. Bernard Beugnot et Gilles Declercq, Paris, Honoré Champion, 2003, p. 216-217.
2. Voir en particulier cette édition, Deuxième partie, p. 147.
3. Voir cette édition, Première partie, p. 100.

nocturne du pavillon de Coulommiers, Nemours, accompagné de sa sœur, rend visite à Mme de Clèves qui en ressent de la colère. Une fois de plus, il met à profit son talent rhétorique pour apaiser cette passion et lui inspirer un état d'esprit plus favorable : « Ce prince remarqua une impression de froideur sur son visage qui lui donna une sensible douleur. La conversation fut de choses indifférentes ; et, néanmoins, il trouva l'art d'y faire paraître tant d'esprit, tant de complaisance et tant d'admiration pour Mme de Clèves qu'il dissipa, malgré elle, une partie de la froideur qu'elle avait eue d'abord [1]. » *Esprit*, *complaisance*, *admiration* : Nemours sait combiner les ressources de la politesse et de la galanterie pour faire oublier à la princesse qu'il a outrepassé les bienséances.

Les grands principes de la conversation mondaine avaient déjà été livrés dans *Cyrus* et la *Clélie* avant d'être repris en 1680 par Madeleine de Scudéry dans un volume de *Conversations* détachées de leur cadre romanesque. Ce « genre des genres », selon la formule de Marc Fumaroli, est alors une pratique sociale majeure. Nous donnons ici une page du *Discours de la conversation* (1677) d'Antoine Gombaud, chevalier de Méré, réputé parmi ses contemporains pour avoir toutes les qualités de l'honnête homme. Muni de ces quelques règles de civilité classique, on jugera mieux des enjeux du dialogue dans *La Princesse de Clèves.* Mais s'agit-il de conversations ou de dialogues ? Le choix narratif de la brièveté s'applique aux conversations qui deviennent dialogues parce qu'elles entraînent le récit : toute l'action se déploie, se noue et s'aggrave par ce biais.

L'air noble et naturel est le principal agrément de l'éloquence, et parmi les personnes du monde, ce qui tient de l'étude est presque toujours mal reçu. Il faut même retenir

1. Voir cette édition, Quatrième partie, p. 226.

son esprit en beaucoup d'occasions, et se cacher de ce qu'on sait de la plus grande valeur. Nous admirons aisément les choses qui sont au-dessus de nous, et que nous perdons de vue ; mais nous ne les aimons que bien rarement, et c'est le point de conséquence. [...] C'est la conformité qui fait qu'on se plaît ensemble, et qu'on s'aime d'une affection réciproque. De sorte qu'autant que la bienséance et la perfection le peuvent souffrir, et quelquefois même au préjudice de l'une et de l'autre, on se doit accommoder le plus qu'on peut aux personnes qu'on veut gagner.

Qui que ce soit ne doit craindre de trop bien parler ; et je prends garde que ceux qui sont plus éloquents qu'on ne voudrait, ne le sont pas comme il faudrait : ils usent de certaines phrases qui paraissent belles, mais qui ne le sont point ; ils parlent souvent, lorsqu'ils devraient se taire ; leurs discours n'ont point de rapport au sujet qui se présente, et d'ordinaire on ne veut rien savoir de tout ce qu'ils disent. C'est un secret bien rare de sentir toujours ce qui sied le mieux. Je connais de ces personnes qui parlent trop bien, qui ne disent jamais ce qu'il faudrait dire, ni de la bonne manière.

Il faut observer tout ce qui se passe dans le cœur et dans l'esprit des personnes qu'on entretient, et s'accoutumer de bonne heure à connaître les sentiments et les pensées, par des signes presque imperceptibles. Cette connaissance qui se trouve obscure et difficile pour ceux qui n'y sont pas faits, s'éclaircit et se rend aisée à la longue.

C'est une science qui s'apprend comme une langue étrangère, où d'abord on ne comprend que peu de choses. Mais quand on l'aime et qu'on l'étudie, on y fait incontinent quelque progrès.

Cet art semble avoir un peu de sorcellerie ; car il instruit à être devin, et c'est par là qu'on découvre un grand nombre de choses qu'on ne verrait jamais autrement, et qui peuvent beaucoup servir [1].

---

1. *L'Art de la conversation : anthologie*, éd. Jacqueline Hellegouarc'h, préface de M. Fumaroli, Paris, Dunod, 1997, p. 65-66.

Après avoir distingué la bienséance externe (adaptation du discours aux personnes et aux circonstances) et la bienséance interne ou convenance (adaptation des mots aux choses dites), qui posent toujours le problème de l'opportunité, Méré insiste sur la nécessité de savoir bien observer le cœur et l'esprit de ses interlocuteurs, à l'exemple de l'orateur selon Cicéron, qui devait être attentif à son auditoire pour adapter sa parole en temps réel. Le respect de la bienséance est en effet conditionné par cette attention. On aperçoit ici que le grand principe de l'éloquence cicéronienne est reversé au compte de l'art de la conversation.

La langue des signes mondains, pour être entendue, oblige à percevoir et à interpréter tout ce qui échappe au langage naturel : l'honnête homme doit se faire herméneute. Le duc de Nemours et Mme de Clèves, Mme de Chartres, le chevalier de Guise et la princesse dauphine sont tous attentifs à ce qui peut leur apprendre le véritable état d'un cœur [1].

La « science du cœur »

Dès la lettre au *Mercure galant*, on a pu lire le goût de Fontenelle pour l'expression des sentiments dans *La Princesse de Clèves*. Dix ans plus tard, le roman est devenu pour lui le mètre étalon du genre : il l'utilise ainsi pour juger des mérites d'une nouvelle historique de Catherine Bernard, à laquelle il pourrait avoir eu quelque part : *Éléonore d'Yvrée ou les Malheurs de l'amour* [2]. Nouvelle campagne de publicité ? Nous surprenons du moins le passage de la « connaissance » à la « science »

1. Sur l'attention réciproque de Nemours et de Mme de Clèves aux signes et aux indices de l'amour, voir en particulier p. 99, 107, 112 et 141.
2. Voir *Nouvelles galantes du XVII*^e^ *siècle*, éd. citée, p. 291.

du cœur, soit de la rhétorique à la psychologie, et, en définitive, de la *res literaria* à la littérature.

> Que donneriez-vous, madame, à un homme qui vous apprendrait que, selon toutes les apparences, le goût des romans va se rétablir ? Je suis assuré que vous recevriez avec plaisir une pareille nouvelle, et c'est moi qui serai assez heureux pour vous la porter. Nous nous imaginions que le siècle avait perdu ce goût-là ; nous croyions l'avoir perdu nous-mêmes ; mais il est aisé de voir d'où cela venait. On ne faisait plus de romans, et le goût périssait, faute de sujets sur quoi il pût s'exercer. Je viens de faire une lecture qui m'a rendu l'ancienne vivacité que j'ai eue pour ces sortes d'ouvrages, et que j'espère qui réveillera aussi la vôtre. Je vous parle d'*Éléonore d'Yvrée*[1] que je vous envoie. C'est un petit sujet peu chargé d'intrigues, mais où les sentiments sont traités avec toute la finesse possible. Or, sans prétendre ravaler le mérite qu'il y a à bien nouer une intrigue, et à disposer les événements de sorte qu'il en résulte de certains effets surprenants, je vous avoue que je suis beaucoup plus touché de voir régner dans un roman une certaine science du cœur, telle qu'elle est, par exemple, dans *La Princesse de Clèves*. Le merveilleux des incidents me frappe une fois ou deux, et puis me rebute ; au lieu que les peintures fidèles de la nature, et surtout celles de certains mouvements du cœur presque imperceptibles, à cause de leur délicatesse, ont un droit de plaire qu'elles ne perdent jamais. On ne sent, dans les aventures, que l'effort de l'imagination de l'auteur ; et dans les choses de passion, ce n'est que la nature seule qui se fait sentir, quoiqu'il en ait coûté à l'auteur un effort d'esprit que je crois plus grand. Vous trouverez dans *Éléonore d'Yvrée* beaucoup de beautés de cette dernière espèce, et des beautés fort touchantes. Éléonore, le duc de Misnie et Matilde sont dans une situation douloureuse, qui vous remplit le cœur d'une compassion fort tendre, et presque égale pour ces trois personnes, parce qu'aucune des trois n'a tort, et n'a fait que ce qu'elle a dû

1. Catherine Bernard, *Éléonore d'Yvrée ou les Malheurs de l'amour*, Paris, M. Guérout, 1687.

faire. Le style du livre est fort précis ; les paroles y sont épargnées, et le sens ne l'est pas. Un seul trait vous porte dans l'esprit une idée vive, qui, entre les mains d'un auteur médiocre, aurait fourni à beaucoup de phrases, si cependant un auteur médiocre était capable d'attraper une pareille idée. Les conversations sont bien éloignées d'avoir de la langueur ; elles ne consistent que dans ces sortes de traits qui vous mettent d'abord, pour ainsi dire, dans le vif de la chose, et rassemblent en fort peu d'espace tout ce qui était fait pour aller au cœur. Enfin, on voit bien que la personne qui a fait ce roman-là, a plus songé à faire un bon ouvrage, qu'un bon livre ; car, comme on se propose d'ordinaire, pour un livre, une certaine étendue, et même un certain volume, on n'a pas accoutumé d'être plus avare de paroles, que de pensées. Je ne vous en dirai pas davantage, madame ; aussi bien vous ne croirez de tout ceci que ce que votre cœur en sentira : mais pour cette fois j'espère bien être d'accord avec lui [1].

1. *Poétiques du roman*, éd. citée, p. 699-701.

4 — *Le modèle du roman d'analyse*

Si *La Princesse de Clèves* est un aboutissement du roman précieux, les thèmes mondains y sont toutefois ressaisis dans une narration et une langue capables encore de nous toucher. Mais par l'influence durable qu'elle a exercée sur l'histoire du genre romanesque, cette œuvre peut être considérée à bon droit comme le premier roman moderne. Elle fut ainsi le modèle du roman d'analyse, et quelques pages choisies en donneront un aperçu. Approfondissement de l'analyse, variation des techniques, réécriture d'épisodes fondateurs, échos plus ou moins lointains : *La Princesse de Clèves* est ainsi devenue le point de fuite de la littérature romanesque française.

CRÉBILLON FILS,
LES ÉGAREMENTS DU CŒUR ET DE L'ESPRIT (1736-1738)

Dès le titre, le projet de ce roman sous forme de mémoires se donne à comprendre comme l'inverse de celui qui a guidé *La Princesse de Clèves.* L'amour y triomphe entièrement de la raison. Le jeune Meilcour fait son apprentissage libertin et se prépare à devenir un petit-maître. Cependant il est encore assez vertueux pour s'éprendre honnêtement d'une belle jeune fille. En nous permettant de vivre de l'intérieur un coup de foudre, le récit à la première personne révèle ses avantages : l'analyse du cœur se fait plus juste et le lecteur s'identifie mieux au personnage.

Dans ce roman libertin, la beauté idéale d'Hortense figure l'horizon inaccessible du bonheur amoureux. On peut songer aux hyperboles précieuses de *L'Astrée* ou de *La Princesse de Clèves*, mais l'idéalisation participe ici de l'analyse psychologique de l'*innamoramento*. Le jeu des regards et l'étude de la physionomie manifestent plus que jamais le besoin de surprendre, sinon la réciprocité de l'émotion, du moins la possibilité d'aimer.

Tout entier à Madame de Lursay, je ne m'occupais que du chagrin d'être privé de sa présence, lorsqu'une loge s'ouvrit à côté de la mienne. Curieux de voir les personnes qui l'allaient occuper, j'y portai mes regards ; et l'objet qui s'y offrit les fixa. Qu'on se figure tout ce que la beauté la plus régulière a de plus noble, tout ce que les grâces ont de plus séduisant, en un mot, tout ce que la jeunesse peut répandre de fraîcheur et d'éclat, à peine pourra-t-on se faire une idée de la personne que je voudrais dépeindre. Je ne sais quel mouvement singulier et subit m'agita à cette vue : frappé de tant de beautés, je demeurai comme anéanti. Ma surprise allait jusques au transport. Je sentis dans mon cœur un désordre qui se répandit sur tous mes sens : loin qu'il se calmât, il redoublait par l'examen secret que je faisais de ses charmes. Elle était mise simplement, mais avec noblesse. Elle n'avait pas en effet besoin de parure ; en était-il de si brillante qu'elle ne l'eût effacée ? était-il d'ornement si modeste qu'elle ne l'eût embelli ? Sa physionomie était douce et réservée ; le sentiment et l'esprit paraissaient briller dans ses yeux. Cette personne me parut extrêmement jeune ; et je crus, à la surprise des spectateurs, qu'elle ne paraissait en public que de ce jour-là : j'en eus involontairement un mouvement de joie, et j'aurais souhaité qu'elle n'eût jamais été connue que de moi. Deux dames mises du plus grand air étaient avec elle ; nouvelle surprise pour moi, de ne les pas connaître, mais elle m'arrêta peu. Uniquement occupé de ma belle inconnue, je ne cessais de la regarder, que quand par hasard elle jetait ses yeux sur quelqu'un. Les miens se portaient aussitôt sur l'objet qu'elle avait paru vouloir chercher : si elle s'y arrêtait un peu de temps, et que ce fût un jeune homme, je croyais qu'un amant seul pouvait la rendre si attentive. Sans pénétrer le motif qui me faisait agir, je conduisais, j'interprétais ses regards ; je cherchais à lire dans ses moindres mouvements. Tant d'opiniâtreté à ne la pas perdre de vue, me fit enfin remarquer d'elle ; elle me regarda à son tour ; je la fixais sans le savoir et, dans le charme qui m'entraînait malgré moi-même, je ne sais ce que mes yeux lui dirent, mais elle détourna les siens en rougissant un peu [1].

MARIVAUX, *LA VIE DE MARIANNE* (1731-1741)

Avec Marianne pour narratrice de ses propres mémoires, la violence imprévisible du coup de foudre est encore racontée de l'intérieur, mais du côté féminin. La jeune fille relate sa première apparition en public, à l'église, où elle a pris soin de se placer « au milieu ». Bien loin de bouder le plaisir d'être regardée, elle s'est offerte aux regards des hommes et amusée de la jalousie des femmes, sans prévoir toutefois qu'elle risquait de tomber amoureuse. L'analyse morale des comportements de cette société libertine se double ainsi d'une analyse psychologique subtile : Marianne a tout à coup cessé de s'étudier et de faire des mines pour s'abandonner aux charmes de l'amour naissant. Cette brutale « conversion de la coquette en amoureuse [2] » révèle une fois de plus les pouvoirs de l'amour et les périls auxquels il expose le *moi*, réduit à ne plus se connaître lui-même : la résistance au vertige des sens et du sentiment est dès lors délicieusement impossible.

---

1. Crébillon fils, *Les Égarements du cœur et de l'esprit*, éd. Jean Dagen, GF-Flammarion, 1985, p. 89-90.
2. Jean Rousset, *Leurs yeux se rencontrèrent : la scène de première vue dans le roman*, Paris, José Corti, 1984, p. 118.

La place que j'avais prise me mettait au milieu du monde dont je vous parle. Quelle fête ! C'était la première fois que j'allais jouir un peu du mérite de ma petite figure. J'étais tout émue du plaisir de penser à ce qui allait m'en arriver, j'en perdais presque haleine ; car j'étais sûre du succès, et ma vanité voyait venir d'avance les regards qu'on allait jeter sur moi.

Ils ne se firent pas longtemps attendre. À peine étais-je placée, que je fixai les yeux de tous les hommes. Je m'emparai de toute leur attention ; mais ce n'était encore là que la moitié de mes honneurs, et les femmes me firent le reste.

Elles s'aperçurent qu'il n'était plus question d'elles, qu'on ne les regardait plus, que je ne leur laissais pas un curieux, et que la désertion était générale.

On ne saurait s'imaginer ce que c'est que cette aventure-là pour des femmes, ni combien leur amour-propre en est déconcerté : car il n'y a pas moyen qu'il s'y trompe, ni qu'il chicane sur l'évidence d'un pareil affront : ce sont de ces cas désespérés qui le poussent à bout, et qui résistent à toutes ses tournures.

Avant que j'arrivasse, en un mot, ces femmes faisaient quelque figure : elles voulaient plaire, et ne perdaient pas leur peine. Enfin chacune d'elles avait ses partisans, du moins la fortune était-elle assez égale ; et encore la vanité vit-elle quand les choses se passent ainsi ? Mais j'arrive, on me voit, et tous ces visages ne sont plus rien, il n'en reste pas la mémoire d'un seul.

Eh ! d'où leur vient cette catastrophe ? de la présence d'une petite fille, qu'on avait pourtant vue se placer ; qu'on aurait même risqué de trouver très jolie, si on ne s'en était pas défendu ; enfin qui aurait bien pu se passer de venir là, et que, dans le fond, on avait un peu crainte, mais le plus imperceptiblement qu'on l'avait pu. [...]

Parmi les jeunes gens dont j'attirais les regards, il y en eut un que je distinguai moi-même, et sur qui mes yeux tombaient plus volontiers que sur les autres.

J'aimais à le voir, sans me douter du plaisir que j'y trouvais : j'étais coquette pour les autres, et je ne l'étais pas pour lui ; j'oubliais à lui plaire, et ne songeais qu'à le regarder.

Apparemment que l'amour, la première fois qu'on en prend, commence avec cette bonne foi-là, et peut-être que la douceur d'aimer interrompt le soin d'être aimable.

Ce jeune homme, à son tour, m'examinait d'une façon toute différente de celle des autres ; elle était plus modeste, et pourtant plus attentive ; il y avait quelque chose de plus sérieux qui se passait entre lui et moi : les autres applaudissaient ouvertement à mes charmes, il me semblait que celui-ci les sentait ; du moins, je le soupçonnais quelquefois, mais si confusément, que je n'aurais pu dire ce que je pensais de lui, non plus que ce que je pensais de moi.

Tout ce que je sais, c'est que ses regards m'embarrassaient, que j'hésitais de les lui rendre, et que je les lui rendais toujours ; que je ne voulais pas qu'il me vît y répondre, et que je n'étais pas fâchée qu'il l'eût vu.

Enfin, on sortit de l'église, et je me souviens que j'en sortis lentement, que je retardais mes pas, que je regrettais la place que je quittais, et que je m'en allais avec un cœur à qui il manquait quelque chose, et qui ne savait pas ce que c'était. Je dis qu'il ne le savait pas, c'est peut-être trop dire ; car, en m'en allant, je retournais souvent la tête pour revoir encore le jeune homme que je laissais derrière moi ; mais je ne croyais pas me retourner pour lui.

De son côté, il parlait à des personnes qui l'arrêtaient, et mes yeux rencontraient toujours les siens.

La foule à la fin m'enveloppa et m'entraîna avec elle ; je me trouvai dans la rue, et je pris tristement le chemin de la maison.

Je ne pensais plus à mon ajustement en m'en retournant ; je négligeais ma figure, et ne me souciais plus de la faire valoir [1].

1. Marivaux, *La Vie de Marianne*, éd. M. Gilot, Paris, GF-Flammarion, 1978, Deuxième partie, p. 89-92.

STENDHAL, *LA CHARTREUSE DE PARME* (1839)

Hors du commun, l'âme italienne des héros stendhaliens n'est pas sans ressemblance avec la hauteur idéale des personnages galants de Mme de Lafayette. Or *La Princesse de Clèves* reparaît plusieurs fois chez Stendhal. À propos du courage des femmes, dans *De l'amour* (1822), l'aveu donne lieu à cette critique où la vision romantique décide en faveur de la passion :

> Quant au courage moral [...], la fermeté d'une femme qui résiste à son amour est seulement la chose la plus admirable qui puisse exister sur la terre. Toutes les autres marques possibles de courage sont des bagatelles auprès d'une chose si fort contre nature et si pénible. Peut-être trouvent-elles des forces dans cette habitude des sacrifices que la pudeur fait contracter.
>
> Un malheur des femmes, c'est que les preuves de ce courage restent toujours secrètes, et soient presque indivulgables.
>
> Un malheur plus grand, c'est qu'il soit toujours employé contre leur bonheur : la princesse de Clèves devait ne rien dire à son mari, et se donner à M. de Nemours [1].

Cette réécriture est proposée dans *La Chartreuse de Parme*. Cependant le bonheur lumineux entrevu par Fabrice et Clélia connaît également son crépuscule dans le renoncement à l'être aimé. À la fois Nemours et Clèves, Fabrice ne survit pas à cette douloureuse déception. L'amertume et la mélancolie du dénouement doivent beaucoup à *La Princesse de Clèves* [2].

> Tout le monde faisait compliment à la duchesse sur l'air grave de son neveu ; le fait est qu'il était au désespoir. Dès le lendemain de sa délivrance, suivie de la destitution et de l'exil du général Fabio Conti, et de la haute faveur de la

1. Stendhal, *De l'amour*, éd. V. Del Litto, Paris, Gallimard, « Folio », 1980, p. 97.
2. Voir cette édition, p. 235-238.

duchesse, Clélia avait pris refuge chez la comtesse Contarini, sa tante, femme fort riche, fort âgée, et uniquement occupée des soins de sa santé. Clélia eût pu voir Fabrice : mais quelqu'un qui eût connu ses engagements antérieurs, et qui l'eût vue agir maintenant, eût pu penser qu'avec les dangers de son amant son amour pour lui avait cessé. Non seulement Fabrice passait le plus souvent qu'il le pouvait décemment devant le palais Contarini, mais encore il avait réussi, après des peines infinies, à louer un petit appartement vis-à-vis les fenêtres du premier étage. Une fois, Clélia s'étant mise à la fenêtre à l'étourdie, pour voir passer une procession, se retira à l'instant, et comme frappée de terreur ; elle avait aperçu Fabrice, vêtu de noir, mais comme un ouvrier fort pauvre, qui la regardait d'une des fenêtres de ce taudis qui avait des vitres de papier huilé, comme sa chambre à la tour Farnèse. Fabrice eût bien voulu pouvoir se persuader que Clélia le fuyait par suite de la disgrâce de son père, que la voix publique attribuait à la duchesse ; mais il connaissait trop une autre cause à cet éloignement, et rien ne pouvait le distraire de sa mélancolie. [...]

Les seuls instants pendant lesquels Fabrice eut quelque chance de sortir de sa profonde tristesse, étaient ceux qu'il passait caché derrière un carreau de vitre, par lequel il avait fait remplacer un carreau de papier huilé à la fenêtre de son appartement vis-à-vis le palais Contarini, où, comme on sait, Clélia s'était réfugiée ; le petit nombre de fois qu'il l'avait vue depuis qu'il était sorti de la citadelle, il avait été profondément affligé d'un changement frappant, et qui lui semblait du plus mauvais augure. Depuis sa faute, la physionomie de Clélia avait pris un caractère de noblesse et de sérieux vraiment remarquable ; on eût dit qu'elle avait trente ans. Dans ce changement si extraordinaire, Fabrice aperçut le reflet de quelque ferme résolution. À chaque instant de la journée, se disait-il, elle se jure à elle-même d'être fidèle au vœu qu'elle a fait à la Madone, et de ne jamais me revoir. [...]

Elle avait fort bien découvert que Fabrice avait une fenêtre vis-à-vis le palais Contarini ; mais elle n'avait eu le malheur de le regarder qu'une fois ; dès qu'elle apercevait un air de tête ou une tournure d'homme ressemblant un peu à la sienne, elle fermait les yeux à l'instant. Sa piété profonde, et sa confiance dans le secours de la Madone étaient désormais ses seules ressources. Elle avait la douleur de ne pas avoir d'estime pour son père ; le caractère de son futur mari lui semblait parfaitement plat et à la hauteur des façons de sentir du grand monde ; enfin, elle adorait un homme qu'elle ne devait jamais revoir, et qui pourtant avait des droits sur elle. Cet ensemble de destinée lui semblait le malheur parfait, et nous avouerons qu'elle avait raison. Il eût fallu, après son mariage, aller vivre à deux cents lieues de Parme [1].

FROMENTIN, *DOMINIQUE* (1863)

Avec *Dominique*, le peintre et romancier Eugène Fromentin a livré l'un des derniers romans d'analyse, une autobiographie romancée à contre-courant du réalisme. Cette confession d'un homme mûr à propos d'une passion qui a tourmenté sa jeunesse déjà en proie au *mal du siècle* apparaît comme la liquidation du romantisme.

Jeune aristocrate, Dominique de Bray se découvre amoureux d'une jeune fille un peu plus âgée que lui et trop vite mariée à M. de Nièvres. Pour autant, Madeleine d'Orsel n'est pas la figure centrale de ce roman égotiste où la personne aimée est toujours irrémédiablement lointaine. À quel point partage-t-elle d'ailleurs les sentiments de Dominique ? Le narrateur indique plusieurs fois qu'il n'a jamais su ce qu'elle éprouvait à tel ou tel instant. Pour éviter de succomber à leur amour, les deux personnages s'éloignent régulièrement l'un de l'autre. Mais un soir de bal, Dominique est troublé par la féminité de Madeleine. Moins transi que renfrogné, cet amoureux lui refusera ensuite de danser : l'expérience de la jalousie

1. Stendhal, *La Chartreuse de Parme*, éd. F. Bercegol, Paris, GF-Flammarion, 2000, rééd. 2009, II, XXV, p. 557-558, et XXVI, p. 560-561.

donne à cet épisode des allures de variation ironique sur la scène de rencontre de *La Princesse de Clèves.*

Le soir indiqué, j'arrivai de bonne heure. Il n'y avait encore qu'un très petit nombre d'invités réunis autour de Madeleine, près de la cheminée du premier salon. Quand elle entendit annoncer mon nom, par un élan de familiarité qu'elle ne tenait nullement à réprimer, elle fit un mouvement vers moi qui l'isola de son entourage et me la montra de la tête aux pieds comme une image imprévue de toutes les séductions. C'était la première fois que je la voyais ainsi, dans la tenue splendide et indiscrète d'une femme en toilette de bal. Je sentis que je changeais de couleur, et qu'au lieu de répondre à son regard paisible, mes yeux s'arrêtaient maladroitement sur un nœud de diamants qui flamboyait à son corsage. Nous demeurâmes une seconde en présence, elle interdite, moi fort troublé. Personne assurément ne se douta du rapide échange d'impressions qui nous apprit, je crois, de l'un à l'autre, que de délicates pudeurs étaient blessées. Elle rougit un peu, sembla frissonner des épaules, comme si subitement elle avait froid, puis, s'interrompant au milieu d'une phrase qui ne voulait rien dire, elle se rapprocha de son fauteuil, y prit une écharpe de dentelles, et le plus naturellement du monde elle s'en couvrit. Ce seul geste pouvait signifier bien des choses ; mais je voulus n'y voir qu'un acte ingénu de condescendance et de bonté qui me la rendit plus adorable que jamais et me bouleversa pour le reste de la soirée. Elle-même en garda pendant quelques minutes un peu d'embarras. Je la connaissais trop bien aujourd'hui pour m'y tromper. Deux ou trois fois je la surpris me regardant sans motif, comme si elle eût été encore sous l'empire d'une sensation qui durait ; puis des obligations de politesse lui rendirent peu à peu son aplomb. Le mouvement du bal agit sur elle et sur moi en sens contraire : elle devint parfaitement libre et presque joyeuse ; quant à moi, je devins plus sombre à mesure que je la voyais plus gaie, et plus troublé à mesure que je trouvais en elle des attraits extérieurs qui d'une créature presque angélique faisaient tout simplement une femme accomplie.

Elle était admirablement belle, et l'idée que d'autres le savaient aussi bien que moi ne fut pas longue à me saisir le cœur aigrement. Jusque-là, mes sentiments pour Madeleine avaient par miracle échappé à la morsure des sensations venimeuses. « Allons, me dis-je, un tourment de plus ! » Je croyais avoir épuisé toutes les faiblesses. Mon amour apparemment n'était pas complet : il lui manquait un des attributs de l'amour, non pas le plus dangereux, mais le plus laid.

Je la vis entourée ; je me rapprochai d'elle. J'entendis autour de moi des mots qui me brûlèrent ; j'étais jaloux [1].

1. Eugène Fromentin, *Dominique*, éd. P. Barbéris, Paris, GF-Flammarion, 1987, XII, p. 199-201.

5 — *Les adaptations cinématographiques de* La Princesse de Clèves

Avec des intentions et des choix différents, quatre cinéastes ont porté à l'écran *La Princesse de Clèves.* À une nuance près, l'ordre chronologique correspond à un traitement de plus en plus libre.

UNE ADAPTATION TROP FIDÈLE ? *LA PRINCESSE DE CLÈVES*, DE JEAN DELANNOY (1961)

La principale difficulté d'une adaptation cinématographique de *La Princesse de Clèves* réside dans le choix du cadre temporel. En effet, ce n'est pas un roman historique au sens d'Alexandre Dumas, mais une « histoire galante » dont l'ancrage renaissant n'empêche pas de reconnaître le langage et les mœurs de la mondanité classique. En ce cas, la meilleure adaptation repose-t-elle sur une reconstitution historique ? Dans leur scénario, Jean Delannoy et Jean Cocteau ont pris ce parti.

En contradiction avec les costumes et les décors, les dialogues semblent voués à révéler l'ambiguïté temporelle. Or plusieurs choix confirment l'intention historique : bal renaissant, costumes somptueux, déplacement de la cour à Chambord, mais aussi présence d'un bouffon et d'Ambroise Paré. *La Princesse de Clèves* n'est pourtant pas *Ivanhoé*. En dépit de nombreux gages de fidélité au texte, le film s'achève d'ailleurs sur une trahison. Dans une séquence au romantisme suranné jusque dans le gothique flamboyant du pavillon, Delannoy met en scène la mort de la princesse de Clèves : tandis que Nemours croit la rejoindre pour un entretien amoureux, il la découvre étendue à la façon des gisants, au milieu d'une forêt de chandelles. La poésie visuelle de Cocteau peut plaire, cependant elle déforme le dénouement.

Plus fidèle en revanche, la passion guindée par le corset des bienséances est symbolisée par les costumes, dont Marina Vlady a pu dire qu'ils contraignaient physiquement le jeu des acteurs. Celui-ci n'est-il pas alors trop retenu ? Et comment rendre l'émotion, comment la surprendre dans les regards, si les acteurs sont toujours filmés à distance ? Certes, la princesse (Marina Vlady) est d'une beauté idéale et glacée, mais M. de Clèves (Jean Marais) est lointain, et Nemours (Jean-François Poron), transparent. Critiqué par la Nouvelle Vague pour sa rigidité académique, Jean Delannoy semble avoir témoigné plus d'intérêt pour les possibilités visuelles offertes par le contexte que pour la passion elle-même : on ne croit plus guère aujourd'hui au trouble de cette princesse qui n'a rien à fuir.

DES TRANSPOSITIONS TROP LIBRES ?

Plus près de nous par leur date de sortie et par leur ancrage contemporain, trois transpositions interrogent l'actualité du problème posé dans le roman. La fidélité est-elle devenue dans notre société une valeur inintelligible parce que désuète ou anormale ?

La Lettre, de Manoel de Oliveira (1999, prix du Jury à Cannes)

La principale liberté prise par Oliveira vis-à-vis du roman consiste dans l'opposition de l'univers de Mme de Clèves (Chiara Mastroianni), jeune femme de l'aristocratie parisienne, à celui de Pedro Abrunhosa (joué par Abrunhosa lui-même), célèbre chanteur portugais de pop jazz qui sera son Nemours. De larges extraits de spectacles réels apparentent le film à une captation de concert ; ils fournissent en particulier la première et la dernière séquence. Néanmoins, cette transposition s'avère la plus précise et la plus respectueuse de l'œuvre.

Les épisodes forts de l'intrigue amoureuse sont repris, mais séparés par des cartons, comme au temps du cinéma muet : ces intertitres permettent de combler les lacunes narratives et de restituer au long les conversations principales. Si les dialogues y apparaissent étrangement empesés pour notre temps (façon de dire que, par leur milieu peut-être, les Clèves appartiennent au passé), c'est que la transposition suit souvent le texte de très près : le passage au tutoiement, la modernisation ponctuelle des tournures sont parfois les principaux écarts, d'où cette impression de théâtre filmé. La scène de l'aveu en est un exemple. Mais ces ralentis, accentués par les plans fixes, permettent une attention exceptionnelle aux nuances de l'émotion. L'avertissement que Mme de Chartres (Françoise Fabian) adresse à sa fille depuis son lit de mort est exemplaire à cet égard. Un long plan-séquence permet de suivre au plus près l'effet des paroles sur la physionomie de la jeune femme : regard fuyant, tristesse et larmes, Chiara Mastroianni interprète magnifiquement les ambiguïtés de Mme de Clèves. Sa mélancolie nous touche dès sa première apparition, avant la rencontre de son mari. Ce n'est donc pas le hasard des événements qui décide de son histoire, ce n'est pas davantage le choix très moral de la fidélité, mais plutôt le caractère même du personnage, sa profondeur insondable et sombre.

Mme de Clèves est-elle étrangère à son temps ? Les fuites et les retraites sont rendues à quatre reprises par des visites à une amie religieuse, au couvent de Port-Royal. La sœur lira enfin « la lettre » de confidence. Sous le portrait d'Agnès Arnauld par Philippe de Champaigne, ce qui pourrait signifier le parti d'une lecture janséniste du roman, Mme de Clèves se confie/se confesse : elle ne comprend pas la facilité des sentiments chez ses contemporains. Son attirance pour Abrunhosa est douloureuse parce que, semble-t-il, elle est ce qui l'éloigne d'une éducation aristocratique des plus austères. Mais la religieuse ne la comprendra plus dès lors que M. de Clèves sera mort : quel obstacle encore ? Ce « martyre » qu'elle s'inflige, selon le propre terme qu'elle emploie, n'a plus de raison, il n'est plus que macération excessive, au-delà même du rigorisme religieux. L'obstacle paraît donc bien être de nature psychologique.

Interprétée sur fond noir et bleu nuit, la dernière chanson d'Abrunhosa est un crépuscule d'une profonde mélancolie. Mais cette transfiguration de la passion fait précisément de lui une figure moderne d'Orphée. Elle répond en somme à la mélancolie initiale de la princesse.

La Fidélité, d'Andrzej Zulawski (2000)

La *fidélité* d'une adaptation cinématographique est-elle mieux atteinte en trahissant le roman ? Clélia (Sophie Marceau) est artiste-photographe, Clèves (Pascal Greggory) un éditeur idéaliste, et Nemo (Guillaume Canet) un photographe sans culture, spécialisé dans les images volées et les reportages chocs. La découverte d'un trafic d'organes par ce dernier provoque le dénouement, qui percute et parasite l'issue romanesque. Écrasée jusqu'à l'écœurement sous l'accumulation systématique et concentrée des violences de notre société, la fidélité de Clélia est un *paradoxe*. Or cette attitude est sujette à caution parce qu'elle n'est pas exempte d'érotisme : Clèves et le spectateur semblent réduits à partager la même incrédulité devant cette étrange passion. Mais le film ne nous renvoie-t-il pas justement à l'incompréhension de l'attitude fidèle dans une société décadente ? Et ne souligne-t-il pas qu'il est vain de vouloir tirer du roman une leçon universelle ?

La Belle Personne, de Christophe Honoré (2008)

Bien loin de la cour d'Henri II, l'action est transposée dans la cour d'un lycée parisien du 16e arrondissement, où évolue avec autant d'aisance que de suffisance une jeunesse dorée. Junie (Léa Seydoux) « sort » avec Otto (Grégoire Leprince-Ringuet) et, malgré son attirance pour lui, résiste à Nemours (Louis Garrel), leur professeur d'italien, un dandy amoral qui séduit les lycéennes en abusant des poses romantiques. *Teenage movie* des quartiers chics, objet snob et démagogique ? Le pavillon de Coulommiers est devenu un arrière-coin du lycée, où prend place la scène de l'aveu : Junie et Otto sèchent ostensiblement leur cours d'italien, auquel Nemours lui-même ne se rend pas, préférant les suivre et les espionner. Cet amour interdit heurte les bienséances, mais nul ne paraît vraiment s'en étonner, et le scénario multiplie les invraisemblances – à plaisir ou par complaisance pour le public ? La division de la critique à propos du film n'est pas sans ressembler à la querelle suscitée en son temps par *La Princesse de Clèves*… et c'est peut-être là ce que cette libre adaptation a de plus fidèle.

GLOSSAIRE

Ce glossaire n'est pas un lexique détaillé de la langue de Mme de Lafayette. Il ne vise qu'à faciliter la lecture et l'interprétation de *La Princesse de Clèves.* Il renferme donc uniquement les mots obscurs : souvent termes techniques, à couleur parfois archaïque, concernant notamment la vie et les cérémonies de cour (par ex. : *livrée*, *tenant*) ; et ceux dont la clarté n'est qu'apparente, de sorte qu'ils prêtent à contresens : termes qui appartiennent surtout au langage abstrait et au registre psychologique (par ex. : *aigreur*, *engagement*). En revanche, nous avons négligé beaucoup de mots qui, pour offrir une valeur un peu différente de celle d'aujourd'hui (souvent plus vague), ne peuvent égarer le lecteur et sont surtout à nuancer par le recours au contexte (par ex. : *agrément*, *attachement*, *charme*, *divertissement*). On aura profit à consulter, en dépit de ses défauts (présentation négligée, références données à une édition médiocre et devenue introuvable, absence des contextes), l'index, en principe complet, procuré par Jean de Bazin, *Vocabulaire de « La Princesse de Clèves »*, Paris, Nizet, 1967.

Pour chaque mot, ou pour chaque sens d'un mot, sont portés des renvois au texte. Ceux-ci ne prétendent pas donner la totalité des occurrences, soit des mots, soit des sens. Nous nous contentons même parfois, dans le cas de retours fréquents, de la mention *passim*. Entre les sens, sont uniquement retenus ceux qui n'existent plus, ou plus guère, dans la langue d'aujourd'hui. Mais souvent le sens actuel peut fort bien coexister avec le sens ancien (par ex. : *entendre*).

À. D'emploi plus large qu'aujourd'hui. Souvent équivalent de *pour*, *passim* ; au moins une fois de *contre*, 149.

ABORD (D'). Dès l'abord, aussitôt, 98, 103, 107, 116.

ABORD (D') QUE. Aussitôt que, 127, 228.

ACCIDENT. Événement suscité par le hasard, heureux ou malheureux, 250 ; dans une maladie, toute variation de symptômes, avec un sens voisin du moderne *complication*, 228.

ACHEVER. Mener à terme, 124.

ACHEVER (S'). Se conclure, 96-97.

ACTION. Gestes, mouvements du corps, ton de voix accompagnant la parole, 200 ; haut fait de guerre, 218.

AFFECTER. Adopter par principe une certaine attitude ; s'imposer de, 205.

AIGRE. Acide, piquant (au sens moral), 106.

AIGREUR. Amertume, irritation, agressivité, 79, 114, 141, 171, 177, 209.

AIGRIR. Irriter, exaspérer, 117, 125, 170, 214.

AIR. Allure générale, manières (en un sens vague), 78, 84, 93, 96, 98.

AJUSTEMENT. Ornement, parure, tout ce qui donne son fini au vêtement, 75.

AMANT. Inclut le sens actuel, mais offre le plus souvent le sens général de celui qui aime ou qui est aimé, *passim*.

AMITIÉ. Offre le sens actuel, mais comporte aussi celui d'*amour* (sans passion), 117, 144, 229.

APPARENCE. Signifie parfois : vraisemblance, probabilité, 112, 160, 198, 223, 236.

APRÈS-DÎNÉE. Après-midi, 114, 145, 178-179, 214.

ARTICLES [de mariage]. Clauses préparatoires à un contrat de mariage, 94.

ASSAILLANT. Celui qui, dans un tournoi, provoque au combat ; opposé à *tenant*, 148.

ASSEMBLÉE. Réunion mondaine, qui peut donner lieu à un bal, 93, 109, 112, 137-138, 195, 202.

ASSURER (S') de quelqu'un. Se rendre sûr, se gagner, 79.

AUSSI. Au sens de *non plus*, 92, 159.

AVANCÉ. Précoce, mûr, 79.

AVENTURE. Ne signifie guère plus que : série d'événements formant un tout, 87, 177.

BAGUE (COURSE DE). Exercice de manège qui consistait, en courant à toute bride, à emporter un anneau – ou bague – suspendu à un poteau, 75, 100, 141, 144, 153.

BALANCER. Équilibrer, contrebalancer, 171 ; hésiter, être en suspens, 170.

BANDE. Troupe. L'expression « les dames de la petite bande » vient de Brantôme, 103.

BARRIÈRE. Petit parc fermé où se font les joutes, les tournois, les courses de bague, 141, 207.

BIENSÉANCE. Convenance, *passim*.

BIZARRE. Fantasque, changeant, incohérent, 179, 187, 196.

BIZARRERIE. Enferme l'idée de diversité, de caprice, d'incohérence, 154.

BRAVE. Possède, outre le sens moderne, celui de « bien habillé », qui n'est pas à exclure pour l'unique emploi de ce mot, 77.

CABALE. Association, plus ou moins secrète, qui se fait entre personnes ayant les mêmes intérêts ; sorte de parti (avec nuance péjorative), 87, 104.

CABINET. La partie la plus retirée d'un appartement (lequel comporte : salle, antichambre, chambre, cabinet et, éventuellement, galerie) ; lieu où l'on s'enferme pour travailler, *passim* ; lieu couvert au bout d'une allée de jardin, 236.

CANNE DES INDES. Voir l'explication donnée en note, 52, 221.

CARRIÈRE. Lieu destiné aux courses de chevaux et, par extension, la course elle-même, 207.

CÉANS. Ici (dedans), 235.

CÉLÈBRE. Fréquenté (sens étymologique), 147.

CERCLE. Assemblée qui se fait chez la reine, où les dames se tiennent en rond autour d'elle, 76, 139, 162.

CHAGRIN. Mécontentement, contrariété, 89, 103, 109, 112 ; ennui, mélancolie, 94.

CHAMARRÉ. Se dit d'un habit orné de passement, de broderies, de galons, de boutons disposés en rangées, 143.

CHIFFRE. Caractère composé de lettres entrelacées, qui sont habituellement les initiales du nom de la personne, 75, 149.

COMÉDIE. Représentation théâtrale en général, 76, 121-122, 148.

COMME. Lorsque, 193, 195, 226-227.

COMMERCE. Au sens très général de relation, notamment amoureuse, *passim*.

COMMISSION. Mission, charge, emploi, 90, 188, 211, 220.

COMPÈRE. Au sens propre : le parrain d'un enfant par rapport à la marraine, ainsi qu'au père et à la mère. Dans le langage peu châtié, se dit de ceux qui sont bons amis et familiers ensemble, 101.

CONFIDENCE. Relation qui s'établit entre personnes qui se communiquent leurs pensées secrètes, 91, 176.

CONGÉ. Permission, 148, 220.

CONNAÎTRE. Au sens de : reconnaître, apprendre, 113-114, 129, 141, 156.

CONNÉTABLE. Grand officier de la Couronne, chef des maréchaux de France et premier officier des armées, 78.

CONSÉQUENCE. Importance, 170.

CONTENT. Satisfait, 94, 109, 139, 178.

CONTRAINDRE (SE). Se gêner, se dissimuler, 86.

COULEURS. Celles qui, dans un tournoi, permettaient de distinguer les chevaliers couverts de leurs armures ; couleurs d'habits, de rubans, de plumes, choisies souvent en fonction de celles que préféraient leurs maîtresses, 75, 206-207, 221.

COUP (TOUT D'UN). Brusquement, 181, 184 ; en un instant, 196.

COUR (FAIRE SA). Rendre des visites, manifester des assiduités et des respects à l'endroit des supérieurs, 118, 140, 160.

COURRE. Infinitif archaïque pour *courir*, 100.

COURS SOUVERAINES. Désigne les principales cours de justice : Parlement, Chambre des comptes, Cour des aides, Cour des monnaies. Les autres, présidiaux, sièges royaux, étaient cours subalternes, 205.

DÉMARIER (SE). Se séparer par annulation de mariage, 91-92.

DÉPLAISIR. Douleur, 91, 116, 230.

DESSOUS. L'étage le plus bas, 180.

DESSUS (d'une lettre). Suscription, adresse, 172.

DEVANT. Avant, 227.

DEVANT QUE. Avant que, 114, 241.

DEVISE. Caractère, chiffre, rébus, sentence, proverbe, en principe accompagnés d'une image symbolique, inscrits sur l'écu et caractérisant une famille ou une personne, 149.

DILIGENCE (EN). Promptement, *passim*.

DIVERTIR. Détourner, faire diversion, 234.

DOMESTIQUE. Adj. : familial, 83 ; subst. : qui vit dans la maison, sans être nécessairement de condition inférieure, 180, 218.

DONNER (à un cheval). Piquer de l'éperon ; cf. *donner des deux*, 148.

DOUCEUR. Contraire d'*aigreur*. Qualité de ce qui est agréable ; ce qui fait plaisir, 76, 78, 93, 100, 129, 138.

DOUX. Contraire d'*aigre*. Agréable, aimable, qui fait plaisir, 115-116.

ÉCHAFAUD. Gradins de bois destinés à recevoir des spectateurs et à leur permettre d'assister commodément à une cérémonie, 149, 205-206.

ÉCHANSON. Grand officier de la Couronne, préposé au service de la boisson, 206.

ÉCLAIRCIR. Rendre plus précis, 189.

ÉCLAIRCIR (S'). Se tirer de l'incertitude, 87.

EFFET. Conséquence, manifestation, 128, 130, 228, 242.

EMBARQUER (S'). S'engager, 81, 147.

EMBARRAS. Encombrement, 206.

EMBARRASSÉ. Compromis, 102, 177.

EMBARRASSER (S'). Se prendre, s'emmêler, 222.

ÉMULATION. Jalousie qui excite à égaler ou à dépasser les autres (avec nuance défavorable), 103, 141.

ENGAGEMENT. Action de s'attacher, de se lier, soit par promesse, soit par habitude, soit par passion (notamment dans le vocabulaire de l'amour et du mariage), 80, 83, 162-163, 167, 224, 230.

ENGAGER. Déterminer, 161 ; entraîner dans une liaison, 186 ; marier, 247.

ENGAGER (S'). Entamer une liaison, 167 ; se promettre mariage, 244, 250.

ENTENDRE. Comprendre, savoir, 80, 95, 109, 114.

ENTREPRISE. Empiétement, incursion, 212.

ENTRER À. Accepter l'idée de, 173.

ENTRER DANS. Prendre part à, adopter, faire sien, 90, 104, 110, 126, 148, 175.

ENVOYER. Dépêcher un *envoyé*, ambassadeur extraordinaire chargé d'une mission précise, 81-82.

ÉQUIPAGE. Équipement et suite nécessaire pour un voyage, 97, 238.

ESPRIT. Intelligence, ensemble des qualités intellectuelles, *passim* ; même valeur du mot dans « homme d'esprit », 82.

ÉTONNEMENT. Sens très fort : stupéfaction, 247.

ÉTONNER. Frapper violemment, 207-208.

ÉVÉNEMENT. Issue, 82.

FÂCHÉ. Mécontent, 112.

FÂCHEUX. Importun, désagréable, 181.

FEMME. Femme de service, servante, suivante, 117-118, 162, 213, 215, 218, 222.

FERMÉE (COURONNE). Couronne couvrant la tête, 205.

FEU. Vivacité, ardeur, 103.

FIER (SE). Se confier, 169, 200.

FILLE. Fille d'honneur, demoiselle noble attachée à la personne de la reine ou d'une grande dame, 102, 142, 205.

FINESSE (FAIRE UNE). Faire un mystère, 215.

FORTUNE. Ce qui arrive par hasard, en bien ou en mal, 80, 213 ; situation sous le rapport des biens, des charges et des honneurs, 81, 94, 97, 140, 162, 172.

FULMINATION. Sentence ordonnant l'exécution d'une bulle du pape, 143.

GALANT. Élégant, agréable, qui plaît (particulièrement, mais non exclusivement, aux dames), *passim*.

GALANTERIE. Élégance, charme, 75 ; l'amour saisi sous l'angle des rapports mondains, 87-88 ; liaison amoureuse (souvent en mauvaise part), 106, 178 ; propos d'amour, 88.

GRAND-MAÎTRE. Grand-maître de la maison du Roi, l'un des principaux parmi les grands officiers de la Couronne, 206.

GROS. Se dit de la cour lorsqu'il y a beaucoup de monde à l'occasion d'une cérémonie, 134.

HAÏR (NE PAS). Litote pour dire : aimer, 114, 186, 196, 243.

HASARD. Risque, 162, 169, 178, 204, 223, 225.

HASARDER. Risquer, 107, 126, 131, 186, 203.

HASARDEUX. Risqué, incertain, 186, 223.

HEURE (TOUT À L'). Tout de suite, 175.

HONNÊTE. Aimable, qui plaît, 101, 224.

HONNÊTE HOMME. Homme qui sait plaire, agréable en société ; homme du monde, galant homme, 188 ; plur. : honnêtes gens, 84.

HONNÊTETÉ. Politesse, civilité, courtoisie, 217.

IDÉE. Souvenir visuel, 127.

IMAGINATION. Idée concrète, 237.

IMAGINER (S'). Penser, croire, 234.

INFAILLIBLE. Inévitable, certain, 250.

INFAILLIBLEMENT. Immanquablement, 175.

INQUIET. Qui ne peut trouver le repos, 236.

INQUIÉTUDE. Tourment, 109, 178.

INTELLIGENCE. Union, entente, complicité, 133, 176, 178.

INTÉRÊT. Part que l'on prend à quelque chose, 171.

LEVER. Enlever, 206.

LIAISON. Relation, au sens le plus général, mais surtout entre homme et femme, 82, 101, 144.

LIAISONS (PRENDRE DES). Chercher à établir des rapports, 79.

LIBÉRAL. Généreux, aussi éloigné de l'avarice que de la prodigalité, 77.

LIBÉRALITÉ. Générosité, 80.

LIBERTÉ. Facilité, 208, 218 ; aisance, 176.

LIBRE. Aisé, naturel, 209.

LICE. Champ clos, carrière, où se livrent joutes et tournois, 148-150, 206-207.

LIVRÉE. Se dit non seulement des vêtements de couleur portés par les gens de la maison du Roi et des grands seigneurs, mais de ces gens eux-mêmes, 192, 205-206.

LORS. Alors, 89, 208.

MACHINE. Au théâtre, ce qui permet de faire mouvoir les éléments du décor et de produire des effets merveilleux, 206.

MAGNIFICENCE. Grande dépense pour de belles choses, 75.

MAGNIFIQUE. Celui qui se plaît à la dépense pour de belles choses, 77.

MAÎTRE (OU MESTRE) DE CAMP. Celui qui, dans un tournoi, préside à l'ordonnance des combats et en règle la marche, 148.

MAÎTRESSE. Le sens est plus large qu'aujourd'hui et ne s'entend pas seulement en mauvaise part, 78-79, 100, 102-103, 109-110.

MALHEUR. Hasard malencontreux ; rencontre fâcheuse, 80, 122.

MANÈGE. Lieu où l'on fait travailler les chevaux, comportant des piliers pour certains exercices, 149.

MANQUER À. Faire une faute contre ; être infidèle à, 178.

MARÉCHAL DE CAMP. Même sens que « maître de camp », 207.

MÉCHANT. Médiocre, méprisable, 172.

MÊLÉ. De couleurs mêlées, 205.

MÉRITE. Ce qui donne estime et considération, sans qu'il s'agisse nécessairement de qualités morales, 76, 80-81, 90, 93.

MOUVEMENT. Émotion, sentiment, 141, 246.

NATUREL. Où n'entre aucun artifice, 253.

OCCUPER. Préoccuper, 137.

OFFICE. Secours, service (bon ou mauvais), 166, 168.

OFFICIER D'ARMES. Officier chargé de régler les combats dans un tournoi, 148.

OR MÊLÉ. Voir *Mêlé*, 205.

ORDRE (CHEVALIER DE L'). Entendre : de l'ordre du Roi (sous Henri II, l'ordre de Saint-Michel), 206.

ORFRISÉ. Mieux que : or frisé (*aurum phrygium*) ; on dit aussi « orfroi ». Broderie d'or employée habituellement en bordure du vêtement, 206.

OUÏR. Entendre, 97, 100, 102.

PALAIS. Palais de justice, 205.

PANETIER. Grand officier de la maison du Roi, qui a soin du pain, 206.

PARTICULIER. Extraordinaire, en bonne ou en mauvaise part, qui sort du commun, étrange, 111, 131, 159 ; familier, privé, 87, 148, 160-161 ; précis, 226.

PAS. Au sens de passage : lieu défendu par un chevalier et qu'on ne pouvait franchir sans combattre, d'où équivalent de tournoi, 148.

PASSER. Dépasser, 220, 234.

PAUME OU JEU DE PAUME. Jeu très prisé des courtisans, qui se jouait soit en plein air, soit, le plus souvent, en salle ; analogue au tennis, dont il est l'ancêtre, 75, 100, 149, 157 ; la salle de jeu, 158, 168.

PAVILLON. Gros bâtiment carré, plus élevé que l'ensemble de la construction à laquelle il appartient, et surmonté d'une haute toiture, 180, 218.

PÉNÉTRÉ. Touché profondément, 187, 192.

PERDRE. Déconsidérer, ruiner, parfois faire périr, 177.

PÉRIR. Se ruiner, finir malheureusement, 106.

PERRON. Construction de bois ou de pierre placée au bout de la lice, 148.

PIÈCE (DOUBLE). Armure en deux parties, 148.

PIQUANT. Douloureux, pénible, 155.

POLITESSE. Élégance, raffinement dans les manières et dans la vie de société, 76.

POSTE. Course de voitures rapides acheminant le courrier, 227.

PRESSÉ. Oppressé, 223.

PRÉVENIR. Mettre dans certaines dispositions ; donner des préventions, 91.

PRINCE. Se dit d'un souverain, et de tous les parents de souverains, en particulier en France des « princes étrangers ». Voir ci-dessus, 27-29, et *passim*.

PROCÉDÉ. Manière d'agir, 208, 216.

PROCHE DE. Près de, *passim*.

PROVINCES (LES DIX-SEPT). Celles qui composaient les Pays-Bas (de l'Artois à Groningue) et la Franche-Comté, 104.

QUALITÉ. Caractéristique, bonne ou mauvaise, 77-78, 80, 93-94 ; condition sociale et, plus spécialement, haute noblesse, 84, 108 ; d'où l'expression « personne de qualité », 108, 115, 140.

QUASI. Presque, *passim*.

QUÉRIR. Chercher, 131, 168, 170, 175.

RACCOMMODER. Arranger, 145 ; réconcilier, 177.

RALENTIR. Rendre un mouvement (au sens moral du terme) plus doux, 107, 253.

RECEVOIR. Faire accueil à, 186.

RENDRE. Aboutir, 149.

REQUÉRIR. Redemander, 128.

RETARDEMENT. Retard, 131.

REVENIR. Changer d'avis, 252.

RÊVER. Appliquer son esprit à un sujet ; penser, 137-138, 236, 238.

RÊVERIE. Réflexion, méditation, 221, 236.

RÊVEUR. Qui s'applique à une réflexion, 191.

RIGUEUR. Marque de réserve ou de refus ; attitude froide et distante que prend une femme aimée (le plus souvent au pluriel), 183, 215.

ROMPRE. Engager un combat singulier, 148 ; « Rompre une lance » a le même sens, 207.

SACRIFICE. Abandon, rejet d'un amour ou d'une femme aimée, conçu comme une sorte d'offrande faite à une rivale, 153.

SACRIFIER. Rompre avec un amour, avec une femme aimée, comme par l'immolation d'une victime, 122, 153, 156.

SANS QUE. Si ce n'est que, 132, 180, 193.

SAVOIR. Apprendre, 125, 180, 198.

SECRET. Aptitude à garder le secret, 159, 163.

SEMBLANT (NE PAS FAIRE). Ne pas avoir l'air, 109, 221.

SÉNÉCHAL. Chef de la noblesse et commandant de la milice dans une province, 102.

SENSIBLE. Qui se fait fortement sentir, 186, 223, 226.

SENSIBILITÉ. Aptitude à sentir, 152, 177.

SENSIBLEMENT. D'une façon marquée, 89, 186.

SENTIR. Éprouver, comprendre, 89.

SERVANT (GENTILHOMME). Officier de la maison du Roi, chargé de porter les plats sur la table, 157, 192.

SERVIR. Assister, secourir, défendre la cause de, 249.

SOIN. Tout ce que l'on fait pour plaire, *passim*.

SOUFFRANCE. Fait de tolérer, de supporter, 245.

SOUFFRIR. Supporter, admettre, s'accommoder de, 231.

SOUTENIR. Défendre, justifier, 131, 138, 140, 177.

SUCCÈS. Résultat, bon ou mauvais, 80, 91.

SUPPOSER. Accuser faussement de, 144, 189.

SURMONTER. Vaincre, dominer, 178.

TANTÔT. Tout à l'heure, 126.

TEINTURE. Impression, bonne ou mauvaise, 142.

TENANT. Celui qui, dans un tournoi, se présente pour combattre contre tous ceux qui se présenteront (les assaillants), 148, 206-207.

TOUCHER. Émouvoir, *passim*.

TRAIN. Équipage, suite, 143.

TRAITER. User de certaines manières avec quelqu'un, 90.

TRANSPORT. Trouble violent, agitation de l'âme, *passim*.

TRAVERSER. Faire obstacle à ; apporter de l'empêchement à, 91.

VENANT (TOUT). Tous ceux qui se présentent, 148.

VERS. Envers, 82.

VIDAME. Seigneur temporel d'un évêché, 27-28 et *passim*.

VISIONNAIRE. Sujet à des visions, extravagant, 128.

VIVACITÉ. Chaleur intérieure ; plénitude de vie, 100, 103.

TABLE DES PERSONNAGES

Cette table comporte tous les noms de personnes portés dans le roman, qu'ils désignent celles qui sont engagées activement dans l'intrigue ou celles qui font l'objet d'une simple allusion épisodique. Des unes aux autres, on passe en effet par une série de transitions insensibles. Nous avons même relevé les personnages anonymes, quitte à les rattacher, le plus souvent possible, au personnage plus important par rapport auquel ils se définissent. Nous négligeons toutefois les groupes, dès lors qu'il n'est pas possible d'en restituer la composition : par exemple, la suite de Mlle de Chartres chez l'Italien trafiquant de pierreries ou les princesses de la cour. En revanche, nous avons porté *les Reines* et *Messieurs de Guise*, groupes d'individus identifiables.

Pour faciliter la consultation de la table, nous désignons les personnages par les termes mêmes qu'emploie Mme de Lafayette, en effectuant des renvois lorsque les désignations sont multiples. Il arrive que le titre soit employé plus volontiers que le nom : *le Roi*, *la Reine Dauphine*. En ce cas, la notice relative au personnage est quand même placée sous le nom : *Henri II*, *Marie Stuart* ; et le titre ne donne lieu qu'à un renvoi. Mais il arrive aussi que le titre soit seul employé : Mme de Lafayette ne dit jamais *Catherine de Médicis*, *François II*, mais *la Reine*, puis *la Reine mère*, et *Monsieur le Dauphin* (ou *le Roi Dauphin*), puis *le Roi*. En ce cas, la notice figure à la suite du titre le plus employé. Les rois et princes étrangers désignés par leurs titres sont rangés au nom de leur pays : Navarre (*le Roi*, *la Reine de*).

Selon l'usage reçu, nous rangeons les personnages de sang royal à l'initiale de leur prénom : *Catherine d'Aragon*, *Claude de*

France. Nous adoptons en principe l'orthographe de Mme de Lafayette, notamment pour les noms anglais : *Boulen*, *Seimer*, etc.

Les notices sont très succinctes et négligent en particulier les faits d'armes par lesquels se sont illustrés la plupart des personnages masculins. Elles sont essentiellement historiques. Aussi les personnages fictifs (*Mme de Chartres*, *la Princesse de Clèves*) ne donnent-ils lieu à aucune notice. Toutefois, certaines indications sont éventuellement données sur le rapport du personnage fictif avec l'histoire (*Estouteville*). Les altérations que le roman fait subir à l'histoire sont signalées quand elles touchent à des points importants de biographie. Pour certains personnages, il est difficile de déterminer s'ils appartiennent à l'histoire ou à la fiction : nous faisons alors état de nos doutes.

À côté du nom de chaque personnage sont indiquées les pages du roman auxquelles il apparaît. Pour les plus fréquemment cités, au nombre de dix, nous avons porté la simple mention : *passim*. Dans le cas de désignations diverses, nous avons éventuellement localisé l'emploi de chacune d'entre elles.

ALBE (le duc d'), 81, 147, 149, 192-193, 205. – Ferdinand Alvarez de Tolède, homme d'État et général des armées d'Espagne sous Charles Quint et Philippe II (1508-1582).

ALENÇON (la duchesse d'), 142-143.
Voir aussi MARGUERITE (Madame) sœur du Roi.

AMBOISE (Madame d') ; l'amie de Madame de Thémines, 169, 172, 175. – Difficile à identifier avec un personnage historique, quoique le nom ait été beaucoup porté au XVIe siècle.

ANGLETERRE (la Reine d'), 81.
Voir aussi MARIE D'ANGLETERRE.

ANGLETERRE (la Reine d'), 131, 133.
Voir aussi ÉLISABETH (la Reine).

ANGLETERRE (le Roi d'), 92.
Voir aussi HENRI VIII.

ANNEBAULD (l'amiral d'), 105. – Claude d'Annebauld, baron de Retz et de La Hunaudaye, maréchal de France en 1539, amiral en 1544, l'un des principaux ministres de François Ier. Mort en 1552.

ANVILLE (Monsieur d'), 79-80, 90-91, 121-122, 131-133, 169. – Henri de Montmorency, fils puîné du Connétable. Né en 1534 ; marié le

26 janvier 1558 à Antoinette de La Marck, fille du duc de Bouillon et petite-fille de Diane de Poitiers. Maréchal de France en 1566, duc de Montmorency en 1579, connétable en 1593. Mort en 1614.

ASTROLOGUE (l'), 139. – Personnage emprunté à un récit donné par Le Laboureur, qui l'attribue à Brantôme.

AUMALE (le duc d'), 79, 192. – Claude de Lorraine, frère du duc de Guise et du cardinal de Lorraine. Né en 1526, marquis de Mayenne, puis, en 1550, duc d'Aumale ; marié le 1er août 1547 à Louise de Brézé, fille de Mme de Valentinois. Tué au siège de La Rochelle, en 1573.

BOUILLON (le duc de), 192. – Henri Robert de La Marck, prince de Sedan. Fils de Robert de La Marck, duc de Bouillon († 1556), et de Françoise de Brézé, fille de Mme de Valentinois. Marié le 7 février 1558 à Françoise de Bourbon, fille aînée du duc de Montpensier. Mort en 1574.

BOULEN (Anne de) ; la Reine, 142-144. – Plus souvent écrit : *Boleyn*. Née en 1500. Élevée à la cour de France ; peut-être maîtresse de François Ier. Fille d'honneur de la reine d'Angleterre, Catherine d'Aragon. Maîtresse d'Henri VIII, qu'elle épouse en 1533. Exécutée sous l'accusation d'inceste et d'adultère en 1536. Mère de la reine Élisabeth.

BOULEN (la mère d'Anne de), 142. – Jeanne Clinston, femme de Thomas de Boulen, chevalier de l'ordre de la Jarretière, plus tard ambassadeur en France (qui récusait la paternité d'Anne de Boulen). Fut maîtresse d'Henri VIII.

BOULEN (le frère d'Anne de), 144.
Voir aussi ROCHEFORT (le vicomte de).

BOULEN (la sœur d'Anne de), 142. – Marie de Boulen. Aînée d'Anne. Fut aussi maîtresse d'Henri VIII.

BOURBON (le connétable de), 102. – Né en 1490. Fils de Gilbert de Bourbon, comte de Montpensier, et de Claire de Gonzague. Connétable en 1514. Trahit la France en s'alliant à Charles Quint en 1523. Tué au siège de Rome en 1527.

BRÉZÉ (Monsieur de), 102. – Louis de Brézé, comte de Maulévrier, grand sénéchal et lieutenant général au gouvernement de Normandie en 1490 ; marié en secondes noces, en 1514, à Diane de Poitiers. Mort à Anet, en 1531.

MARTIGUES (Madame de), 132, 166-167, 173, 193, 195, 211, 213-214, 218-219, 234-235. – Marie de Beaucaire, fille de Jean de Beaucaire, seigneur de Puy-Guillon, sénéchal de Poitou, et de Guyonne Du Breuil ; mariée à Sébastien de Luxembourg, comte de Martigues, puis, en 1564, comte, et plus tard, duc de Penthièvre.

MERCŒUR (la duchesse de), 179-180, 187, 225-228. – Jeanne de Savoie, sœur du duc de Nemours. Née en 1532, mariée en 1555 à Nicolas de Lorraine, duc de Mercœur, comte de Vaudémont. Morte en 1568.

MESDAMES FILLES DU ROI, 86. – Élisabeth et Claude de France (voir ci-dessus), et peut-être Marguerite de France, née en 1552, la future Reine Margot, première femme d'Henri IV.

MONTGOMERY (le comte de), 207-208. – Gabriel de Lorges. Fils de Jacques de Lorges, sire de Montgomery. Marié à Élisabeth de La Touche. Capitaine des gardes écossaises d'Henri II. Après la mort du roi, s'engagea dans le parti protestant. Accusé de trahison et exécuté en 1574.

MONTMORENCY (le connétable de) ; le Connétable, 78-82, 88, 91, 101, 104-105, 163, 192, 211-212. – Anne de Montmorency. Fils de Guillaume de Montmorency et d'Anne Pot. Né en 1592 ; maréchal de France en 1522 ; connétable en 1538 ; duc et pair en 1551. Marié en 1526 à Madeleine de Savoie. Mort en 1567.

MONTMORENCY (Monsieur de), 79-80, 207. – François de Montmorency, fils aîné du précédent. Marié le 3 mai 1557 à Diane légitimée de France, fille naturelle d'Henri II, dont il n'eut pas d'enfants. Maréchal de France en 1559, duc de Montmorency en 1567, mort en 1579.

MONTPENSIER (le duc de), 89. – Louis de Bourbon, fils de Louis de Bourbon, prince de La Roche-sur-Yon, et de Louise de Bourbon, comtesse de Montpensier, dauphine d'Auvergne. Né en 1513, duc de Montpensier en 1538, dauphin d'Auvergne en 1543. Marié d'abord, en 1538, à Jacqueline de Longwy, dont il eut un fils et quatre filles ; puis, en 1570, à Catherine de Lorraine de Guise, fille du duc de Guise, née en 1552, dont il n'eut pas d'enfants.

MONTPENSIER (le prince de) ; le Prince Dauphin, 89-91. – François de Bourbon, fils du précédent. Né vers 1542, prince dauphin (à cause du dauphiné d'Auvergne), marié en 1566 à Renée d'Anjou, demoiselle de Mézières, fille de Nicolas d'Anjou, marquis de Mézières, et de Gabrielle de Mareuil. Mort en 1592.
Voir aussi la nouvelle *La Princesse de Montpensier*.

MONTPENSIER (Mademoiselle de), 205. – Anne de Bourbon, deuxième fille du duc de Montpensier. Mariée le 6 septembre 1561 à François de Clèves, duc de Nevers. Morte en 1572.

CHRONOLOGIE

1633 (5 février). Mariage, à Saint-Sulpice, de Marc Pioche de La Vergne et d'Isabelle Péna. Le contrat a été passé le même jour, au Petit-Luxembourg, résidence de Mme de Combalet, future duchesse d'Aiguillon, nièce très influente de Richelieu, chez qui demeurent aussi les futurs époux. Le marié, après une longue carrière militaire, y est gouverneur d'Armand de Maillé, fils du maréchal de Brézé et d'une sœur de Richelieu. La mariée, d'une famille de médecins au service de la cour, appartient à l'entourage de Mme de Combalet. Elle compte parmi ses relations des familiers de l'hôtel de Rambouillet : la fille de la marquise, Julie d'Angennes, et la future duchesse de Longueville, de la maison de Condé.

1634 (18 mars). Baptême, à Saint-Sulpice, de Marie-Madeleine Pioche de La Vergne. Le parrain est le maréchal de Brézé ; la marraine Mme de Combalet.
(13 avril). Marc Pioche, pourvu de talents d'architecte et d'entrepreneur, commence à acheter des terrains à bâtir dans son quartier. Sur le premier, situé au coin est de la rue de Vaugirard (n° 48 actuel) et de la rue Férou, s'élève rapidement une maison où le couple s'établira.

1635 (avril). Naissance d'une deuxième fille, Éléonore Armande, qui entrera en religion.

1636. Naissance d'une troisième fille, Isabelle Louise, destinée aussi au cloître.
La récente déclaration de guerre à l'Espagne et l'entrée dans la carrière militaire d'Armand de Maillé conduisent Marc Pioche à reprendre du service pour de longues années, d'abord sur terre, puis sur mer, aux côtés de celui dont il reste gouverneur. Il revient à Paris dans l'intervalle des campagnes.

1640 (28 août). Isabelle Péna, procuratrice de son mari parti sur mer, achète un vaste terrain situé en face de la maison qu'elle habite, à l'autre coin de la rue Férou (actuel n° 50, rue de Vaugirard). Une fois les constructions faites, elle y transporte sa demeure.

1642 (4 décembre). Mort de Richelieu. Mazarin, bientôt promu cardinal, prend sa place au Conseil du roi.

1643 (14 mai). Mort de Louis XIII. Anne d'Autriche reçoit la régence. La nièce du cardinal défunt, maintenant duchesse d'Aiguillon, confie à Marc Pioche les fonctions de gouverneur auprès de son propre neveu, Armand Jean de Vignerod, futur duc de Richelieu. Avec ce dernier, il ira de nouveau combattre sur mer.

1647 La duchesse d'Aiguillon, qui, en attendant la majorité de son neveu, exerce le gouvernement du Havre, remet à Marc Pioche la charge de lieutenant à ce gouvernement. Il se rend dans cette ville en avril ; mais il est très peu probable que sa femme et ses filles l'aient accompagné.

1649 (15 mars). Pour prix de sa fidélité à la cour lors des premiers troubles de la Fronde, Marc Pioche reçoit le brevet de maréchal de camp.
(20 décembre). Obsèques de Marc Pioche, à Saint-Sulpice.

1650 (fin). Les filles de Marc Pioche, mineures, sont placées sous la tutelle d'un voisin et ami, Jacques Le Pailleur, intendant chez la maréchale de Thémines (actuel 52, rue de Vaugirard). C'est un bon compagnon, poète, musicien et mathématicien, ami de la famille Pascal, successeur du P. Mersenne à la tête de son académie.
(21 décembre). Second mariage, à Saint-Sulpice, d'Isabelle Péna, qui épouse Renaud René de Sévigné, ancien chevalier de Malte, homme de guerre et homme cultivé. Ses campagnes italiennes l'ont mis en rapports étroits avec la cour de Savoie, rapports que sa nouvelle famille, et notamment sa belle-fille, entretiendront. Il était l'oncle par alliance de la célèbre marquise. Toute la famille de Sévigné appartient à l'entourage du coadjuteur de l'archevêque de Paris, le futur cardinal de Retz. Renaud René apporte un actif soutien aux intrigues du frondeur. Autre familier du coadjuteur, l'érudit Gilles Ménage, qui sera très attaché à la jeune Marie-Madeleine.

1652 (19 décembre). Retz, quoique promu cardinal en février, est emprisonné à Vincennes.
(25 décembre). Renaud René de Sévigné reçoit l'ordre de se retirer dans ses terres d'Anjou, à Champiré. Il quitte Paris aussitôt.

1653 (février). Isabelle Péna et sa fille rejoignent l'exilé. Ménage les accompagne jusqu'à Angers, sa ville natale.

1654 (mars). Retz est transféré au château de Nantes. Peu de temps après, Sévigné lui rend visite avec sa famille et se remet à son service.
(8 août). Évasion du cardinal de Retz, avec l'assistance de Sévigné.
(4 novembre). Mort de Le Pailleur.
(décembre). Retour à Paris d'Isabelle Péna et de sa fille.

1655 (15 février). Mariage, à Saint-Sulpice, de Marie-Madeleine Pioche de La Vergne avec François, comte de Lafayette, d'une grande famille d'Auvergne. Le contrat a été signé le 14, et ratifié le 21, par Sévigné venu secrètement à Paris.
(fin février). Isabelle Péna et son mari repartent pour l'Anjou.
(mars). Les Lafayette partent pour l'Auvergne, où ils séjourneront dans les châteaux campagnards du comte, Espinasse et Nades. Ménage envoie à la comtesse les livres d'actualité, notamment les premiers volumes de la *Clélie*, de Mlle de Scudéry.

1656 (3 février). Mort, à Angers, d'Isabelle Péna.
(20 avril). Début, à Paris, de l'inventaire après décès d'Isabelle Péna et du règlement de sa succession, en présence de Sévigné et des Lafayette.
(début mai). François de Lafayette retourne en Auvergne.
(été). Parmi les cercles intellectuels et mondains où la comtesse est alors reçue, il faut compter, outre ceux de Mme de Rambouillet et de Mlle de Scudéry, celui de Mme du Plessis-Guénégaud, à l'hôtel de Nevers, près du Pont-Neuf (rive gauche), dont les hôtes se transportaient souvent au château de Fresnes, non loin de Meaux. Elle y rencontre La Rochefoucauld et beaucoup d'amis de Port-Royal, dont plusieurs membres de la famille Arnauld. C'est l'époque des *Provinciales*, qu'elle lit avec admiration.
(début septembre). La comtesse rejoint son mari en Auvergne.

1657 (fin). Le comte et la comtesse viennent habiter Paris.

1658 (4 janvier). Deux jeunes Hollandais, les frères Villers, rendent visite à la comtesse et la qualifient d'« une des précieuses du plus haut rang et de la plus grande volée ».
(7 mars). Baptême, à Saint-Sulpice, de Louis de Lafayette.
(fin août). Les Lafayette sont de retour en Auvergne. Le mois suivant, la comtesse fait une cure à Vichy.

1659 (début). Le comte et la comtesse rentrent à Paris.
(début). Dans les *Divers Portraits* publiés sous l'égide de Mlle de Montpensier, paraît celui de Mme de Sévigné par son amie Mme de Lafayette « sous le nom d'un Inconnu ». Dès lors, elle a fait entrer dans sa familiarité deux écrivains qui y resteront, Jean Regnault de Segrais et Daniel Huet.
(17 septembre). Baptême, à Saint-Sulpice, de René Armand de Lafayette.

1660 (10 février). Renaud René de Sévigné obtient des religieuses de Port-Royal le droit de se faire construire un logement rue de la Bourbe, sur le mur d'enceinte du monastère de Paris, autour de la porte conduisant à l'église. Il y mènera la vie d'une sorte de solitaire.

Il loue à sa belle-fille la maison faisant le coin ouest de la rue Férou et de la rue de Vaugirard, maison où elle avait passé sa jeunesse et où elle demeurera jusqu'à sa mort.

1661 (9 mars). Mort de Mazarin. Louis XIV prend personnellement le pouvoir.
(31 mars). Mariage de Monsieur, frère du roi, avec Henriette d'Angleterre. Mme de Lafayette connaissait déjà la princesse, qu'elle rencontrait au couvent de la Visitation de Chaillot, gouverné par sa belle-sœur de Lafayette, ancienne favorite de Louis XIII. La princesse fera désormais partie de son entourage le plus direct.
(mi-septembre). Le comte de Lafayette retourne seul en Auvergne. Désormais les époux ne se rencontreront plus que lors de rares et brefs séjours du comte à Paris.

1662 (20 août). Achevé d'imprimer de *La Princesse de Montpensier*, dont le privilège est du 27 juillet.

1664 (27 octobre). Achevé d'imprimer de la première édition des *Maximes* de La Rochefoucauld, pourtant datée de **1665**. L'auteur devient l'ami le plus intime de Mme de Lafayette.

1669 (27 janvier). Contrat de mariage de Françoise Marguerite de Sévigné, fille de la marquise, avec le comte de Grignan. Mme de Lafayette est au nombre des signataires. Le mariage religieux a lieu le 29.
La ruine des Du Plessis-Guénégaud met fin à leur long rôle intellectuel.
(20 novembre). Achevé d'imprimer du tome I de *Zayde*, dont le privilège est du 8 octobre. La romancière a consulté, au cours de son travail de rédaction, ses amis Segrais et Huet. Le premier signe l'ouvrage ; le second le fait précéder d'une *Lettre de l'origine des romans.*

1670 (2 janvier). Achevé d'imprimer de la première édition des *Pensées* de Pascal, très appréciées par Mme de Lafayette.
(29 juin). Mort soudaine d'Henriette d'Angleterre.
Mme de Lafayette obtient un premier bénéfice pour son fils aîné Louis, qui se destine à l'état ecclésiastique.
(fin). Publication de la deuxième et dernière partie de *Zayde.*

1672. L'abbé de Saint-Réal publie *Dom Carlos.*

1675. Boisguilbert publie *Marie Stuart* et Boursault *Le Prince de Condé.*
Mme de Villedieu publie, sous le titre *Les Désordres de l'amour*, un recueil de nouvelles. Dans l'une d'elles, une scène d'aveu est souvent rapprochée de celle de *La Princesse de Clèves.*

1676 (16 mars). Mort de Renaud René de Sévigné.

1678 (8 mars). Achevé d'imprimer de *La Princesse de Clèves*, dont le privilège est du 16 janvier.
(13 septembre). René Armand, fils cadet de Mme de Lafayette, qui a entamé une carrière militaire, est nommé capitaine.

1678-1679. *La Princesse de Clèves* soulève des débats critiques d'une importance considérable.

1679 (24 août). Mort du cardinal de Retz.

1680 (16 mars). Mort de La Rochefoucauld.
(5 mai). René Armand devient colonel au régiment de La Fère.

1683 (26 juin). Mort du comte de Lafayette.

1686 (novembre-décembre). Correspondance de Mme de Lafayette avec l'abbé de Rancé, qui l'invite à se convertir.

1689 (12 décembre). Mariage de René Armand de Lafayette avec Anne-Madeleine de Marillac. Le contrat a été passé le 9.

1690 (11 avril). Mme de Lafayette rédige un testament olographe.
(novembre). Elle se place sous la direction de Duguet, prêtre de l'Oratoire, très lié avec Port-Royal.

1693 (25 mai). Mort de Mme de Lafayette. Elle est inhumée le 27 à Saint-Sulpice.

Sur l'œuvre posthume, voir la bibliographie, p. 347 *sq*.

BIBLIOGRAPHIE

I. Répertoires généraux

J. W. Scott, *Madame de Lafayette, a Selective Critical Bibliography*, Londres, Grant & Cutler Ltd, 1974.

Sur le cas particulier des éditions :

Harry Ashton, « Essai de bibliographie des œuvres de Madame de Lafayette », *Revue d'histoire littéraire de la France*, 1913, p. 899-918.

–, « L'anonymat des œuvres de Madame de Lafayette », *Revue d'histoire littéraire de la France*, 1914, p. 712-715.

François Gébelin, « Sur une nouvelle édition de *La Princesse de Clèves* », *Plaisir de bibliophile*, t. VI, 1930, p. 147-159. Réédité en plaquette sous le titre *Observations critiques sur le texte de « La Princesse de Clèves »*, Paris, Pour les Bibliophiles du Palais, 1930.

Au-delà de la bibliographie, les travaux sur l'histoire de la critique :

Klaus Friedrich, « Madame de Lafayette in der Forschung (1950-1965) », *Romanistisches Jahrbuch*, t. XVII, 1966, p. 112-149.

Maurice Laugaa, *Lectures de Madame de Lafayette*, Paris, Armand Colin, « U », 1971.

–, « Madame de Lafayette ou l'intelligence du cœur », *Littératures classiques*, t. XV, oct. 1991, p. 161-176.

M. O. Sweetser, « *La Princesse de Clèves* devant la critique contemporaine », *Studi francesi*, 1974, p. 13-29.

II. ÉDITIONS

1. Premières éditions

(En partie d'après le premier article de H. ASHTON cité plus haut.)

- Paris, Claude Barbin, 1678, 4 tomes (parfois reliés en 2 vol.) in-12. Texte original. Les autres éditions portant cette date, ou celle de 1679, sont certainement des contrefaçons ;
- nouv. éd., Amsterdam, Abraham Wolfgang, 1688, 1 vol. in-12 ;
- Paris, Claude Barbin, 1689, 4 tomes (parfois reliés en 2 vol.) in-12.

Deuxième édition authentique
- sous le titre : *Amourettes du Duc de Nemours et de la Princesse de Clèves*, dern. éd., Amsterdam, Jean Wolters, 1698, 1 vol. in-12. Peut-être y a-t-il eu, sous le même titre, une édition datée de 1695 ;
- Lyon, Didier Guillimin, 1702, 4 tomes en 2 vol. in-12 ;
- Paris, Par la Compagnie des Libraires associés, 1704, 3 tomes in-12 (le dernier comprenant les 3e et 4e parties).

Troisième édition authentique
- Amsterdam, David Mortier, 1714, 1 vol. in-12 ;
- Paris, Par la Compagnie des Libraires associés, 1719, 3 tomes en 1 vol. in-12. Repris en 2 vol. en 1725.

2. Quelques éditions remarquables du XVIIIe siècle

- Paris, Didot l'aîné, 1780, 2 vol. in-18 ; coll. du comte d'Artois, n° 7-8. Première édition comportant l'attribution à Madame de Lafayette ;
- parmi les *Œuvres* de Madame de Lafayette, Amsterdam-Paris, t. IV-V, 1786, in-12.

3. Éditions du XXe siècle

– par Albert CAZES, Paris, Les Belles-Lettres, 1934, in-16 ;
– par Émile MAGNE (au sein des *Romans et Nouvelles)*, Paris, Garnier, 1939, in-16. Réédité en 1970 (et plusieurs fois ensuite) avec une préface d'Alain NIDERST ;
– par le même, Genève-Lille, Droz-Giard, « Textes littéraires français », 1946, in-16 (avec *Introduction à l'étude du vocabulaire* de G. MATORÉ). Réédité en 1950 ;
– par Antoine ADAM, dans *Romanciers du XVIIe siècle*, Paris, Gallimard, « Bibliothèque de la Pléiade », 1958 ;
– avec une préface d'Albert BÉGUIN (et *La Princesse de Montpensier*), Lausanne, Rencontre, 1967.
– par Roger DUCHÊNE (au sein des *Œuvres complètes*), Paris, François Bourin, 1990 ;
– par Jean MESNARD, Imprimerie nationale, « Lettres françaises », Paris, 1980.

4. Œuvres à mettre en rapport avec *La Princesse de Clèves*

La Princesse de Montpensier :
– Paris, Th. Jolly, 1662, in-12 ;
– par André BEAUNIER, Paris, 1926, in-16 ;
– par Micheline CUÉNIN (avec *La Comtesse de Tende*), Genève, Droz, 1979.

La Comtesse de Tende :
– Nouveau Mercure, septembre 1718, p. 35-36 ;
– Mercure de France, juin 1724, p. 1267-1291 ;
– par Micheline CUÉNIN (voir ci-dessus).

Zayde :
– Paris, Barbin, 1670-1671, 2 vol. in-8° ;
– par Émile MAGNE, dans *Romans et Nouvelles*, Paris, Garnier, 1939.

Histoire de Madame :
– Amsterdam, Le Céne, 1720 ;
– sous le titre : *Vie de la Princesse d'Angleterre*, par Marie-Thérèse HIPP, Genève-Paris, Droz-Minard, 1967, in-8°.

Correspondance :
– par André BEAUNIER (et Georges ROTH), Paris, Gallimard, 1942, 2 vol. in-8°.

III. L'ŒUVRE EN SON ÉPOQUE

1. Textes fondamentaux

Écrits de doctrine

Jean REGNAULT DE SEGRAIS, *Les Nouvelles françaises ou les Divertissements de la Princesse Aurélie*, Paris, 1657, in-8°.
Charles SOREL, *La Bibliothèque française*, Paris, Par la Compagnie des Libraires du Palais, 1664, in-12. Seconde édition en 1667.
–, *De la connaissance des bons livres*, Paris, Pralard, 1671, in-8°.
Pierre-Daniel HUET, *Traité de l'origine des romans*, en tête de *Zayde*, Paris, Barbin, 1670, in-8°. – Éd. Arend KOK, Amsterdam, 1942, in-8°.
Du PLAISIR, *Sentiments sur les lettres et sur l'histoire avec des scrupules sur le style*, Paris, C. Blageart, 1683, in-12. – Éd. P. HOURCADE, Genève, Droz, 1975.

Œuvres caractéristiques

Lettres portugaises, Paris, Barbin, 1669, in-12. – Éd. F. DELOFFRE et J. ROUGEOT, Paris, Garnier, 1962.
Madame DE VILLEDIEU, *Mémoires de la vie d'Henriette-Sylvie de Molière*, Paris, 1671-1674, in-12. – Réimpression fac-similé

avec commentaires sous la direction de Micheline CUÉNIN, université de Tours, 1978.

Madame DE VILLEDIEU, *Les Désordres de l'amour*, Paris, Barbin, 1675, 4 vol. in-12. – Éd. Micheline CUÉNIN, Genève-Paris, Droz-Minard, 1970, in-8°.

SAINT-RÉAL, *Dom Carlos, nouvelle historique*, Amsterdam, 1672, in-12. – Éd. fac-similé avec introduction et notes de Renée MANSAU (avec *La Conjuration des Espagnols contre la République de Venise*), Genève, Droz, 1977, in-8°. – Éd. Roger GUICHEMERRE, Paris, Gallimard, « Folio classique », 1995.

2. Vues générales sur l'époque

René BRAY, *La Formation de la doctrine classique en France*, Paris, 1927, in-8°.

Antoine ADAM, *Histoire de la littérature française au* XVIIe *siècle*, Paris, Domat, 1948-1956, 5 vol., principalement t. IV.

3. Études sur le roman

Arnaldo PIZZORUSSO, *La Poetica del romanzo in Francia (1660-1685)*, Rome, Sciascia, 1962, in-8°. Réimpression en volume d'une étude intitulée « La concezione dell'arte narrativa nella seconda metà del Seicento francese », *Studi mediolatini e volgari*, vol. 3, 1955.

Henri COULET, *Le Roman jusqu'à la Révolution*, Paris, Armand Colin, « U », 1967, 2 vol.

Marie-Thérèse HIPP, *Mythes et réalités, enquête sur le roman et les mémoires*, Paris, Klincksieck, 1976.

Maurice LEVER, *Le Roman français au* XVIIe *siècle*, Paris, PUF, 1981.

IV. Perspectives critiques

Nous adoptons ici une présentation historique, de manière à faire ressortir les différents âges de la critique.

1. Réactions immédiates

Mercure galant, 1678, *Extraodinaire* d'avril, p. 298-300 (« question galante » relative à la scène de l'aveu) ; *Ordinaire* de mai, p. 56-64 (lettre d'un « géomètre de Guyenne » [Fontenelle]) ; *Extraordinaire* de juillet, p. 24, 38, 150, 170, 208, 224, 305, 320, 332, 378 et 398 (réponses à la « question galante ») ; *Ordinaire* d'octobre *(id.)* ; *Extraordinaire* d'octobre *(id.)*.

[VALINCOUR], *Lettres à Madame la Marquise *** sur le sujet de « La Princesse de Clèves »*, Paris, Mabre-Cramoisy, 1678, in-12 (privilège du 17 juin, registré le 30). – Réédité par Albert CAZES, Paris, Bossard, « Les Chefs-d'œuvre méconnus », 1925, in-8°. – Réimpression fac-similé avec commentaires sous la direction de Jacques CHUPEAU, université de Tours, 1972.

[J.-A. DE CHARNES], *Conversations sur la critique de « La Princesse de Clèves »*, Paris, Barbin, 1679, in-12. – Réimpression fac-similé avec commentaires sous la direction de François WEIL, Tours, université François Rabelais, 1973.

Pierre BAYLE, *Nouvelles lettres de l'auteur de la Critique du calvinisme de Monsieur Maimbourg*, Villefranche, 1685, p. 656-658.

Il y aurait lieu d'ajouter les lettres contemporaines de Bussy-Rabutin, de Mme de Sévigné, de Mme de Lafayette elle-même, qui ont été publiées ultérieurement.

2. Le XVIIIe siècle

Cette époque offre plutôt des allusions, parfois très suggestives, que des études. Elles se trouvent le plus souvent dans des ouvrages consacrés au genre romanesque.

Abbé TRUBLET, « Réflexions sur le goût », *Essais sur divers sujets de littérature et de morale*, Ire partie, Paris, Briasson, 1735, p. 224-228.

Abbé PRÉVOST, *Le Pour et le Contre*, t. XVII, 1739, p. 75.

VOLTAIRE, *Le Siècle de Louis XIV*, Berlin, 1751 ; voir *Œuvres complètes*, éd. de Kehl, t. XX, 1784, p. 94-95 (et 193-194).

Jean-Jacques ROUSSEAU, *Confessions*, IIe partie, Genève, 1789 ; voir éd. J. Voisine, Paris, Garnier, 1964, p. 643.

3. Le XIXe siècle

Les études deviennent plus fouillées, mais demeurent très générales.

STENDHAL, *De l'amour*, Paris, 1822, chap. XXIX. C'est là l'un des nombreux commentaires que Stendhal a consacrés à Mme de Lafayette. Voir J.-C. ALCIATORE, « Stendhal et *La Princesse de Clèves* », *Stendhal Club*, t. I, 1958-1959, p. 281-291.

SAINTE-BEUVE, *Critiques et portraits littéraires*, Paris, 1838. Reprise d'un article paru dans *La Revue des Deux Mondes* de 1836, et qui fut repris de nouveau dans les *Portraits de femmes*, en 1845.

TAINE, *Essais de critique et d'histoire*, Paris, 1858, p. 299-310. Reprise d'un article publié dans le *Journal des débats* du 25 février 1857, et qui fut repris plusieurs fois.

4. L'âge de la biographie et de l'histoire

Des recherches plus précises, faisant une grande place à l'érudition historique, ont été déclenchées par la découverte des lettres de Mme de Lafayette à la cour de Savoie.

A. D. PERRERO, *Lettere inedite di Madame di La Fayette, e sue relazioni con la corte di Torino*, Turin, Bocca, 1880, in-8°. Reprise d'un article publié la même année dans *Curiosità e Ricerche di storia subalpina*.

Arvède BARINE, « Madame de Lafayette d'après des documents nouveaux », *La Revue des Deux Mondes*, 15 sept. 1880, p. 384-412.

Voir aussi des articles contemporains de Félix HÉMON dans *La Revue politique et littéraire*, 1879-1880.

Comte D'HAUSSONVILLE, *Madame de Lafayette*, Paris, Hachette, 1891, in-18.

Ludovic LALANNE, « Brantôme et *La Princesse de Clèves* », *Brantôme, sa vie et ses écrits*, 1891, in-8°, appendice.

H. CHAMARD et G. RUDLER, « Les sources historiques de *La Princesse de Clèves* », *Revue du seizième siècle*, 1914, p. 92-131 et 289-321.

–, « La couleur historique dans *La Princesse de Clèves* », *ibid.*, 1917, p. 1-20.

–, « L'histoire et la fiction dans *La Princesse de Clèves* », *ibid.*, p. 231-243.

Harry ASHTON, *Madame de Lafayette, sa vie et ses œuvres*, Cambridge University Press, 1922.

Émile MAGNE, *Madame de Lafayette en ménage*, Paris, Émile-Paul, 1926, in-18.

–, *Le Cœur et l'esprit de Madame de Lafayette*, *ibid.*, 1927, in-18.

5. En quête d'une éthique et d'une esthétique

Le changement d'orientation est commandé par quelques publications majeures, encore que parfois fort brèves, sur *La Princesse de Clèves* :

Denis DE ROUGEMONT, *L'Amour et l'Occident*, Paris, Plon, 1939.

Paul ZUMTHOR, « Le sens de l'amour et du mariage dans la conception classique de l'homme, Madame de Lafayette », *Archiv für das Studium der neueren Literaturen und Sprachen*, 1942, p. 97-109.

Albert CAMUS, « L'intelligence et l'échafaud », *Problème du roman*, numéro spécial de *Confluences*, 1943, p. 218-223.

Jean FABRE, « L'art de l'analyse dans *La Princesse de Clèves* », *Travaux de la faculté des lettres de Strasbourg, Mélanges 1945*, II, *Études littéraires*, p. 261-306. Repris sous forme de plaquette, Paris, Ophrys, 1970.

–, « Bienséance et sentiment chez Madame de Lafayette », *Cahiers de l'Association internationale des études françaises*, n° 11, 1959, p. 33-66.

Georges POULET, « Madame de Lafayette », *Études sur le temps humain*, Paris, Plon, 1950, p. 122-132.

Charles DEDEYAN, *Madame de Lafayette*, Paris, SEDES, 1956 ; 2e éd., 1965.

Bernard PINGAUD, *Madame de Lafayette par elle-même*, Paris, Seuil, 1959.

Serge DOUBROVSKY, « *La Princesse de Clèves* : une interprétation existentielle », *La Table ronde*, juin 1959, p. 36-51.

Claudette SARLET, « Le temps dans *La Princesse de Clèves* », *Marche romane*, 1959.

Claudette DELHEZ-SARLET, « *La Princesse de Clèves* : roman ou nouvelle », *Romanische Forschungen*, t. LXXX, 1968, p. 53-85 et 220-238.

Marie-Jeanne DURRY, « Madame de Lafayette », *Mercure de France*, 1960, p. 193-217. Repris en volume, Paris, Mercure de France, 1962.

–, « Le monologue intérieur dans *La Princesse de Clèves* », *La Littérature narrative d'imagination* (colloque de Strasbourg, 1959), Paris, PUF, 1961, p. 87-96.

Michel BUTOR, *Répertoire*, Paris, Minuit, 1960, p. 74-78.

Claude VIGÉE, « *La Princesse de Clèves* et la tradition du refus », *Critique*, 1960, p. 723-754.

Jean ROUSSET, « *La Princesse de Clèves* », *Forme et signification*, Paris, Corti, 1962, p. 17-44.

–, « Sur la composition de *La Princesse de Clèves* », *Studi in onore di Carlo Pellegrini*, Turin, 1963, p. 231-242.

–, « Échanges obliques et paroles obscures dans *La Princesse de Clèves* », *Littérature, histoire, linguistique. Recueil d'études offert à Bernard Gagnebin*, Lausanne, 1973, p. 97-106.

Marie-Thérèse HIPP, « Le mythe de Tristan et Iseut et *La Princesse de Clèves* », *Revue d'histoire littéraire de la France*, 1965, p. 398-414.

F. L. LAWRENCE, « *La Princesse de Clèves* reconsidered », *French Review*, t. XXXIX, 1965, p. 15-21.

Jean DE BAZIN, *Index du vocabulaire de « La Princesse de Clèves »*, Paris, Nizet, 1967.

Gérard GENETTE, « Vraisemblance et motivation », *Figures II*, Paris, Seuil, 1969, p. 71-99. Reprise d'un article publié dans *Communications*, 1968, p. 5-21.

Bernard LAUDY, « La vision tragique de Madame de Lafayette, ou un jansénisme athée », *Revue de l'Institut de sociologie*, t. III, 1969, p. 121-134.

Janet RAITT, *Madame de Lafayette and « La Princesse de Clèves »*, Londres, G. Harrap, 1971.

Corrado ROSSO, « Il rifiuto della principessa », *Il Serpente e la Sirena. Della paura del dolore alla paura della felicita*, Naples, Éd. Scient. Ital., 1972, p. 207-217 ; « Dire no alla sirena », *ibid.*, p. 219-232.

Barbara R. WOSHINSKY, « *La Princesse de Clèves* ». *The Tension of Elegance*, La Haye-Paris, Mouton, 1973.

Alain NIDERST, *La Princesse de Clèves*, Paris, Larousse, 1973.

Roger FRANCILLON, *L'Œuvre romanesque de Madame de Lafayette*, Paris, Corti, 1973.

Jean CORDELIER, « Le refus de la Princesse », *XVIIe siècle*, 1975, n° 108, p. 43-57.

Donna KUIZENGA, *Narrative Strategies in « La Princesse de Clèves »*, Lexington, French Forum Monographs, n° 2, 1976.

Kurt WEINBERG, « The Lady and the Unicorn, or Monsieur de Nemours à Coulommiers. Enigma, Device, Blazon and Emblem in *La Princesse de Clèves* », *Euphorion*, LXXI, 1977, p. 306-335.

Raymond PICARD, « Divers aspects de *La Princesse de Clèves* », *De Racine au Parthénon*, Paris, Gallimard, 1977, p. 184-196.

J. A. KREITER, *Le Problème du paraître dans l'œuvre de Madame de Lafayette*, Paris, Nizet, 1977.

Micheline CUÉNIN, « La mort dans l'œuvre de Madame de Lafayette », *Papers on French Seventeenth Century Literature*, t. X, n° 2, 1978-1979, p. 89-119.

Gérard FERREYROLLES, « La Princesse et le tabou », *Lectures*, t. I, mai 1979, p. 61-85.

Pierre-Alain CAHNÉ, « Passion et sacrement dans *La Princesse de Clèves* », *Communio*, t. IV, n° 5, sept.-oct. 1979, p. 50-56.

Armine KOTIN, « La canne des Indes : Madame de Lafayette lectrice de Madame de Villedieu », *XVIIe siècle*, 1979, n° 125, p. 409-411.

6. L'inépuisable vitalité de l'œuvre

Le renouveau des études au cours de la période précédente signalait, et renforçait en même temps, la mystérieuse fascination qu'exerce sur notre époque une œuvre qui lui est en apparence si étrangère. Du tricentenaire de la mort de La Rochefoucauld (1980) à celui de la mort de Mme de Lafayette (1993) et au-delà, une profusion de travaux, parmi lesquels se distinguent plusieurs recueils d'articles de grande qualité, sont venus en témoigner.

Georges FORESTIER, « Madame de Chartres, personnage clé de *La Princesse de Clèves* », *Les Lettres romanes*, t. XXXIV, 1980, p. 67-76.

Philippe SELLIER, « *La Princesse de Clèves.* Augustinisme et préciosité au paradis des Valois », *Images de La Rochefoucauld*, Paris, PUF, 1984, p. 217-228.

Wolfgang LEINER, « La Princesse et le directeur de conscience. Création romanesque et prédication », *La Pensée religieuse dans la littérature et la civilisation du XVIIe siècle en France* (colloque de Bamberg, 1983), Biblio 17, vol. 13, Paris-Seattle-Tübingen, 1984, p. 45-68.

John CAMPBELL, « "Repos" and the possible religious dimension of *La Princesse de Clèves* », *Humanitas. Studies in French literature presented to Henri Godin*, Coleraine, Irlande, 1984, p. 65-75.

Pierre MALANDAIN, *Madame de Lafayette, « La Princesse de Clèves »*, Paris, PUF, 1985.

Roger DUCHÊNE, *Madame de Lafayette*, Paris, Fayard, 1988.

Françoise GEVREY, *L'Illusion et ses procédés. De « La Princesse de Clèves » aux « Illustres Françaises »*, Paris, José Corti, 1988.

« Madame de Lafayette » (art. de R. DUCHÊNE, A. NIDERST, D. KUIZENGA, B. BEUGNOT, S. ACKERMAN, J. D. CHARRON, R.G. HODGSON, C.S. LEGGETT, R.W. READHEAD), *Actes de*

Davis (1988), Biblio 17, vol. 40, Paris-Seattle-Tübingen, 1988, p. 5-79.

Jean-Pierre DENS, « *Thanatos* et mondanité dans *La Princesse de Clèves* », *Papers on French Seventeeth Century Literature*, t. XV, n° 29, 1988, p. 431-439.

Christian BIET et Pierre RONZEAUD, *Madame de Lafayette, « La Princesse de Montpensier », « La Princesse de Clèves »*, Paris, Magnard, « Texte et contextes », 1989.

« Madame de Lafayette, *La Princesse de Montpensier, La Princesse de Clèves* » (art. de R. DUCHÊNE, J. GARAPON, C. BIET, A. NIDERST, J. MESNARD, H. COULET), *Littératures classiques*, suppl. 1990, Paris, Aux Amateurs de livres, 1989.

An Inimitable Example. The Case for the Princesse de Clèves (art. de R.J. ALBANESE, J.E. DEJEAN, P. HENRY, M.S. KOPPISCH, D. KUIZENGA, F.L. LAWRENCE, W. LEINER, S. RENDALL, M.O. SWEETSER, J.M. TODD, J.D. LYONS), Washington, Catholic University Press, 1992.

Pierre FORCE, « Doute métaphysique et vérité romanesque dans *La Princesse de Clèves* et *Zayde* », *The Romanic Review*, 1992, p. 161-176.

« Autour de Madame de Lafayette » (art. de J. MESNARD, N. HEPP, R. DUCHÊNE, F. GEVREY, L. THIROUIN, J. DEJEAN, F. E. BEASLEY, E. GOLDSMITH, J. D. LYONS, C. SPENCER), *XVIIe siècle*, n° 181, oct.-déc. 1993.

V. COMPLÉMENT BIBLIOGRAPHIQUE

1. Sur le roman au XVIIe siècle

Camille ESMEIN, « La pensée du roman dans la deuxième moitié du XVIIe siècle : un art de l'illusion », *XVIIe siècle*, 2006, vol. 232, n° 3, p. 477-486.

–, *L'Essor du roman : discours théorique et constitution d'un genre littéraire au XVIIe siècle*, Paris, Honoré Champion, 2008.

– (éd.), *Poétiques du roman. Scudéry, Huet, Du Plaisir et autres textes théoriques et critiques du XVIIe siècle sur le genre romanesque*, Paris, Honoré Champion, 2004.
Jean SGARD, *Le Roman français à l'âge classique (1600-1800)*, Paris, Librairie générale française, « Livre de Poche Références », 2000.
Christian ZONZA, *La Nouvelle historique en France à l'époque classique (1657-1703)*, Paris, Honoré Champion, 2007.

2. Sur *La Princesse de Clèves*

April ALLISTON, « *Corinne* and Female Transmission : Rewriting *La Princesse de Clèves* through the English Gothic », dans *The Novel's Seductions : Staël's « Corinne » in Critical Inquiry*, éd. K. Szmurlo, Karyna, Lewisburg/Londres, Bucknell University Press/Associated University Press, 1999, p. 185-203.
Sheila BELL, « La conscience parodique chez Stendhal : le cas d'*Armance* », dans *Stendhal et le comique*, éd. Daniel Sangsue, Grenoble, ELLUG, 1999, p. 159-179.
Emmanuel BURY, « À la recherche d'un genre perdu : le roman et les poéticiens du XVIIe siècle », *Perspectives de la recherche sur le genre narratif français du XVIIe siècle*, Actes du colloque de Pavie, octobre 1998, Edizioni Ets./Slatkine, « Quaderni del Seminario di filologia francese », n° 8, 2000, p. 9-33.
Pierre CAHNÉ, « L'éternité n'est pas de trop : réécriture de *La Princesse de Clèves* », *Revue de littérature comparée*, n° 322, 2007, p. 245-249.
John CAMPBELL, *Questions of Interpretation in Princesse de Clèves*, Amsterdam, Rodopi, 1996.
–, « La "modernité" de *La Princesse de Clèves* », *Seventeenth Century French Studies*, n° 29, 2007, p. 63-72.
Françoise DENIS, « *La Princesse de Clèves* : Lafayette et Cocteau, deux versions », *French Review*, vol. 72, n° 2, 1998, p. 285-296.
Jean-Pierre DENS, « *La Princesse de Clèves* : vérité romanesque et discours mondain », dans *Création et recréation. Un dialogue entre littérature et histoire. Mélanges offerts à Marie-Odile Sweetser*, éd. Claire Gaudiani et Jacqueline Van Baelen, Tübingen, Narr, 1993, p. 35-42.

Anne FASTRUP, « Maîtrise esthétique de la passion féminine : fonctionnement topique du pavillon dans *La Princesse de Clèves* », *Revue romane*, vol. 42, n° 2, 2007, p. 297-314.

Nathalie FOURNIER, « Affinités et discordances stylistiques entre *Les Désordres de l'amour* et *La Princesse de Clèves* : indices et enjeux d'une réécriture », *Littératures classiques*, n° 61, 2007, p. 259-273.

Anne-Marie GARAGNON, « Étude de style : *La Princesse de Clèves*, tome deuxième », *L'Information grammaticale*, n° 45, 1990, p. 26-33.

Sophie GÉRARD-CHIEUSSE, *Madame de Lafayette et la préciosité*, Villeneuve-d'Ascq, Presses universitaires du Septentrion, 2003 (thèse soutenue en Sorbonne, 2000).

Françoise GEVREY, *L'Esthétique de Madame de Lafayette*, Paris, SEDES, 1997.

Nathalie GRANDE, « Faut-il parler ? Faut-il se taire ? Silence et roman dans *La Princesse de Clèves* et *Les Désordres de l'amour* », *XVIIe siècle*, vol. 207, n° 2, 2000, p. 185-198.

–, « Du long au court : réduction de la longueur et invention des formes narratives, l'exemple de Madeleine de Scudéry », *XVIIe siècle*, vol. 215, n° 2, 2002, p. 263-271.

John D. LYONS, « Mlle de Chartres at the jeweller's shop : knowledge and commerce in *La Princesse de Clèves* », *Seventeenth-Century French Studies*, n° 27, 2005, p. 117-126.

Pierre MASSON, « Le pouvoir des lettres : sur un épisode de *La Princesse de Clèves* », *Littératures*, 1996, n° 34, p. 33-41.

Ellen MCCLURE, « Cartesian modernity and the *Princesse de Clèves* », *Seventeenth Century French Studies*, n° 29, 2007, p. 73-80.

Twyla MEDING, « Out of pocket : the purloined letter and inconstancy in *L'Astrée* and *La Princesse de Clèves* », dans *La Spiritualité. L'épistolaire. Le merveilleux au Grand Siècle*, éd. David Wetsel, Frédéric Canovas, Gabrielle Verdier, Élisabeth Goldsmith et Jacques Grès-Gayer, Tübingen, Narr, 2003, p. 117-129.

Jean MESNARD, « La couleur du passé dans *La Princesse de Clèves* », dans *Création et recréation : un dialogue entre littérature et histoire*, éd. Claire Gaudiani et Jacqueline Van Baelen, Tübingen, Narr, 1993, p. 43-51.

Georges MOLINIÉ, « Approches stylistiques de *La Princesse de Clèves* », *L'Information grammaticale*, n° 43, 1989, p. 23-26.

Alain NIDERST, « *La Chartreuse de Parme* et *La Princesse de Clèves* », *Papers on French Seventeenth Century Literature*, vol. 24, n° 47, 1997, p. 465-473.

–, « L'enjouée Plotine, Madame de Maintenon, Madeleine de Scudéry et Ninon de Lenclos », *Papers on French Seventeenth Century Literature*, vol. 27, n° 53, 2000, p. 501-508.

Thomas PAVEL, « La fin du romanesque », dans *L'Art de l'éloignement. Essai sur l'imagination classique*, Paris, Gallimard, 1996, p. 335-351.

Michèle ROSELLINI, « Curiosité et théorie du roman dans le dernier tiers du XVIIe siècle : entre éthique et esthétique », *Curiosité et libido sciendi de la Renaissance aux Lumières*, éd. N. Jacques-Chaquin et S. Houdard, Fontenay, ENS Éditions, 1998, t. I, p. 137-156.

Philippe-Joseph SALAZAR, « Des aristotéliciens de l'autre : Corneille et Madame de Lafayette », dans *L'Autre au XVIIe siècle*, éd. Ralph Heyndels et Barbara Woshinsky, Tübingen, Narr, Biblio 17, n° 117, 1999, p. 213-222.

Philippe SELLIER, « À quoi rêve une narratrice : *La Princesse de Clèves* », dans *Essais sur l'imaginaire classique. Pascal. Racine. Précieuses et moralistes. Fénelon*, Paris, Honoré Champion, 2005, p. 237-246.

Alain VIALA, « De Scudéry à Courtilz de Sandras : les nouvelles historiques et galantes », *XVIIe siècle*, vol. 215, n° 2, 2002, p. 287-295.

TABLE

Imprimé en France par Maury Imprimeur en mars 2024
N° d'édition : 438504-0
Dépôt légal : mars 2024
N° d’impression : 276760